· 宋－佚名画《孔子弟子像卷》局部。画中卜商字子夏，即《诗大序》的作者

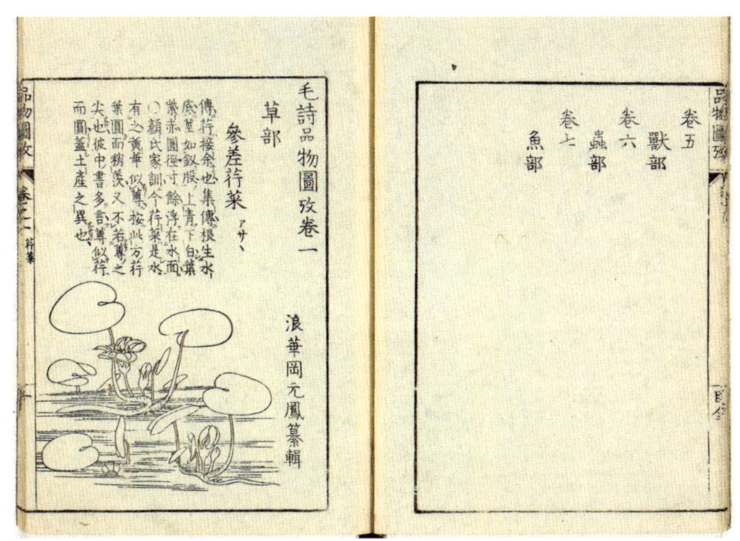

毛詩品物圖攷卷一

浪華岡元鳳纂輯

草部

參差荇菜 アサヽ

傳荇接余也集傳根生水底莖如釵股上青下白葉紫赤圓徑寸餘浮在水面○顔氏家訓今荇菜是水有之黄華似蓴按此方荇葉圓而稍羨又不若蓴之尖也彼中書多言蓴似荇而圓蓋土産之異也

卷五 獸部

卷六 蟲部

卷七 魚部

· 日本－冈元凤纂辑，橘国雄画《毛诗品物图考》书影，是书刊行于 1785 年

· 南宋－马和之画《诗·小雅·节南山之什》图卷局部

· 南宋－高宗书，马和之画《鲁颂》图卷，本诗《駉》即“思无邪”之所出

雨無正大夫刺幽王也雨自上下者
也衆多如雨而非所以為政也浩浩
昊天不駿其德降喪饑饉斬伐四國
昊天疾威弗慮弗圖舍彼有罪既伏
其辜若此無罪淪胥以鋪周宗既滅
靡所止戾正大夫離居莫知我勩三
事大夫莫肯夙夜邦君諸侯莫肯朝
夕庶曰式臧覆出為惡如何昊天辟
言不信如彼行邁則靡所臻凡百君
子各敬爾身胡不相畏不畏于天戎
成不退飢成不遂曾我暬御憯憯日
瘁凡百君子莫肯用訊聽言則荅譖
言則退哀哉不能言匪舌是出維躬
是瘁哿矣能言巧言如流俾躬處休

駉

毛詩魯頌

駉頌僖公也僖公能遵伯禽之法
儉以足用寬以愛民務農重穀牧
于坰野魯人尊之於是季孫行父
請命于周而史克作是頌駉駉牡
馬在坰之野薄言駉者有驈有皇
有驪有黃以車彭彭思無疆思馬
斯臧駉駉牡馬在坰之野薄言駉
者有騅有駓有騂有騏以車伾伾
思無期思馬斯才駉駉牡馬在坰
之野薄言駉者有驒有駱有駵有
雒以車繹繹思無斁思馬斯作駉
駉牡馬在坰之野薄言駉者有駰

· 北宋 – 张敦礼《九歌》书画卷局部

· 元 – 赵孟頫行书西晋潘岳《闲居赋》局部

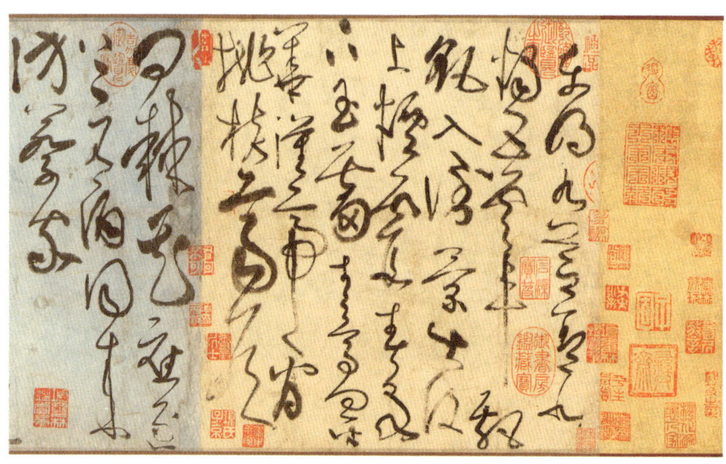

·唐－张旭草书《古诗四帖》局部。文曰：东明九芝盖，北烛五云车。飘飖入倒景，出没上烟霞。春泉下玉溜，青鸟向金华。汉帝看桃核，齐侯问棘花。应逐上元酒，同来访蔡家。

· 北宋－燕肃画《关山积雪图》

· 元－赵孟頫画《蜀道难》诗意图

· 南宋 – 佚名《归去来辞》书画卷局部

· 明 – 金琮书，杜堇画《古贤诗意图卷》局部

· 忠县唐陆宣公墓，谭卫高先生摄

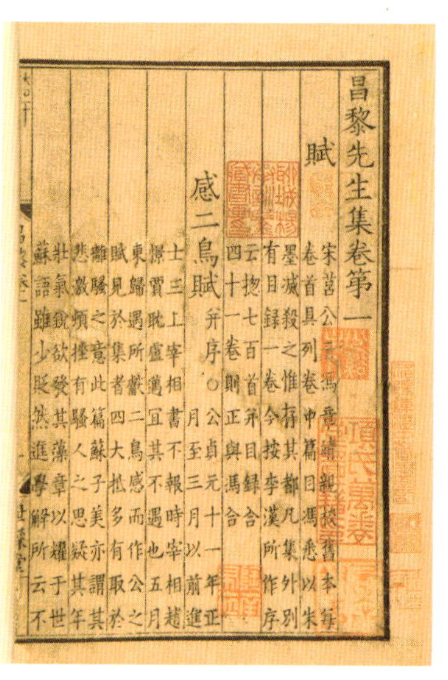

昌黎先生集卷第一

賦

宋莒公□□□□親校舊本每卷首具列卷中篇目馮悉以朱墨滅殺之惟存其都凡集外別有目録一卷今按李漢所作序云揔七百首并目録合四十一卷則正與馮合

感二鳥賦并序

○公貞元十一年正月至三月以前進士三上宰相書不報時宰相趙憬賈耽盧邁宜其不遇也五月東歸遇所獻二鳥感而作公之賦見於集者四大抵多有取於離騷之意此篇蘇子美亦謂其悲激頓挫有騷人之思疑其年壯氣鋭欲發其藻章以耀于世蘇語雖少貶然進學解所云不

· 国家图书馆藏宋刻本《昌黎先生集》书影

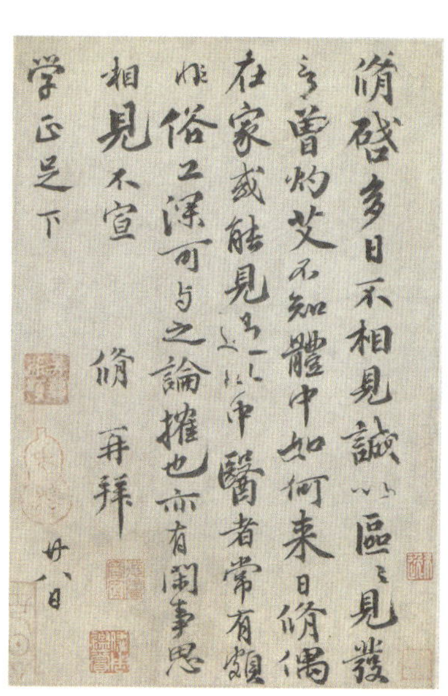

脩啟多日不相見誠以區區見發言曾灼艾不知體中如何來日脩偶在家或能見過此中醫者常有頗非俗工深可與之論權也亦有閑事思相見不宜

脩再拜

學正足下

廿八日

· 北宋－欧阳修行楷《灼艾帖》

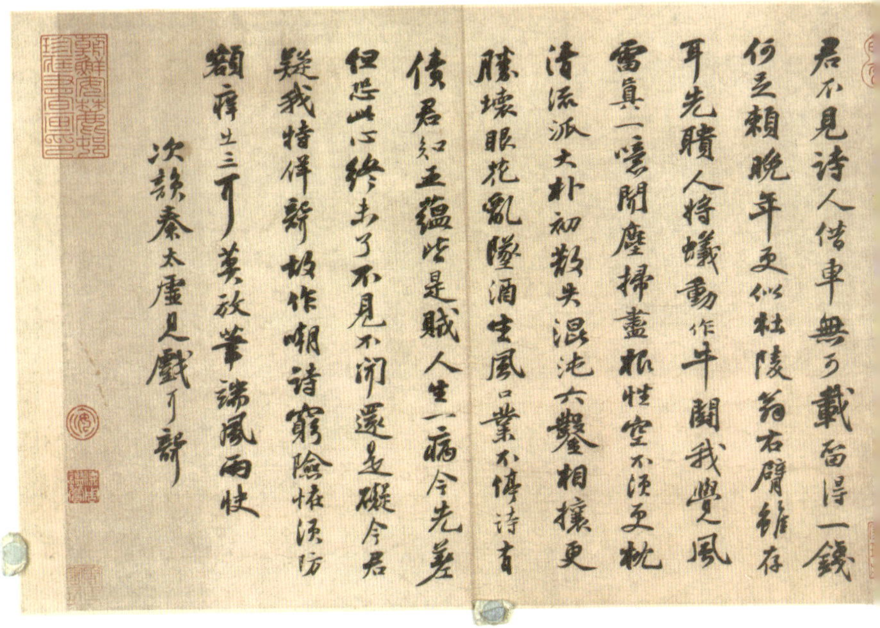

君不見詩人借車無可載留得一錢
何足賴晚年更似杜陵翁右臂雖存
耳先聵人將蟻動作牛鬬我覺風
雷真一噫聞塵掃盡根性空不須更枕
清流派大朴初散失混沌六鑿相攘更
勝壞眼花亂墜酒生風口業不停詩有
債君知五蘊皆是賊人生一病今先差
但恐此心終未了不見不聞還是礙今君
疑我特佯聾故作嘲詩窮險怪須防
額癢出三耳莫放筆端風雨快
次韻秦太虛見戲耳聾

· 北宋 – 苏轼行书《次韵秦太虚见戏耳聋》

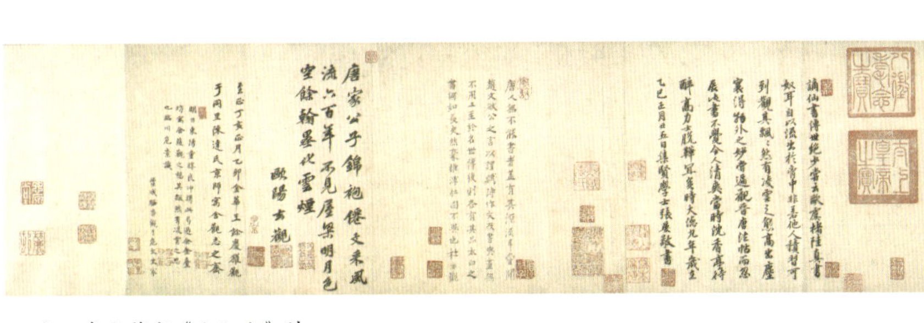

· 唐 – 李白草书《上阳台》诗

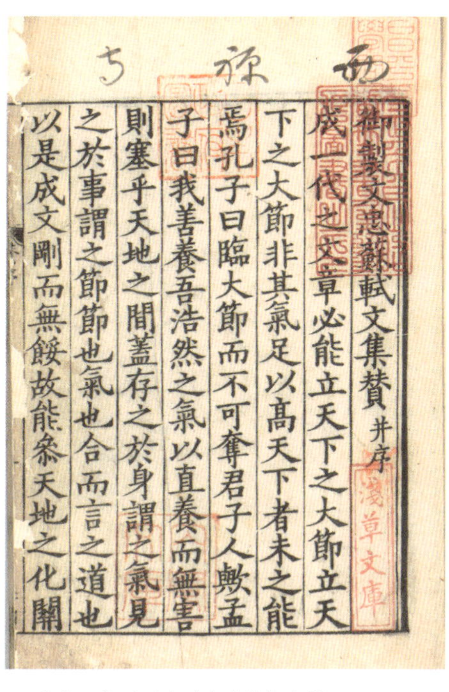

御製文忠蘇軾文集贊 并序

成一代之文章必能立天下之大節立天下之大節非其氣足以高天下者未之能焉孔子曰臨大節而不可奪君子人歟孟子曰我善養吾浩然之氣以直養而無害則塞乎天地之間蓋存之於身謂之氣見之於事謂之節節也氣也合而言之道也以是成文剛而無餒故能叅天地之化關

· 南宋－杭州刊本《东坡集》书影

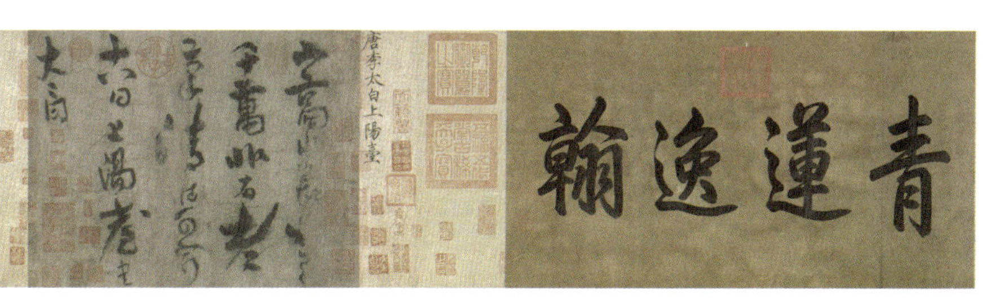

· 明 – 唐寅画《红叶题诗仕女》

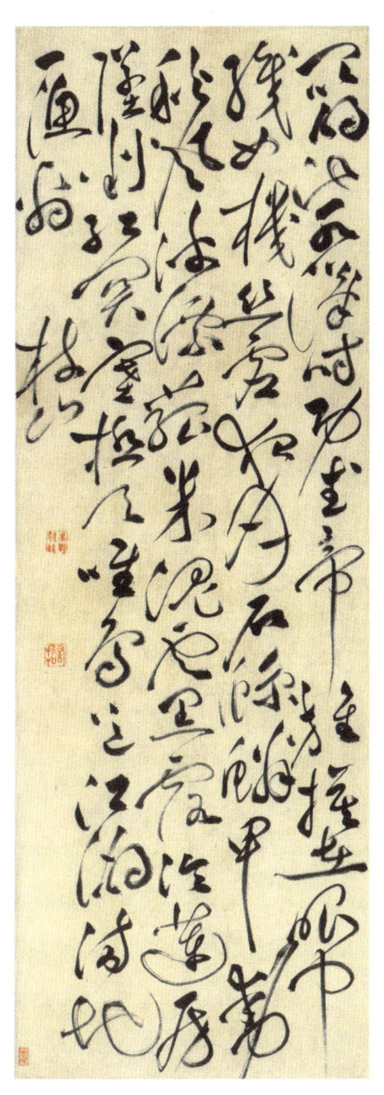

·明－祝允明草书杜甫《秋兴八首》之七：昆明池水汉时功。武帝旌旗在眼中。织女机丝虚夜月，石鲸鳞甲动秋风。波漂菰米沉云黑，露冷莲房坠粉红。关塞极天惟鸟道，江湖满地一渔翁。

配極玄都閟憑高禁籞長守祧嚴具禮掌節鎮非常碧瓦初寒外金莖一氣旁山
河扶繡戶日月近雕梁僊李盤根大猗蘭奕葉光世家遺舊史道德付今王畫手
看前輩吳生遠擅場森羅移地軸妙絕動宮墻五聖聯龍袞千官列鴈行冕旒俱
秀發旌旆盡飛揚翠柏深留景紅梨迥得霜風筝吹玉柱露井凍銀牀身退卑周
室經傳拱漢皇谷神如不死養拙更何鄉 右杜少陵謁玄元皇帝廟詩相傳爲徐季海書雖方
實圓脫去虞褚蹊徑余每臨之以其一也 董其昌

·明－董其昌楷书杜甫《谒玄元皇帝庙》诗

·清－王时敏画《杜甫诗意图册》之“花径不曾缘客扫，蓬门今始为君开”

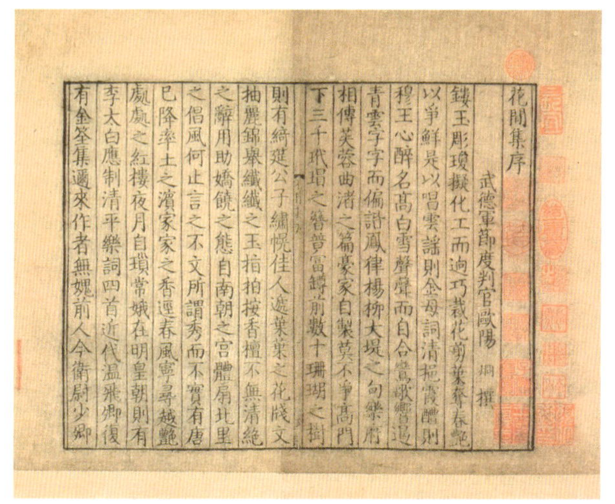

花間集序

武德軍節度判官歐陽炯撰

鏤玉彫瓊擬化工而迥巧裁花剪葉奪春豔以爭鮮是以唱雲謠則金母詞清挹霞醴則穆王心醉名高白雪聲聲而自合鸞歌響遏青雲字字而偏諧鳳律楊柳大堤之句樂府相傳芙蓉曲渚之篇豪家自製莫不爭高門下三千玳瑁之簪競富罇前數十珊瑚之樹則有綺筵公子繡幌佳人遞葉葉之花牋文抽麗錦舉纖纖之玉指拍按香檀不無清絶之辭用助嬌饒之態自南朝之宮體扇北里之倡風何止言之不文所謂秀而不實有唐已降率土之濱家家之香逕春風寧尋越豔處處之紅樓夜月自鎖常娥在明皇朝則有李太白應制清平樂詞四首近代溫飛卿復有金筌集邇來作者無媿前人今衛尉少卿

·南宋－绍兴十八年建康郡斋刻本《花间集》书影

·张卫东先生《浣纱记·寄子》剧照，2013 年 9 月 29 日北京正乙祠戏楼纪念朱家溍先生逝世十周年演出，张卫东先生供图

国文课

中国文脉十五讲

徐晋如 著

广西师范大学出版社
GUANGXI NORMAL UNIVERSITY PRESS
·桂林·

国文课：中国文脉十五讲
GUOWEN KE: ZHONGGUO WENMAI SHIWU JIANG

图书在版编目（CIP）数据

国文课：中国文脉十五讲 / 徐晋如著. --桂林：广西师范大学出版社，2022.5
ISBN 978-7-5598-4914-4

Ⅰ. ①国… Ⅱ. ①徐… Ⅲ. ①中国文学—文学史研究 Ⅳ. ①I209

中国版本图书馆 CIP 数据核字（2022）第 062739 号

广西师范大学出版社出版发行
（广西桂林市五里店路 9 号　邮政编码：541004
网址：http://www.bbtpress.com）
出版人：黄轩庄
全国新华书店经销
广西广大印务有限责任公司印刷
（桂林市临桂区秧塘工业园西城大道北侧广西师范大学出版社集团有限公司创意产业园内　邮政编码：541199）
开本：880 mm ×1 240 mm　1/32
印张：13.125　　插页：8　　字数：320 千
2022 年 5 月第 1 版　　2022 年 5 月第 1 次印刷
定价：88.00 元

序

龚鹏程

世上的书亿亿万，值得读的其实没多少，至于说能对世道人心有所补益、影响良善，那就更难。本书允为其一。

书从《诗经》讲到明清传奇，试图重新建立中国的文脉。

近些年，社会最大的进步，是体会到并承认中国文脉已断，不再如饮狂泉而不自知。所以能发觉目前之杂乱无章、粗鄙无文即由于文脉已断；又因颇为乱象所困，故深感有整治恢复之需。

然而，恢复已断的文脉虽已是社会共识，却积重难返，当年斩断文脉之因素和主张仍然盘踞要津。而那原初的文脉，既已断了或淡了，现在人意识中自然也就没有或模糊了，还要怎么恢复？

这都是横梗在眼前的问题，事实上也就是徐晋如这本书写作的契机。故此书既必是传世之作，也是当机之作。

与他这本书对应的，是另一本“经典之作”，影响了一百年的胡适《白话文学史》。此书之所以是现代经典，在于它逆转了文学的概念、颠倒了文学的论述，替中国文学另造了一个身世。

中国文学,《昭明文选》早就说得清清楚楚:“贤人之美辞，忠臣之抗直，谋夫之话，辨士之端……虽传之简牍，而事异篇章，今之所集，亦所不取。”

口语之美，跟文笔是两回事，所以《文选》不选。文学，顾名思义，即文字构成的艺术。

胡适却来个大颠倒，不但将口语拉入文学阵营中，且要说它才是文学史之主流。与此配合的，尚有一个“民间出身论”，谓文学皆起于民间之口语或歌谣，其后才渐被文人学去了，予以加工。但一加工，就成了仿品或次品，而僵化而死亡。

他们的道理千千万，而且已讲了一百年，不必我再复述。但我就问一句：若如其说，何不径称为“语学”或“言学”“说话术”而偏要称为文学？

语学、言学、说话术等等，不是我的杜撰，西方所谓“修辞学”指的就是这个。柏拉图说是用语言讨好听众的雕虫小技，亚里士多德说是劝说之手段。从法庭攻防、市政辩论到悲剧演出，都仰赖此术，而以悲剧为尤要。

史诗、悲剧、喜剧、酒神颂以及大部分双管乐和竖琴等各种摹仿的艺术中，亚里士多德最重视悲剧。悲剧虽有情节、性格、言词、思想、形象和歌曲等六元素，但以语言为最要。甚至悲剧本身就是语言构成的艺术:“是对于一个严肃、完整、有一定长度的行动的摹仿；它的媒介是语言。”(《诗学》)

所以，由语言构成艺术，总名为“语学”或“言学”是没问题的。亚里士多德的《诗学》，原来含义也即如此。当年翻译引进此书时，采用的是《毛诗序》“在心为志，发言为诗”，所以才把语学翻译成诗学。结果反而常引起困扰，因为悲剧、史诗等跟中国人讲的诗，实是两回事。

西方后来之所谓文学，乃是将史诗、悲剧、喜剧、酒神颂等语言艺术用拼音符号记录下来。因言语随风而逝，需要记录下来才能流传。

然而这就是文学吗?《昭明文选》早有答案：言语之美，也很不少，可是“虽传之简牍，而事异篇章”，跟文字艺术终是两途。

照这么说来，西方就没有文学啦?

然也!

西方只有拼音符号，没有文字。其拼音符号只是日本的平假名、片假名，韩国训民正音，我国注音符号、汉语拼音之类东西，可以记录语言，达成部分类似文字的功能，但它最多只是“假名”不是“真文”。真文以及真正的文字系统是中国独有的。所以西方没有文学，就如他们不可能有书法艺术那样。

艺术都是依其文化本性来创造的，民族里没有的，就造不出来。我们谈论一切，都不能忘了这个常识，鱼不羡慕鸟，鸟也勿追随着鱼。

例如中国没有暗箱式思维模型，自然发明不出照相术、透视法之绘画、电影，也不会有光影艺术、彩绘玻璃。同样，西方也只能有罗兰·巴特说的“字母艺术”，而无书法。

文学，中国以诗赋为代表，西方绝对没有赋这样的文体，也不能有对联、律诗，因为这些格律不来自音乐和语言，乃是文字的构造。

可惜,《白话文学史》和白话文学运动以来,常识没人管。鱼老是羡慕着鸟、学习着鸟,或要以语言代文字(白话文运动已有林纾“尽废古书,行用土语为文字”之评,后来更逐步走上行拼音、废汉字的路子),或哀叹为啥没有翅膀(为什么中国没有史诗、没有悲剧……)。这样,文脉焉得不断?

中国历来不是没有语言艺术及其传统,但那只是旁支,且最后被并进文字艺术,跟西方完全两样。

从世界其他文明说,人类用以传情达意的媒介与符号,都是先有图像、声音、语言,然后才有记录声音语言的符号。大多数民族(我国也有几十个)则根本还没来得及发展出这种符号。

中国不然,文字是独立的符号系统,跟语言有关却不附属于语言,性质不在于记录语言。其起源,说得早,是伏羲画卦,一画开天,或原始真文,创生天地。不但比声音、图画、语言更早,也更根本。声音、图画、语言等其他符号绝对无此地位——近时法国的德里达解构西方文化,认为整个西方乃是言语中心主义(又称逻各斯中心主义)的,故应建立文字学。其对照系统,正是中国——说得晚,也是仓颉造字,天雨粟、鬼夜哭。而仓颉被称为史皇,各地都有拜他的庙。

由文字到文学,中国的文学源头是《诗》《书》。书当然由文字书写而成,即使是盘庚迁殷之辞、牧野誓师之语,也都是文告,而非传语,故亦成为后世文章写作之典范。南朝裴子野、北朝苏绰都有学《大诰》之议;就是韩愈,也要“上规姚姒,浑浑无涯;周诰、殷《盘》,佶屈聱牙”(《进学解》)。

诗呢?《白话文学史》已降,都像发现了宝一样,努力说它是民间歌谣。这在西方人看来，当然是无疑的，荷马史诗也是这样民间传唱，后来才录成文本。所以西方汉学界以口传文学理论来研究《诗经》，从葛兰言（Marcel Granet）到王靖献、宇文所安（Stephen Owen），早已蔚为传统。中西一唱一和，说得跟真的一样。

可是《诗经》有雅有颂，一是宗庙祭祀、一是朝廷礼乐，它们当然不出于民间。风呢？开篇第一首就是“钟鼓乐之，琴瑟友之”。此，君子之学也，又怎么可能是民歌？再说，当时诗与礼乐偕行，亦是常识，宣传《诗经》是民歌的人总是连常识都顾不上。

更重要的是:《诗》跟《书》一样，主要是书写之文，而非口传歌述。

早先高本汉（Bernhard Karlgren）即已说过，真本《尚书》的章节跟《诗经》的颂诗，可能被转录于木质文书之前，早已被铸于铜器之上。押韵和四言句式在西周最早期的铭文中就有了，共王、懿王以后愈加规范，铭文愈来愈长，也愈来愈诗化。跟《诗经》的诗篇，有些甚至是同一事的不同书写，像《江汉》和《兮甲盘》的关系就十分密切。

因此,《诗经》的诗，更可能如唐人写成诗以后“付之管弦”那样，非口语歌谣之纪录。事实上，包括宋词元曲明清传奇，文人创作，写付歌儿，一直是常态，柳永之生平、书会才人之际遇，无不可以印证此点。采谣谚入诗，只有竹枝词这类特例。

而即使是竹枝，采谣谚入诗时均有砻裁，使其文化、雅化、格律化。

整个语言艺术系统均如此。例如史是书写的,“街谈巷语，道听途说”就是语言的，称为小说。小说要发展，一是要有司马迁这样的史家，把“其文不雅驯”的部分改写入史；二是自已朝雅化的方向发展。秦汉之小说，发展为魏晋六朝之《语林》《笑林》《世说新语》，转仓促之语词为优雅的文辞，继而再发展成以史笔见长的唐传奇，即是如此。宋代以后，说话人的话，也同样逐渐书本化，形成话本。然后更倒过来，不说话而说书了。如演义、子弟书，或遍布各地书场的大鼓书、说书，均如此，自我转化以融入文言传统。

文言，就是语言的文雅化。在现实的语言层面其实也如此，所以我们的语言很早就分化为日常俗语和“雅言”两类。雅言，即语言朝文字的类化，读书人，从孔子以来皆雅言诗书，故形成一种读书音，成为后来官话、普通话的前身，与方言俗语相区隔。

为什么要这样雅化？原因很多，但最根本的，是徐晋如所说：人若自甘卑鄙下流，那就罢了，若还想脱离禽兽境地，当然须让自己有点文化。文化是什么？就是以文化之，化掉鄙俚之气，修身读书，慢慢成为君子。

人如此，语言文字也一样，鄙俗渐渐升进到平实，质朴渐渐升进到有文采，令人见之怡悦，是一定的进程。孔子谈到外交辞令时说，“为命，裨谌草创之，世叔讨论之，行人子羽修饰之，东里子产润色之”，讲的也是这样的进程。

因此，重新调整视阈，了解文脉、接上文脉，既是文学，也是人学。愿读此书者，于此能善体会之，然后顺着徐晋如的讲解去具体理解各时代文学作品即可。

引　言

本书不是研究中国经典文学的文学史著作。

中国向无文学史之著，近代以来，因受日本之影响，始有人著为文学之史。以后所谓文学史者，或宗苏联，或祧欧美，皆去中国文学之正脉远甚。且凡为史者，皆言过去之事，而中国文学从诗骚以降，历千万祀而不衰，譬如一个人，他的高曾祖乃至其远祖到底做过什么，当然需要记到家史中，但这个人今尚健在，给自己所经历的岁月写一本史书，宁非可笑？

本书也不是中国经典文学的欣赏著作。

欣赏一词，本出于陶渊明的诗："奇文共欣赏，疑义相与析。"欣赏者，欣然有会于心而赏会之也。欣赏是因对文艺的悠然心会而产生的愉悦感，既不能宣之于口，也不能移之于人。陶渊明说有人能与之"共欣赏"，是因其人与渊明性情相契，学养相近，这才有"共欣赏"的基础。

本书是一位中国经典文体的创作者，对中国经典文学的返视内观。

三十年来，我遗世坐忘，澄心静虑，体察着中国经典文学的躯体，直如它就是我自己的身体。我感受着气机在体内经络中的自然流行，惊叹于中国文学的自成宇宙，更为中国文学的蓬勃生气而感动莫名。在这个漫长而奇妙的历程中，我作诗填词，为骈散文，无时或辍，以古人之心为我之心，逐渐找到了孰为任，孰为督，感知着中国文脉的沉雄博大。这又是一次难忘的证道之旅，我也在玄览中国经典文学时，深切地体悟到中国文化之道。我忍不住想把我的体悟写出来，好让有志上接中国文脉的读者，懂得存古人之心，行古人之道，阅古人之境。

2018年上半年，我开始写作本书，每两月写一篇，交《社会科学论坛》杂志，以《中国文学的正脉》之名连载，至2020年底始告厥成。两年多来，每次我都要责任编辑袁佳佳女史再三催促，才能交稿，甚至有好几次，她都是把整一期的刊物排好版，留着版面等我的文稿到了，这才下厂印制。之所以成稿如此之艰，非因材料之匮乏、研究之不足，而是因为，每一次写作，我都要克服内心强烈的忧惧。我很清楚，本书对中国文学的认知，大违于今之学者，也全然逸在普通文学爱好者的期待之外。我愈是与古人心意相通，便愈感在现世的孤独，也就愈加怀疑，在这个“滔滔者天下皆是也”的时代，古调究竟弹与谁听？但与古人的旦暮之遇，又让我怀着一份不能被压抑的自傲。每一次我都因忧惧而艰于落笔，而最终我还是因这份自傲的驱动，完成了本书。

本书意在通过体悟中国各经典文体，及各文体之重要作家作品，描画出中国的文脉。中国文脉二字可以尽之，曰风雅而已矣。白话文体不在本书的考察范围，因其本就是为着反风雅之道而存在。

我从《诗经》讲起，就是为着彰显风雅之道。接着是讲屈子，我提出《离骚》是屈子的证道之作，恐怕前无古人，但我仍勇于自信，因我的确在《离骚》中读出了屈子求道的心迹。我在讲到赋时，特别指出司马相如的士人风骨，也顺着第一章《君子之学》的话头，进一步阐发了文学“为己”之义。我又专为《古诗十九首》设了一章，是想说明中国文艺以高古为极则。后世诗家，我只取李、杜，馀子非不足观，但因本书只谈文脉，万古江河既不废，其他淮、济、汉、洛，自不必重溯。

乐府为文乐合一之体，我尝从张卫东师拍曲多年，故于文乐相须相成之际，颇多感发；书中分别为乐府诗、词、曲之鸟瞰，重视醇雅之美、闳约之致，或能稍亲风雅。近世以来，学者多误以为文言即古文，不知更有六朝骈文，蔚为文章正宗。我在讲完六朝文的风流蕴藉之后，更以专章推介有“唐孟子”之称的陆贽，我以为陆贽的骈文，是中国文章的昆仑泰岱，无人堪与并肩。唐宋八大家我只讲了四家，于韩柳之际，我抑韩扬柳，因韩有文化专制之心，而柳能顺民之性。宋六家仅取欧公与大苏，我爱重欧苏文章气节，炳焕交辉，尤其是在写到苏轼时，我觉得自己真能聆听到其幽微的心曲。这或许是因为我和他一样，命宫摩羯，上升又皆是摩羯，同为守死善道之士。大苏的文章带给我的心灵激荡无以言喻，我不知道自己一枝秃笔，究竟能表彰出多少他的执着深沉。

本书多绝未经人道之语，读者诚能平心静气，阅读本书，自会发现我对几乎所有的经典作品的看法，与硕彦时流的观点，都有着或多或少的歧异。在写作本书时，我常常感觉周遭虚无一物，只有我与古人相对倾谈。这种冥冥之境，在我迄今为止的写作生涯中，都是十分罕遇的。

昔龚自珍诗云：“文侯端冕听高歌，少作精严故不磨。”此书是我步入不惑之年后所著，早已非少作，然我平生唯此书运思最深、用力最覃，固当卷怀自珍。我曾经深深折服于勃兰兑斯的名言：“文学史，就其最深刻的意义来说，是一种心理学，研究人的灵魂，是灵魂的历史。一个国家的文学作品，不管是小说、戏剧，还是历史作品，都是许多人物的描绘，表现了种种感情和思想。感情越是高尚，思想越是崇高、清晰、广阔，人物越是杰出而又富有代表性，这个书的历史价值就越大，它也就越清楚地向我们揭示出某一特定国家在某一特定时期人们内心的真实情况。”（**［丹麦］勃兰兑斯：《十九世纪文学主流》引言**）但我现在认为，中国文学本质上是中国文士的证道心迹，道不变，文亦不变。中国文学依本于中国文士对道的拳拳服膺，中国文脉从《诗》《骚》以降，一直遵循着风雅之道，从未更移，虽在二十世纪横遭两度摧折，却能绵延至今。然则本书之成，岂止不惑，抑且无憾焉。

中国文学古称辞章，与义理、考据同为国学之大宗，而辞章实兼义理、考据之胜。《诗大序》谓“正得失，动天地，感鬼神，莫近于诗。先王以是经夫妇，成孝敬，厚人伦，美教化，移风俗”。之所以诗有如此神奇之功用，乃因诗根本于人的性情，最合于“修辞立其诚”之道。文赋之佳者，胸襟、识力、才具、学养同样缺一不可，文如其人，最是真实不妄。金代元好问诗云：“心画心声总失真。文章宁复见为人。高情千古闲居赋，争信安仁拜路尘。”（**《论诗三十首》其六**）晋代潘岳字安仁，谄事权贵贾谧，每候其出，望其车尘而拜，却能写出高情千古的《闲居赋》，岂非说明文未必如其人？其实不然。元好问此诗感慨的是有些人写的字、作的诗都违背了真性情，文章自然见不出为人。《闲居赋》纵然“高情千古”，却仍是“失真”的文字，而真正第一流的文章，是以性情的真为第一要义，绝不存在见不出为人的情况。辞章最见性情、胸次、学识，故国学三大宗，自应以辞章为首。1944年，张尔田先生致信《学海》杂志主编钱仲联，谓：“弟少年治考据，亦尝持一种议论，以为一命为文人，便不足观。今老矣，始知文学之可贵，在各种学术中，实当为第一。”他举当时的名诗人、学者沈曾植为例说：“其史学佛学，今日视之，已有积薪之叹，而其诗则自足千古。异日之传，固当在此而不在彼也。”又论夏敬观，以为其词与郑珍的诗相埒，在清代无与抗手，“近日忽喜作考据，欲与王静安辈，当场赛走，可谓不善用其长矣。弟甚惜之。”（钱仲联辑《张尔田论学遗札》）王静安即王国维，早年忽为文学，忽为哲学，三十五岁后，始专力于考据之学，然而考据是科学的，见不出人的生命精神，更无以安放人的灵魂，故考据既不足以安身立命，其教化之效，亦远不及于辞章之速。王国维的《静安诗稿》《人间词》，虽不足以方驾晚清沈曾植、陈三立、王鹏运、朱祖谋诸大家，却因包蕴着静安的生命精神、人生观念，较其考据更有不朽之真价。辞章为国学第一大宗，中国文脉实即国学之主脉，故本书亦可名之曰《国学概论》。

本书写到后半时，正逢庚子大疫，我幽处宣南，息交绝游，阅七十九日，成《庚子春词》一卷，较诸一百二十年前的《庚子秋词》，未为稍居下风。疫情期间我尚完成了平生最自爱的论文《中文系何为?》，此文主旨，与本书颇多暗合，且皆忧患之作，故谨以附后。为免读者翻检之劳，我也开列出国文自修极简必读书目，不当之处，博雅君子，幸有以教我。

本书中凡引用韵文，原则是用韵处用句号，非用韵处用逗号，词曲似断非断处，则用顿号，与一般图书标准不同，祈读者亮之。书中古今异读之字，多为标出，因音律所关匪细，现代汉语丢失了太多文字的音韵之美，不得不以此稍作补救。又古书繁体字与今之简化字常有不能对应处，为免混淆，“多馀”之“馀”不作“余”，“一齣戏”之“齣”，也不作“出”，等等。此为无奈之举，同望理解。实际上要想真正接上中国文脉，不但要熟悉并熟练掌握繁体字，也要熟知声韵平仄，尤须养成文言的思维，不如此，便永远徘徊在中国文学的墙外。

本书成稿，原投某老牌国字号出版社，该社编辑商议后退稿，覆信谓:“我们觉得大稿文采斐然，对古代文学有自己独特的体认和系统的认识，可谓卓尔不群，但是大稿中对‘新文化运动’的评价，及全书所体现出的精英主义的倾向，皆与我社立场相左，故只好放弃。”正如该社编辑所云，此是“根本的思想立场，无法通过修改来达成共识”，况且我也绝无可能就此根本立场问题，做出妥协。幸蒙云起师之介，广西师范大学出版社不以拙著褊狭，慨然决定付梓。到签合同时，我才发现总编辑汤文辉先生正是十四年前我第一部公开出版的著作《大学诗词写作教程》的责任编辑，奇缘辐辏，并记于此。

辛丑中秋徐晋如于稳心庐

目 录

一 君子之学

特立独行的中国文学/儒家尚文的原因/文学是润身饰德之道/国学三鼎足之一/诗古文辞的含义/中西文学观念的根本歧异/中国各体文学的价值序列

文艺与中国文脉

新文化运动确立了白话文的主体地位，两千多年来一直作为民族共同语的雅言退居边缘，成为潜行于地下的洑流。然而，书面语的变革只是表象，新文化运动给中华民族带来的更深刻的变化是，它让这个民族的文化基因产生突变，从此以后，现代中国人与传统中国人适成胡越。相应地，新文化运动之后的中国文学，也不再是传统意义上的中国文学。新文学的拥护者为之欢欣鼓舞，宣称中国文学从此融入世界文学，但在新文化运动的反对者——比如我——看来，这却意味着中国文脉的沦丧。盖一国之所以能卓立于世，其表在政，其里在学，夫无世守之学便无世守之国，中国之所以是中国，便因其有世守之国学。一国之学何者最重？当然只能是滋养性情，让生命更好地成长的文学。文学不仅是关乎个人修养的学问，更是一国国民精神的最高表现。因此，处今之世，若要真正理解中国文化的正脉，就不能不先理解何谓中国的文学，而要理解何谓中国的文学，先必须廓清新文化运动的迷雾，尝试理解中国古人对文学的定义。

新文化运动以后所讲的中国文学，是世界文学当中的一员，与其他民族的文学等量齐观。但倘使我们上溯诗、骚，仰观俯察中国传统文学的源与流，便可知道中国文学不同于其他任何民族的文学，它有着卓然不群的品格，特立独行，无与伦比。它与世界各国文学之间的差异，不是体现在文学风格、审美旨趣上，而是体现在它们背后的人文精神上。概乎言之，中国文学与世界上其他所有民族的文学之间存在着一个最根本的分野——世界上其他所有民族的文学都起源于民间，是国民的文学；而中国文学起源于庙堂，是士大夫的文学。起源于民间的文学，不尚典重，不崇古雅，偏于通俗、普世，崇拜想象力，叙事文学如戏剧、小说是其主流；起源于庙堂的文学，以高古雅正为极则，它的创作主体是士夫君子，文学要能抒写贤士大夫幽微隐曲芳馨悱恻的心志，它的受众主要是读书人、士君子，浅俗鄙俚是它的第一天敌，崇拜学养，以抒情的文学（如诗赋）、言志的文学（如古文）为主流。

现代中国人很难理解传统的中国文学，乃因现代中国人受新文化运动影响，不再崇尚君子之道。王国维《古雅之在美学上之位置》一文，劈头即曰："'美术者天才之制作也'，此自汗德（今译康德）以来百馀年间学者之定论也。"说的是世界文学对天才的推崇。然而王氏又云："然天下之物，有决非真正之美术品，而又决非利用品者；又其制作之人，决非必为天才，而吾人之视之也，若与天才所制作之美术无异者。无以名之，名之曰'古雅'。"接着几乎都是举中国文艺的例子，以阐明其说。他说出了中国文艺的特异之处，即中国文艺有着很多并非天才之创制，却因其积淀了学养、历史、文化而卓绝的作品，这类作品是靠着古雅的风格而与天才创制分庭抗礼的。王国维能发现古雅的美学意义，缘于他本就身处与世界文艺迥异的中国文艺传统中。然则何以中国文艺能有此卓异的风格？原来，中国的文学、艺术，本来只是君子的修养之术，孔子说"志于道，据于德，依于仁，游于艺"，文学、艺术原不过是成为大人君子的途径罢了。这样的文艺传统，当然并不鼓励不世出的天才，而是要鼓励博学于文，好古敏求的为学之士。

文与艺，在中国文化的语境中，常常是可以互通的。六经又称六艺，是文即艺也，后世制艺实则八股文，是艺即文也，刘融斋《艺概》，实即文、诗、词、曲诸文体之概论。必欲区分之，则“文”内涵较狭，而“艺”则涵盖殊广。兹单言文学，以别于书法、绘画、音乐诸艺术之道。

文学，或单言之曰文。《论语·学而第一》里有这样的一段话：

> 子曰：弟子入则孝，出则弟，谨而信，泛爱众，而亲仁。行有馀力，则以学文。

在孔子看来，德行是学者必修的基础教育，文学则是行有馀力者才有资格接受的高等教育。故文学实较德行更为重要。南宋朱熹解释道：“文，谓诗书六艺之文。”是知先秦时所谓“文”或“文学”，指的是儒家经学，相当于今天人文学术的全部。

我们再看《论语·述而第七》里面的记述：

> 子以四教：文、行、忠、信。

可知文学实为孔门思想之机枢，排在行、忠、信之前。

《论语·先进第十一》里则记述，孔门专门之业各有弟子为其杰出之代表，德行科有颜渊、闵子骞、冉伯牛和仲弓，言语科是宰我、子贡，政事科是冉有和季路，文学科则是子游和子夏。后世因称德行、言语、政事、文学为“孔门四教”。四教之中，文学最难，须是“行有馀力”才能深入研探，所以放在最后说。而实际上儒家思想正是靠的文学科的学生传播、继承。倘没有这些文学之士，不可能有经学在后世的传承。

然则所谓文者，其义安在呢?《周易·系辞传》云:“物相杂，故曰文。”各种线条、色彩交织在一起，便称作“文”，引申指对人的天性进行修饰，所以文的对义词是质。孔子说“质胜文则野，文胜质则史，文质彬彬，然后君子”。天性强过文化的修饰，便不能很好地管理自己；文化的修饰掩住了天性，就导致浮华夸饰。文质相互平衡，这才是君子该有的气质。

不同于墨家之尚质，道家之反文，儒家对诗书礼乐之文有着特别的注重。当时有棘子成者，质疑儒家重文，说:“君子质而已矣，何以文为?”孔子的学生子贡马上反驳他，说“文犹质也、质犹文也”，倘使没有了毛色斑纹相区别，虎豹的皮革和狗羊的皮革也就没有了区别。君子之道，固不仅要有美好的天性，更要经后天诗书礼乐的文饰，才能动行举止，莫不文雅典重，自然流露出高贵的气质。

文独具教化功用。《易·贲·彖》曰:“观乎天文，以察时变，观乎人文，以化成天下。”人文、文化二语，并出于此。治国之大人君子，对文的意义有了深切之了解，遂能教化天下，让天下臻于大成。

儒家是一整套包蕴着伦理学、政治学、哲学、宗教观的思想，可以统谓之曰人文思想，它的终极目标，便是“观乎人文，以化成天下”，而其具体实施的路径，则是诗书礼乐易春秋之教，谓之“文学”。因此，在孔子那里，在早期儒家那里，文学的根本意旨只是一条：养成学者完善的人格。

儒家认为，学者毕生所学，不过是求得人格的完全，亦即是“仁”。仁，古文字亦作“忎”，上“身”而下“心”，是心之全德之谓。今人入孔庙，凡孔庙中必有两副匾额，一副为“中和位育”，一副为“与天地参”，并出于《中庸》。中和位育，是“致中和，天地位焉，万物育焉”的省语，意谓人人能修一己之善，与他人、外物谐和，则天地自然形成完美的秩序，万物都得以自由充分地发展。与天地参（sān），意即与天地并列为三才。人不该只囿于小我，而应该追求宇宙人生之大我。这八个字，即孔子为中国人所开示的民族信仰。完善的人格即法天则地、与天地参，效法天地运行之消息，让自己的人格臻于天地伟美之境，而终于达到中和位育的至境。此即儒家的根本意旨所在。

完善的人格在气质上表现出的就是温文尔雅。尔雅的尔，通“迩”，是“近”的意思，尔雅就是亲近于雅。“温”是温柔敦厚，“文”者谓君子言行举止，皆合于规矩，合宜、合度、美好。然则温文尔雅的美德自何处而来？只能从文学中来。

先秦时凡润身饰德的学问，都谓之文学。但自梁代昭明太子萧统编《文选》，文学便有了更加明晰的定义，只有“事出于深思，义归乎翰藻”（《文选》序）的，才被认为是文学。即是说，文学须出于深沉细腻的审美感受，抒情达意须借渊雅优美的文辞声韵传递开来。此后直至二十世纪前，中国人的文学观念盖皆不逾于此。

而新文化运动之后所谓“文学”，则是自西方舶来的概念。其义有二，一为文学须有独特的语言艺术，二为文学须表现作家独特的心灵世界。朱光潜先生无疑是受此文学观影响的一位学者。他认为侦探小说不是文学，因为侦探小说满足的是读者的理智，而不是读者的情感。但倘若持此文学观观照中国传统文学，直是圆凿方枘，扞格不通。如载道的文，用于酬应的表启，乃至祭文哀诔，这一类的作品，在新文学研究者眼中，都不是文学，然而它们恰是中国文学之大宗。

昭明以降直至新文化运动之前，中国人所谓文学，有着比今日之文学更崇高的地位。文学，是国学的三鼎足之一。中国传统学问，只有三门：曰义理，曰考据，曰辞章。文学就是辞章之学。辞章不仅涵盖经史子集四部中的集部，经部中《诗经》《易传》《尚书》《礼记》《左氏传》何尝不是辞章？诸子百家之文，皆是后世习文的涂轨；史部中《史记》《汉书》是古文正宗，唐人刘知幾《史通》既是著名的史学理论著作，又是漂亮的骈体文；中国文学理论的最高成就是《文心雕龙》，清人王先谦《骈文类纂》选录其文，竟有五十篇之多。一部文学理论的著作，竟同时也是最好的文学作品，这在已为西方文学观所俘虏的今之学者那儿，是无法想象的。唐代陆贽，曾做到德宗朝的宰相。他早年随唐德宗颠沛造次，亡命流离，为德宗草拟诏令，“虽武人悍卒，无不挥涕感激”（韩愈《顺宗实录》）。一生所作的制诰奏草，属于今天决不认为是文学的应用文、公文的范畴。陆贽文集全书是用当时通行的骈体文著成，文辞之渊赡高华，自不必说，说理之透彻、论事之中正，更是旷代所绝无仅有。在其他任何民族，都找不出像陆贽的文集那样的例子，既是有极高史料价值的公文，又是研治骈文这一中国独有他国绝无的文体所必读的范本。

中国文学的正宗

辞章之学，又径曰诗古文辞。很多人不知这四个字该怎么断。它的含义本是指诗与古文，姚鼐有《古文辞类纂》，就是把西汉贾谊以降的古文按其功用分作十三类。但我认为古文辞不应当仅仅理解作古文，而应该理解作古文和辞赋，这才可以总括中国文学的正宗。

诗是辞章之学的第一大类。以优美精练的文字表现情感，而又讲究声律的文本，便是诗了。诗必有韵，然而有韵未必是诗；诗必有优美精练的文字，然而光有优美精练的文字，没有声律上的讲究，却只可看作是文，而不可看作是诗。

而倘加以条分缕析，诗又可分为诗和乐府两途。我们今天常说乐府诗如何如何，但是在古人那里，乐府和诗殊有分别。最明显的分歧是，诗不是音乐文学，而乐府是音乐文学。音乐文学，即文本和音乐本来是一而二,二而一的，文本与音乐不可分离。它的根本功用，是要供人来传唱。

正因为乐府要供人传唱，它的文字必然就趋向通俗明白，它所表现的必然是广阔无垠的世态人情，它所传递的情感，是人类共通的、社会共通的情感，而诗既不需要供传唱，其表现的就必然是诗人独特的生命体验和情感体验，在文字风格上也就更形典雅。

中国传统上重视诗胜过乐府，唐代元稹、白居易的新乐府运动，今天的文学史教材对其评价极高，但在传统中国的诗评家那里，元白二位却是一贯被鄙视的对象，否则何来“元轻白俗”的说法呢？重诗而轻乐府，其故安在？原来，中国的学术莫不受孔子思想之沾溉。孔子说“古之学者为己，今之学者为人”，意谓，古代那些高贵的读书人，问学修业，为的是完善人格，学成君子；今天那些卑贱的读书人，读书求学，都不过是为了谄媚权贵，猎取利禄，迎合大众，以博时名。为己之学，是治中国学问者第一当注意者，诗书礼乐，莫不如是。诗相较乐府，更是为己的学问，因此在传统中国人的价值谱系中，诗要比乐府的价值更高。

古文是辞章之学的第二大类。我们今天所学的文言文，绝大多数是文言的散文，也即古文。所谓古文，本来是和骈文相对的概念。它不要求对仗，不注重用辞的华丽绮美，不需要征典用事，而崇尚文势的纵横驰骋，思想的精微要眇，行文的真气流行。在唐代以前，中国曾有一段漫长的时间，主流文体是注重辞华文采，要求对仗，大量用典的骈体文，到唐代官方文书还必须用骈体文写。骈文在六朝时期最盛，故又称为“六朝文”，代表着贵族高门追求精致的审美精神。唐代中期以后，平民知识分子的势力逐渐兴起，他们需要能符合他们的审美的新文体，这样，从中唐韩愈、柳宗元开始，就倡导模仿六朝以前，特别是先秦两汉的文章，便把这类散行的文字称作古文。历史上一直有古文、骈文孰为文章正宗的争论，我个人认为骈文是中国文字运用到了极致的产物，是汉语之美的最终极的体现，因此骈文应该有着比古文更高的文学价值，更应被看作是中国文章的正宗。

诗古文辞之辞，本指辞赋，引申是指注重辞华文藻的文体。主要便是各种骈体文和辞赋。它们的共同特点是注重词藻，讲求用事，即古人所谓“属辞比事”，属是联缀，比是排比。辞赋一词，本指楚辞与赋，但实际上楚辞本就是赋的一种，只是因为楚辞影响太大了，这才单拿出来说。

新文化运动时期，陈独秀著《文学革命论》，把明代注重继承传统，注重学习先贤的前后七位共十四位文学家以及桐城派古文名家归有光、方苞、刘大櫆、姚鼐称做“十八妖魔”，而钱玄同致陈独秀信中则称当时善古文辞者为“选学妖孽，桐城谬种”。选学的“选”是指《文选》，所谓选学，是指模仿《文选》，学作骈体文和辞赋。古文发展到清朝，桐城派成为最大的文学流派，当时天下学古文者，莫不以桐城为宗。新文化运动所谓“选学妖孽，桐城谬种”，等于把中国的文学传统彻底否定掉了。两千多年来中国文学的伟大成就，在新文化运动的健将们看来，竟然毫无价值，这是多么可悲、多么可怕的一件事情！

新文化派为中国文学造了一部“圣经”，那便是《红楼梦》。更造出一个新名词，叫作“四大名著”，即《水浒传》《三国演义》《西游记》和《红楼梦》。在持“新文化”观念的脑袋里，这四部小说，便是中国文学的顶峰了，而《红楼梦》，无疑更是峰顶的孤松，傲视群伦。毕竟，在所有中国文学作品中，只有小说跟西方最对得上话，而《红楼梦》又最像是西方人写的。

然而，在中国传统的文化观念中，小说家者流，不过是九流百家中最无足轻重的一流罢了。成书于清乾隆年间的《四库全书》，分经、史、子、集四部，是中国古代最大的一套丛书，足可代表中国古代知识精英对学问的认知,《全书》中不是没有收小说，但却是归入到子部小说家中去，仅视为稗官野史一流。而主要收文学作品的集部，并没有小说的位置。新文化派认为，只有世界其他国家皆有的，才是活的文学，凡仅为中国独有的，便都是死的文学。不惜削中国文学之脚，以适应西方文学观念之履，纵使流血殷然，也在所不顾。他们一力推崇中国小说的地位，遂把数千年来中国人的文学观做了彻底的扭曲。胡适曾给青年开《最低限度的国学书目》，不列《史记》《汉书》《资治通鉴》这些真正的国学经典，反是《三侠五义》《九命奇冤》等俗小说赫然在目，适足以证明胡适既不懂中国文学，尤不知国学为何物。关于这一点，只要读一读他的那部所谓的诗集《尝试集》，就可以知道，那不过是一个文学青年拙劣的练笔。一个本无操觚之能的人，又如何能真正理解中国文学的精妙玄眇呢？这也难怪，他能把古诗词中常出现的一个词——檀郎，解释为“香喷喷的郎君”，闹出大笑话来。（晋代的美男子潘岳，字安仁，即俗所称貌比潘安的潘安。他小字檀奴，女子称爱郎为檀郎，是把爱郎比作这位著名的美男子。）

梁启超批评道：

> 我最诧异的：胡君为什么把史部书一概屏绝！一张书目名字叫做“国学最低限度”，里头有什么《三侠五义》《九命奇冤》，却没有《史记》《汉书》《资治通鉴》，岂非笑话？若说《史》《汉》《通鉴》是要“为国学有根底的人设想”才列举，恐无此理。若说不读《三侠五义》《九命奇冤》，便够不上国学最低限度，不瞒胡君说，区区小子便是没有读过这两部书的人。

西方文学大类为诗歌、散文、小说、戏剧，这四种文体没有一种能与中国文学的真实情况相吻合。中国的诗，如果取其广义，是包蕴了古诗、近体诗、各种杂体诗、乐府、词曲的；狭义的诗，仅指古近体诗，主要表达的是贤士大夫的精神世界，与西方诗歌颇有深浅隐显之异；文则有骈文、古文、赋的分别，在西方都找不到对应的概念。中国小说与西方小说之区别，前已述及，《隋书·经籍志》谓“小说者，街说巷语之说也”，是“道听途说”的野史，与西方小说截然二物。而西方戏剧的概念，与中国固有之戏曲，更是风马牛不相及。中国本无西方的话剧，近代李叔同等人组织春柳社，搬演话剧，号曰“文明戏”，实际是想说中国戏曲的宾白、演唱都不“文明”。在新文化派的眼中，凡是束缚人的天性的，便是不“文明”的，不知文明本就意味着对人的天性的矫正。中国戏曲是诗词的馀绪，传承的是歌诗、唱曲子词的传统，是把声音之道与戏剧冲突完美结合的典范，恰恰是文明高度发达的产物。我们现在把京剧翻译成Beijing Oprea——北京歌剧，但西方的歌剧只注重唱，其唱腔又无曲牌、板腔之格律，与中国戏曲分行当角色，有唱念做打、手眼身法步等技艺的讲究，有唱腔的格律要求全然不似。

中国诗往轻靡一路走，便降而为词，词被称作诗馀，是从文化精神、审美标准的角度来谈的。词往浅俗幽默的一路走，则衍而为曲。曲被称作词馀，相对词的雅丽的文化精神，曲就要通俗得多了，但从音乐的角度论，曲的声律却是极苛严的。中国文学的体裁，到了曲体，可以说是降无可降，意味着崇古尚雅的古典文化精神与时代沉降后浅俗的时代精神之最后妥协。一旦连曲体都要解放，那就彻底否定了中国文化的根本精神。所以，二十世纪初产生的所谓新诗、白话诗，打倒了一切的传统诗词曲体，只是分行写出，既没有韵，也没有声律上的规则，只能算是无意义的喊叫宣泄，不是真正意义上的诗。

今天我们最常见的两种诗体：绝句和律诗，可大致归入近体诗的范畴。近体诗产生于唐代，近是指唐而言。它是因唐人发明出一种吟诵的节奏，当时人写诗都按这种节奏调配平仄声，平声字占两拍，仄声字占一拍，由此形成严谨的声律，故得成为一种新的诗体。词之兴起，是因隋唐时燕乐盛行，词本是配合燕乐的曲词，当时叫作“曲子词”或“曲子”。曲之兴起，是因南宋后南北曲盛行，曲本来是配合南北曲的曲词。由近体诗而词而曲，其嬗变基于音乐之转移，乃是一水到而渠成之事，“新诗”却不然。所谓“新诗”，它的发生与中国音乐的发展毫无关系。作为“新诗”发明人的胡适，把诗的声律理解为是束缚人性，提倡不要任何有利于声韵谐配的规则的所谓自由体，他把自由理解为了人欲的放纵，迎合青年懒惰投机的心态，也就“尝试”出了一个与中国文化没有一点亲缘关系的“新诗”来了。胡适所不知道的是，西方的诗，也是要讲声律的，也是要押韵的，他所模仿的美国惠特曼的不讲声律、不要押韵的所谓“诗”，在西方文化中，是彻底的异类。诗词曲的声律，都是基于与它们相配合的音乐的旋律、节奏、吟唱方式，为诗词曲而不讲声律，便如唱歌不讲调高、旋律。不讲声律的所谓“新诗”，其本质就是荒腔走板不搭调的干嚎。

词曲的地位，当然不及诗古文辞，但支流别派，渐渐吞纳细流，反成中国古代文学的新大宗。词本是音乐文体，当然免不了音乐文体与生俱来的一些特质，如语虽真而意却浅，偏于众情而少个人独特的生命体验，能通俗而不能典雅，等等。但历代词家不满于词只能歌筵侑酒，抒写些倚红偎翠的情愫，逐渐往词中寄托家国之思、沧桑之感，甚至天地万象，靡所不包，凡登览怀古劝农谏上，无不可入词，这就使得词成了一种可以与诗相提并论的文体。这一文学进程，是从苏轼的“开出向上一路”开始，但直到清末王国维，以西方哲学精神写入词，才算最终完成。

曲本来分作两类：剧曲与散曲。剧曲是有情节、有故事的戏曲，它是诗化的戏剧，用唱咏的形式说故事。散曲包括套数和小令，套数是成主题成系列的小令的集合，往往也叙述故事，有些像今天的小品，或者是对一景一事极尽描摹之能事，如六朝的小赋；而小令就如同诗词一样，是单纯的抒情性的作品。散曲的整体文学成就不如剧曲，因为散曲文体轻靡，不为士大夫重视。剧曲的叙事能力无可替代，士大夫有说故事的需要，免不得要与之相盘桓，而士大夫抒情遣性尽可寄之于诗词，不必再劳曲中小令的大驾。元人的小令，可传者本就甚少，明人把自己按昆曲的曲调写出的小令作品，称作“吴骚”，意即吴地的楚辞，如此自高声价，其价值依然可疑。臧晋叔编《元曲选》，只收剧曲，是非常有见地的。今天能传唱的明清之曲，如《浣纱记》《牡丹亭》《一捧雪》《千钟戮》《长生殿》《桃花扇》，也都是剧曲。它们之所以能流传不朽，便因这些剧曲表现的是儒学的基本精神，符合君子的审美。

二

不学诗，无以言

回到《诗经》的时代理解《诗经》/今文经与古文经/六义与四始/风雅与变风变雅/吟咏情性/二南/诗与礼通/《风》诗与《雅》诗

《诗》亡然后《春秋》作

新文化运动以来，人们形成了两个积非成是的观念：一是认为《诗经》是中国最早的一部文学作品集，二是认为《诗经》中的《国风》皆出自里巷歌谣，是人民群众的集体创作。这两种观念对于正确理解《诗经》，正确理解历代诗人心目中的《诗经》（亦即历史文化意义上的《诗经》）毫无益处。

依照现代文学的观念去观照《诗经》，并不是什么“恢复其本来面目”，因为你并没有站在先秦时人的立场上看《诗经》，又何谈知其“本来面目”呢？先秦人当然会把《诗经》归入文学，但他们所理解的文学，指的是润身饰德的人格修养，《诗经》的政治人伦内涵和教化作用，才是先秦人关注的重点所在。认为《诗经》是中国最早的文学总集，看似把《诗经》抬得很高，实则是把《诗经》给矮化了，更是与传统中国人对它的理解完全脱节。《诗经》又名《诗三百》，自从孔子以诗授业，它就成为儒家的“经”之一（墨家亦以《诗经》为经），更不要说，在春秋战国时期，朝聘、盟会等各种重大政治场合，自天子以至诸侯大夫卿士，莫不需要赋诗明志，《诗经》具有无可替代的政治外交功用。

孟子说：“《诗》亡然后《春秋》作。”《诗经》中的诗，本是“志”的意思。所谓“在心为志，发言为诗”（《诗大序》），诗是历史的真实记录，读诗即可知史。诗心窈窕幽微，诗人善喻，用最形象的文字，揭示历史的本相，故鉴往知来，莫善于诗。在诗人消歇以后，才有编年记载的历史，即所谓《春秋》。《诗经》的历史文化意义，又岂是“最早的文学作品集”所能概括得了的？

秦始皇三十四年（前213），嬴政用李斯之议焚书坑儒，儒家典籍，多被焚毁。并定下“挟书之律”，禁止民间私藏书。这条禁令，直到汉惠帝时才废除。而到汉文帝、汉景帝时，渐渐开始向民间搜求文献，以恢复被秦破坏得不像样子的文化。文，是书之竹帛的典籍，献，是指胸罗掌故的贤者。文帝命晁错向伏胜学习《尚书》，又设《诗经》博士，用的是燕人韩婴所传的《韩诗》。景帝时又把齐人辕固生所传的《齐诗》立了博士。到汉武帝时，又增鲁人申培公所传《鲁诗》列入学官。最晚出的是毛苌所传的《毛诗》，西汉时未彰，但经东汉经学家郑玄作笺，反成后世影响最大的《诗经》版本。毛苌所传的《诗》，属于古文经，与汉初的鲁、齐、韩所属的今文经是不同的。

汉初搜求所得的六经旧籍，一种是靠儒生记诵下来，由专人以当时通行的隶书记录，是谓“今文经”；一种是从地下或孔壁中发掘，用先秦六国文字书写，是谓“古文经”。如鲁恭王坏孔子宅，却从孔府的照壁中发现了《礼记》《孝经》《尚书》《论语》等古本典籍；河间献王时号诸王最贤，发掘出《周官》《礼经》。毛苌所传的是古文经，是由孔子的学生子夏传鲁人曾申，曾申授魏人李克，李克授鲁人孟仲子，孟仲子授根牟子，根牟子授赵人荀卿，也就是孔子以后最伟大的儒家荀子，荀子传鲁人毛亨，是为大毛公。大毛公为《诗经》做了三项基础工作：一是以今天的话解释古语，这叫作“诂”；二是解释名物，这叫作“训”；三是指明诗的立意所在，这叫作“传”。毛亨再传赵人毛苌，是为小毛公。毛苌得河间献王支持，于河间之地传授《诗经》。至今河北省河间市有“诗经村”，村中田间老农都能吟诵《诗经》，文脉千秋不绝。清代诗人李绣子，有《行经河间诗经村》诗四首，其中说小毛公“斯人实后起，卓为圣者徒。微言窥获麟，大序重关雎，”又说《毛诗》“及身未能显，后代弥见誉”。对小毛公及《毛诗》的价值，作出不可更移的历史定论。

今天吾人读《诗经》，应当从《十三经注疏》中的《毛诗正义》入手。《毛诗正义》题为汉毛亨传（zhuàn），郑玄笺，唐孔颖达疏（shù）。为经书作注，以解说大旨，谓之为传；而笺的本意是指狭条形小竹片，古代简策有所表识，则削竹为小笺，系之于简。郑玄的笺，是为了表识毛亨之意，故称为笺。而疏则是指疏通原书和旧注（包括传笺）的文意。唐代的成例，疏不能质疑原注家的意见，这叫作“疏不破注”。大毛公的传和郑玄的笺，所得孔门精义独多，故为后世学者所宗。金代诗人元好问尝论李商隐诗，以为诗非不美，但诗意常常隐晦不明，因无人作笺注故也。遂叹曰：“望帝春心托杜鹃。佳人锦瑟怨华年。诗家总爱西昆好，独恨无人作郑笺。”可见郑玄笺诗，影响深远。

诗与诗教

读《毛诗》，不能不提到一篇无比重要的诗学文献，那就是《诗大序》。一般认为《诗大序》是孔子的学生子夏（名卜商）所作。大序是相对小序而言。《毛诗》在各篇之前，有解释每篇主题的文字，谓之小序，而大序则被认为是对《诗经》全书意旨的总概。《诗大序》的文字和《关雎》诗的小序混在一起，可见古人著书，一开始并没有后世典籍那么严格的体例。

《诗大序》开头即曰："风，风也，教也；风以动之，教以化之。"意为:《国风》之"风"，仿佛是鼓荡于天地间的自然界的风，它是诸侯的政教。风鼓动万物，教化成万民。可见,《诗经》纯是为教化的目的而编定。

《诗大序》明白了当地说明了诗产生的根源："诗者，志之所之也，在心为志，发言为诗。"诗是人的志意的宣泄。人心有所感，存于衷心，即所谓志意，也就是今天所说的思想感情，一旦发而成言，即是诗了。而诗的特质首先在于它是声音的艺术："情动于中而形于言，言之不足故嗟叹之，嗟叹之不足故永歌之。永歌之不足，不知手之舞之足之蹈之也。"因为要让情感表达更加有力，诗中会加上表示嗟叹的语助词，如是尚有不足，则曼音长歌，以增进诗的表现,"永"训作长，永歌就是长歌。曼音长歌，还不足以表现其情感之浓烈，就需要通过舞蹈增进其气氛。诗可歌可舞，为后世中国文学树立了音乐文学的典范。

声音之道，感人最深。故以下专论声音："情发于声，声成文谓之音。"《乐记》有云："知声而不知音者，禽兽是也，知音而不知乐者，众庶是也。唯君子为能知乐。"同样是声音，却有声、音、乐三个不同的层次。声是反映了情绪的单个的音节，即上文所谓"嗟叹"；音，则是由很多的单音节组织成文，即上文所谓"永歌"；而合诸乐律，被诸管弦，形成完备的乐章的，才是乐。白话新诗，不能永歌，不合乐律，常以单音节的表示嗟叹的字如"啊""呵"等独立成句，这是主动降到知声而不知音的层次里去了。

诗之声音，体现的是人民的集体无意识："治世之音安以乐，其政和；乱世之音怨以怒，其政乖；亡国之音哀以思，其民困。"审音可以知政，诵诗可以觇世，声音之道，猗欤大哉！文中“哀以思”的“思”字，是悲的意思，读去声。

正因为诗根植于人的性情，正因为诗是声音之道，在所有文体中，诗才最具感人的伟力。由此《诗大序》认为，在儒家经典之中,《诗》最能滋养人心也最利于教化，崇高而神圣。

其曰“故正得失，动天地，感鬼神，莫近于诗。先王以是经夫妇，成孝敬，厚人伦，美教化，移风俗”。“正得失，动天地，感鬼神”是说诗既有讽喻劝谏之效，更可上格天地鬼神，具有宗教般的力量。事实上，传统中国文士莫不能诗，诗起着慰藉心灵，坚定操守的作用，与西方宗教力量所起到的效果正复相似。明末广东女校书张乔年十九早夭，遗有《莲香集》。她的爱郎彭日祯为之“幽恨徘徊，上穷天际，下彻冥途，纵古横今，抚时触候，以备写其懊悼”(谢长文《莲香集序》)，同社好友黎遂球在《莲香集题辞》中指出:“彭子钟情人也，其诗如此，其不负丽人，而忍负君父乎?”勉励彭日祯共纾国难。果然，彭日祯义无反顾，参加了广东的抗清斗争，失败后隐居不出，表现出坚贞不磨的志节。黎遂球则在赣州之战中壮烈牺牲。临死扣弓弦，击长剑，高吟绝命词曰:“壮夫血如漆，气热吞九边。大地吹胡沙，白骨为尘埃。鬼伯舐复厌，心苦肉不甜。”其精诚专一，视死如归，正由平日在南园诗社，与同社友以节义相尚，而能至此。

其曰“先王以是经夫妇，成孝敬，厚人伦，美教化，移风俗”，则强调了诗切于世俗人伦日用的一面。夫妇是五伦之始，所以《诗经》的篇目，也正是从赞美后妃之德的《关雎》开始。毛公解释《卫风·凯风》一首的立意，明确说:“《凯风》，美孝子也。”孔子说“温柔敦厚，诗教之旨也。”诵诗学诗，有助于养成温柔敦厚的性情，使人减少戾气，多一些温文尔雅的气质，推而广之，整个社会自然民德归厚，风气淳朴。通过传诵诗来推行教化，如春雨润物，不知不觉中万花妆点，民间的野风陋俗，也渐能归于礼乐的美境。孔子云："小子何莫学夫诗？诗可以兴，可以观，可以群，可以怨。迩之事父，远之事君，多识鸟兽草木之名。"兴，是感发性情；观，是仰观俯察，了解这个世界，懂得人性；群，是与人相处合群之道；怨，是宣泄不平，导引情绪。经过诗教熏陶的人，易于养成中和的性情，近则在家为孝子，远则在国为忠臣。《诗经》还有着博物之功，学诗可以多识鸟兽草木之名，对自然多一些了解。

孔子的学生陈亢，曾问孔子的儿子孔鲤：你有没有从令尊大人那里学到点不一样的学问？孔鲤回答道：没有。有一天，我父亲独立于庭，我正快步走过，我父问："学《诗》了吗？"我答道："还没。"我父言道："不学《诗》，无以言。"我就开始去学《诗》。又有一次，我父独立于庭，我快步走过，父亲又问："学《礼》了吗？"我答："还没。"我父又言道："不学《礼》，无以立。"我又开始去学《礼》。陈亢听了很高兴，感慨说：我向你问了一个问题，却得到了三个收获。第一是知道"不学《诗》，无以言"，第二是知道"不学《礼》，无以立"，第三则是知道君子即使是教自己的儿子，也没有丝毫偏私。由此可知，孔子对待孔鲤，和对待自己的学生一样，都是由诗教而及于礼教，诗教，是教育的开端，也是教化的开端。

孔子云："兴于诗，立于礼，成于乐。"儒家的人格教育，是从感发性情的诗教开始，而继之以规范言行的礼教，而完成于和谐和合的乐教。诗教何以是立身第一教？因为儒家认为人性包括了情、知、意、欲四端，情是性情、情感，知是聪明智慧，意是意志情绪，欲是欲望，人性的任何一个侧面存在缺陷，则人格的完全也就无从谈起。教育的目的是让人性更加美好，更加完全。在人性的四端中，最重要、最基本的则是人的性情，所以儒家首先通过诗来感发、熏陶人的性情。这就是孔子要从诗教开始推行教化的原因所在。

六义·四始·风·雅

读《诗经》，有两个概念必须先明确，一曰六义，二曰四始。

中学语文教材里解释说，六义指的是风、雅、颂、赋、比、兴。其中风雅颂是诗的体裁，赋比兴是诗的表达手法。这种说法始自唐人孔颖达，南宋的郑樵更进一步解释说，风是风土之音，雅是朝廷之音，颂是宗庙之音。他认可风雅颂是诗的体裁，而这三种体裁又是依其乐调的来源和施用场所而划分的。但先秦时的诗六义，不但其含义与唐宋以后的不同，甚至是六义的顺序也完全不一样。

《周礼·春官》云，“大师掌六律六同，以合阴阳之声”，并且“教六诗，曰风、曰赋、曰比、曰兴、曰雅、曰颂”。大师职掌诗乐之教。郑玄解释说：“风，言圣贤治道之遗化也；赋之言铺，直铺陈今之政教善恶。”以今言释之，风是表现社会风俗人情，抒发感慨，而赋则是直面现实铺陈其事的作品。至于比，是“见今之失，不敢斥言，取比类以言之”。诗人见时政之失，又因担心直言取祸，不敢直接斥责，于是托于相类之事以作讽喻。而兴则是“见今之美，嫌于媚谀，取善事以喻劝之”。劝是鼓励、激励之意。比偏于批评，兴则偏于赞扬，总有个长善而救失的想法在其内。郑玄认为雅就是正，“言今之正者，以为后世法”。雅表现的是儒家的思想立场，可理解为“有思想的诗”。“颂之言诵也，容也，诵今之德，广以美之。”容指的是统治者盛德泽被的样子。容就是容貌。郑玄解诗六义，纯是从政教上着眼，这一思想可以说直接源自《诗大序》。

《诗大序》所称的诗六义，顺序也是风赋比兴雅颂。何谓风呢？“上以风化下，下以风刺上。主文而谲谏，言之者无罪，闻之者足以戒，故曰风。”教化流行，民情政教上通下达，如风之鼓动万物，这便是风。如何能做到民情政教的上通下达呢？靠的是“主文而谲谏”，用修辞的手段，让情感表达经过文饰，利于传播和接受。

更有变风、变雅的概念。“至于王道衰，礼义废，政教失，国异政，家殊俗，而变风、变雅作矣。”西周时期，天下有共同的价值标准，政治清明、社会和谐，民情条畅易达，教化通行无阻，是谓风雅之世。周室东迁以后，东周只是名义上的天下共主，不能再有通行四海的政教，诸侯国各立其政，卿大夫之家，不能用古礼，即谓之用俗，又往往别出心裁，于是便有了变风、变雅。变风、变雅不合于儒家所提倡的温柔敦厚之旨，其所寓的情感不够中正平和。以诗为教，目的是养成温柔敦厚、中正平和的性情，变风、变雅承载的情感，偏于幽怨悱恻，不够温柔敦厚。是否该说变风、变雅价值不及正风、正雅呢？恐又不然。饶宗颐先生在《澄心论萃》一书中解释道：“以道言，贵得中和，然以艺言，则不‘悲’不足以动人。”变风、变雅在情感上要更加悲一些，幽怨一些，但亦正因为如此，变风、变雅反更加能动摇人心。这就是诗教之旨与诗本身的旨趣之间的分别。

文学以动人为尚，但再动人的文学，也要以引导人心通向美善之境为理想。《论语·八佾》记载，孔子评舜时的《韶》乐，谓为“尽美矣，又尽善也”。评周武王的《武》乐，则谓“尽美矣，未尽善也”。威武庄严，动人心魄，是尽美之境；神人共和，百兽率舞的尽善之境，才是孔子心中的至境。

大约十年前，陈兴武先生在国子监旁边的国学胡同设燕鸣诗社，教社员学习诗词的创作，我师龚鹏程教授发表演说，谓学习写诗，不止可作为一种高雅的志趣，更可接续古人“吟咏情性”的传统。“吟咏情性”四字，讲清楚了今人与古人时代不同，语言迥异，却仍要学习古诗词写作的原因。

吟，意思是呻吟，可理解为带着强烈感情低声诵读。咏，即曼长其音节，以使诗念起来更加动人。古人读诗文，都十分重视吟咏的作用，后世或称诵念，或称吟诵，认为这种读书方法，出诸口，入诸耳，志于心，可以更好地掌握诗文的精神。学诗学吟咏，都直接有益于人的情感，有助于发展人美好的天性，救起天性中偏颇的部分。

此四字亦出《诗大序》：“国史明乎得失之迹，伤人伦之废，哀刑政之苛，吟咏情性，以风其上。达于事变，而怀其旧俗者也。”

这段话中的“国史”指的是周王室派往各国的史官，他们的职务是世袭的，不由诸侯任命。史官忠于治道的法统，不会向诸侯的强权屈服，负有监察记录诸侯国政治的职责。子夏认为，各国的史官为《诗经》贡献了最多的篇什，他们是《诗经》的最主要的作者。孟子说“王者之迹熄而诗亡，诗亡然后春秋作”，是说只有周天子的影响还在，史官才会通过诗或赞美或讽刺当时的社会现实，自周室衰微后，史官传统也遭遇了很大的破坏，孔子卓然而起，以私人身份著《春秋》，寓褒贬于其中。

史官了解历朝历代的得失，为人伦礼义的颓圮而哀伤，为教化不行，刑政苛繁而心生恻隐，“吟咏情性”，把心中的感情用吟哦咏叹之音表达出来，即是“变风变雅”之诗，这样的诗的目的是讽谏统治者。

诗中的情感，“达于事变，而怀其旧俗”，总是能与时代的脉搏一起跳动，总是表达诗人对周代全盛时期美俗善政的缅怀。自中晚唐以后，杜甫享有至高无上的地位，一个非常重要的原因便是，杜甫最彻底地继承了“吟咏情性，以风其上。达于事变，而怀其旧俗”的变风变雅的传统。杜甫的诗，与大唐共呼吸同命运，后人因把一部分杜诗称作“诗史”。实际上杜甫的诗史精神，是远承《诗经》而来。后世词家很注重词的寄托，认为词而无寄托，决不能高。所谓寄托，即是指词在表面上看，是吟风弄月、男女欢爱，而实则是家国情怀、君臣遇合。这同样是《诗经》变风变雅的传统。

“故变风发乎情，止乎礼义。发乎情，民之性也；止乎礼义，先王之泽也。”人类情感本有泛滥无归的危险，变风发自诗人的情感，何以不会泛滥无归呢？原因是有传统社会的文明作为堤防。这样，变风就能归旨于礼乐大义，从而无论是讥刺时政、吟咏性情，都会产生出节制的美来。

“是以一国之事，系一人之本，谓之风；言天下之事，形四方之风，谓之雅。”中国文学的正脉，被称作“风雅”，而风雅也指士君子的人格风范、精神气质，可知中国文学是一种纯然士君子的，最重身份的文学。讲不讲身份，是中国文学与世界文学的根本分野。

但风与雅又有区别。风是各诸侯国之事，雅是天下之事。“雅者，正也，言王政之所由废兴也。政有小大，故有小雅焉，有大雅焉。颂者，美盛德之形容，以其成功告于神明者也。是谓四始，诗之至也。”在毛诗一脉的学者看来，“四始”就是指风、小雅、大雅和颂。为什么叫“始”呢？因为要了解天下四方乃至各诸侯国之事，都要从学诗开始，故谓四始。但司马迁《史记·孔子世家》没有采用毛诗的说法，而是用的鲁诗的说法，把国风、小雅、大雅和颂这四部分的第一篇叫作“始”，以《关雎》为国风始，《鹿鸣》为小雅始，《文王》为大雅始，《清庙》为颂始。我辈学诗，既从毛诗入门，当然仍要依毛诗四始之说，这叫作守家法。

二南风教

孔子编撰《诗经》，显然有着非常严谨的内在逻辑。其十五国的风诗，始自《周南》《召南》，即所谓二南。周与召（shào）都是地名，分别是周公旦和召公奭的采邑。周公、召公是周初最杰出的贤臣，周公旦更是孔子毕生所企慕的往代圣人。他们的采邑，是当时礼乐教化最好的地区，他们的施政经验，叫作“正始之道”，所以被孔子拿来冠于三百篇。所谓南，毛公以为指教化由北而向南，但更可能是指一种音乐风格。清代诗人李绣子认为，古人指南为出于南方文明之区的雅乐之名，很有道理。他把南、风、雅、颂并列，认为是一种高贵典雅的艺术风格，而的确，读《周南》《召南》，与读其他十三国风相比，更能感受到“乐而不淫，哀而不伤”的中和的艺术气质。

《毛诗》认为，《周南》的十一篇诗，大多是咏后妃之德，《召南》则由诸侯夫人、大夫之妻写到人民对召伯的怀念、教化的流行。这实际上体现的是，儒家思想重视人伦日用，认为夫妇为五伦之始，所以特别作为《诗经》的开始。比如《关雎》：

关关雎鸠，在河之洲。窈窕淑女，君子好逑。
参差荇菜，左右流之。窈窕淑女，寤寐求之。
求之不得，寤寐思服。悠哉悠哉，辗转反侧。
参差荇菜，左右采之。窈窕淑女，琴瑟友之。
参差荇菜，左右芼之。窈窕淑女，钟鼓乐之。

《毛诗》的解释是“乐得淑女以配君子，忧在进贤，不淫其色。哀窈窕，思贤才，而无伤善之心焉”。诗题作《关雎》，是首句“关关雎鸠”的省称，关关是鸟儿相和鸣的声音，雎鸠又称王雎，是一种常在水边食鱼的猛禽。以“关关雎鸠，在河之洲”引出“窈窕淑女，君子好逑”，是欲说乙事，先说甲事，而甲事与乙事之间，又有着内在的关联，这种表达的艺术，便是“兴”的手法。何以用和鸣的雎鸠来兴起、引出君子淑女呢？毛公的解释是王雎是一种“挚而有别”的鸟，意即这种鸟平时不会雌雄杂居，只有情意发动，到达发情的程度才会相匹偶。君子与淑女的相合，也要遵守礼仪的要求。窈窕是联绵字，不能分开解释，意为幽娴。好逑，一般解作好匹偶，因为“逑”在别的版本中写作“仇”，仇是怨偶之意。这样翻译成白话文就是：幽娴的好女子，她是君子的好冤家！用怨偶来表示匹偶，这属于“反训”，就是用相反意思的词，来表示正面的意思。如今日广东人以牛舌为牛脷，丝瓜为胜瓜，原因是舌与蚀本之蚀同音，故改称“利”，丝与输音近，故改称为“胜”。

《关雎》第二章以水生的荇菜起兴。我们一般读《诗经》，如果不看注疏，一定认为下句寤寐求淑女的主语是君子，但毛公认为求淑女的是后妃。他说荇菜左右流之，是说后妃为了在宗庙布置荇菜作为供品，就必须要有人来帮助她一起做。谁来呢？就是天子诸侯的其他小妻。不但如此，这位后妃无论醒着还是睡下，都在想着有贤德之淑女，能分担她的工作。今人受西方基督教一夫一妻制思想影响，殊难接受这样的解释，然而是否能接受是一回事，古人如何理解诗义，则是另一回事。如果只是把《诗经》当作解愁破闷的文学作品看，如何理解都是读者自己的事，但要了解三百篇中每一首诗，它在中国文化传统中的意义，就不能不了解古人是如何解释的。

《周南》的第二首是《葛覃》，因首句“葛之覃兮”而得名。《毛诗》解释说，这一首是“后妃之本”，认为：“后妃在父母家则志在于女功之事，躬俭节用，服浣濯之衣，尊敬师傅，则可以归安父母，化天下以妇道也。”第三首《卷耳》,《毛诗》上说表达的是“后妃之志”,“当辅佐君子，求贤审官，知臣下之勤劳，内有进贤之志，而无险诐私谒之心，朝夕思念，至于忧勤”。可见毛公解诗，纯是从教化角度着眼。

《卷耳》这首诗最易引起歧见，原因是毛公认为这首诗中间换了三次主人公。“采采卷耳，不盈顷筐。嗟我怀人，置彼周行。”毛公解释说是后妃希望君主选择贤人为官，让他们在朝廷有合适的位置。而下句“陟彼崔嵬，我马虺隤”，毛公认为这里的“我”，指的是奔波出使在外的使臣。但到了“我姑酌彼金罍，维以不永怀。陟彼高冈，我马玄黄。我姑酌彼兕觥，维以不永伤。陟彼砠矣，我马瘏矣。我仆痡矣，云何吁矣!”这几句中的“我”，又被毛公解释为人君了。这样看，这首小诗，就像是一个完整的戏剧了，剧中人是分角色来演唱这首诗的。

风与雅

诗与礼通，诗教即礼教之内化。《卫风》之《淇奥》，称美卫武公有文章之美，又能听臣友之规谏，以礼自防，故能在周代的朝廷上为卿相：

瞻彼淇奥，绿竹猗猗。有匪君子，如切如磋。如琢如磨。瑟兮僩兮。赫兮咺兮。有匪君子，终不可谖兮。

瞻彼淇奥，绿竹青青。有匪君子，充耳琇莹。会弁如星。瑟兮僩兮。赫兮咺兮。有匪君子，终不可谖兮。

瞻彼淇奥，绿竹如箦。有匪君子，如金如锡。如圭如璧。宽兮绰兮。倚重较兮。善戏谑兮。不为虐兮。

先秦时的中国实行封建制度，所谓封建指封土地，建诸侯，最高统治者把土地分封给同姓家人或功臣，让他们成为土地的主人，给予他们爵位，是为诸侯。爵位依次为王、公、侯、伯、子、男，后五者皆由王分封，统称诸侯。诸侯享有独立的财权和行政权，也拥有自己的军队，但名义上必须奉"王"为"天子"，并负有护卫天子的责任。直到秦始皇统一六国，才废除了封建制度，改天下为三十六郡，是为郡县制。郡县制是一种中央集权的政治制度，地方没有独立的权力，此后中国只有西汉初年恢复过一段时间的封建制，在漫长的历史中，一直实行的是中央集权制。

卫国是西周初年分封的诸侯国，第一代君主是周武王的弟弟姬封。姬封本来是封在康国，故称康叔封。周武王去世，成王即位，因年龄尚幼，遂由武王的弟弟周公旦摄政。周是通过征服商而获得天下的，在胜利后把商的遗民封给了商纣王的儿子武庚，为防商人反叛，周武王又让他的三个弟弟管叔鲜、蔡叔度、霍叔处辅佐武庚，号称“三监”。但在周公摄政时，三监和武庚一起发动叛乱，康叔参加了平叛的军事行动，所以在叛乱平息后，就将康叔改封在卫国，爵位是伯，以统治殷商的遗民。到了西周末年，由于周幽王无道，导致犬戎入侵，卫侯姬和率兵勤王，甚有大功，被周平王将其爵位提升至公，即卫武公，而同时又兼在朝为卿相，这就像欧洲国家的某一个贵族，本来也有自己的封邑，但却又担任该国的首相一样。

卫武公在位五十五年，能时常反省，博采众谏，他在九十五岁时，还作了一首诗《抑》，反复申说，鼓励臣友向他提意见，诗见《大雅·荡之什》。正因他能尊重人民的意见，才在去世后，为人民所怀念，而作了这首诗颂美他。

本诗分三章，每一章都借咏竹而起兴。竹虚心而劲节，表皮光润，翠绿如玉，很像君子的形象，所以用竹来起兴。而本诗的押韵规律，则是每一章押两个韵，每章的九句，前五句一个韵，后四句又是一个韵。比如第一章绿竹猗猗，实际上在上古音（先秦至两汉的语音）中，和下面“如切如磋、如琢如磨”句中的“磋”“磨”是押韵的。只是到了中古时期（魏晋南北朝至唐）以后，语音发生了变化，我们读来才不觉得押韵。第三章的“箦”“锡”“璧”，到现在很多方言中都是押韵的，它们是发音短促的入声字，而这种声调在普通话和大部分北方方言中已经消失了。“绰”“较”“虐”三字，在上古音中也是押韵的。

淇奥是淇水的弯曲处。奥古音於六反，入声。猗猗是美盛貌。匪通“斐”，文章著见貌。切磋琢磨用以形容卫武公动静合礼，气质温文尔雅，渊然廊庙之器。以兽骨制成器曰切，用象牙制器曰磋，以玉制器曰琢，用石制器曰磨，瑟是矜庄貌，僩（xiàn）是威武刚猛貌。赫是显明、盛大，咺（xuǎn）为光明、显耀，瑟与僩，赫与咺互文。皆言君子威而不猛，即之也温。终不可谖，谓其盛德能令君子庶民，皆怀而不忘。

诗的第二章，只略换数字，而将卫武公的形象刻画得更加鲜明。青青通菁菁，形容丛竹生得茂盛。诗人说，武公冠冕两旁的瑱（充耳），是以琇（石之似玉者）、莹（光洁似玉的石头）制成，皮弁上两缝相合处也用玉、石为饰，像星星一样明亮。充耳为王公挂在冠冕上的饰物，下垂及耳，道家以为君上不可聪明自任，当以百姓之心为心，故须塞耳避听。

第三章以生得极密像竹棚（箦）一样的竹林起兴，意思一变，撷取武公倚立在车（重较）边，气量宽宏的形象，以突出其像金锡一样锻炼精纯，像圭璧一样温润的气质。复言其善于开玩笑，又不致过分，这是说他待人平易，也是气量宽宏的体现。

这首诗的首章，《礼记·大学》曾引用，并解释说："'如切如磋'者，道学也；'如琢如磨'者，自修也；'瑟兮僩兮'者，恂慄也；'赫兮喧兮'者，威仪也。'有斐君子，终不可諠兮'者，道盛德至善，民之不能忘也。"意思是，"如切如磋"是在形容学者经由学而修养人格，"如琢如磨"是在形容学者经由实践而修养人格，道、自都是经由之意。"瑟兮僩兮，赫兮喧兮"则是在形容君子庄重的威仪，那是完善的人格在气质上的体现。"有斐君子，终不可諠（通假'谖'字）兮"则是说，他能引导盛明的道德，而使国政至于善的境地，这正是人民不能忘记他的原因。

《诗经》为风雅渊薮，小雅怨诽而不乱，较之风诗，情感更浓郁，思想更深刻。如见于《小雅·鹿鸣之什》的《采薇》：

采薇采薇，薇亦作止。曰归曰归，岁亦莫止。靡室靡家，猃狁之故。不遑启居，猃狁之故。

采薇采薇，薇亦柔止。曰归曰归，心亦忧止。忧心烈烈。载饥载渴。我戍未定。靡使归聘。

采薇采薇，薇亦刚止。曰归曰归，岁亦阳止。王事靡盬。不遑启处。忧心孔疚。我行不来。

彼爾维何？维常之华。彼路斯何？君子之车。戎车既驾，四牡业业。岂敢定居？一月三捷。

驾彼四牡，四牡骙骙。君子所依，小人所腓。四牡翼翼。象弭鱼服。岂不日戒，猃狁孔棘。

昔我往矣，杨柳依依。今我来思，雨雪霏霏。行道迟迟。载渴载饥。我心伤悲。莫知我哀！

本诗作于周文王时期，是文王时出兵抵御猃狁（xiǎnyǔn），保家卫国的一首军歌。全诗分六章，每章八句，其中前三章皆借采薇起兴，通过薇的由初生而渐长而成熟，写出时间的变化，而隐指战事长久，将士辛苦。薇俗称巢菜、野豌豆。结实如豆，可食，其茎叶柔嫩者也可食。汉时官园种之，以供宗庙祭祀。作谓生出地面，柔指始生而柔嫩，薇既成熟，则茎叶变硬，故曰刚。“止”则是语助，无实义。靡，无也。启居是休整之意，启指危坐，居指安坐。古人席地而坐，两膝着席，危坐时腰部伸直，臀部与足离开；安坐时臀部贴在足跟上。“我戍未定，靡使归聘”，古本一作“靡所归聘”，当以“靡所”为是。意为：我驻守的地方还未定，不用家人使人来问。归通“傀”，使者。聘，问也。靡盬（gǔ）是不停止，启处与启居义近，也指休整，处是止的意思。忧心孔疚，我行不来是说心情非常痛苦，不能回家。来通“倈”，倈即俟字，返家之意。上古音疚俟通韵，故知此处来为通假。

第四章前半以棠棣花的繁茂起兴，隐喻军容之盛。“彼爾维何”的“爾”（mí）通“薾”，花开繁盛貌，华即花的本字。“彼路斯何？君子之车”意思是，那戎车是什么呢？是将帅的战车。路指戎车，斯为语助，君子则指将帅。后半及第五章，以拉着戎车的四牡（公马）起兴，借写四牡的雄壮齐整，写出将士一心的巍巍气象及豪迈的情怀、必胜的信念，当然更有决不藐视敌人的警惕。业业、骙骙，都是形容公马的雄壮，翼翼则言其齐整。君子所依，小人所腓（féi）是说，戎车是将帅所依乘，普通士卒则据作掩体。腓通“厞”，厞意为隐，故引申为覆庇、倚庇。象弭是两端以象牙为饰的一种弓。鱼服是用鱼皮制的箭袋，服通“箙”。

最后一章，在悲壮的调子里掺进了深深的忧伤。“昔我往矣，杨柳依依。今我来思，雨雪霏霏”四句，晋人谢玄认为是《诗经》中最好的句子。这四句有着鲜明的形象，作者要通过今昔景物的对比，写出戍役之苦，而这种心灵的苦况，是通过形象展现出来的，就显得十分含蓄蕴藉，耐人寻味，所以为谢玄所激赏。毛公作注说：“君子能尽人之情，故人忘其死。”唐代孔颖达解释说：“述其劳苦，言已知其情，所以悦之，使民忘其劳也。”意思是统治者懂得尊重士卒的正常的情感，允许他们在诗中发发牢骚，这样就表示统治者已经体察了下情，这样的诗就会让战士高兴，而忘记辛劳。朱熹《诗集传》一书引范氏语说："予于《采薇》，见先王以人道使人，后世则牛羊而已矣。"以人道使人，则将士乐为效命，以牛羊待百姓，百姓也以仇寇对待统治者。此诗末章，最宜沉潜涵泳。

这里特别要讲一下《魏风》的《伐檀》。这首诗曾选入中学语文课本，诗云：

> 坎坎伐檀兮，置之河之干兮，河水清且涟猗。不稼不穑，胡取禾三百廛兮？不狩不猎，胡瞻尔庭有县貆兮？彼君子兮，不素餐兮！
>
> 坎坎伐辐兮，置之河之侧兮，河水清且直猗。不稼不穑，胡取禾三百亿兮？不狩不猎，胡瞻尔庭有县特兮？彼君子兮，不素食兮！
>
> 坎坎伐轮兮，置之河之漘兮，河水清且沦猗。不稼不穑，胡取禾三百囷兮？不狩不猎，胡瞻尔庭有县鹑兮？彼君子兮，不素飧兮！

中学语文课本认为，这首诗是写伐木的工人，对统治阶级不劳而获的深切愤怒，是最早反映阶级斗争的伟大作品。而毛公的解释则是："《伐檀》，刺贪也，在位贪鄙无功而受禄，君子不得进仕尔。"从文学的一般规律看，没有接受过教育的人，语言匮乏，思想浅薄，不可能作出文辞圆熟，声韵和谐的诗作。毛公认为，这首诗是当时不得位的君子所作，意在讽刺贤人失位，而贪鄙之人，不劳而获，却能窃居高位。诗中把不稼不穑、不狩不猎的贪夫，与不肯尸位素餐的君子作了鲜明的对照。依照这样的解释，这首诗的诗意也会深婉得多。

毛公对诗的解释，当然不是不可怀疑、不可推翻的。后来对毛诗的注疏，也在不停修正毛公的解释。南宋朱熹，更干脆另树新说，重编了一本《诗集传》。清代到近代的学术思想，甚具科学精神，注诗解诗，更是新见迭出。如近代学者吴秋辉先生，解说“君子好逑”，认为“逑”就是追求，“左右芼之”的“芼”，他不同意《毛诗》解释成“择”，也就是掐根、择去烂叶，而依照方言，解释为菜与肉同煮，从意思上均较《毛诗》更为圆融。（见氏所著《侘傺轩说经》，齐鲁书社，2008年版）

现代台湾学者李辰冬先生，更石破天惊地提出，《诗经》三百零五篇都是尹吉甫的作品，也都是他的自传；透过他的自传，使我们知道宣王三年（前825）到幽王七年（前775）这五十年间的史事。他认为历来说诗者，皆为《诗谱》所误，实际上“诗谱”就是“乐谱”，也就是六经中的《乐经》，是拿《诗经》来配乐章的，并不是《诗经》的本来面目。他说：“三百篇就像是一件打碎了的周鼎，在地下埋藏几千年，长满了铜锈，盖满了泥土，这个人说它是这个，那个人说它是那个，谁也不确知它到底是什么；现在细心把泥土洗掉，铜锈刮掉，渐渐地露出它原来面目。先把几个大的碎片支撑成一个轮廓，然后再依碴口、花纹、形状、厚薄，将细片一一凑合起来，居然成了一件完整的物件。”（李辰冬：《诗经通释》自序，山西人民出版社，2021年版）

李辰冬先生的研究可能比历来说《诗》者都更近于《诗经》的真面目。但是，《毛诗》的解释，已深深进入中国文化当中，后世以诗教化民，诗文创作用《诗经》的典故，多依毛诗，这是我们读

《诗经》不得不自毛诗入手的原因。新文化运动把诗的兴观群怨之旨，温柔敦厚之教，全盘推翻，自此以后，新文学家谥《诗经》曰歌谣，对《诗经》作出全新的解读,《诗经》不再与教民成俗的儒家理解相关。由此带来的后果是，中国人更加远离了自家的文学传统，变成失去精神家园的灵魂上的流浪儿。

三

骚人播芳馨

一人之力抵得诗三百/屈原是辞赋家而非诗人/屈原非浪漫主义者/屈原之悲剧精神远在古希腊之上/屈原比《诗经》作者更进步/《招魂》《天问》的宗教意味/要眇宜修的美学风格/《九章》对《雅》诗的继承/屈原通过《离骚》而证道

骚人屈原

《诗经》的文本都用琴瑟钟鼓一类的悠远恬淡的雅乐伴奏，文辞也以平稳质朴的四言为主，故而整体风格便偏于中和蕴藉，缺少跌宕之姿。战国时楚国文化与中原截然不同，崇巫信鬼，富于想象，楚声清切而感伤，音乐也繁复多变，这就产生出中国文学的另一重要源头——楚辞。

楚辞被称作“辞”，是为了和“诗”相区别。诗者持也，中心之志，发诸音声，形诸吟咏，就是诗。诗本不以辞采声华动人。而辞赋就不同了，文字更华美，更重视色彩的调配，更有神采，也更有感染之力。由于辞赋与诗截然相判，也就有了辞人与诗人的分别。楚辞的作者是辞人，不是诗人，楚辞是辞赋，辞赋则为韵文的一种，但它不是诗。新文化运动以来，产生出一种模仿惠特曼的《草叶集》而形成的新文体，叫作白话诗或新诗。但严格说来，新诗不是诗，而是一种分行写出的散文。何以这样说呢？因为任何一种文体，它与其他文体之间最根本的区别是形式，诗必须押韵，必须注重声律，否则与其他文体又有何区别？如果只从内容上看，楚辞也好，后世很多的抒情小赋也好，都极具诗味诗意，甚至在形式上也都是押韵的，但仍然不能叫作“诗”。新诗的很多作品，并不缺乏诗的神味、诗的情采，但新诗并不具备诗的形式，因此可按其分行写出的特点，称之曰“行”，而不该叫作“诗”。

楚辞的作品，先后有西汉刘向、东汉王逸辑集和分章析句，包括屈原、宋玉的作品及汉代人淮南小山、东方朔、王褒、刘向、王逸的仿作，但刘向、王逸的辑本到后世均已亡佚，读楚辞，可以从宋代洪兴祖的《楚辞补注》入手。

屈原是楚辞的最重要的作家。他的《离骚》，被王逸尊为《离骚经》，与《诗经》并列。从对后世诗家的影响来说，屈原以一人之力，抵得过诗三百。新文化运动以来，很多学者称屈原是中国古代第一位伟大的诗人。倘若这里的“诗人”指的是有特殊人格的一类人，这种说法当然是对的，屈原无疑是最具诗人气质、最有诗魂的人。我曾在拙著《大学诗词写作教程》中归纳过诗人人格的三个特征：（一）苏世独立，横而不流；（二）长太息以掩涕兮，哀民生之多艰；（三）亦余心之所善兮，虽九死其犹未悔。这三句话，全是出于屈原的作品。屈原是诗性人格的典范，他遗世独立，精神自由，而又生具悲天悯人的心肠，择善固执，九死不悔。在屈原之前，从没有过一位文学家拥有他那样深远的影响力。从这个意义上说，屈原是中国古代第一位伟大的诗人的说法可以成立。但如果从所创作的作品的性质来说，屈原应称作辞人或骚人（因《楚辞》中最重要的作品《离骚》而得名），不能被视为诗人。

又有人称屈原是浪漫主义诗人。何谓浪漫主义？浪漫主义是十九世纪兴起于欧洲的文学潮流，其要旨是主张人性解放，把爱情看得高于一切，以挑战冲决现实伦理。试问生活在先秦时候的屈原如何能提前两千年去掌握浪漫主义的创作原则？不但屈原，其他被硬冠上浪漫主义称号的诗人李白、李贺，都与浪漫主义毫不相关。中国文学从根子上就是士大夫的文学，屈原的《离骚》《九章》《哀郢》《涉江》……李白的《古风五十九首》《蜀道难》《远别离》《长相思》……李贺的《李凭箜篌引》《雁门太守行》《金铜仙人辞汉歌》……其用心全在政治。再瑰丽的意象，再奇崛的想象，都不过是在暗喻现实的政治，完全不存在挑战人伦五常的意思。以浪漫主义诗人来指称屈原二李，体现出新文化运动以来很多学者，在面对西方文学时的自卑感。而自卑是因对自家传统缺乏真切的体悟。

芳馨悱恻

刘勰的《文心雕龙》一书，是中国古代最伟大的文艺理论著作。本书体系宏大而又析理入微，探析了从先秦到中古时期所有的文体风格、文艺创作的所有原则和写作技巧，譬如星宿之海，万源从出，后世各种文艺理论著作，皆莫能越其涯涘。尤可注意者，本书全用骈文写成。因为骈文讲对仗，上句说之未尽，下句可以补足之，上句既从正面着眼，下句可自反面申论，有时上下句合在一起，又能形成一全新的意义，所以最宜于思想的造微，论说的精确。新文化运动以后提倡作文如说话，作诗如说话，不只是牺牲掉了雅洁的文辞，有气韵的行文，更牺牲掉了精密的逻辑、精当的论辩和精深的思想。须知人类思想与语言之关系最为密切，思想愈复杂，便愈要求语言的繁复，词汇的庞巨。要作好骈文诗词，同样需要典辞丽语的积累，远非日常口语词汇所能胜任。这才能表现内心的幽忧悱恻，人世的百味万象，自然的宏大纤微。有人说，旧体诗词既不易作，又容易束缚思想，殊不知凡用词寒俭，文辞苍白者，必定头脑简单、思想空洞，易为他人所左右；而凡能摛辞铺藻，以雅丽的文辞写出粹美的诗文的人，倒大多是思想深刻之辈。

刘勰对楚辞有着特别的推崇。《文心雕龙》第一篇为《原道》，

第二篇是《征圣》，第三篇是《宗经》，第四篇为《正纬》，第五篇就是《辨骚》。此处名为《辨骚》，其实辨的是整部《楚辞》。因《楚辞》诸篇中以《离骚》艺术成就为最高，故以“骚”来代表楚辞这一文类。《辨骚》独立成篇，且列于第六篇《明诗》之前，可见楚辞在刘勰心中的地位。

近代学者黄侃在《文心雕龙札记》一著中指出：“自彦和论文，别骚于赋，盖欲以尊屈子，使《离骚》上继《诗经》，非谓骚赋有二。观《诠赋》篇云：‘灵均唱骚，始广声貌’，是仍以《离骚》为赋矣。《隋书·经籍志》别《楚辞》于总集，意盖亦同舍人。”文中的“舍人”，就是指刘勰，因其曾任东宫通事舍人。楚辞只是赋的一种，但《文心雕龙》中既有《辨骚》篇，又有《诠赋》篇，这是为什么呢？黄侃认为，刘勰这样做，是为了推尊屈子和楚辞的地位，把诗骚并列，同奉为中国文学的最高典范。

刘勰把楚辞从辞赋中单列出来，以推重楚辞的做法，还影响到了《隋书·经籍志》这一古代目录学名著。明代学者徐师曾的《文体明辨》，是专讲文体的一本书，也因而不革，特辟楚辞一类。在《楚辞类》的序里，徐师曾说：“按楚辞者，诗之变也。……屈平后出，本诗义以为骚，盖兼六义而赋之义居多。厥后宋玉继作，并号‘楚辞’。”意谓楚辞这一文体，是诗的变格，有着完全不同的审美原则和艺术风格。楚辞是兼屈原的《离骚》和宋玉的作品而言的总名。作为楚辞文体的开创者，屈原的《离骚》包罗了诗的风、赋、比、兴、雅、颂六义，而尤以意在铺陈的赋，被他发挥到了极致。徐师曾还引用宋代文学家宋祁的话：“《离骚》为辞赋之祖，后人为之，如至方不能加矩，至圆不能过规。”他认为《离骚》不但是百代辞赋之祖，更是辞赋里登峰造极无法超越的至高之作。

同样是辞赋，前人何以对《离骚》、对楚辞如此地推崇备至？王国维《宋元戏曲大考》自序中把“楚之骚、汉之赋、六代之骈语、唐之诗、宋之词、元之曲”并列，认为是“后世莫能继焉”的“一代之文学”，这种说法犹是皮相之言。《离骚》之所以伟大，并不是时代的作用，而是因屈原人格的伟大。他以极充沛的情感，极高卓的天才，树立了中国诗人人格的标杆，为中国文学于温柔敦厚之外，另辟出芳馨悱恻的审美至境。

芳馨悱恻，是中庸之道在文学中的最完美的体现。很多中国人以为，中庸之道就是无过无不及，凡事讲平衡。这是把庸常乃至乡愿无原则当作中庸。中庸的本义，是中和之为用，意谓只有锻造完善的人格，才能与人和谐相处，并进而有所用于世。完善的人格，包括了守正不阿，择善固执的情操。正如《中庸》所云：“君子和而不流，强哉矫！中立而不倚，强哉矫！国有道，不变塞焉，强哉矫！国无道，至死不变，强哉矫！”矫，是刚强的样子，强哉矫，就是矫矫乎强哉。孔子所倡导的，是中和而不放任，独立而不偏倚，不因时政、社会风潮而有所改易的君子人格。烙上孔子精神印记的君子，带有极强的悲剧色彩，为了心中坚守的道，爵禄可辞，白刃可蹈。他们是最有信仰最有操守的一群中国人，正因为有着这样一群人不计个人的得失荣辱，为民请命，阐旧邦以新命，自觉抵制落后文明，这才有了延绵不绝的华夏文明，这才有了作为文化共同体的中华民族。屈原正是这群人当中一个极闪亮的名字。

最伟大的悲剧英雄

屈原是一位毕生实践儒家信仰的圣贤。屈原与楚同姓，对楚国人民、楚国文化都寄予了深沉的爱。他身处国势日蹙的楚国，先后遭遇的两位国君楚怀王、楚顷襄王都昏庸无能，偏信奸佞。数次遭到流放的他，心中郁积，无以遣排，一发为辞赋，情至郁，辞至美，横绝古今。因其心中郁积的是眷眷之爱而非睚眦之怨，这才能芳馨悱恻，沁人心脾。他的一首“随笔”式的作品《橘颂》，礼赞这南国的嘉树，“受命不迁，深固难徙”，“苏世独立，横而不流”的精神气质，这正是《中庸》里“和而不流，中立不倚”的诗性表达。至于“闭心自慎，终不失过兮。秉德无私，参天地兮”，更明显是在秉持着儒家“慎独”的精神操守和“与天地参”的人格理想。

如果以屈原的《离骚》与西方文学的源头古希腊悲剧相比，你会发现古希腊悲剧与《离骚》在精神气质上有上下床之别。古希腊的悲剧，描写的是高于一般人的神或英雄，悲剧主人公在抗衡命运的过程中走向毁灭，这一走向毁灭的过程，震撼人心，带给人以崇高的美感。而屈原本身就是高于一般人的圣贤，不同于古希腊悲剧作家只是在创作神的故事、英雄的故事，屈原用自己的生命在实践着悲剧美学。他的人与他的赋合而为一，无容割裂，因此比古希腊悲剧更加崇高，更加彻底，也更加伟大。屈原不是诗人，但他却是最有诗人气质的作家，他的作品也是最有诗的灵魂的不朽之作。《史记》中记载屈原投江之前，与渔父的一番对答，就是诗性的灵魂与庸常的灵魂的对话：

屈原至于江滨，被发行吟泽畔。颜色憔悴，形容枯槁。渔父见而问之曰："子非三闾大夫欤？何故而至此？"屈原曰："举世混浊而我独清，众人皆醉而我独醒（xǐng），是以见放。"渔父曰："夫圣人者，不凝滞于物而能与世推移。举世混浊，何不随其流而扬其波？众人皆醉，何不餔其糟而啜其醨？何故怀瑾握瑜而自令见放为？"屈原曰："吾闻之，新沐者必弹冠，新浴者必振衣，人又谁能以身之察察，受物之汶汶者乎！宁赴常流而葬乎江鱼腹中耳，又安能以皓皓之白，而蒙世俗之温蠖乎！"

渔父所理解的圣人，是"不凝滞于物而能与世推移"的"识时务者"，这样的"圣人"，可以随流而扬波，餔糟而啜醨，在权贵那里分一点残羹冷炙，在庸众那里获得一些廉价的掌声。然而，这样的"圣人"，注定不是屈原这位真儒的选择。试想如果所有的读书人，都在做这样无原则无底线，只讲利害，不讲是非的"圣人"，今天又如何会有中华民族？早就亡于历史的尘埃之中了。屈原则如何呢？其志洁，其行芳，不容于世，而忿怼投江，他因内心真诚的愿望而走向毁灭，用自己的生命实践着悲剧诗学，故其作品才成为崇高的典范。东汉史学家班固指责他"露才扬己"，以为不合儒家之道，这是对中庸之道缺乏真切体悟的谬评。屈原不能"以身之察察，受物之汶汶"的精神洁癖，正是《中庸》择善固执，守死善道的身体力行。

在西汉时，汉武帝喜读《离骚》，遂命淮南王为之作解说。淮南王上午受命，傍晚就把《离骚》解说完毕，并在解说的文字前面写了一篇小序，评论说："《国风》好色而不淫，《小雅》怨诽而不乱，若《离骚》者，可谓兼之。蝉蜕秽浊之中，浮游尘埃之外，皭然涅而不缁，虽与日月争光可也。”淮南王认为《离骚》是一篇伟大的作品，兼有《国风》和《小雅》的优长；好色而不淫，怨诽而不乱，是说其能动摇人心，而又能归于中和，不流于过分；可与日月争光，说的是它对后世诗人人格的深刻影响。风骚并称，有其来自。至东汉班固虽认为屈原并非明哲，但文辞丽雅，仍不愧辞赋之宗。

而现代作家中的“圣人”鲁迅，却从另一全新角度批评屈原。他有《摩罗诗力说》一文，崇尚西方式的伟力，却不能理解芳馨悱恻是更加蕴藉深沉的力量，屈原是比西方悲剧主人公更伟大的悲剧人物。摩罗是梵语的音译，原指欲界第六天的魔王波旬，一切障道害道之法，皆得称摩罗。鲁迅不忿于中国文学温柔敦厚、芳馨悱恻的传统，一心要打破儒家的“道”，所以特选“摩罗”一词，表示他对破坏力的推崇。他说屈原的作品固然“抽写哀怨，郁为奇文”，但“亦多芳菲凄恻之音，而反抗挑战，则终其篇未能见，感动后世，为力非强”。他不知道，文学不是宣传，而是教化，不是比谁的嗓门大、声调高。文学只有沁人心脾、潜移默化，方能显其真价。刘勰在评价屈原赋作对后世之影响时说“才高者菀其鸿裁，中巧者猎其艳辞，吟讽者衔其山川，童蒙者拾其香草”，鲁迅认为这四句话都只着意于文辞外壳，不涉精神内质。他承认屈原是“孤伟”之士，但屈原自沉汨罗江，没有带给社会任何触动，他以为刘勰这四句话，隐指后世辞人，皆不能得屈原孤伟之志，含着深深的悲哀。鲁迅这番话未免以己度人，他是站在现代性的立场上重估古典的价值，分明与刘勰有南海北海之悬隔。按照德国思想家马克斯·舍勒的观点，所谓现代性，就是生命价值让位于实用价值的一种思潮，在现代社会，“有用”取代了“高贵”成为衡量人的价值的新标准。文学本应有助于生命的长育、性情的完善，古人正是经由文学通向高贵和高雅；而在鲁迅那里，文学是宣传革命，鼓吹反抗的工具。与鲁迅所见恰恰相反，历史上那些扯直了喉咙高喊的作品，全都是文辞浅直、思想贫乏的劣作，真正流传千古的，正是他以为缺了摩罗诗力的作品。

鲁迅对屈原的看法可能也受了王逸的影响。《文心雕龙》称，“王逸以为，诗人提耳，屈原婉顺”，诗刚而辞柔。所谓“诗人提耳”，语出《诗经·大雅·抑》。诗中说“匪面命之，言提其耳”，正义云：“非但对面命语之，我又亲提撕其耳。”说是周厉王无道，诗人作此诗讽谕，而且提撕厉王的耳朵，促使他惊觉。上古三代直至周朝，一直以来的传统是“道尊于势”，即使贵为天子，在有道之人面前，都要虚心听教。屈原对待楚怀王、楚顷襄王，没有像诗人一样“耳提面命”，而是“依《诗》取兴，引类譬谕”，有话不直说，不明说，用“善鸟香草以配忠贞；恶禽臭物以比谗佞；灵修美人以媲于君；宓妃佚女以譬贤臣；虬龙鸾凤以托君子；飘风云霓以为小人”（王逸《离骚经》序），这是性格上“婉顺”所致吗？恐怕不然。屈原是把深刻的批评、强烈的感情用美丽温雅的文辞包裹住了，使得文学终能脱离主文谲谏的实用功能，而变成纯粹的心灵写照，这是屈原比诗经作者更进步的地方。

《招魂》属阴，《天问》属阳

在现存的全部二十五篇楚辞当中，对后世影响最大的当然是

《离骚》，其次则为《招魂》。因《招魂》一篇中，常用“些”（suò）字作句尾，如：“魂兮归来！去君之恒干，何为四方些！舍君之乐处，而离彼不祥些！”这是楚人禁咒的基本格式，后人因称凄厉的文辞为“楚些”。作者的伟大创造在于，他把禁咒语写成了文学作品，每一句都极其干脆利落，每一句都有着不容置疑的气势。《招魂》古有两说，一说宋玉哀怜屈原，作此篇以招屈原之魂，一说为屈原自作而招己之魂。然而我们看《招魂》的小序，里面说“朕幼清以廉洁兮，身服义而未沬。主此盛德兮，牵于俗而芜秽。上无所考此盛德兮，长离殃而愁苦”，显然这是屈原自称的口气。司马迁读《招魂》，颇悲屈原之志，可见西汉时的司马迁还是把《招魂》看作屈原的作品。

《招魂》大概是极少见的带有强烈宗教意味的中国文学的奇葩。惟其真有对天帝的信仰，才能在全篇中表现出一个“诚”字。诚做到极致，才能真切动人。作者想象力的瑰玮，堪称上天入地，无所不至。他说东西南北，天上地下，都不可居，唯有故居才是安闲之所。如说东方，有千仞高的长人，专门食人的魂魄，十颗太阳轮流而出，无有间歇，能把金石都销熔掉，当地环境，久习其热，魂魄居此，必为太阳烧烂。说南方有在额头刺青，把牙齿涂黑的蛮人，专杀人作为祭品，用人骨做酱，又有结队的大蛇，捷走求食的大狐狸，还有雄健的九头蛇，靠吃人来养心。西方则流沙千里，北方则层冰峨峨，上天则虎豹守关，入地则土伯角抵，都不及故居之美。其咏故居，则先言宫室之丽，再言饮食之繁，女乐之富，游戏之乐，文辞一变凄厉紧张而为从容安雅。如咏宫室：“像设君室，静闲安些。高堂邃宇，槛层轩些。层台累榭，临高山些。网户朱缀，刻方连些。”咏女乐：“美人既醉，朱颜酡些。娭光眇视，目曾波些。”

曼丽的辞句，铺陈着作者乃至楚人的生命观：生命无限美好，应该努力享受上天的馈赠，让人生过得尽量快乐。《招魂》的结尾："皋兰被径兮，斯路渐！湛湛江水兮，上有枫！目极千里兮，伤春心！魂兮归来，哀江南！"句句押韵（渐、枫、心、南，上古韵通），把怅惋之情推到极致。这几句从意思上讲，毋宁说更像是后来的七言绝句，句有尽而意有馀，给人无限低回想象的空间。

如果说《招魂》属阴,《天问》则属阳，是《招魂》宗教精神的另一面。《招魂》的宗教精神体现在"信",《天问》的宗教精神则体现在"疑"。唯其能疑，故而能信，一切真正的信仰，都要经得住质疑，心志愈坚，愈得正觉。屈原著《天问》，王逸以为"屈原放逐，忧心愁悴，彷徨山泽，经历陵陆，嗟号昊旻，仰天叹息。见楚有先王之庙及公卿祠堂，图画天地山川神灵"，故设问以抒愤懑，舒泻愁思。他说"天问"即"问天"，因为天尊不可问，才叫作"天问"。其实，更可能的是，屈原怀着最虔诚的对天帝的信仰，去诘问宇宙人生，历史现实，这里的"天问"，是至高无上之问，是神圣无匹之问。他意图探究宇宙的起源，他想知道时间是从哪里开始，几乎所有先秦神话，都在屈原质疑之列。他对多神宗教的质疑，正是为了歌颂造物主的伟大，为了彰显他心目中至高无上的神祇——东皇太一。

《天问》的创作时间一定早于《招魂》，因为屈原必曾经历由疑而返信的心灵历程。无论是《天问》的"疑"，还是《招魂》的"信"，都根源于屈原心中的"诚"，这也是在屈原的全部赋作中一以贯之的道。

现代学者胡适的学问究竟如何，恐怕是个见仁见智的问题。但他是推进中国文史哲研究现代转型的关键之人物，则无可疑。现代化的本质是工业化，一些所谓现代中国文史哲研究，是以理工科的思维去分析文史哲，让文史哲研究可以像流水线上的产品一样，大量生产出来。本来，中国的传统是六经皆文，无论文史哲，都是君子修身之道，也是贤士君子教化民众、化成天下之道。传统中国文学，研究是为了创作，文学研究就是对文学经典的涵泳、仿作；传统中国历史，是要学者能著史修志，历史学的全部目的，是寓褒贬于史笔，树立一永恒不变之价值；传统中国哲学，也只是为了学者的明心见性，是学者希圣希贤的必由之路。传统的这条道绝不好走，它需要学者付出极艰辛的努力，还需要学者有独特的禀赋，如历史学就要求学者史识、史才、史笔缺一不可。这样的特质，决定了传统文史哲研究决不可走工业化的道路。而胡适在文史哲领域毫无天赋——我们只要看他的诗集《尝试集》，就可以知道他毫无诗心，他把理工科的思维方式，理工科的研究手段，引入中国文史哲研究中来，使得无数像他一样本无学术天赋的人，可以从事文史哲研究。在任何领域，一定是平庸者多而精英者尠，胡适所开创的学术道路，为平庸者提供了武器，让他们可以凭数量的优胜而反客为主，从而让中国学术彻底成为西方学术特别是美国学术的附庸，不再是修身立言的君子之学。

胡适提出的“大胆假设，小心求证”八字，就是他的学术思想。他推崇乾嘉学者的考据功夫，称赞乾嘉学术很“科学”。却不知乾嘉学者做考据，目的是更有说服力地阐发义理，避免空疏。乾嘉学者也绝不鄙弃辞章，考据以外，无不精擅诗古文辞。但因为义理、辞章都依赖于少数精英，不能形成广为众人所接受的标准，故而胡适专推崇考据。在胡适那里，考据是科学，不再从属于人文，被胡适全面占领了的现代学术，专崇尚所谓科学化，博士硕士，像工业流水线上出来的产品，论文以量计价，所研究的多是“不知，无害为君子，知之，无损为小人”的伪学，中国学术堕落，正是自胡适起。在民国时期，刘大杰因不能作诗，本来已受四川大学中文系的聘请，却因受不了学生的鄙视，只得离职。今天则正好相反，几乎没有一所学校的中文系，会关心学者能否创作，更不必说能否对学生的人生起引领之效，能否学为人师，行为世范了。夏承焘先生曾在其日记中记道:“凡为学治事而不能打通人心者，皆徒费精神，枉用心思。”当文史哲这样本该打通人心、淳化风俗的学问，都变成了不带感情的科学之时，人文学者也就失去了他们存在的意义。

而胡适的所谓科学，又不能真正做到科学研究所该有的缜密。他的考据，只能建立在既有证据的基础上，如果他手中的证据有阙，甚或证据本是伪造的，又该如何呢？比如他因信了陶洙伪造的脂砚斋评语而所作的《红楼梦考证》，到底有何价值？对于屈原更是如此。他既不信司马迁的《史记》是可靠的信史，又说《屈原贾生列传》尤其地不可靠，更认为，如果屈原在史上真有其人，一定不是生活在先秦。他说:“屈原是一种复合物，是一种‘箭垛式’的人物，与黄帝、周公同类，与希腊的荷马同类。”他以为文学本来产生自民间，后人为便利起见，把发明权归给屈原、宋玉这样的大人物。譬如诸葛亮借箭时用的草人，可以收到无数箭，故称“箭垛”。史有明文记载的宋玉，也成了他口中的“假名字”。这样地多疑而不肯信，毕生都入不了文学之门。

要眇宜修

屈子是中国文学史上唯一被后人绝无异辞地称作“子”的一位大作家。也就是说，在世人的心目中，他是与老子、孔子、荀子、孟子并著于时的伟大人物。任何一位能超越名家、成为大家的文学家，都不会只有一种风格、一类格调，而必然是如海之纳川，如地之负山，气象万千，涵浑无限。像《九歌》中的篇章，文辞要眇宜修，带着一种沉静的、神秘的美，成为诗词家尤其是词家扬挹不尽的源头活水。

“要眇宜修”一词，便出自《九歌》中的《湘君》一篇。要眇是一个联绵词，形容外形映丽，宜修则是说妆饰得恰到好处。文学的美，要做到增之一分太长，减之一分太短，才算臻于极诣。屈子的辞赋，就达至这样的效果。湘君是湘水之神，主司湘水有二神，一曰湘君，二曰湘夫人。韩愈认为，昔者舜往征有苗，舜的两位妻子娥皇、女英从其南征，道死于沅湘之间，后遂为湘水之神。湘君是娥皇，女英则为湘夫人。先秦时称邦夫人曰小君，湘君之君，当作正妃解。屈子想象他迎接湘君，为湘君的美丽容貌所倾倒：

> 君不行兮夷犹，蹇谁留兮中洲？美要眇兮宜修，沛吾乘兮桂舟。令沅湘兮无波，使江水兮安流！望夫君兮未来，吹参差兮谁思！

他先写湘君犹豫不行，在江洲如有所待，再写其要眇宜修的容止，而自家乘桂木之舟，兴冲冲地赶去与湘君相会。中间陡又插入二句，痴心祝愿，水路无风无浪，沅水湘江，平滑无波，长江之流，也安止如镜。只惜湘君终远望而不可即，只好吹着参差不齐的排箫，低诉着对湘君的倾慕。他的笔法是如此地灵动矫健，中间的层次转折又是这样地泯却痕迹，情感却是特别地跌宕多姿，短短八句，便非凡手能办。上古韵中，犹、洲、修、舟、流、来、思，是音近而可通押的。故此八句为一个完整的意思。以下换韵，也就转向了新的意脉：

驾飞龙兮北征，邅吾道兮洞庭。薜荔柏兮蕙绸，荪桡兮兰旌。望涔阳兮极浦，横大江兮扬灵。

赋中的意脉，就像是本来平静的河流，忽然遇到峡滩之阻，蓦转为激昂。王逸注云："屈原思神略毕，意念楚国，愿驾飞龙北行，亟还归故居也。"这是把赋的意思给割裂了。这几句的大意是，我乘坐着像飞龙一样轻快的船，向北转道洞庭湖，去追寻湘君的芳踪。我用薜荔和蕙草缚在船舱的墙壁上，以荪饰桨，以兰饰旗。但直到极目远望涔阳浦，仍然芳踪杳杳。心中精诚，忍不住要横越大江。这样地缠绵独至，执着不二，才是屈子的风格。

《湘君》《湘夫人》的结尾很相似。《湘君》是"捐余玦兮江中，遗余佩兮醴浦。采芳洲兮杜若，将以遗兮下女。时不可兮再得，聊逍遥兮容与"。《湘夫人》则是"捐余袂兮江中，遗余褋兮醴浦。搴汀洲兮杜若，将以遗兮远者。时不可兮骤得，聊逍遥兮容与"。人之于神，宜远而不宜近。像孔子所说的，"敬鬼神而远之"，才是理智的态度。也正是这两个结尾，不经意地显示出屈子的儒家本色。

《九歌》中的《山鬼》，写山中神秘女子，清新脱俗，又别是一格。屈子笔下的山鬼，妩媚窈窕，衣着、坐骑、扈从，无不特立独行:“若有人兮山之阿，被薜荔兮带女罗。既含睇兮又宜笑，子慕予兮善窈窕。乘赤豹兮从文狸，辛夷车兮结桂旗。”她不止有着修美的外貌，更有着高洁的内心:“表独立兮山之上，云容容兮而在下。”她的心中填满了相思:“留灵修兮憺亡归，岁既晏兮孰华予。采三秀兮于山间，石磊磊兮葛蔓蔓。怨公子兮怅忘归，君思我兮不得闲。”山中景象，一日千变，不论是“杳冥冥兮羌昼晦，东风飘兮神灵雨”，不论是“雷填填兮雨冥冥，猿啾啾兮狖夜鸣。风飒飒兮木萧萧”，总是“思公子兮徒离忧”，这相思终是去除不得。山鬼不是屈子心目中倾仰的对象，山鬼就是屈子自己心眷故国，九死不悔的心灵写照。

当代学者一般认为，屈原所作的《九歌》《九章》，题目中的“九”代表了楚地的一种独特文体，至于“九”究竟是数目字还是一种以“九”为和声的音乐文体，则见仁见智，迄无定说。《楚辞》一书中尚有宋玉的《九辩》、王褒的《九怀》、刘向的《九叹》和王逸的《九思》，都以“九”名之。其中《九辩》只得单独一篇，并未如《九章》《九怀》《九叹》《九思》一样，九章连咏，联缀成篇，而《九歌》却有十一篇。大可能《九歌》《九章》《九辩》中的“九”，其原始意义未必指数字，而王褒诸人，在仿作原典的时候，对“九”的含义已经不甚了了了。

《文心雕龙·辨骚》认为，“《骚经》《九章》，朗丽以哀志;《九歌》《九辩》，绮靡以伤情”，朗，是情感的直率，绮是绮丽，是文辞的华美，靡，是偏于哀伤的情感，哀志与伤情，都在强调楚辞所卓具的引人心悲的文学精神。人在现实生活中遭遇的种种压抑失意，郁积胸中，常致人情感麻木，楚辞“哀伤”的文学特质，让人的情绪得以纾解，趋于平和。这也是一切叙写愁苦怨悲的文学，能阅百世而不灭的根本原因。

“尤愤懑而极悲哀”

相对于《九歌》的托于神明，以比兴含蓄为主的抒情,《九章》更偏于直陈其事的“赋”法抒情，表达更加直露。如《惜诵》开篇即云:“惜诵以致悯兮，发愤以抒情。所作忠而言之兮，指苍天以为正。令五帝以折中兮，戒六神与向服。俾山川以备御兮，命咎繇使听直。”他指苍天为誓，表白忠贞，要请五帝以为折中，六神（星、辰、风、雨、司中、司命）来倾听，让山川之神侍立在一旁，而让皋陶这个最公正严明的法律之圣，来作明断。他为了发抒愤懑，而让情感自然倾泄，下文铺陈自己所历的不公，所经的事变，都不假于托物比兴，十分质朴。你看他写：

> 竭忠诚以事君兮，反离群而赘肬。忘儇媚以背众兮，待明君其知之。言与行其可迹兮，情与貌其不变。故相臣莫若君兮，所以证之不远。吾谊先君而后身兮，羌众人之所仇。专惟君而无他兮，又众兆之所雠。壹心而不豫兮，羌不可保也。疾亲君而无他兮，有招祸之道也。思君其莫我忠兮，忽亡身之贱贫。事君而不贰兮，迷不知宠之门。忠何罪以遇罚兮，亦非余心之所志。行不群以巅越兮，又众兆之所咍。纷逢尤以离谤兮，謇不可释。情沈抑而不达兮，又蔽而莫之白。心郁邑余侘傺兮，又莫察余之中情。固烦言不可结诒兮，愿陈志而无路。退静默而莫余知兮，进号呼又莫吾闻。申侘傺之烦惑兮，中闷瞀之忳忳。

洋洋洒洒二百馀字，其实只是发了一通忠而见疑，信而被谤的牢骚，完全不假于物，不用比兴。这样直陈其事的文学作品，很难写得好，因为不蕴藉，少了让读者想象的空间，但作者情感极之充沛，又注重了情感的回环转折，质朴的文辞反而使得全篇削肉见骨，别具一种有力量的美。

相对《九歌》,《九章》还有一个非常明显的特点，就是多引古事而建言。用古人的故事来做比喻，后世称作用事或用典故，在漫长的历史进程中，典故成为中国诗最基础的修辞之一。像《惜诵》里的“晋申生之孝子兮，父信谗而不好。行婞直而不豫兮，鲧功用而不就”;《涉江》中的“伍子逢殃兮，比干菹醢。与前世而皆然兮，吾又何怨乎今之人!”《惜往日》里的“闻百里之为虏兮，伊尹烹于庖厨。吕望屠于朝歌兮，宁戚歌而饭牛。不逢汤武与桓缪兮，世孰云而知之。吴信谗而弗味兮，子胥死而后忧。介子忠而立枯兮，文君寤而追求。封介山而为之禁兮，报大德之优游。思久故之亲身兮，因缟素而哭之”;《悲回风》的“求介子之所存兮，见伯夷之放迹”。都是引述历史人物，与自身的遭际作比。用典的好处是让本来直露的情感，因征事用典而变得深沉婉曲，它不是通过优美的自然景观，而是通过故事让读者产生更深一层的联想。

朱熹云:“屈原既放，思君念国，随事感触，辄形于声。后人辑之，得其九章，合为一卷，非必出于一时之言也。今考其词，大抵多直致无润色，而《惜往日》《悲回风》又其临绝之音，以故颠倒重复，倔强疏卤，尤愤懑而极悲哀，读之使人太息流涕而不能已。”“颠倒重复”就是指抒情注重层次转折,“倔强”是强调其骨力,“疏卤”说的是文辞质朴，情感直露。他没有说出的是，唯因屈原的情感极其充沛，故能“尤愤懑而极悲哀”，使《九章》成为抒情赋的典范之一。

《离骚》与屈原的自我证道

魏晋时的名士，崇尚自然任性，反对矫饰，认为礼教束缚人性，而对于出自人性本能的“情”字，就有着特别的推尊。当时的大名士王恭有一句名言：“名士不必须奇才，但使常得无事，痛饮酒，熟读《离骚》，便可称名士。”名士区别于红尘浊世中辛苦恣睢的人，常得无事，是无俗务牵缠，而痛饮酒与熟读《离骚》，都是任性放情的体现。《离骚》之所以是任性放情的名士们的至好，乃因它是缘情文学的极致，是后世作家只能仰望、只能心摹手追，却永远无法超越，甚至永远无法并肩的高居天中的北辰天极。刘勰称屈子的辞赋“气往轹古，辞来切今，惊采绝艳，难与并能”，是对屈子辞赋成就的总括，屈原的作品，就像是中国文学的青藏高原，而《离骚》无疑就是珠穆朗玛峰了。

《离骚》的离通罹，遭受之义，忧动曰骚，离骚就是罹忧。心中积郁难消，发为文辞，如山泉之水，自然喷涌，谷中之风，顿为爽籁，作者何暇思及，借着自己的辞赋，去向楚王主文谲谏？他只是全然地彻底地忠实于内心，把幽微隐约怨悱芳馨的情致，没有一点矫饰，没有一点保留地倾泄出来。这就是文学为己的真义，也是一切优秀的文学作品成就其伟大的根源所在。

作者的内心芳洁崇高，故其文辞自然表现出芳馨高贵的格调。《离骚》以述祖德、证天命开始：“帝高阳之苗裔兮，朕皇考曰伯庸。摄提贞于孟陬兮，惟庚寅吾以降。皇览揆余于初度兮，肇锡余以嘉名。名余曰正则兮，字余曰灵均。”他为自己的出身而骄傲，有着强烈的担荷天命的自觉。他重视德行的自我完善，不满足于天赋之性，更要修养天性，让先天之质与后天的文合而为一：“纷吾既有此内美兮，又重之以修能。扈江离与辟芷兮，纫秋兰以为佩。”他娓娓细述修学立德的历程中，所经历的彷徨怀疑：“汩余若将不及兮，恐年岁之不吾与。朝搴阰之木兰兮，夕揽洲之宿莽。日月忽其不淹兮，春与秋其代序。惟草木之零落兮，恐美人之迟暮。不抚壮而弃秽兮，何不改乎此度？乘骐骥以驰骋兮，来吾道夫先路。”汩（yù）水流去疾之貌。罗焌其先生认为，不抚壮而弃秽的“抚”通“怃”，即爱之义，“壮（壯）”通“庄（莊）”，与秽恶相对，即为善之义。（《文学杂志·第六期·读骚我见》）屈子担心的是时移节换，年纪老大而一无所成，不爱善而弃恶，安得为君子？这才需要遵大道而乘骐骥，在修业进德的道路上勇猛精进。

这一层是格物致知，诚意正心的工夫。有了这一层的工夫，再上考诸史，指出圣王尧舜，遵道而成其正大，桀纣猖披，违背天道而致覆亡。处此道术灭裂之世，小人结党，苟且而求安乐，为君子者，不能因忌惮遭殃，而忘了君国危殆。这是把修己的工夫扩充到治国，故能中立不迁，卓然不移。他的情感步步腾挪闪转，如惊鸿，如游龙：“岂余身之惮殃兮，恐皇舆之败绩。忽奔走以先后兮，及前王之踵武。荃不察余之中情兮，反信谗而齌怒。余固知謇謇之为患兮，忍而不能舍也。指九天以为正兮，夫唯灵修之故也。曰黄昏以为期兮，羌中道而改路。初既与余成言兮，后悔遁而有他。余既不难夫离别兮，伤灵修之数化。”文中以“岂”“忽”“反”“固”“唯”几个虚字引带，就让直陈其事的赋笔有了跌宕起伏的层次，真气弥漫。“伤灵修之数化”的化，罗焌其先生以为当训为“讹”，伪言也。谓怀王初有成言，中间后悔，多次伪言饰之。其后洋洋宏文，皆从此主旨而发。

在《离骚》中，屈原上下求索，骋其奇瑰想象，兰皋椒丘，沅湘苍梧，悬圃崦嵫，咸池扶桑，阊阖阆风，现实与神话中的地域，打成一片，不知孰真孰幻。他再三申誓：“亦余心之所善兮，虽九死其犹未悔。”“宁溘死以流亡兮，余不忍为此态也。”“虽体解吾犹未变兮，岂余心之可惩。”“阽余身而危死兮，览余初其犹未悔。”这一坚贞不磨的精神，正是《离骚》中最惊心动魄的地方。因着这一坚贞的精神之力，他仿佛拥有了极致的神通：“饮余马于咸池兮，总余辔乎扶桑。折若木以拂日兮，聊逍遥以相羊。前望舒使先驱兮，后飞廉使奔属。鸾皇为余先戒兮，雷师告余以未具。吾令凤鸟飞腾兮，继之以日夜。飘风屯其相离兮，帅云霓而来御。纷总总其离合兮，斑陆离其上下。吾令帝阍开关兮，倚阊阖而望予。”他借追求宓妃、有娀氏之佚女，寄托其相观四极，周流天下，思得贤臣共事的心志，然而终究是“闺中既以邃远兮，哲王又不寤”。如何办？他想起远飏而去，请灵氛代为占卜，巫咸为之请神，但真到了要起行之时，却又徘徊反顾，不能自已。最后的《乱》（乐曲终章）说道：“已矣哉，国无人莫我知兮，又何怀乎故都？既莫足与为美政兮，吾将从彭咸之所居。”彭咸，是殷商末期的贤臣，谏纣不听，投水而死。屈子坚贞自守，而不为世所容，只有赴清流而死，以生命为代价，完成一出最壮烈的悲剧。

正如王逸《离骚序》所云：“自终没以来，名儒博达之士，著造词赋，莫不拟则其仪表，祖式其模范，取其要妙，窃其华藻，所谓金相玉质，百世无匹，名垂罔极，永不刊灭者矣。”后世所有的词赋家、诗人，终生企慕的，不过是能得《离骚》的一点影子罢了。在文学艺术的领域，是没有进化论的立足之地的。

四

登高能赋，可以为大夫

赋是诗文以外的中国第三文体/荀子与赋体的成立/汉赋与时代精神/司马相如赋作/班氏父女的抒情之赋/屈子精神的真正传承人

纯粹的文字艺术

屈子的赋，挚情充溢，前无古人，后鲜来者。后世弄文之士，大都特别重视赋这一文体，平生诗文辑成集子，一般来说会把赋放在最前面以作压卷，却并非为了向屈子致敬。而是因为，在所有文字的艺术当中，赋是最难的，它要求创作者掌握最多的词汇，记住最多的典故，文气上要堂皇宏奥，就像是汉朝的建章宫殿，千门万户，壮丽无伦，最考验一个人的才气、学养。对于诗文来说，深邃的思想、丰沛的感情是灵魂和本源，而在赋这一独立于诗文以外的“第三”文体中，却只能起到锦上添花的作用。继屈子而兴的汉代辞赋家，大多没有屈子的人格精神，但他们的作品也同样是千秋典范，他们是把一种纯粹的文字艺术玩到了极致。

何谓“纯粹的文字艺术”呢？中国现代有人提出的所谓“纯诗”的概念，梁宗岱解释说：“所谓纯诗，便是摒除一切客观的写景，叙事，说理以及感伤的情调，而纯粹凭借那构成它底形体的原素——音乐和色彩——产生一种符咒似的暗示力，以唤起我们感官与想象底感应，而超度我们底灵魂到一种神游物表的光明极乐的境域。”（《谈诗》，见《诗与真·诗与真二集》）他认为纯诗所构成的是一个“绝对独立，绝对自由，比现世更纯粹，更不朽的宇宙”（同上），而凭借的就是含蓄融洽的意境美。纯诗说无疑是对中国诗歌以寄托为尚、以教化为旨归的传统的反动，它要的是诗歌剥离其政治的、社会的功能，甚至完全否定诗的本质——宣泄情志，使诗歌变成单纯的美术品。屈子以后绝大多数的赋，也是不重视骚心诗志的“纯粹的文字艺术”，要求的是绝对的才情，对文字的绝对精深的把握运用。也正因此，赋就成为科举时代必考的科目之一。古语有云：“登高能赋，可以为大夫。”在先秦时代，内政外交场合都需要娴于辞令的人才，从一个人对赋体的掌握程度，就可以考察他是否胜任大夫之职。然而，只有赋的才能，却没有比兴风谏的精神，真能做一个合格的大夫吗？

一般来说，赋与诗词曲并列，被划在“韵文”当中。韵文即押韵的文字，除了诗词曲赋，还有颂、铭、赞、箴、祭等必须押韵的应用文体。但若从文体风格上分，中国的文体可分三大类，曰诗、曰文、曰赋。这是因为，从终极理想上说，诗是要言志、要缘情的，文是要载道的，惟独赋只需要营构出一座文辞的殿堂就可以了，相对诗文，赋不那么强调“为己”，而往往多是“为人”的。抒情、言志、载道，语尚雅洁，以含蓄蕴藉为工。赋恰恰相反，重视的是张皇铺陈，纤屑不遗，与诗文大异其趣。赋是金马玉堂之士或想成为金马玉堂之士者的文学，它适合歌颂而不便于批判。扬雄批评汉朝的靡丽之赋“劝百而讽一”——大抵是借规诫奢靡之名而鼓励奢靡，可谓一语中的。晋代陆机在《文赋》中说：“诗缘情而绮靡，赋体物而浏亮。”体物，是穷形尽相地描摹物态；浏亮，本是明朗之意，但与绮靡为对语，就该是指赋不像诗那样偏于悲伤，而有畅朗高蹈之致。由于知识分子天然地就是一切时代的批判者，天然地就是不满于现实的理想主义者，他们在情感上就必然会更亲近沉郁悲凉的诗，而很难有畅朗高蹈的心态。赋体盛行的时代，往往是最缺乏思想、最缺乏诗性的时代。

《文心雕龙·诠赋第八》引用晋代挚虞《文章流别论》的话说：

“赋者，敷陈之称，古诗之流也。古之作者，发乎情，止乎礼义。情之发，因辞以形之，礼义之旨，须事以明之，故有赋焉。所以假象尽辞，敷陈其志。前世为赋者，有孙卿、屈原，尚颇有古诗之义，至宋玉则多淫浮之病矣。《楚辞》之赋，赋之善者也。故扬子称赋莫深于《离骚》。”

《文章流别论》一书今天已经亡佚，从《文心雕龙》的引述看，挚虞认为人的思想感情，礼义人伦的大道，都须藉事而阐明，不能诉之空言，这才需要赋的手段。赋本来只是一种敷陈的艺术手法，它的要旨是托于事象，也就是依靠讲故事来抒情达意。假象尽辞，指出了赋的两大特征：第一赋必须假借事象，也即依托于故事；第二是追求文辞的华美铺张，即所谓尽辞。因为有了这两大特征，赋必然就呈现出铺陈张皇的风格。赋者铺也（赋与铺古音声母一致，韵母相同，只是声调有别），赋的本意，就是铺陈，也即《文章流别论》所说的敷陈（敷、铺二字，古音完全一样）。

挚虞又认为，荀子和屈子的赋颇有古诗之义，这是因为荀、屈的赋作，为的是讽喻、进谏，有益于世道人心。然而宋玉之赋，就多淫浮之病了。淫的意思是过分，情感不知节制，文辞往而不复，即所谓淫；浮的意思是不深入，思想情感流于表面，即所谓浮。淫浮有违中庸之道，这是挚虞不满宋玉赋作的原因。故谓“《楚辞》之赋，赋之善者也”。

大儒荀子之赋

当然，战国时《楚辞》还只是称作“辞”，并没有像汉代人一样，明确辞是赋的一种。第一位明确使用“赋”这一文体的作家是大儒荀子。《汉书·艺文志》记载他有赋十篇，但东汉时已仅存八篇，其中一篇是《成相》，另外《赋篇》包含了五篇赋和两首佹诗，这算作七篇，五篇赋按照顺序分别是《礼赋》《知赋》《云赋》《蚕赋》和《箴赋》，两首佹诗（即诡异激切之诗）也被算在了荀子的赋作当中。

《成相》篇跟一般的赋不同，更加接近于箴铭。全文篇制甚长，仅举第一段，可知其馀：

> 请成相，世之殃。愚暗愚暗堕贤良！人主无贤，如瞽无相。何伥伥！请布基。慎圣人，愚而自专事不治。主忌苟胜，群臣莫谏，必逢灾。论臣过，反其施。尊主安国尚贤义。拒谏饰非，愚而上同，国必祸。

上文凡三换韵，相、殃、良、相、伥是第一组韵，基、治（音持）、灾是第二组韵，施（音莎）、义（音俄）、祸是第三组韵。“成相”的本意是完成乐曲的演奏，“请成相”意即请允许我演奏这首曲子。荀子用韵文唱诵，再三和君主讲，如果你不注重贤良，听不进去优秀的人才和大臣的意见，就如同一个盲人，没有人去帮助他，这是何等可怕的事情。所以为君者不能一切事情独断独行，不能内心猜忌，不能争强好胜，听不进去别人的意见，有违斯道者，国家就有灾祸。《成相》与我们熟悉的赋不同，不注意辞华，但其托于事象，靠故事说话，倒的确是赋的本旨所在。

《荀子·赋篇》中的五篇赋，都像是在猜谜语。如《礼赋》：

爰有大物，非丝非帛，文理成章。非日非月，为天下明。生者以寿，死者以葬；城郭以固，三军以强。粹而王，驳而伯，无一焉而亡。臣愚不识，敢请之王？

王曰：此夫文而不采者欤？简然易知，而致有理者欤？君子所敬，而小人所不者欤？性不得则若禽兽，性得之则甚雅似者欤？匹夫隆之则为圣人，诸侯隆之则一四海者欤？致明而约，甚顺而体，请归之礼。

荀子先设问，有一样物事，非丝非帛，却与丝帛一样有美好的纹理，斐然成章。它又非日月，却能和日月一样普照天下。生人因之而长生，死者因之而享受尊严，因为有了它，城郭便能坚固，三军也变得刚强。凡得其精粹者，可以为天子，即使所得驳而不纯，也不失为诸侯霸主，倘使一毫不得，国家就会覆亡。我禀性愚暗，不明其为何物，请问大王您知道答案吗？

本章用韵，为“章、明、葬、强、王、亡、王”七字，明古音芒。“物”“帛”“月”三字也叶韵，但这是偶然而合，并不是本章用韵的正格。

王的回复也很有意思，他同样用谲辞隐语作答：它是有文章而无采饰的物事吧？它是简便易知，合情合理的物事吧？它是君子所崇敬，小人所轻忽的物事吧？它是缺少了就会性同禽兽，拥有了就会举止高雅的物事吧？它是普通人尊崇它，可以成为圣人，诸侯尊崇它，可以成为天子的物事吧？它极明白而又简约，很合乎天道而又体于人性，请容许我说出答案：这样物事就是礼啊。

本章的韵脚是“采、理、不、似、海、体、礼”七字，古音之尤韵可通押，“不”字在尤部，可以和之部的“采、理、似、海、体、礼”押韵。当然我们今天可以念作pǐ，把“不”字理解为是“否”字的通假。

荀子的赋是最早冠以“赋”之名的作品。他的赋继承了《诗经》主文而谲谏的传统。谲，言之迂也，即有话不直接说。儒家强调将心比心，所谓言悖而入者，亦悖而出，所以大臣向君主进谏，不能说特别刺耳的话，要主文而谲谏，言辞须有文饰。这种传统被荀子的赋所继承，他用猜谜语的方式，自己不说出答案，让王说出答案，这就是主文而谲谏。《赋篇》中的五篇赋，在结构方面对后世也有非常深刻的影响，后世赋的主客体，由主先倡一事，客再和一事相应，或甲先说一事，乙更说一事驳甲，丙又说一事驳甲乙，这样的结构就是从荀子的赋开始的。

荀子的赋继承了《诗经》铺采摛文，体物写志的艺术手法。作为“诗六义”之一的“赋”，要求铺陈辞采，舒展文笔，通过对物象的描摩、事象的叙述来抒写情志。体物，可以理解为是直接的描写与刻画。荀子在这方面显然是继承了《诗经》的传统。

《汉书 · 艺文志》里面有一段专讲诗赋，说：“大儒孙卿及楚臣屈原离谗忧国，皆作赋以风（fèng），咸有恻隐古诗之义。其后，宋玉、唐勒；汉兴，枚乘、司马相如，下及扬子云，竞为侈丽闳衍之词，没其风谕之义。”他认为赋而可以上接诗旨的，首推荀子和屈子，其后的宋玉和唐勒就稍见逊色，到了汉朝的枚乘、司马相如和扬子云，更重视文辞的堂皇铺张之美，反而遗忘了古诗的讽谕之义，可谓烛幽照潜之论。

《子虚赋》：盛世文章之代表

汉代是赋的极盛时代，汉赋文字之沉博绝丽，气象之闳衍壮阔，此后一切时代，皆莫之与京。陈天倪先生一语道破个中奥秘："开国之时，气象伟大，故其文雍容揄扬。观西汉初唐所奏各赋，皆唐皇典丽，可见其概。"（黎开云《石牌国立中山大学赋》评语）中国文学之所以推崇诗骚，重视思想深刻、兴慨幽微的作品，与中华民族漫长的苦难历程密不可分。历史上的中国，乱离多而太平少，愈是深刻悲凉、幽微婉曲的作品，愈易引起各个时代的读者的共鸣。而汉代则不同。汉代是中国历史上第一个真正大一统的朝代，社会稳定、国力强盛，就像是一个血气方刚的青年，觉得天下事无不可为者。他决不瞻前顾后，对未来充满希望，他的面前，是一望无垠的待开垦的莽原，他仰观俯察天地的盛美，有着与宇宙同流的豪迈气概。乐观者决不会深刻，但只有汉代那些乐观的作家，才能写出气象恢宏，辞丰文丽的大赋来。

汉朝的书法也特别高古简朴。今天我们看无论是汉代的碑拓，还是汉简里那些不知名的书家的作品，都可以感受到那扑面而来的雄健古直之气。不像后世的书法，笔画越写越紧，汉朝人的字是自然的、舒展的、奔放的。这就正如汉朝人的心气一样，磅礴丰沛，充塞于天地之间。正是汉人高蹈绝尘的生命气质，孕育出了汪洋恣肆的汉大赋。

汉赋的第一位大作家是司马相如。他在游梁国时所作的《子虚赋》流传于世，已被汉武帝所欣赏，后因同邑杨得意为武帝狗监，遂召相如。相如说这篇赋讲的是诸侯之事，请更作天子游猎之赋。于是司马相如续写《上林赋》，述天子畋猎。《子虚》《上林》二赋，既可独立成篇，又可以看成是一个整篇。司马相如作出了精心的结构经营，如果我们忽略掉那些奢丽的词藻，只看结构的话，简直就是一篇精彩的小说。宋代的话本小说以至明清的拟话本，在话本的正篇之前，往往先说一个与正篇相关的小故事，以引入话头，司马相如早就这样干了。

他假设了三个人物，一为楚国的使臣子虚，二是齐人乌有先生，第三位是代表天子的亡是公。《子虚赋》先从子虚追陪齐王畋猎引入，这个场景的作用，是为下文三人的对话张本。司马相如写道："畋罢，子虚过姹乌有先生。"姹通诧，是夸耀之意。子虚参加完畋猎，为什么要在乌有先生跟前夸耀？这是赋中的第一个悬念。下面是解决这个悬念：

> 坐定，乌有先生问曰："今日畋，乐乎？"
> 子虚曰："乐。"
> "获多乎？"
> 曰："少。"
> "然则何乐？"
> 对曰："仆乐齐王之欲夸仆以车骑之众，而仆对以云梦之事也。"

短短的一段对话，有曲折，有波澜，文气贯注，一下子就把读者带入他精心营造的场景中去。接写子虚先简要铺叙齐王车骑之众，曰："车驾千乘，选徒万骑，畋于海滨。列卒满泽，罘网弥山。掩兔辚鹿，射麋脚麟。骛于盐浦，割鲜染轮。射中获多，矜而自功。"汉赋多存上古音，文中"山"与"功"二字，今天读来已完全不押韵了，但在西汉时还是押韵的。对齐王畋猎的描写只是一个小小的铺垫，相当于子虚树了一反例，再来驳倒它。他把《子虚赋》的高潮留给了对楚王畋于云梦的描述，一番侈丽的夸饰，直说得“齐王无以应”，默然不语，惘然如有失。但赋写到这里还没有结束，乌有先生的驳论，更是峰回路转。他指责子虚，“不称楚王之德厚，而盛推云梦以为高”，是“彰君恶，伤私义”的行为。最后对齐国疆域之广，物产之饶，一笔带过，说齐国“吞云梦者八九，于其胸中曾不蒂芥”。何以齐王不回应子虚呢？乌有先生说：“然在诸侯之位，不敢言游戏之乐，苑囿之大。先生又见客，是以王辞不复，何为无以应哉！”这一段写得特别斩截，但辞虽断而意不断，这才能引出《上林赋》更加侈丽瑰伟的铺叙。

在《子虚赋》的主体部分，子虚先虚张声势，说楚有七泽，我只见其中最小的云梦泽，但已方九百里。泽中有山，“盘纡茀郁。隆崇崒崒。岑崟参差。日月蔽亏。交错纠纷。上干青云。罢池陂陀。下属江河。”用两句一韵的繁密写法，营造出紧张的带有压迫感的声情。再讲其土怎样，其石如何，其东西南北物产之丰饶，珍禽异兽，不可遍举。至此方切入畋猎之事：“于是乎王乃使专诸之伦，手格此兽。楚王乃驾驯駮之驷，乘雕玉之舆，靡鱼须之桡旃，曳明月之珠旗。建干将之雄戟，左乌号之雕弓，右夏服之劲箭。……”从麾下的猛士，刻画到楚王的车具服器，每一样器具之前，都有其独特的定语，这是为着突出楚王服御的竞奇呈珍，独一无二。日常语言中不会有这样的修辞，但在赋当中就十分常见，不如此便显不出夸饰的美。就像舞台上的角色，总要粉墨停匀才会好看，而生活中尽管有女子浓妆艳抹，一般却不会化成舞台妆。注释家会告诉你，駮是一种外形似马，却生了独角锯齿的猛兽，虎豹都是它口中的美食，可是它们却被驯服来给楚王拉车；雕玉是刻玉以饰车，鱼须大概是鲸须，用它来做旃（曲柄旗）的穗子，可真是威风！明月，特指会发光的鲛珠；干将是著名的剑师；乌号弓传说是黄帝乘龙升天，小臣不得上，抱着龙身上掉下的黄帝弓号哭，所以叫乌号；服是盛箭矢的袋子，夏服是因夏后氏有良弓名繁弱，其箭亦良，夏服的意思就是繁弱之服……然而即使你不知道这些典故出处，你依然能读出一种壮美雄奇的气势，就像你并不明白古玉上纹饰图案的意思，但一点也不妨碍你去欣赏它的苍古淳朴。

在以四言为主的行文之中，司马相如忽又插了数句三言的句子："蹴蛩蛩，辚距虚。轶野马，轊陶駼。乘遗风，射游骐。"三言音节简短，读来别有一种斩截铿锵。蛩蛩、距虚、野马、陶駼、遗风、游骐都是形似马的兽，排布比类在一起，更增行文的气势。

更为了得的是，在描摹完畋猎的威猛雄武之后，司马相如转而写随从楚王的美人，"于是郑女曼姬，被阿緆，揄纻缟，杂纤罗，垂雾縠（屋韵）。襞積褰绉，纡徐委曲（屋韵）。郁桡溪谷（屋韵）。衯衯裶裶，扬袘戌削（宵韵）。蜚襳垂髾（宵韵）。扶舆猗靡，翕呷萃蔡（祭韵）。下摩兰蕙，上拂羽盖（盖韵，与祭韵通押）。错翡翠之威蕤（微韵）。缪绕玉绥（微韵）。眇眇忽忽（物韵）。若神仙之仿佛（物韵）。"（括号中所注为上古音系的韵部）在刚强劲健的描写之外，复缀以婉丽舒徐的形象，这样地两相映照，刚者愈见其刚，柔者更显其柔。文艺作品中张力的产生，多由于今昔之比、洪纤之别、阴阳之判的对照。苏轼《和子由论书》诗中谈到书法的秘诀："端庄杂流丽，刚健含婀娜。"这一创作秘诀，不止书法适用，文学中乃至所有艺术中也适用。上段描写大抵只是在描写美人们衣着的华美，饰品的名贵，行动的曼妙，今人读来会觉得艰深，一是因为缘、缟、縠、袘、襳、髾这些名词早已从日常的生活中消失了，二是作者还特地用了不少的联绵字，也是我们读普通的诗文时很不经见的词语。所谓联绵字是指单独一个字不表示意思，两个字连在一起，才表达一个完整的意思。联绵字多从声音上影响人的思维，所以又有声母相同的双声联绵字和韵母相同的叠韵联绵字。文中襞積、纡徐、委曲、郁桡、衯裶、戍削、猗靡、翕呷、萃蔡、翡翠、威蕤、缪绕、眇忽、仿佛都是联绵字。一般文体都以达意为尚，反对雕镂刻巧，但赋是纯然的美化文学，愈雕镂愈刻巧，愈见其工。

司马相如的风骨

在我们一般人看来，《子虚赋》的辞藻已经华美得无以复加了，展现出的境界的壮丽，恐怕也让人叹为观止了。但在《上林赋》的开头，亡是公把子虚和乌有先生一笔抹倒。他先咄咄逼人，从治国之大义上说起，谓“楚则失矣，而齐亦未为得也”，齐国私通外族肃慎，越出国界而畋猎，已违大义；子虚、乌有二位，不去阐明君臣之义、诸侯之礼，只是比谁个的国君更奢侈更荒淫，这哪里是在发扬国君的美誉？反而是彰君之恶，既贬损了国君，又贬损了自个儿。再让一步，说你们何尝见过真正的巨丽之观？天子的上林苑，其巨丽宏伟才远超你们的想象。

他说泾、渭、灞、浐、酆、鄗、潦、潏八条大河，都在上林苑中流过：“左苍梧，右西极。丹水更其南，紫渊径其北。终始霸、浐，出入泾、渭。酆、鄗、潦、潏，纡馀委蛇，经营乎其内。荡荡兮八川分流，相背而异态。”他写水势的雄浑暴怒：“汩乎浑流，顺阿而下。赴隘陿之口。触穹石，激堆埼。沸乎暴怒，汹涌滂濞。滭浡滵汩。湢测泌瀄。横流逆折。转腾潎洌。澎濞沆瀣。穹隆云挠，蜿灗胶戾。逾波趋浥，莅莅下濑。批壧冲壅，奔扬滞沛。临坻注壑，瀺灂霣坠。湛湛隐隐，砰磅訇礚。潏潏淈淈，湁潗鼎沸。”再描绘水流由暴怒而转平静：“驰波跳沫，汩濦漂疾，悠远长怀。寂漻无声，肆乎永归。然后灏溔潢漾，安翔徐徊。翯乎滈滈，东注大湖，衍溢陂池。”叠用联绵字，从字形和声音两方面着手，选色设声，带给人以“巨丽”的感受。

写完上林苑的水态，再写水中物产的丰饶。不惜堆词砌藻，极尽夸饰。接以写苑中山的高峻嵯峨，地势的起伏多变，香草遍野，芬芳袭人。周流泛观苑内，“瞋盼轧沕。芒芒恍忽。视之无端，察之无崖。日出东沼，入乎西陂”。辽阔丰茂的上林苑，无物不备，更有“离宫别馆，弥山跨谷”。接下来当然又是一通宏丽无俦的描写。最后说：“若此辈者，数百千处。娱游往来，宫宿馆舍。庖厨不徙，后宫不移，百官备具。”说的是离宫别馆中，人员齐备。上林苑这样宏大的气魄，又岂是楚齐二诸侯国可比的？

亡是公言天子畋猎，气象极之高峻。他讲述天子的仪仗：“于是乎背秋涉冬，天子校猎，乘镂象，六玉虬。拖蜺旌，靡云旗。前皮轩，后道游。”传说黄帝“驾象车，六蛟龙”，赋中用的是这个语典。“六”字用如动词，是以六龙驾车之意。蜺旌用宋玉《高唐赋》“蜺为旌”的语典。可见司马相如不止自铸伟词，也善于学习前人的文辞创造。皮轩是用虎皮装饰的车，道游则是道车和游车。道车五乘，游车九乘，都在天子的乘舆之前，“后道游”是跟随在道、游之后的意思。天子从行精壮无伦：“孙叔奉辔，卫公参乘。扈从横行，出乎四校之中。”太仆公孙贺和大将军卫青扈从，试问齐楚有之乎？天子所驰骋的场所之辽阔，队伍之雄壮，更非诸侯之国可以梦见：“鼓严簿，纵獠者。河江为陆，泰山为橹。车骑雷起。殷天动地。先后陆离。离散别追。淫淫裔裔，缘陵流泽，云布雨施。”“簿”指卤簿，即出行的仪仗队。河专指黄河，江也只是专指长江，“陆”是打猎时居山谷地势而掩捕，“橹”是用以瞭望的楼，“河江为陆，泰山为橹”，可以想见，天子校猎不囿于上林苑，而是把整个天下作为他的猎场。

《上林赋》写天子狩猎，去尽浮辞，动感十足：“生貔豹，搏豺狼。手熊罴，足野羊。蒙鹖苏，绔白虎。被豳文，跨野马。陵三嵕之危，下碛历之坻。径陵赴险，越壑厉水。椎蜚廉，弄獬豸。格瑕蛤，铤猛氏。羂騕褭，射封豕。箭不苟害，解脰陷脑。弓不虚发，应声而倒。”司马相如在此处惜墨如金，简省到了极致，整段只有两个“之”字和一个“而”字是助字，所以显得特别刚健有力。所谓“生貔豹”是生裂貔豹之意，“手熊罴”是手格熊罴，“足野羊”是足踢野羊而毙之。“绔白虎”是绳绊白虎……司马相如穷尽了每一个字的功用，也将文辞的张力发挥到了极致。

打完猎之后的“游戏懈怠”又是另一番光景：“置酒乎昊天之台，张乐乎轇輵之宇。撞千石之钟，立万石之钜（虡）。建翠华之旗，树灵鼍之鼓。奏陶唐氏之舞。听葛天氏之歌。千人唱，万人和。山陵为之震动，川谷为之荡波。《巴渝》宋蔡，淮南《于遮》。文成颠（滇）歌。”诚所谓“荆吴郑卫之声，《韶》《濩》《武》《象》之乐，阴淫案衍之音。鄢郢缤纷，《激楚》结风。俳优侏儒，《狄鞮》之倡。”《巴渝》，舞名；《于遮》《韶》《濩》《武》《象》《楚》《狄鞮》，曲名；宋、蔡、淮南、文成、滇、荆、吴、郑、卫、鄢、郢，皆地名。即使是“所以娱耳目乐心意”的，也是“丽靡烂漫于前，靡曼美色于后”，天子身侧的美人，像青琴、宓妃这些神女一般“绝殊离俗，姣冶娴都”，齐楚诸侯之国，又有什么值得夸耀的呢？

司马相如虽以辞赋见幸，但他的身上仍然有着士人的风骨。在《上林赋》的最后，是他对汉武帝的讽喻和进谏，这才是全篇主旨所在。他假想天子于酒中乐酣之时，茫然而有思，反省畋猎的太过奢侈，于是乃解酒罢猎，命有司把上林苑的土地垦辟成农田，推倒围墙，填平沟堑，让山泽之民得以生息。池沼中的水产，任凭民取，不再高筑宫墙，常备冗员于其中。发仓开廪，赈济贫穷，让鳏寡孤独的人，都能有以养育。

天子从此便不再游猎了吗？否。天子仍然有游猎之事，但却是升华了的不再奢侈的游猎：“于是历吉日以斋戒，袭朝衣，乘法驾，建华旗，鸣玉鸾，游乎六艺之囿，骛乎仁义之涂。览观《春秋》之林，射《狸首》，兼《驺虞》。弋玄鹤，建干戚，载云罕，掩群雅。悲《伐檀》，乐‘乐胥’。修容乎《礼》园，翱翔乎《书》圃。”他是把六艺之学当成了新的上林苑，《狸首》是一首逸诗的篇名，不见于今之《诗经》，《驺虞》是《召南》中的一篇，云罕即天毕星，载云罕是说天子以天毕星为车，即顺乎天道之意。“君子乐胥，受天之祜”出自《小雅》的《桑扈》。天子“述《易》道，放怪兽。登明堂，坐清庙”，不再以猎获怪兽为目标，他要的是“恣群臣，奏得失。四海之内，靡不受获”。天下人皆受其泽，所猎获的是“天下大悦（说），向风而听，随流而化，喟然兴道而迁义。刑错而不用，德隆乎三皇，功羡于五帝”。这样的游猎，天下谁不喜之？

最后，作者借亡是公之口批评齐楚二国：“无德厚之恩，务在独乐。不顾众庶，忘国家之政，而贪雉兔之获。”他们的国家不过地方千里，打猎的苑囿却占九百，老百姓何以耕种，何以为食？以诸侯之细，却享受天子的奢侈，老百姓又如何不被其害呢？司马相如后来成为一位有作为的官员，与他即使在侈丽的大赋中也坚守道统是分不开的。

父女辞赋家的为己之赋

大赋务求宏丽，虽是赋家的个人创制，却呈现出国家意志集体精神，堪称庙堂文学的极则。譬如为人君者建造宫殿，必使其高峻雄伟，以使民众生出崇仰之心。汉代著名的大赋尚有班固的《两都赋》、张衡的《二京赋》、左思的《三都赋》、扬雄的《甘泉赋》《羽猎赋》《长杨赋》等。尝脔一勺，可知全鼎之味。班固父班彪，妹班昭，并为文章作手。他们父女的纪游之赋，在鸿篇巨制的大赋以外别出心裁，是纯然为己的文学，也更加接近屈赋的精神气质。

班彪汉更始年间避难凉州，发长安，至安定，而作《北征赋》，行文结构颇拟屈原《涉江》，以行途所见入笔，夹以感慨，掺以议论。赋的开头抒志直入："余遭世之颠覆兮，罹填塞之阨灾。旧室灭以丘墟兮，曾不得乎少留。遂奋袂以北征兮，超绝迹而远游。"他每经一地，则生一慨，横今纵古，思往悲来，最后落实到题旨中："游子悲其故乡，心怆悢以伤怀。抚长剑而慨息，泣涟落而霑衣。揽余涕以於邑兮，哀生民之多故。夫何阴曀之不阳兮，嗟久失其平度。谅时运之所为兮，永伊郁其谁愬？"於邑音wūyì，今写作呜咽，阴曀喻国事昏乱，曀是天阴而有风之意。失其平度，是失掉了正常的社会秩序。永伊郁，就是长抑郁，愬通诉。相比大赋而言，文字要浅近得多。

班彪不是一位自铸伟词的大作家，他的《北征赋》里很多的双音词，都是出自《诗经》《楚辞》，这叫作“用语典”。宋代黄庭坚说“老杜作诗，退之作文，无一字无来处”，说的是无一字，实际是无二字，即没有一个双音词是没有来历的。黄庭坚说的就是用语典。用语典的好处是诗文的文辞会古雅典重，后世诗人文士，莫不重视运用语典，用语典成为中国文学的最基本的修辞手段。不会用语典，无论诗词文赋，都入不得门，只能是中国文艺的门外汉。

班昭因嫁曹世叔，世称曹大家（gū），于班固去世后，续成《汉书》，是历代女作家中成就最高的一位。汉安帝永初七年，随子曹成赴陈留，著有《东征赋》。她的文辞自然而不雕镂，随行见景，因景而生情：因“乃举趾而升舆兮，夕予宿乎偃师”而感慨“遂去故而就新兮，志怆悢而怀悲”；因“历七邑而观览”而生出“小人性之怀土兮，自书传而有焉”的同情；遵路先贤遗迹，而怀想孔子、子路、蘧伯玉，乃有“唯令德为不朽兮，身既没而名存。惟经典之所美兮，贵道德与仁贤”的感悟。她喟叹于后世君子之道“衰微而遭患兮，遂陵迟而不兴”，却更坚定儒家的信仰：“知性命之在天，由力行而近仁。勉仰高而蹈景兮，尽忠恕而与人。好正直而不回兮，精诚通于明神。庶灵祇之鉴照兮，贞良而辅信（shēn）。”处己之严，立身之正，境界之高，于历代女作家中不作第二人想。

清代何义门评论《东征赋》，说是“儒者之言，不愧母师女士矣”。班昭是一位真正的女士，即女性的士大夫。由这位女士的作品，我们可以想见汉代文化拥有着多么健康的体魄。

屈子精神的传承人

《史记》称“屈原既死之后，楚有宋玉、唐勒、景差之徒者，皆好辞而以赋见称；然皆祖屈原之从容辞令，终莫敢直谏”。全面继承了屈子生命精神的辞赋家，是西汉的贾谊。贾谊是洛阳人，年十八，才华颖发，为乡里所称。河南太守吴公十分欣赏他的才华，做上廷尉之后，向汉文帝推荐贾谊，遂以他为博士。贾谊当时年才二十馀，在所有博士中年纪最轻，但能力也最强，甚得文帝信任，一年即超拔为太中大夫。但他给汉文帝的建议触犯了既得利益集团，绛侯周勃、灌侯灌婴、东阳侯张相如、御史大夫冯敬之属竞相在文帝面前毁谤他，说他“年少初学，专欲擅权，纷乱诸事”，文帝渐渐疏远他，不采纳他的建议，并将他贬为长沙王太傅。贾谊听说长沙地势卑下，气候潮湿，自度性命不久，兼以迁客之心，意不自得，临湘水而作著名的《吊屈原赋》。这篇赋因纯系个人情感之寄托，故而特别近于屈子的赋。

《吊屈原赋》的第一段有些像后世诗文前的小序：“恭承嘉惠兮，俟罪长沙。侧闻屈原兮，自沉汨罗。造托湘流兮，敬吊先生。遭世罔极兮，乃陨厥身。”交待了作赋的缘由，但已倾注了充沛的情感。接下来他列举种种不合理的现实：鸾凤伏窜于地，鸱枭翱翔于天；不像人子的“阘茸”，因善于溜须拍马而得志，贤人圣者，却因性情方正，而横遭贬抑。伯夷是千古知名的清高之士，世人反颠倒价值，以盗跖为清廉，以伯夷为贪。在不辨真伪、思想淆乱的世人眼中，莫邪这样著名的利剑，竟不及铅刀锋利；转弃周鼎，把破瓦壶当成宝；让疲乏的牛去驾车，以行步迟缓的驴在两旁共驾，却让骏马去拖曳沉重的盐车。殷商时传下的礼帽“章甫”，被用来垫鞋底。如此现实，让贤良方正之士情何以堪！他感叹屈子“逢时不祥”，不由生发出对屈子的同理心：“嗟苦先生兮，独离此咎！”离即罹，遭受，与《离骚》之离同义。

《吊屈原赋》与屈子《九章》诸篇最接近，都是引事类比，重在议论。“讯曰”以下，相当于是屈赋中的“乱曰”，是卒章明志、点明主题思想的部分。他说：“已矣！国其莫我知，独堙郁兮其谁语？凤漂漂其高逝兮，夫固自缩而远去。袭九渊之神龙兮，沕深潜以自珍。弥融爚以隐处兮，夫岂从蚁与蛭螾？所贵圣人之神德兮，远浊世而自藏。使骐骥可得系羁兮，岂云异夫犬羊！”算了吧！国人既不能知我，心中的抑郁又能向谁分说呢？你看那飘飞高逝的凤鸟，都引退而远去；看看潜藏九渊下的神龙吧，都要深潜而自保，它远离明光，潜游到水的最深处去，不愿与蚁、蛭、蚯蚓为伍。圣人之所以为世所贵，便因他们生具神德，懂得远离浊世，保藏好自己，如果骐骥被人系羁，不能骋足奔跑，那与犬羊有什么分别呢？贾谊真能理解屈子一颗忧愁激愤的心，否则不会有对屈子“逢世不祥”“独离此咎”的同情。但他的这番论说，却都是对屈子的批评。何以故呢？说人就是说自己，他批评屈子不能做到远害自藏，其实要暗示的却是，自己与屈子正是同一类人，同一副肝肠。“国其莫我知”的“我”，既是指屈子，也是指贾生。

贾谊更进一层批评道：“般纷纷其离此尤兮，亦夫子之辜也！瞝九州而相君兮，何必怀此都也？凤皇翔于千仞之上兮，览德辉焉下之；见细德之险征兮，摇增翮逝而去之。彼寻常之污渎兮，岂能容吞舟之鱼！横江湖之鳣鲟兮，固将制于蚁蝼。”屈子遭受的痛苦，是“咎由自取”，历观九州，何处不可为？为什么定要怀郢都不肯去？凤凰在千仞之高的天空上翱翔，只在人君有德之世才会停下栖息，一旦发现危险的征兆，立即振翅飞远。宽不过丈的沟渠，焉能容纳吞舟之巨鱼？横行江湖的鳣鲟，一旦失水，也会被蝼蚁所制。这里的“彼寻常之污渎兮，岂能容吞舟之鱼！横江湖之鳣鲟兮，固将制于蚁蝼”，用了《庄子·庚桑楚》里的典故，庚桑楚谓弟子曰：“夫函车之兽，介而离山，则不免于罔罟之患；吞舟之鱼，荡而失水，则蚁能苦之。”庚桑楚要说明“全其形生之人，藏其身也，不厌深眇而已”的道理，贾谊借用道家的说法，明是指摘屈子，暗是批判小国暗主，不容忠臣，致其为谗贼小臣所害。我们知道，很多时候一个人说话的内容并不代表他的内心，只有通过他说话的语气，才能准确把握他的本意。贾谊是纯正的儒家，《吊屈原赋》在字面意思上都是道家的，但它在语气上，却是儒家的，他的心理状态与屈子同构，都有着“知其不可而为之”“亦余心之所善兮，虽九死其犹未悔”的悲剧情怀。也正因此，司马迁作《史记》，将屈子与贾生并列为传，并垂于千古。

五

惊心动魄，一字千金

古诗与乐府的分别/《古诗十九首》是可以读一辈子的诗/朴、厚、真、善/《青青河畔草》/《今日良宴会》/《西北有高楼》/《涉江采芙蓉》

乐府与古诗之别

《诗经》以四言为主,《楚辞》则多六言、七言，作为后世诗歌最主流形式的五言诗，是要到汉代才成熟的。汉代同时产生出五言古诗和五言乐府，但人们往往把这二者混为一谈，如《白头吟》本系古诗，却被归入了乐府诗中去;《孔雀东南飞》叙述故事，曲折生动，是典型的乐府诗，它的原题却是《古诗为焦仲卿妻作》。到唐人拟作时，乐府与诗几无分别了。而事实上，无论是五言还是七言，乐府与古诗都甚有分别。

乐府本系汉初设立的专署，整理音乐，配以新辞，或为文士巨公之文辞，配以乐舞，以敷朝廷宗庙之用，兼收教化民众之效。乐府诗在最初必定是合乐的。而古诗却不是合乐的音乐文学。诗人在创作古诗时，并不曾想过，自己的作品一定需要传唱，诗人的动机是纯然地为己的，他只是把心中事自然而然地宣泄出来。而乐府诗是音乐文学，必须要考虑如何传唱的问题。我们今天固然可以说流行音乐的歌词也是白话诗，但很显然写白话诗的新诗人，通常不会把林夕、方文山看作诗人。相比于乐府，诗中体现的情感更个性、更幽曲，这正是不依附于音乐的文学与音乐文学的区别所在。

清代诗人郎廷槐问前辈张实居，乐府五七言与五七言古诗何以分别，张实居答曰:“乐府之异于诗者，往往叙事。”在人类当中，只有极少数有诗性的人，才可能真正领略托意遥深的诗旨，但喜欢听故事，却是人人之所同。乐府是为传唱而生的音乐文学，故重视叙事，古诗为的是抒写诗人隐曲的心灵世界，故重视抒情。但张实居又说，“诗贵温裕纯雅，乐府贵遒深劲绝”，此说看似不通，却极有深意。

试多取历代合乐与不合乐之文字，两两相较，就会发现，凡是合乐的音乐文字多不能深刻。此因不合乐的诗为己而作，合乐的乐府却是要唱给众人去听的。古诗为己，表达贤士大夫幽微隐曲悱恻难言之情，故必求深刻；乐府为众，故必求浅近。然而正因诗易于深刻，故难得温裕纯雅，乐府易得浅近，遒深劲绝的风格才更加难以获致。张实居对古诗和乐府的创作提出了更高的要求。

一般而言，古诗而能淳雅古朴，乐府做到流婉近人，便是当行本色的了。以书风为喻，汉魏时流行的五言古诗，就像简朴高古的汉隶，扑面而来苍古雄浑之气；同时的乐府诗，却像晋唐法书，流丽侧媚，婀娜多姿。我们很难说哪一种风格就一定是更美的，只能说如果这两类诗体，能糅合彼方之长，都可以登峰而造极。

古诗往往自写身世，抒写亲历之事、心中之情，而乐府诗多是代言体。乐府诗中的情感，当然也可以非常动人，但那并不是作者的经历、作者的情感，而是诗中主人公的故事打动了读者。中国戏曲的名伶，在演唱时赚人热泪，而自己却心如铁石，毫不动摇，这正是乐府精神之遗。乐府于诗六义中，多得“赋”的精神，古诗却是在比与兴上更多着力。此乐府与古诗之别也。

很多的乐府诗，可以从诗题看出端倪。《白石诗说》云：“守法度曰诗，载始末曰引，体如行书曰行，放情曰歌，兼之曰歌行，悲如蛩螿曰吟，通乎俚俗曰谣，委曲尽情曰曲。”诗题中有引、行、歌、歌行、吟、谣、曲等字，大抵最早都是在形容诗的音乐风格，后来诗乐渐离，才用以范定诗的抒情风格或文字风格。题中有着这类字的诗，大都属于乐府诗。明乎此，就该知道《长歌行》《短歌行》应读作“长/歌行”“短/歌行”，而不能读成“长歌/行”“短歌/行”，《长干行》本来是长干（gān）的地方曲调，《棹歌行》也绝不是划着船唱着歌在水面上前进。

卓文君《白头吟》是一首非常特殊的古诗，它在精神气质上属于古诗，但它在形式上却又可归为乐府。全诗是：“皑如山上雪。皎若云间月。闻君有两意，故来相决绝。今日斗酒会，明旦沟水头。躞蹀御沟上，沟水东西流。凄凄复凄凄。嫁娶不须啼。愿得一心人，白头不相离。竹竿何袅袅，鱼尾何簁簁。男儿重意气，何用钱刀为。”从诗题看，有表示其音乐风格的“吟”字，从行文结构上看，它与换韵的古诗也很不一样。一般古诗尽管换韵，全篇却如流水自下，无从割裂；这首诗却可以分作四段，每一段都相对独立，古人谓之为“解”，《白头吟》就有四解，相当于是四个乐章。这种写法，还是受《诗经》分章而咏，反复其辞的传统的影响。只不过后来的古诗，都不会这样写了，只在乐府诗中，存有诗三百的遗风。

据《西京杂记》载：“司马相如将聘茂陵人女为妾，卓文君作《白头吟》以自绝，相如乃止。”第一解四句，先以山上雪、云间月起兴，本以为你我二人的爱情，可以像山上皑皑的白雪，云间皎皎的明月，终古不变，可是没有想到你会背弃当初的誓言，因此我要与你决绝！第二解四句，说的是我们今天姑且最后一次痛饮美酒吧，明朝我们就在御沟边分手。我们在河边分别，便如这河中的流水，分注东西，不再碰头！御沟是环绕宫墙的河流，从南或北的方向望去，正是流向东西，成为两脉。两性关系中，谁付出的情感更多，谁就更容易受伤，显然女主人公付出更多。在第三解中，她忍不住忆起她与这个男子初识，为他决然出奔的时节。而今个郎薄幸，尚复何言？第四解的意思直承第三解而来，女主人公宣誓着她的爱情观：男女之间，要的是两情相悦，彼此吸引，就像那颤动的鱼竿、新出水的鱼儿，我看中的是有志气的男子，而不是那积财的金夫。我们知道，卓文君是成都首富卓王孙的女儿，她为司马相如的琴声所诱，与之私奔，当时的司马相如一文不名。《白头吟》第四解，隐藏着卓文君对司马相如深深的谴责，这是需要仔细玩味，方能感受到的诗的隐义。

卓文君的《白头吟》，是一首直抒本情的为己之作，后世仿作皆莫能过之。《乐府解题》里说："若宋鲍照'直如朱丝绳'，陈张正见'平生怀直道'，唐虞世南'气如幽径兰'，皆自伤清直芬馥，而遭铄金玷玉之谤，君恩似薄，与古文近焉。"后代文人在情感上无法与卓文君的原作相埒，只好专走政治寄托一路，别出蹊径了。

古诗十九首与汉代文化精神

汉代的诗于西汉末期渐臻大成，那是一个由极盛而转衰的时代，人们还依稀记得的那个精壮得像小伙子，每一块肌肉都贲出力量的伟大国家，忽然之间，就变成了一个虚弱的、衰老的巨人。诗人一面感慨现实的黑暗，政治的腐败，一面思考生命的真相，他们因对现实的绝望，而饱蕴着悲愤，因对人生的绝望，而贱视生命，于是在诗中就充溢着慷慨的奇气，朴厚的深情。绝望出诗人，悲愤出诗人，当时的诗人不需要特别的诗才，他们只要忠实地表现内心，自然就可以惊心动魄。而到了东汉末期，内乱方殷，外患不已，当时的诗风便再没有西汉的清雄高蹈，而多了深切，多了婉曲。但不论西汉东汉，汉诗中最好的那一部分，都是能朴、能厚、而又能悲的。清代吴淇在《六朝选诗定论》中说："……一代之诗，必有一代之专体，……汉诗体错出，惟五言纯乎一朝之制，亦犹诸体备于唐，而独七言律为唐之专制也。"在吴淇这里，五言古诗是"最汉代"的诗体，就像七律是"最唐代"的诗体，最足以代表汉代诗的精神。在汉代所有的五言诗中，则以《古诗十九首》最称杰出。

《古诗十九首》有说为枚乘作，有说其中一些作品出自傅毅，但都无确证。大抵《十九首》非出于一人之手，也非一时之作，而是横跨两汉，在漫长的历史时期里，由很多位天才层累地完成，并最终因昭明太子将之编入《文选》，而流传千古。

古人解《十九首》，一般并不相信那些是诗人生命精神的宣泄，而更多从政治寄托的角度去理解、分析。如第一首："行行重行行，与君生别离。相去万馀里，各在天一涯。道路阻且长，会面安可知。胡马依北风，越鸟巢南枝。相去日已远，衣带日已缓。浮云蔽白日，游子不顾返。思君令人老，岁月忽已晚。弃捐勿复道，努力加餐饭。"六臣注《文选》就认为："此诗意为忠臣遭佞人谗谮见放逐也。"说是描写一位忠荩之士，却因奸佞进谗，而遭到皇帝的放逐，在临别都城时的放言。"行行重（zhòng）行行"的"重"，是"还"的意思，这个意思今天广东话还有，不过写作了"仲"字。何以要行行重行行呢？因主人公心念魏阙，不能即去故也。"与君生别离"用了《九歌·少司命》的语典："悲莫悲兮生别离。""行行重行行"只是说家常话，诗的结构故意由平淡起，而"与君生别离"则仿佛劈头一刀，生死立判。"相去万馀里，各在天一涯"当然是夸大的说法，但夸大得恰到好处，就像汉简中的字，有一笔特别地肥大，便显出高古奇拙的美来。“道路阻且长”化用《秦风·蒹葭》里面的句子：“溯洄从之，道阻且长。”按照《毛诗》的说法，“《蒹葭》，刺襄公也。未能用周礼，将无以固其国焉”。“浮云蔽白日，游子不顾返”，李善注云：“浮云之蔽白日，以喻邪佞之毁忠良，故游子之行，不顾反也。”顾返，是并列的动词，不回头看，更不走回头路。怕你不信似的，李善更引古书《文子》“日月欲明，浮云蔽之”和陆贾《新语》“邪臣之蔽贤，犹浮云之鄣日月”，来说明这两句诗“的而且确”就是在隐喻着政治。

吴淇评论《古诗十九首》道：“要皆臣不得于君，而托意于夫妇朋友，深合风人之旨。后世作者，皆不出其范围。”《十九首》是诗经、楚辞之后的又一座高峰，它们是后世诗人摹习古诗的最好范本，原因便在于它们是合于风人之旨的有寄托的作品。所谓风人之旨，指的是温柔敦厚、怨而不怒的诗性精神，而在风格上也必然是从容和雅的。

而评价《古诗十九首》最到位的，要推明代诗论家胡应麟了。胡应麟的《诗薮》，窃以为是仅次于《文心雕龙》的伟大理论著作，纵论历朝，横议诸体，莫不发自体悟，度人金针。他这样评价：

> 诗之难，其《十九首》乎？蓄神奇于温厚，寓感怆于和平。意愈浅愈深，词愈近愈远；篇不可句摘，句不可字求。盖千古元气，钟孕一时，而枚、张诸子，以无意发之，故能诣绝穷微，掩映千古。世以晚近之才，一家之学，步其遗响，即国工大匠，且瞠乎后，况其馀者哉！

他认为《十九首》的基调是温厚和平的，但包蕴着深沉的感怆，文字看似平常，却又极尽神奇之能事。它的诗意看起来浅，只是写平常人伦之情，但越是玩味越感觉到其意境的深邃；它的文辞看起来通俗，但是越读越感到耐于咀嚼。何以能如此呢？诗人也好，作家也罢，所谓文辞能力就是他运用文字的分寸感和节奏感。《十九首》没有用奥衍雄奇的词汇，不事雕镂，但分寸感和节奏感把握得特别好，“篇不可句摘，句不可字求”，即浑成、即自然。

胡应麟认为《十九首》是枚乘、张衡等人所作。汉代的这些天才们和后世的才人，根本分别在哪里？胡应麟说汉代是有千古元气的，一是古朴，二是高远，后世的诗家只是“晚近之才”，正是缺了古朴高远，故终究不能及。

友人詹居灵先生说，《古诗十九首》是可以读一辈子的好诗。巧了，古人也说过：“学诗者读过万遍，自能上进。”为什么大家给《十九首》如此高的评价？首先是它的内容。《十九首》内容不出于日用人伦，所言的情，所述的事，无不历历如在人耳目间，近于人情，也就能打动最多的人。平淡的日常有何诗意？恰恰诗的精神就在其中了。因为诗从根本上就是在叙写人伦，你对人伦上的快乐有多向往，对诗的感动就有多深重。只有敦厚的心灵，才能吟唱出感人的可以温暖他人的诗歌。《十九首》的作者都有着温柔敦厚的心灵，对他们来说，写诗不是一门特别需要进修的功课，而只是他们的心灵的自然投射。他们在创作时，完全出自无意，发乎自然，这就形成了浑成大雅的诗风，浑成是朴，大雅是厚。

这里有必要讲一下何为朴，何为厚。朴的反义词是巧，文辞细加雕琢便是巧。一般的诗歌，为实现“巧”，一是刻意使用雕镂过的词汇，二是讲求句法，刻意与日常语拉开距离。但世界上凡是精美的事物，一定都是脆弱的，“巧”就必然“纤”，必然缺少了“朴”所具有的雄浑之美。厚的反义当然是薄，从情感而论，厚指的是温厚，薄则是凉薄。温厚的心灵，半由天生，半由涵养。后天那一部分，靠的是实践上的工夫，人伦上的修行，不是徒事华辞者可以仿效得到的。如果说中国文学上有什么必需的天赋，温厚的性情就是最重要的天赋。

真实而温厚的人性

在《古诗十九首》中，有两首诗中的句子被王国维引述到了他的《人间词话》里：

> “昔为倡家女，今为荡子妇。荡子行不归，空床难独守。”“何不策高足，先据要路津？无为久贫贱，轗轲长苦辛。”可谓淫鄙之尤。然无视为淫词、鄙词者，以其真也。

所引的诗句，分别出自《十九首》的第二、第三首。淫词、鄙词的说法，皆出于清人金应珪的《词选后序》。金氏所谓淫词，本指没有深层的政治寄托，而单纯描写两性关系的词作，所谓鄙词，本指文辞粗鄙，未加修饰的词作。《人间词话》中举此二诗为例，其实是不恰当的。王国维对淫、鄙的理解既然有偏差，进而推论此二诗无人视之为淫词、鄙词，是因为它们有着真情真意，这一结论就很值得怀疑了。况且，把“真”抬高到至高无上的地步，是来自西方的文学观念，用以衡量中国文学，并不合适。

中国文化之真，指表里如一，与西方求真理之真为迥然二事。表里如一之真，可以为善，亦可以为恶，真诚的恶并不值得赞赏。孔子论《武》，“尽美矣，未尽善也。”论《韶》，“尽美矣，又尽善也。”美与善才是中国文艺所当追求的至境。此二诗的绝伦迈俗之处，不在于其真，而在于其美与善。

先看第二首：

> 青青河畔草，郁郁园中柳。盈盈楼上女，皎皎当窗牖。娥娥红粉妆，纤纤出素手。昔为倡家女，今为荡子妇。荡子行不归，空床难独守。

此诗开头连叠十二字：青青、郁郁、盈盈、皎皎、娥娥、纤纤。一般而言，诗中用叠字易落纤巧，但在六句里连叠了十二个字，是运用了民间歌谣回环复沓的创作形式，这样的形式后世文人很少采用，反因此有了古拙之美。巧而能拙，是极难得的文艺的境界。

诗以河畔青青的野草，园子里茂盛的柳枝起兴，隐指春色重临，万物昭苏，这是一个雄牝相诱、万物生长的季节，而女主人公的心态是如何的？在一个由远而近的镜头里，我们看到的是一位身材曼妙的女子，在窗边上露出她让人不可逼视的容颜。她把自己打扮得齐齐整整，时不时伸出纤秀莹白的手指，挑开帘子往外看。以下四句，是全诗的“故事核”，也是全诗最动人心魄的地方。昔为倡家女，今为荡子妇，是第一层对比；荡子行不归，空床难独守，是第二层对比；而容颜绝丽却独守空房，是诗中隐藏着的第三层对比。艺术的效果往往就是靠着对比来实现，但艺术的效果能实现的只是“美”，这首诗真正动人的却是“善”，这种善就是作者对地位卑微的女性的同情心、悲悯心。

前人说这首诗是“以女之有貌，比士之有才，见人当慎其所与”，我们不必相信这种说法，在我看来，读这首诗的人，如能因此产生对女性的同理心，如能懂得尊重人的正常欲望，这首诗的教化的功用也就达到了。

第三首：

> 今日良宴会，欢乐难具陈。弹筝奋逸响，新声妙入神。令德唱高言，识曲听其真。齐心同所愿，含意俱未申。人生寄一世，奄忽若飙尘。何不策高足，先据要路津？无为守穷贱，轗轲长苦辛。

讲的是贫贱之士，参加富贵人家的宴会，回来感慨其乐无极，对安贫乐道的信念产生了强烈的怀疑。相对于漫长的历史，人生只如一瞬，生命脆弱不堪，为何要追求千秋万世之名呢？何不像那些不义而富贵的人儿那样，百计钻营，抢据要路？

此诗是一位君子的讽世之辞。孔子所说的“士志于道而耻恶衣恶食者，未足与议也”，孟子所云舍生而取义，杀身而成仁，说着容易，做来极难。普通一士，在希贤希圣的道路上，会遭遇无数的诱惑，会经历无尽的彷徨，这首诗就真实地写出了士人君子面对黑暗的现实，而守道不移，所经历的痛苦与矛盾。姚鼐评这首诗最准确：“此似劝实讽，所谓谬悠其词也。”

唐末韦庄的《菩萨蛮》词：“劝君今夜须沉醉。樽前莫话明朝事。珍重主人心。酒深情亦深。须愁春漏短。莫诉金杯满。遇酒且呵呵。人生能几何。”也是同样的写法，不过他是把“讽”的对象转向了自己。末二句看似旷达，实际是用反语自讽。一位生命精神极其严肃的人，却做出放诞诗酒的样子，你千万不要信，他是在借反语来表达内心的沉重。

《十九首》的第五首：

> 西北有高楼，上与浮云齐。交疏结绮窗，阿阁三重阶。上有弦歌声，音响一何悲。谁能为此曲，无乃杞梁妻。清商随风发，中曲正徘徊。一弹再三叹，慷慨有馀哀。不惜歌者苦，但伤知音稀。愿为双鸣鹤，奋翅起高飞。

此篇前人认为是讲“高才之人，仕宦未达，知人者稀也”。为什么这样解呢？因本诗从“西北有高楼”起兴，而西北是八卦中的乾位，是君位。故“西北有高楼”正是指皇帝宫阙。“上与浮云齐”非仅指宫阙峨峨，更隐喻天路高峻难通，贤人君子处于下位，未能申志。“交疏结绮窗，阿阁三重阶”，“交疏”是花格子的窗棂，“阿阁”是四面有檐廊的楼阁。前四句皆说西北高楼，后世之诗愈变愈繁密，这样四句只说一意象的写法，就显得高古朴拙了。“上有弦歌声，音响一何悲！谁能为此曲？无乃杞梁妻”四句，是说高楼上弹奏的是《杞梁妻叹》的琴曲。杞梁是先秦时齐国人，他死后，其妻鼓琴作此曲，曲终自投淄水而死。这支曲子当然是极尽悲伤的了。作者因聆琴曲而悲，又因聆琴曲而想及高楼上的人。此人为谁？想来不该是高楼的主人，而是宫女、乐倡一类的人物。他说，谁能弹出如此悲伤的曲子呢？难道是杞梁的妻子吗？其感人之处，也在诗人对人的痛苦的普遍的同情。

“清商随风发，中曲正徘徊。一弹再三叹，慷慨有馀哀”四句，古人认为“随风发”是曲之始，“正徘徊”是曲之中，“一弹再三叹”是曲之卒章，这大概是拿科学家的头脑去想象诗人了。我认为“中（zhòng）曲”与“中酒”的“中”同义，是听曲子听到神魂摇荡之意。在五音中，商代表秋天，其声音非常肃杀凄凉。诗人说凄凉的音调随风飘来，听得心里如痴如醉，徘徊不能去。

最后四句在深婉中寓着雄浑。说它深婉，是因为它说“不惜歌者苦，但伤知音稀”。歌者究竟苦还是不苦呢？其实人类的痛苦并不取决于他们实际所处的境遇，而是取决于他们是否能得到来自人群的关心。最痛苦的心灵，是被全世界所抛弃的心灵。故此说与其怜惜歌者之苦，不如为歌者没有知音，没有温暖她、关怀她的人而悲伤吧。这里还有一层哀叹自己也难遇知音的意思。最后，诗人希望与歌者一起，化为双鸣鹤而奋翅高飞。“双鸣鹤”亦作“双鸿鹄”，都是托兴于鸣声高亮的鸟儿。说它雄浑，是指情感慷慨哀凉，有张力，是谓之“雄”，文字不事雕缋，则谓之“浑”。

第六首：

涉江采芙蓉，兰泽多芳草。采之欲遗谁？所思在远道。还顾望旧乡，长路漫浩浩。同心而离居，忧伤以终老。

这首诗我的理解与前人皆不同。清人常州词派的大宗师张琦评了一句：“《离骚》滋兰树蕙之旨。”吴淇则说：“‘涉江’四句云云，犹屈子以珍宝香草为仁义，而思以报贻于其君也。”求深而反浅。每一首诗、每一首词都求其政治寄托，诗词尚有何意味？诗词自有其教化功用，诗词家用真诚高尚的情感打动人，用温柔敦厚的性情温暖人，如春雨时至，随风潜夜，哪里需要随时板起面孔说大道理呢？朱自清《古诗十九首释》以为是游子思家之作，但我更以为这或者是一位女诗人的作品，诗中有着男性诗人很难具有的婉丽悱恻。这是一位丈夫远出，而被夫家逐去的女子，她在江边采芙蓉，在泽畔择芳草，将以寄给远行在外的爱人，但因不容于夫家，只能离去，"还顾望旧乡，长路漫浩浩"二句，不说心情之悲，而悲伤不已之状，已跃然纸上。"同心而离居，忧伤以终老"既是这位女人的伤心怀抱，更是她坚贞爱情，至死不移的自誓。

《古诗十九首》后来仿作者众，钟嵘《诗品》推崇陆机的十二首拟作"文温以丽，意悲而远，惊心动魄，可谓几乎一字千金"，其实这话用来形容《古诗十九首》原作，才更合适吧！倘使要探求《古诗十九首》何以能做到"惊心动魄，一字千金"，我想，最重要的一点，是《十九首》都能做到曲尽人情，写出了真实而温厚的人性。

六 乐府动清声

乐府诗非出于民间/乐府与拟乐府/情辞并茂的汉乐府名篇/各家所拟《陇头吟》乐府/《箜篌引》与文学母题的升华

乐府诗并不出于民间

中国文学史上所讲的乐府，含义十分广泛。有时作为音乐文学的通称，所以唐宋时曲子词，元代的杂剧、散曲都叫乐府，如苏轼的词集叫作《东坡居士乐府》，马致远的曲子集叫《东篱乐府》，甚至近代杨镇华翻译兰姆的《莎士比亚戏剧故事》，都译作《莎氏乐府本事》。有时又把乐府当成是流行歌曲的代称，如清初诗人王渔洋就曾说过，七绝即唐人乐府。那意思是，七言绝句就是唐朝人的流行歌曲。

但这里要讨论的，是乐府最原始的含义：一种特殊类别的诗。乐府诗之名，起于汉、魏，西汉孝惠帝时，夏侯宽担任乐府令，但到汉武帝时，才正式设立乐府这一官署，招募专人到全国各地，摇着铃铛（木铎）采集民间的诗歌和音乐。这些音乐和文学的素材被采集上来，经乐工和文人的润色甚至再创作，才成为乐府诗。

乐府诗并不是民间的诗，而是由知识阶层根据民间的音乐素材、文学母题重新雕琢打磨后的音乐文学。今天我们仍然有原生态的民间音乐，有原生态的民间歌谣，但那些都是十分粗陋的，只可算是文艺的半成品。今天在各种场合都能传唱的“民歌”，其实已经是精致化了的深度加工了的文艺作品了，它们并不代表人民大众自发的文学精神和音乐精神，而是国家意识形态的一部分，是服务于国家意志的“主旋律”的作品。汉、魏、晋以后，在很长的历史时期中，乐府诗大多是当时的主旋律之作。

乐府诗有因声而作歌者，这是本已有乐器吹奏的音乐，再根据既有的曲子，写出文辞用来演唱；有因歌而造声者，这是先有原生态的徒歌，节奏自由，旋律散漫，则由朝廷乐工造以准谱，精制乐曲，然后配合以乐器伴奏。传统的乐府诗一定有声有辞，是完整的音乐文学，而我们今天则可见到很多的诗，虽然也冠以乐府之名，却徒具文词，无法演唱了，这类作品就是后人的拟乐府。唐代人及唐以后的诗人，模拟汉魏乐府而写成的全新的乐府诗，是只有文词而没有音乐的，故又称新乐府。新乐府有着全新的文化精神，可以看作是具有独特风格的一类古诗。

宋朝郭茂倩编成《乐府诗集》，整理了从尧舜禹时代直至五代，这一漫长历史时期之内的乐府诗，按照音乐的来源和不同的用途，把它们划分成:《郊庙歌辞》十二卷,《燕射歌辞》三卷,《鼓吹曲辞》五卷,《横吹曲辞》五卷,《相和歌辞》十八卷,《清商曲辞》八卷,《舞曲歌辞》五卷,《琴曲歌辞》四卷,《杂曲歌辞》十八卷,《近代歌辞》四卷,《杂谣歌辞》七卷,《新乐府词》十一卷。《乐府诗集》的内容十分芜杂，其中有为人的文学，也有为己的文学；有的作品属于庙堂，有的文学则属于士大夫自己的心灵。清朝张笃庆说:“西汉乐府隶于太常，为后代乐府之宗，其皆用于天地群祀与宗庙者也。”指出了这样一个事实：西汉时期乐府诗施用于朝廷宗庙，是典型的庙堂文学。他又比较乐府诗和古诗，说:“乐府主纪功，古诗主言情。”乐府诗本来是纪功颂德的主旋律作品，然而只要是诗人，就必然天生热爱独立自由，天生倾向于独特的心灵体验，他们介入到乐府诗的创作中，为乐府诗注入了全新的血液，不但在唐人的新乐府中，这样的作品不胜枚举，即使是传统的古乐府里，也无法掩藏他们的心灵之光。

《乐府诗集》中的《郊庙歌辞》，是最典型的庙堂文学，在朝廷郊庙祭祀的场合使用。(郊，是祭祀天地，庙，是祭祀祖先。)其源头是《诗经》的大雅和颂，所谓“用乎宗庙社稷，事乎山川鬼神”，内容则多为表现对天地神灵的礼赞。如果依照今天世界通行的文学标准，这一类作品不能算作文学，只好当作应用文体来看。但中国传统观念认为物相杂谓之文，只要是斐然成章有文采的文字艺术，就都是文学。何以故呢？这类文学虽然不像国风、小雅、骚的作品那样感人，但却以其古雅的艺术感染着人。古雅本身就是一种非常好的教化手段。朝廷采用古雅的文学施用于庙堂，正说明当政者对文化是重视的，对读书人也有着一份真诚的敬意。文学上、文化上崇尚古雅，整个社会也就自然趋向于淳厚朴质的风气。而且古雅的气息，特别仰赖于修养之力，当政者崇尚古雅，其实就是在勉励天下人去读书进学。相反，如果朝廷崇尚鄙俗，蔑视文化，只把读书人看作倡优之流，不学无术的谄媚之士必然充斥庙堂，最终导致的就是社会道德的总崩溃。

《郊庙歌辞》的代表之作，如《天马》二首：

太一况，天马下。霑赤汗，沫流赭。志俶傥，精权奇。籋浮云，晻上驰。体容与，迣万里。今安匹，龙为友。

天马徕，从四极。涉流沙，九夷服。天马徕，出泉水。虎脊两，化若鬼。天马徕，历无草。径千里，循东道。天马徕，执徐时。将摇举，谁与期。天马徕，开远门。竦予身，逝昆仑。天马徕，龙之媒。游阊阖，观玉台。

这二首非作于同时。第一首是汉武帝元鼎四年（前113），得渥洼水（甘肃安西县境内水名）之马而作。谓天马是东皇太一所赐，况通贶，赠、赐也。它“霑赤汗，沫流赭”，是一匹汗血宝马。赭是红褐色。“志俶傥，精权奇，籋（通蹑）浮云，晻上驰。”则说马有卓异不凡的志向，奇谲非常的精神，跑动起来好像踩着浮云，飞驰上天，人们只能看到一点昏暗的影子。“体容与，迣（zhì超越）万里，今安匹，龙为友。”是说这几匹天马的体态放纵不可拘羁，转瞬即奔驰万里，惟有龙才配得上与之为友吧。古人概念中马身长八尺以上，便称为龙。

第二首则是汉武帝令贰师将军李广利远征大宛，至太初四年（前101），斩大宛国王，得大宛之马，更加神骏，传说在石上奔跑，都会留有蹄印。武帝亲自作歌：“天马来兮从西极。经万里兮归有德。承灵威兮降外国。涉流沙兮四夷服。”《乐府诗集》中的这一首，则是文臣润色后的作品。大意说天马穿过广阔的沙漠，远从西极而来，这是九夷宾服的象征。天马踩过的地方有泉水涌出，极言其脚力。马背像虎脊一样有力，成对而来，奔腾变化，仿佛鬼神一般令人不测。天马远从千里而来，连不毛之地都无所畏惧。“执徐”是太岁纪年法，就是干支纪年中的辰年。天马将要奋摇高举，谁与它约会呢？当然只能是天上的神仙啦！“天马徕，开远门，竦予身，逝昆仑。”是迎合汉武帝好神仙之心，谓天马既至，天门洞开，武帝乘上天马，自可耸身而逝，到神话传说的神山昆仑去。阊阖是天门，玉台是天帝居所，“天马徕，龙之媒”则是说，天龙既降，就是神龙出现的媒介了。后世以龙媒称骏马，其义本此。

《乐府诗集》中的第二类是《燕射歌辞》。中国古代受儒家文化的影响，特别重视礼，礼乐又总是联系在一起的。礼的作用是主分别，而乐则主和合。礼必须要有尊卑，不能讲平等——“平等”一词是针对汉语固有的词汇“差等”而生造出来的，“等”的本义是台阶的一级，因有“等”的差别，才形成台阶，而平“等”是让台阶所有的层级都一样高，那台阶也就不可能存在了；乐是针对人性的共通处，通过音律节奏去感染人。

在古代的射礼中，专门有一种燕射之礼，天子与诸侯、卿大夫息燕时一起射箭，联络感情，“燕”即“宴”字。而《燕射歌辞》中的作品，并不限于燕射时用，举凡辟雍飨射、御饭食举、天子宴群臣之时皆可用。

请看晋代傅玄所作的《正旦大会行礼歌》：

天鉴有晋，世祚圣皇。时齐七政，朝此万方。
钟鼓斯震，九宾备礼。正位在朝，穆穆济济。
煌煌三辰，实丽于天。君后是象，威仪孔虔。
率礼无愆，莫匪迈德。仪刑圣皇，万邦惟则。
——天鉴四章，章四句

元旦是正月初一，这一天大臣要向皇帝朝拜，创作这首诗，就是要在这样的场合使用。全首一共四章，每章四句，完全学习诗经的结构。之所以这样，是因为四言诗的音节简约，一字一音，最宜于庙堂文学肃穆堂皇的体性。

但庙堂文学并不是单纯的歌功颂德，也隐含着对人主的规劝之意。首句“天鉴有晋”，是在提醒晋朝的皇帝，你的施政是否合于天理人情，有上天在鉴照着呢。“时齐七政”的“七政”，据《尚书大传》之说，谓天文、地理、人道及春夏秋冬四时，七政能齐，即是说国家生产及重大决策，皆不违于天文，不悖于地理，更加不会逆于人道。第三章的“煌煌三辰，实丽于天”，以天上昭明辉煌的日、月、星起兴，说三辰也要附着（丽）在天上，而强调“君后是象”，谓人间的君主，也要整肃其威仪，表现出对上天的虔敬。卒章更非泛泛颂祷之语：“率礼无愆，莫匪迈德。仪刑圣皇，万邦惟则。”这是在向晋帝进谏，要他不要违礼背德，要做万邦的仪型。“匪”通“非”，“迈德”一词出《尚书·大禹谟》，意为勉力行德，仪刑的刑字，实即型字。《论语·里仁》篇说“君子怀德，小人怀土；君子怀刑，小人怀惠”，一般解释为君子心怀道德仁义，小人心怀乡土田宅；君子心怀对刑罚的畏惧，小人心怀对小恩小惠的喜爱。其实这几句话是解释《诗经·周颂·烈文》中的“於戏，前王不忘”：贵族君子缅怀着周文王、周武王的品德，而普通老百姓则怀念安居乐业的时光；贵族君子缅怀着周文王、周武王的仪型，而普通老百姓则想念他们带给大家的好处。与《大学》中说“君子贤其贤而亲其亲，小人乐其乐而利其利，此以没世不忘也”意思是一样的。

傅玄要晋帝“率礼无愆，莫匪迈德”，是在强调礼乐的重要。礼乐在儒家的话语体系中，具有超越性的意义，所谓“大礼与天地同序，大乐与天地同节”，最高统治者，只有敬礼天地，以百姓而不以自己的是非为是非，才能成为合格的“圣皇”。

《鼓吹曲辞》中的不朽之作

乐府诗的第三个门类是《鼓吹曲辞》，其中包括天子宴乐群臣的音乐、向朝廷献功的军乐、赐有功诸侯的音乐。为什么称为鼓吹（chuì）呢？是因为它的特点是有箫、有笳，有时还打铙，非常热闹，所以又称短箫铙歌。今天京剧里的《水龙吟》《大开门》这一类元帅升帐时用的有唢呐有锣鼓的很热闹的音乐，溯其远祖，当即是汉代的鼓吹曲。

汉代以降,《鼓吹曲辞》固然都有文人仿作，但最有价值、最具经典意义的还是汉代的作品。保存至今的汉代《鼓吹曲辞》共有十八首，当然也有歌功颂德的作品，例如《上之回》。《上之回》的意思是皇帝到了一个叫回中的地方。回中处在汉朝与匈奴的边界，汉武帝好大喜功，多次到回中巡查，所以此诗实际上是歌颂汉武帝的一首御用文学。另如《圣人出》《临高台》《远如期》，都是扬休盛德、称美当时的作品。

但在这十八首当中也有情词并茂乃至惊心动魄的经典佳作，例如《战城南》。这是一首读来非常不“正能量”的军队凯旋之乐：

> 战城南，死郭北。野死不葬乌可食。为我谓乌：且为客豪。野死谅不葬，腐肉安能去子逃。水深激激，蒲苇冥冥。枭骑战斗死，驽马徘徊鸣。梁筑室。何以南，何以北。禾黍不获君何食。愿为忠臣安可得。思子良臣，良臣诚可思。朝行出攻，暮不夜归。

这首诗几乎就是当时的白话，千载以下，我辈读来，犹能直接感受到一股抑愤悲壮的气息扑面而来。为什么汉代军队的凯歌会如此悲伤呢？按照儒家的传统，即使打了胜仗，也要按丧礼来办，因打仗无论胜负，皆有死伤。当时军队的军乐，也都是文人所制，文人崇奉儒道，冀潜移默化而改变皇帝，不让皇帝做残忍好杀的君主，所以他要讲明战争的残酷。此其一。从心理学上说，只有敢于直面死亡，才能悍不畏死。悲剧之所以动人，便在于悲剧主人公走向毁灭的过程，展现出人类与命运抗争的勇气。所以,《战城南》的悲，恰恰是有力量的悲，是能激发军人的勇气的悲壮。此其二。

这首诗的开篇先讲战场的凄惨,“战城南，死郭北”是互文，即在城南郭北作战，而死伤枕藉。战士野死而不得安葬，尸体就成了乌鸦的美餐。诗人对乌鸦说：乌鸦呀，乌鸦，你暂且不要吃，你先用你那喑哑的声音，为这些死难的将士哀嚎吧！他们死在野外，想来也不会有人为他们落葬，等他们的肉腐烂了，难道能逃得出你的口吗？这几句堪称神来之笔，诗人一下子把诗的悲剧性推到了极致。要知中国人生慕安乐，死求妥葬，横死战场也就罢了，连尸体都不得保全，该是何等地令人肠断心碎？下面再用写景来烘托气氛:“水深激激，蒲苇冥冥。枭骑战斗死，驽马徘徊鸣。”这里不止有历历在目的画面，更有让人如临其境的声音。“梁筑室，何以南，何以北”三句，历来以为可能有脱字或词序上的错误，揆其大意，是说战乱之后，这里成了荒凉之地，老百姓到哪里去盖房子呢？战争导致人口减少，粮食歉收，君主靠什么来吃？朝廷都没有进项，又怎能养得了忠臣呢？最后一段，是在批判朝廷的残酷寡恩：朝廷总在需要打仗时才想起忠臣良将，他们的确是值得被想起的。可是想起他们，不是要给他们封赏，而是让他们继续卖命呀！如此激烈地批判朝政，不但没有被禁言，反而能堂而皇之成为朝廷的主旋律歌曲，实在说明汉朝真有一种泱泱大国的气度，也说明汉朝皇帝对诗中的人文情怀有着发自内心的尊重。

在《鼓吹曲辞》中，还有两首极其优秀的爱情诗。其一是《有所思》：

有所思，乃在大海南。何用问遗君，双珠玳瑁簪。用玉绍缭之。闻君有他心，拉杂摧烧之。摧烧之，当风扬其灰。从今以往，勿复相思。相思与君绝，鸡鸣狗吠，兄嫂当知之。妃呼狶。秋风肃肃晨风飔。东方须臾高知之。

末句的“高”通“杲”，日出之意。这首诗讲一位女子，对男子付尽了自己的心，却遭遇对方变心，只能自尝苦果的故事。她先追忆往日的情分，无论海山阻隔，都隔不断她的相思。她准备了嵌着一对明珠的玳瑁簪，还缠绕上美玉，准备寄给所欢的男子。但是一旦知道了这位男子已经移情别恋，她就决绝地把簪子捶碎，烧成灰烬。她不愿让这簪子变成将来痛苦回忆的由头，而宁愿当风扬灰。她告诫自己：从今以往，勿复相思。然而，欲断还不舍，她忍不住想起与他偷情时的情景：你要偷偷地来呀！别弄出鸡鸣狗吠的动静来，就会被我兄嫂发觉了。“妃呼狶”可能是演唱时表示感叹的和声，下面的三句应该也是歌队的帮腔：秋风肃杀晨风凉，太阳就快出来了，偷情的汉子快点走吧！

本诗表现的是痴情女子负心汉的永恒文学母题，但女主人公没有不顾底线地“贱爱”，而是忍着心痛，决然选择放弃过去，追寻新的生活，所以可敬可爱。

另一首则是大家都很熟悉的《上邪》：

上邪，我欲与君相知。长命无绝衰。山无陵，江水为竭。冬雷震震，夏雨雪。天地合。乃敢与君绝。

诗中的主人公，指天为誓，连举“山无陵，江水为竭。冬雷震震，夏雨（yù）雪。天地合”五项在当时人意识中，认为绝不可能出现的自然现象，以表达对爱情的坚贞。诗中押了两个韵，前面的“知”“衰”押平声韵，后面“竭”“雪”“合”“绝”押入声韵。入声字的发声非常短促，表现出主人公为了爱情，可以蔑视天地间一切的磅礴精神。

以军乐为主的《鼓吹曲辞》，何以会有两首爱情诗？从直接的原因来说，可能这两首诗正是当时军士们最喜欢的流行歌曲，而究其深层原因，则当知爱情的歌曲，可以舒缓、平静军士的心灵，让他们暂时从苦闷的、乏味的军旅生活中解脱出来。更不必说，这两首爱情诗中表现出的坚贞决绝的精神，可以推动军士们与主人公产生共情作用，而激发出磅礴的生命精神。

横吹曲原与鼓吹曲一样都是军乐。其后分为二部，鼓吹曲由军乐而逐渐用于朝会、道路（出送入迎之类），还可以作为文化输出项目给赐四夷，而横吹曲则仍是纯用于军中。横吹曲来源于北方的胡乐，常在马上演奏，除此之外，它和鼓吹曲还有乐器上的分别，鼓吹曲主要用箫、笳，横吹曲主要用鼓、角。

从《陇头吟》看乐府的生新

乐府中的曲子，起初都是音、辞合一的，但随着时间的流变，渐渐地曲子脱离最早的文辞，而单独演奏。后世又据其曲子而重新填词，所填词一般仍遵循原曲的主题，但在思想上更自由，情感上更具个人化的色彩，也就更加有文学的感人力量。这类的乐府诗，可谓是“旧瓶装新酒”了。

梁元帝的《陇头水》，又名《陇头吟》，如果不看它是系在《横吹曲辞》之下，你几乎会以为这是一首五言律诗：

衔悲别陇头。关路漫悠悠。故乡迷远近，征人分去留。沙飞晓成幕，海气旦如楼。欲识秦川处，陇水向东流。

这首诗中二联在意思上是对仗的，只是第三句的“故乡迷远近”和第八句的“陇水向东流”平仄不合，如果是五律，第三句应该是仄仄平平仄，而它却是仄平平仄仄，第八句应该是平平仄仄平，而它却是仄仄仄平平。但整体而言，已与唐代声律严密的五言律诗没多大分别了。文体上的变化一定适应着情感的变化，诗中的情感不再带有乐府诗天然拥有的集体化抒情的特征，而更像是一个独立的人，在专心一致地送别友人，这种情感低回婉转，而不是慷慨悲凉，带有强烈的私密性。

王维的《陇头吟》，借乐府古题抒写政治情怀，则又将乐府诗上接风雅，赋予了它“主文而谲谏”的功能：

长安少年游侠客。夜上戍楼看太白。陇头明月迥临关，陇上行人夜吹笛。关西老将不胜愁。驻马听之双泪流。身经大小百馀战，麾下偏裨万户侯。苏武才为典属国，节旄落尽海西头。

这首诗是托之古典，用事类比。诗中假设了长安少年与关西老将这两个人物，对比他们的心理。长安少年本是游侠之士，一心想建功立业，到边地从军。他趁着夜色，登上长安的戍楼，凝望了天边的太白星，心中涌起万丈豪情。《史记正义》里说："太白者，西方金之精，白帝之子，上公，大将军之像也。"这是说长安少年一心想报效国家，开疆辟土，拜为大将。在长安少年的心中，边地的景象可能会是令人热血澎湃的，而久戍边关的将士，每天所见却是一派凄清的、冷落的风光。"陇头明月迥临关，陇上行人夜吹笛"是边地的实景，也是一个高技巧的镜头的转接，一下子就把镜头从长安戍楼拉到了千里以外的边塞去。

关西本指函谷关以西，古谚云："关西出将，关东出相。"（《后汉书·虞诩传》）这是说，家世关西的老将，因了那凄清的笛声，一生的阅历如火光电影，在他的心上蓦闪而过。"身经大小百馀战，麾下偏裨万户侯"暗用汉代名将李广的典故。李广骁勇善战，汉文帝曾感慨："惜乎，子不遇时！如令子当高帝时，万户侯岂足道哉？"然而李广虽善战，却始终不得封侯，曾为他部下的偏将裨将反都封了侯爵。李广最后引刀自决，悲剧收场。"苏武才为典属国，节旄落尽海西头"则是苏武的典故。苏武出使匈奴，被匈奴胁逼投降，他坚决不从，被扔在北海（今贝加尔湖）边牧羊，一十九年才得返国，代表使节的节杖上装饰的羽毛都掉光了，回来却只封了典属国这样的小官。整首诗是借古讽今，批评朝廷赏功不当，但写得含蓄不露，故有一唱三叹的诗味。

中唐张籍的《陇头》：

> 陇头路断人不行。胡骑夜入凉州城。汉兵处处格斗死。一朝尽没陇西地。驱我边人胡中去。散放牛羊食禾黍。去年中国养子孙，今著毡裘学胡语。谁能更使李轻车。收取凉州入汉家。

这首诗感慨时事，写中唐时国力衰弱，陇西之地尽为胡人所有之后，边地人民凄惨的生活。诗人笔下最感人的细节是“去年中国养子孙，今著毡裘学胡语”，他们不止被胡人所奴役，更被迫放弃了自己的文化。结语感慨：如何才能再有李蔡（西汉时曾为轻车将军）这样的猛将，击败胡人，让凉州之地，为汉家所有呢？与梁元帝、王维的作品一样，这也是一首拟乐府。这三首拟乐府缺少汉代乐府诗的质朴、雄浑，但思想却更深刻，情感也更婉转，这可以说是一切文体发展到后来的共同演变规律。

历代诗人对白首狂夫故事的演绎

《相和歌辞》的特点是以丝竹乐器伴奏，歌者一面打节拍一面歌唱。它的音乐共分五个调，包括平调、清调、瑟调、楚调、侧调。其中平调、清调、瑟调是周朝的古曲，楚调、侧调则是音乐活泼的楚声。

《相和歌辞》中有一首《箜篌引》，它所记述的故事很简单，却成为一个经典的文学母题，被后世诗家不断地重新演绎。故事说古朝鲜有一个管渡口的人叫霍里子高，某天早晨见一白首狂夫，披散着头发，提着酒壶，冲着乱流渡河，其妻追阻不及，狂夫即堕河而死。其妻取出箜篌弹唱："公无渡河。公竟渡河。堕河而死，将奈公何。"她的声音非常凄怆，唱完以后，也投水自尽。霍里子高回到家，把这件事告诉自己的妻子丽玉。丽玉听说以后，心中也很感凄惨，就用箜篌把音乐记下来，闻者无不伤心。最早的《箜篌引》仅四句，却是一出完整的悲剧。黑格尔说，在悲剧里个人通过自己的真诚愿望和性格的片面性来毁灭自己。悲剧的主人公因要抵抗命运，而走向毁灭，而彰显出人类不肯屈从于命运的崇高勇气。《箜篌引》中，"公无渡河"是命运的安排：你不应该渡河；"公竟渡河"是主人公与命运的抗争；"堕河而死"是悲剧的结局与完成；"将奈公何"则是悲剧对观众所产生的震撼。

这本来是一个很接近古希腊悲剧的故事，但在梁朝的刘孝威笔下，意境就全然不同了：

> 请公无渡河，河广风威厉。樯偃落金乌，舟倾没犀枻。绀盖空严祀。白马徒牲祭。衔石伤寡心，崩城掩孀袂。剑飞犹共水。魂沉理俱逝。君为川后臣，妾作江妃娣。（《公无渡河》）

这首诗别出心裁，从白首狂夫的妻子的立场着笔，写的不再是对命运的抗争与真诚愿望所通向的毁灭，而是妻子对丈夫坚贞不二，死生相随的感情。诗可分为三段，乐府诗的每一段一般称作一解，第一解四句，写河水宽阔，风浪威厉，行船危险到桅杆向落日倾斜，舟船倾覆时，连船桨都不会浮上来；二解四句，是说我们一向祭祀河神，并未换来河神的护祐，我恨不得像填海的精卫，像哭崩了城墙的华舟杞梁的妻子一样；第三解四句，先从延平剑合的典故起兴，说丈夫既逝，妻子理当同殉，您既然做了川流之王的臣子，我也要做江神妃子的“从娣”。“从娣”本指妹妹跟姊姊同嫁一夫，但这里只是说自己也投水而死。诗文中用典，往往只取偏义，不能胶柱鼓瑟。江妃，一作“姜妃”，与“川后”就不对仗了。

第二解的“绀盖”“白马”，用《史记·封禅书》之典：“祭四渎用三正牲，沉圭，有车马绀盖也。”晋代张华善望气，知丰城有剑气之精，遂命雷焕为丰城令。雷焕在丰城监狱得宝剑二柄，其一自佩，其一送张华。张华识为古名剑干将、莫邪，致书雷焕，谓二剑终当复合。张华死后，干将下落不明。雷焕子华，佩莫邪剑，经延平津，剑忽自跃落水，与水中干将剑同化为龙飞去。诗中“剑飞犹共水”一句用此。

刘孝威的《公无渡河》，着眼在旌扬人伦之善，歌颂的是殉夫的烈女，而李白的《公无渡河》则是有政治寄托的一首作品，新境独辟：

> 黄河西来决昆仑。咆哮万里触龙门。波滔天。尧咨嗟。大禹理百川。儿啼不窥家。杀湍湮洪水，九州始蚕麻。其害乃去，茫然风沙。被发之叟狂而痴。清晨临流欲奚为。旁人不惜妻止之。公无渡河苦渡之。虎可搏，河难凭，公果溺死流海湄。有长鲸白齿若雪山。公乎公乎挂罥于其间。箜篌所悲竟不还。

这首诗中“波滔天。尧咨嗟。大禹理百川。儿啼不窥家”四句，用韵与一般的诗不同，“波滔天”与“大禹理百川”押韵，“尧咨嗟”与“儿啼不窥家”押韵，这样错综用韵，诗句就有跳跃跌宕之感。

此诗自唐以来，人人皆以为有寄托，但不明其所指。只有清代陈沆的《诗比兴笺》认为，是指永王李璘事。永王是玄宗的第十六子，安史之乱起，玄宗走避西蜀，玄宗第三子李亨在灵武登基，是为唐肃宗，而遥尊玄宗为太上皇，其实就是乘乱政变。玄宗乃下诏，以李璘为山南东路及岭南黔中江南西路四道节度采访等使、江陵郡大都督。李璘得江淮财赋，又募兵数万，深为肃宗所忌，史书上说李璘起兵谋反，事败而死。其实这只代表了肃宗的立场，并不一定就是历史的真相，至少李白并不这样看。

陈沆说：“‘黄河咆哮’云云，喻叛贼之匈溃。‘波滔天，尧咨嗟’云云，喻明皇之忧危。‘大禹理百川，儿啼不窥家’云云，谓肃宗出兵朔方，诸将戮力，转战连年，乃克收复也。”这些见解都堪称卓识。但他以为李白是要指斥李璘的不肯量力守分，暴虎凭河，自取灭亡，这就不符合诗意了。李白对李璘一向同情拥护，且因受李璘连累，而被判流放夜郎，从诗中流露出的情感看，李白对李璘有着无限的同情惋惜。

“虎可搏，河难凭”用的是《论语》中的典故，《论语》里写作“暴”字，通“擈”，徒手搏斗；“凭”（凴）《论语》中写作“冯”（馮），“冯河”就是不靠任何凭借，游过黄河。古人渡水，或假舟楫，或在身上背皮囊，在腰间系葫芦，以增加浮力。《论语》的原典，是说暴虎凭河的行为十分鲁莽，为孔子所不取，但李白在这里活用了典故，意谓肃宗实力太强，永王意图为玄宗讨回失去的权力，最终付出生命的代价。这里不是在批判永王的鲁莽，而是在谴责虎的凶残、河的无情。

从李白开始，“公无渡河”这个朝鲜故事彻底中国化，原故事中的河，也变成了中国的黄河。晚唐温庭筠的《公无渡河》同样如此，但他本是一个才气纵横的人，故写出来也特别地与众不同。他对悲剧的文学母题做了全新的改造，给它安上了一条虚幻的喜剧尾巴：

> 黄河怒浪连天来。大响谹谹如殷雷。龙伯驱风不敢上，百川喷雪高崔嵬。二十五弦何太哀。请公勿渡立裴回。下有狂蛟锯为尾。裂帆截棹磨霜齿。神锥凿石塞神潭，白马趁驙赤尘起。公乎跃马扬玉鞭，灭没高蹄日千里。

此诗如一篇小赋，先铺陈黄河的湍急，再点明母题，箜篌弦数不一，其中就有二十五弦者，故此处的“二十五弦何太哀”，指的就是箜篌。弹箜篌的人劝狂夫说，你不要渡河呀，黄河的水下有狂暴的蛟龙，它的尾巴像锯子一样，轻易就能撕裂船帆，咬断船桨，牙齿也因此磨得白森森的。河上之险对应的是陆上的安全。会有神人持锥，凿石塞平深水，你不如骑上白马，趁驙（cāntán，趋走貌）而奔，掀起滚滚红尘，绝尘而去。《列子·说符》有云：“天下之马者，若灭若没，若亡若失。”“灭没高蹄”是形容马跑得极快。温庭筠盖见晚唐政局不靖，宦途险恶，而兴起隐逸之志。

李贺的《箜篌引》则是从反面着笔：

> 公乎公乎。提壶将焉如。屈平沉湘不足慕，徐衍入海诚为愚。公乎公乎。床有菅席盘有鱼。北里有贤兄，东邻有小姑。陇亩油油黍与葫。瓦甒浊醪蚁浮浮。黍可食，醪可饮，公乎公乎其奈居。被发奔流竟何如。贤兄小姑哭呜呜。

他遵循了原来的文学母题，但从一个全新的角度着眼。他讲庸常人生的快乐，批评屈子沉湘，徐衍投海的不智，说你何不享受现实的人生，而要披发奔流呢？这只会让你身边的人痛苦罢了。徐衍是周朝末造的人，因恶周政之败，投海而死。再深想一层，难道李贺是要认同甚至赞许庸常的物质的现实人生吗？不是的。李贺这位天才诗人，是在用反讽的手法，去否定庸常的、物质的人生，而将白首狂夫与屈子、徐衍这样的高贤并列。李贺的本心，显然高度认同这位白首狂夫。

乐府诗很像后世的元杂剧，都有着包罗万象的气概。而同是音乐文学的明清传奇，在题材上就要狭窄了太多，大多不离男欢女爱，悲欢离合。王国维曾说，元代戏曲，是活的文学，明清戏曲，是死的文学。这话未必准确，但发人深省。至少，明清戏曲的作家，缺乏元代戏曲家无事不可入戏的磅礴精神。乐府诗的伟大之处就在于，没有一种题材，没有一件事、一种情感不可以写入乐府诗中。这种茹古涵今的精神气质，一直要到唐代，才被天才的大诗人杜甫所重新发扬光大。

七 六朝丽体昔风流

骈文为中国文学所特有之瑰宝/贵族的审美/更近于诗的六朝骈赋/文笔之辨/骈文的风雅/骈文不宜被打倒

中国文学所独有的文体

清代吴楚材、吴调侯选辑《古文观止》一书，因所选篇章皆是历代传诵的名文，甚便通俗，故自康熙朝成书以后，一直盛行不衰。清末有一个说法，讲的是要做一个“读书人”，有三部书是必读的，即《唐诗三百首》《四书章句集注》和《古文观止》，合称“诗四观”。然而《古文观止》所选的并不都是“古文”，书中也选了像《北山移文》《谏太宗十思疏》《为徐敬业讨武曌檄》《滕王阁序》《春夜宴桃李园序》这些以对仗的句子为主的骈体文，还选了像《吊古战场文》《陋室铭》《阿房宫赋》、前后《赤壁赋》这些韵文。通称作古文，就泯去了不同文体之间的巨大差异，并不十分切当。文有骈散之分，有押韵与不押韵之别，都宜区分开来，才便于学者明其体性，而能从事于仿作。特别是唐代所谓“古文运动”，其实就是要造当时的主流文体骈体文的反，古文指的是文言散文，即既不对仗，也不押韵的文章，是与骈文相对的概念，在《古文观止》中选入骈文，可谓自乱体例。

然而正像清乾隆中曾燠所说的：“夫骈体者，齐梁人之学秦汉而变焉者也。后世与古文分而为二，固已误矣。”（《国朝骈体正宗》）他认为骈体文尽管注重形式的对仗，文辞的绮丽华靡，但仍是渊源于秦汉，以载道为务。可以这样理解：秦汉的真古文，与六朝的骈文，以及后世以“唐宋八大家”为规范的“古文”，只像是同一个人在不同年龄的样子，而不是如虽同为一母所出，却是截然二人的兄弟。曾燠认为好的骈文，应该是影徂而心在，文胜而质存的，意思是形式上尽管有雕琢的偏胜，但文之为文的根本却不应动移。他还特地指出：“古文丧真，反逊骈体；骈体脱俗，即是古文。”这尤其是卓绝的识见。古文文辞质朴，如果作者言不由衷，就显得陈腐可厌。骈体中当然也有不少应酬的文字，比如古人常常为达官老爷及其家人写寿序，那当然说不上有什么真情实感，但至少文辞华美精巧，这在一定程度上可以掩饰文心既丧的毛病，而古文却是一无遮挡的。骈体文易写成套路，相似的内容，往往只能用有数的典故，这样文章就会平庸而俗气，而一旦作者能别开生面，又何尝不能像古文一样振奇高古呢？

《古文观止》的编者吴楚材、吴调侯叔侄，或许正是认为，形式的美不如思想情感的真重要，这才在本应只选古代散文的选本中选入了骈文和韵文。不过，他们对古文的理解又很容易被大众所接受，他们事实上所推的是“古代经典范文”的概念。这一概念直至今日，还被基础教育的教材所传承，以至于人们一提起古文，就以为是文言文的别称，很少人意识到，我们的中小学语文课本讲的文言文，绝大多数只是古代的散文，既鲜见辞赋箴铭颂赞这样的韵文，也罕睹骈四俪六的骈文。这样的文言文教育，无疑是十分偏颇的。

骈体文是中国文学所独有的文体。全世界没有第二个民族有骈体文，堪称是中华民族的文化瑰宝。“骈”的本来意思是两匹马对称地拉着车，由此可知，骈文的主要特点就是整齐、对称。它又名“俪词”，或“丽词”，都是表示对称之意。骈体文又被称为“四六”，这是因为有很大一部分骈体文，里面较多采用四言句和六言句来对仗。“四六”一词最早出自柳宗元的《乞巧文》：“骈四俪六，锦心绣口。”自宋以后乃大流行。但须知四六虽可用作骈文的代称，却不可以概括骈文句式的全部，如果文章全用四六，就会显得呆板，失去了清新活泼之美。

何以中国文学会产生出骈体文这样的以骈俪为主、以对仗齐整为特点的文体呢？有学者认为是为了便于宣读。从魏晋直到唐代，朝廷的公文都得采用骈体的形式，宋代王应麟《辞学指南》云：“制用四六，以便宣读。”“制”是皇帝的诰命，圣旨用四六文写，读起来自然有气势。清代学者孙梅认为：“大约始于制诰，沿及表启也。”表与启是完全相反的两种应用文体，凡献礼于人，或有求于人，则写表；凡受礼致谢，或得人襄助而致谢，则均用启。比如晋代李密，为晋武帝征为太子洗马，诏书累下，郡县逼迫，李密有祖母须供养，希望得到晋武帝的谅解宽宥，写下了著名的《陈情表》。李清照晚年再嫁张汝舟，因遭遇家暴，遂向朝廷告发张汝舟虚报应举次数，得以离婚。但宋代法律规定，妻子首告丈夫也得系狱二年，李清照坐牢后得亲戚綦崈礼的帮助，只九天即出狱，她给綦崈礼写了一封信表示感谢，就是《投翰林学士綦崈礼启》。李清照的谢启是标准的骈体文，而李密的《陈情表》则在骈散之间，大约是骈文始兴时过渡的文体。

从魏晋到唐代，公文如制、敕、诏、册、表、章、疏（shù）、启、判、檄、露布（通告四方的军事捷报），大都用骈体文写，不如此则不足以表现朝廷的威仪，国家的典重。直到清代，判词还都要用骈体文写，因法律是最严肃的，正须有骈文一体为之张目。就像台湾学者谢鸿轩先生所说：“吾国文化之优，甲于寰宇。文学之著，代出贤豪。汉之赋、唐之诗、宋之词、元之曲，靡不特具体裁，别有风骨。然文章之华美，辞藻之绮丽，声韵之协调，对仗之工整，词匀色称，气静机圆，则莫若骈四俪六之文。”（《历代骈文选》序）国家的典章用骈文表达，会增进国家的神圣感和庄严感。

然而，无论王应麟还是孙梅，他们对骈文的起源的理解都偏于实用，却忽略了中国文字本身的自然伟力。一百年前新文化派猛批骈文，也只是出于“骈文不便实用”的认识，却不知骈文本是美化的文字艺术，在历史上，它赋予了应用的文字超越庸常的美感，也就默默地推进着世道人心向善向美，这是徒讲实用的文字所绝对无法臻至的境界。

骈偶是中国文字的必然

中国的文字的特性，决定了中国必然会产生骈体文，也必然会产生格律诗。中国的文字从读音上就分平仄，从字性上又分虚实动静，故最宜于对仗。而从哲学基础看，中国人认为有阴必有阳，阴阳相生相济，对仗正是这一哲学思想的美学实践。

刘勰在《文心雕龙·丽辞篇》中专门论述骈体文的体性，他认为骈体文不是某些天才的创制，而是基于汉语自身的特点而自然形成。所谓“造化赋形，支体必双，神理为用，事不孤立。夫心生文辞，运裁百虑，高下相须，自然成对”。认为造物者造出的东西一定有所匹偶，中国的文化讲究阴阳和谐，必然有对仗。

他指出，上古时期文章的发展还没有成熟时，就已经有了天然成对的好句子。刘勰引用《尚书》中《皋陶赞》的“罪疑惟轻，功疑惟重”,《益陈谟》的“满招损，谦受益”，评价说，难道这些文辞是刻意写成对偶的句子吗?《尚书》所记，是当时的口语，自然率意，何尝心中先有要对仗的想法，才去着意经营呢？他又举《易经》里面的《文言》《系辞》为例，说《文》《系》是“圣人之妙思”，即孔子所作，孔子当时，恐怕也没有明确的对仗意识，但“序《乾》四德，则句句相衔，龙虎类感，则字字相俪。乾坤易简，则宛转相承，日月往来，则隔行悬合”。涵盖了骈体文的全部的对仗形态。可见，骈体文是自然产生的，这只能归功于文字本身的力量。

刘勰提到的四种对仗形态，恰好正是骈句的四种基本格式。首先是“句句相衔”。《文言》中释“乾，元亨利贞”云：“元者，善之长也；亨者，嘉之会也；利者，义之和也；贞者，事之干也。君子体仁足以长人；嘉会足以合礼；利物足以和义；贞固足以干事。”前四句中的每一句，后四句中的每一句都是对仗的，是谓之“句句相衔”，近似于今之排比句。而“同声相应，同气相求。水流湿，火就燥。云从龙，风从虎”则是每两句一组，上下句对仗，这叫作“字字相俪”。《系辞》云：“乾道成男，坤道成女。乾知大始，坤作成物。乾以易知，坤以简能。易则易知，简则易从。易知则有亲，易从则有功。有亲则可久，有功则可大。可久则贤人之德，可大则贤人之业。”虽然同“字字相俪”一样，也是两句一组，上下相对，但第一组与第二组，第二组与第三组，第三组与第四组……却是环环相扣，不可分割，可见“宛转相承”是一种具有排比递进之感的对仗。而《系辞》中的“日往则月来，月往则日来。日月相推，而明生焉。寒往则暑来，暑往则寒来。寒暑相推，而岁成焉”，又是别一种对仗形态。“日往则月来，月往则日来”对的是“寒往则暑来，暑往则寒来”，“日月相推，而明生焉”对的是“寒暑相推，而岁成焉”，这就是“隔行悬合”，后世则称作“扇面对”。

不但儒家经典如是，诸子中骈语亦复不少。《老子》短短五千言中也有很多骈语和对仗，如“大器晚（通“免”）成，大音希声”“无，名天地之始；有，名万物之母”。《庄子·逍遥游》中的名句“鹪鹩巢于深林，不过一枝；鼹鼠饮河，不过满腹”，略作调整，便是天然的偶句：“鹪鹩巢林，不过一枝；鼹鼠饮河，不过满腹。”古往今来的名言佳句大多是骈偶的，因其最符合中国人的文字运用习惯。

骈文·六朝文

骈文又有六朝文之称。因骈文兴起于六朝，亦以六朝为极则。但须知骈文与古文一样，都是源本于六经，它并不是在六朝才形成的全新文体，而是六经中本即有之的文体形态，只是到了六朝，人们更加发挥了骈俪的这一面罢了。

自东汉时士族兴起，至魏晋而变本加厉，乃形成高门大户的政治。政治上的贵族，其文化诉求不过是“精致”二字，故无论服饰器具，文学艺术，无不追求精致，也就必然把文字中骈偶的一面发挥到极致。只是到了中唐以后，平民阶层逐渐崛起，才有了追求明白晓畅，气盛言宜的古文运动。古文运动不止是反对骈文，更是在反对贵族的审美。

六朝人写骈文，六朝人也写赋。六朝人的赋，与汉大赋全然不同。如果说汉大赋的气息是雄浑阳刚的，六朝赋的气息就是宛转阴柔的。因六朝文章以骈俪为尚，六朝的赋，也受了骈文的影响，而渐渐在句式上趋于齐整对偶，由此形成了骈文与赋的交集——骈赋。六朝时的骈赋，在情感上特别重视一个“悲”字，以“悲情”而动人。

比如梁元帝的《荡妇秋思赋》，写荡子远行不归，其妻感物而悲的苦况：

> 于时露萎庭蕙。霜封阶砌。坐视带长，转看腰细。重以秋水文波。秋云似罗。日黯黯而将暮，风骚骚而渡河。妾怨回文之锦，君思出塞之歌。相思相望，路远如何。鬓飘蓬而渐乱。心怀愁而转叹。愁萦翠眉敛，啼多红粉漫。

荡子即浪荡不归的游子。荡妇，是游子之妇，“秋思”的“思（sì）”，是悲的意思。“露萎庭蕙。霜封阶砌”先就秋令而起兴，再写悲愁对人健康的损害：“坐视带长，转看腰细”，乍以为是腰带变长了，其实是纤腰更加地细了。又用“重以”二字引带出秋景，细细烘托。“妾怨”二句用典，谓我如前秦苏蕙之思念丈夫窦滔，把幽怨都织进了回文之锦中，荡子却只想出塞到沙场征战，好建功立业。“鬓飘蓬”四句，是通过写女子的形貌，来刻画她愁苦的内心。飘蓬是用了《诗经·伯兮》中的语典：“自伯之东，首如飞蓬。岂无膏沐？谁适为容！”

又如江淹的名作《别赋》，劈头便道：“黯然销魂者，唯别而已矣！”为全篇定下基调。他说：“况秦吴兮绝国，复燕宋兮千里。或春苔兮始生，乍秋风兮暂起。是以行子肠断，百感凄恻。风萧萧而异响，云漫漫而奇色。舟凝滞於水滨，车逶迟于山侧。棹容与而讵前，马寒鸣而不息。掩金觞而谁御，横玉柱而沾轼。居人愁卧，怳若有亡。日下壁而沉彩，月上轩而飞光。见红兰之受露，望青楸之离霜。巡层楹而空掩，抚锦幕而虚凉。知离梦之踯躅，意别魂之飞扬。”层层推进，来解释离别何以令人黯然销魂，实在是把文字运用到了极致。文中“风萧萧而异响，云漫漫而奇色”，是说在愁人的听觉里和视觉中，风声云色都是不和谐的、反常的。何以如此呢？其实是心里郁积不平啊！而像“日下壁而沉彩，月上轩而飞光”这样的句子，何等清新自然？如果我们还是跟着新文化派一道骂骈体文是死文学，这就会导致我们无法接触到这样清华秀美的活泼泼的文学，也会让我们持续地粗鄙无知下去。

《别赋》接下来又列举诸种离别之事，有“帐饮东都，送客金谷”的贵人之别，有“剑客惭恩，少年报士”的壮士之别，有别妻而从军者，有别友人而远赴国者，有情人之远隔者，有仙人辞世者，不一而足，但都引人悲思，所谓“别虽一绪，事乃万族”。江淹总结说：“别方不定，别理千名。有别必怨，有怨必盈。使人意夺神骇，心折骨惊。”总之有别必生怨，有怨而必成悲。

重视悲情，是人性成熟的标志。人只有在完全成熟之后，才会认识到生命不过是一场绝大的悲剧的事实，才会感受到悲苦。世上只有浑浑噩噩的小孩，才会成日价很开心，能感受悲情，说明一个人成熟了、长大了。而亦只有脱离了集体的抒情，直面自己的内心，才会有悲情，才会有深刻的思致。

更像诗的六朝骈赋

六朝的骈赋，即使是写政治，也与汉大赋殊科，变得更像诗，更倾向于个人的情感抒发，也更加地重视思想。

宋孝武帝大明三年（459），竟陵王刘诞据广陵叛，孝武帝讨平刘诞后，竟下令把广陵城内的所有成年男子全部杀掉，只保留小孩儿，女性全部分配给来讨伐的军队。鲍照于乱后经此，悲不自胜，遂作此《芜城赋》。

赋的开头，先追叙广陵全盛之时的繁华：

> 瀰迤平原。南驰苍梧涨海，北走紫塞雁门。柂以漕渠，轴以昆岗。重江复关之隩，四会五达之庄。当昔全盛之时，车挂轊，人驾肩；廛闬扑地，歌吹（chuì）沸天。孳货盐田，铲利铜山；才力雄富，士马精妍。故能侈秦法，佚周令，划崇墉，刳浚洫，图修世以休命。是以板筑雉堞之殷。井干烽橹之勤。格高五岳，袤广三坟。崒若断岸，矗似长云。制磁石以御冲，糊赪壤以飞文。观基扃之固护，将万祀而一君。

广陵有广袤的平原，地理位置优越，交通发达，便于贸易。在它全盛之时，人烟稠密，文化发达。有丰富的物产，故能建筑坚城深池。然而作者笔锋一转："出入三代，五百馀载，竟瓜剖而豆分！"只一句便由昔时全盛而转折至今日之衰败凄凉。

接写经历战乱以后，广陵的衰败：

> 泽葵依井，荒葛罥涂。坛罗虺蜮，阶斗麏鼯。木魅山鬼，野鼠城狐。风嗥雨啸，昏见晨趍。饥鹰厉吻，寒鸱吓雏。伏虣藏虎，乳血飧肤。（一韵）崩榛塞路，峥嵘古馗。白杨早落，塞草前衰。棱棱霜气，蔌蔌风威。孤蓬自振，

惊沙坐飞。灌莽杳而无际，丛薄纷其相依。通池既已夷，峻隅又已颓。直视千里外，唯见起黄埃。（二韵）

这一段凡两用韵。第一韵十二句，写昔日繁盛的都市，人烟杳然，竟成野生动物的乐园，是近镜头的特写。第二韵写都市湮灭成荒野，是远镜头的扫视。结以“凝思寂听，心伤已摧”四字，总括前文。

《芜城赋》的第三部分由城市之景的变换而转入人事的变迁。第一部分是忆昔，第二部分是慨今，第三部分则今昔之况，一起比照：

若夫藻扃黼帐，歌堂舞阁之基；璇渊碧树，弋林钓渚之馆。吴蔡齐秦之声，鱼龙爵马之玩。（昔）皆薰歇烬灭。光沉响绝。（今）东都妙姬，南国丽人。蕙心纨质，玉貌绛唇。（昔）莫不埋魂幽石，委骨穷尘。（今）

作者评论道：“岂忆同舆之愉乐，离宫之苦辛哉？”同舆，用的是魏明帝的典故。明帝的悼皇后毛皇后，在明帝为平原王时，“进御有宠，出入与同舆辇”。离宫之苦辛，用司马相如《长门赋》之语典：“奉虚言而望诚兮，期城南之离宫。”意思是广陵宫中的美人，都已玉石俱焚，得宠与否，都与她们没有关系了。

最后是作者胸臆的抒发：

天道如何。吞恨者多。抽琴命操（cào），为芜城之歌。歌曰：“边风急兮城上寒。井迳灭兮丘陇残。千龄兮万代，共尽兮何言。”

作者诘问上天究竟有没有知觉，到底是多情还是无情？何故让人间充满了悲辛？于是自琴囊中抽出琴来，弹奏一曲，唱出芜城的哀歌。他感慨城市荒凉，田垄芜没，人也随着城荒田芜，而一时共尽，只有时光无情，延绵不绝罢了。这是一首关于毁灭的哀歌，将悲思发挥到了极致。

我们都知道庾信的《哀江南赋》不止是他本人，也是六朝赋的压卷之作，因其情感充沛，最接近于诗也。但我们只看他的闲居小赋《小园赋》，也很可以感受到六朝骈赋的独特情致。

这篇赋的前面先有一段骈文的小序，这是不入韵的：

> 若夫一枝之上，巢父得安巢之所；一壶之中，壶公有容身之地。况乎管宁藜床，虽穿而可坐；嵇康锻灶，既暖而堪眠。岂必连闼洞房，南阳樊重之第；绿墀青琐，西汉王根之宅。余有数亩弊庐，寂寞人外，聊以拟伏腊，聊以避风霜。虽复晏婴近市，不求朝夕之利；潘岳面城，且适闲居之乐。况乃黄鹤戒露，非有意于轮轩；爰居避风，本无情于钟鼓。陆机则兄弟同居，韩康则舅甥不别。蜗角蚊睫，又足相容者也。

他每一句都是用了事典，大意是园子虽小，自足容身，不必宏伟奢华，只求能闲居避俗，招待亲友即可。通过小序交待完题旨，才是赋的正文。

赋的开头，先写营治小园，种植花木之事，并总结小园的生活：

坐帐无鹤，支床有龟。鸟多闲暇，花随四时。

这是何等之闲暇可羡的生活？然而作者立即接了几句：

心则历陵枯木，发则睢阳乱丝。非夏日而可畏，异秋天而堪悲。

历陵枯木，用应劭《汉官仪》典："豫章郡树生庭中，故以名郡矣。此树尝中枯，逮晋永嘉中，一旦更茂，丰蔚如初。"睢阳乱丝，用墨子见素丝而悲之典。作者出使北朝，被羁北周不得南归，即使是在四时可爱的小园中，仍是心如槁木，头上也添了白发。夏日可畏，本是《左传》里杜预注的一句话；秋天堪悲，则用宋玉的《九辩》"悲哉秋之为气也"。这两句意思是被羁异国，时时有恐惧悲伤之意，不必到夏日才发觉太阳的毒辣，在秋天才感到悲伤。

然而毕竟在绝望的人生中，小园带给了作者一丝慰藉，他用极清新的笔调，写下了小园中忘情的生活：

一寸二寸之鱼，三竿两竿之竹。云气荫于丛著，金精养于秋菊。枣酸梨酢，桃榹李薁。落叶半床，狂花满屋。名为野人之家，是谓愚公之谷。

这样地淡墨渲染，真令人有出尘之想！接下来又引典征事，写出隐居生活的可爱，自己对家乡的刻骨相思。他追昔抚今，忆念祖德，忍不住想起梁朝的侯景之乱，哀叹故国不得复兴，叙写梁朝败亡之际，自家所遭遇的不幸：

> 遂乃山崩川竭，冰碎瓦裂。大盗潜移，长离永灭。摧直辔于三危，碎平途于九折。荆轲有寒水之悲，苏武有秋风之别。关山则风月凄怆，陇水则肝肠断绝。龟言此地之寒，鹤讶今年之雪。

“山崩川竭，冰碎瓦裂”比喻乾坤板荡，国家败亡，“大盗潜移”暗用《庄子·大宗师》之典：“夫藏舟于壑，藏山于泽，谓之固矣。然而夜半有力者负之而走，昧者不知也。藏小大有宜，犹有所遁。若夫藏天下于天下而不得所遁，是恒物之大情也。”省略掉的“潜移”的宾语正是“藏天下于天下”的“天下”。长离是灵鸟之名，即凤鸟，此处是喻梁帝子孙不能复兴，国祚已绝。三危，山名，九折，坂名，二句以行车于险径作喻，谓一路走来历尽艰辛。作者说自己心中的激愤悲慨，与荆轲之别燕丹、苏武之别李陵，并无二致。关山陇水，每增断肠，北方的寒冷，更让心中充满苦况。“鹤讶今年之雪”用刘敬叔《异苑》之典：“晋太康二年冬，大寒，南洲人见二白鹤语于桥下曰：‘今兹寒，不减尧崩年也。’于是飞去。”龟、鹤都是传说中十分长寿的动物，此一典而分给上下句共用。

文末作者发出了深沉的喟叹：

> 百龄兮倏忽，菁华兮已晚。不雪雁门之踦，先念鸿陆之远。非淮海兮可变，非金丹兮能转。不暴骨于龙门，终低头于马坂。谅天造兮昧昧，嗟生民兮浑浑！

梁太清二年（548），东魏降将侯景率部叛，庾信受命镇守朱雀航，未交战即撤兵逃走。赋中“不雪雁门之踦”即指此事，是说没来得及像段会宗一样掩掉在雁门时的过失。汉代段会宗曾任雁门太守，犯法被免职。汉成帝阳朔年间复为都护，他的朋友谷永写信警告他说：“愿吾子因循旧贯，毋求奇功，终更亟还，亦足以复雁门之踦。万里之外，以身为本。”（《汉书·傅常郑甘陈段传第四十》）“先念鸿陆之远”，是说欲返故乡而不可得。用《易经·渐卦》：“鸿渐于陆，夫征不复。”鸿陆，是“鸿渐之陆”，大雁栖息之地，喻指故土。春秋时赵简子说：“雀入于海为蛤，雉入于淮为蜃，鼋鼍鱼鳖莫不能化，唯人不能，哀哉！”（《国语·晋语九第十五·赵简子叹曰》）金丹之成，须九转之功，二句谓人生不得自由，境遇无由改变。“不暴（同曝）骨于龙门，终低头于马坂”写的是当年未能奋勇一战，今则如马负重登斜坂，不得不低头，实有无穷悔恨。龙门是鲁之地名，春秋时齐、宋、卫、燕共伐鲁，战于龙门，“民死伤者满沟”。（《春秋公羊传疏》引《春秋说》）作为一名未尝知兵的文人，朱雀航之役庾信是被安排在错误的位置上了，但此时仕于北周，不得南旋，方觉得如今屈辱地活着，反不如当年英勇地死掉。结二句正如王国维评价李后主的名言：“俨有释迦、基督担荷人类罪恶之意。”（《人间词话》卷上）他由感慨一己身世，到思考人生苦难的真相，也就让这篇赋拥有了超越性的价值。

骈文比古文更长于论说

六朝时文有韵文与不押韵之文的分别。有韵的才叫作“文”，无韵的则叫作“笔”。依照这样的标准，骈赋才是骈俪的“文”，不押韵的骈体该叫作“骈笔”了。不过，我们还是习惯于把对仗的文章称作骈文，而把押韵的骈赋算作骈文中的一小类。而箴铭、颂赞、吊祭一类的韵文，如果同时也对仗，也要归入到骈文中去。这类的文字，一般在正文的前面有一段作为序引的文字，也多用骈文写成，则是不需要押韵的。这样的文章与骈赋又不一样，是不押韵但对仗的骈文与押韵但不一定对仗的韵文的杂糅。

如颜延之的《陶征士诔并序》。诔，是对一个人的生平总结，一般均为四言，只要求押韵，却并不必须要对仗。陶征士，就是陶渊明了。《陶征士诔》诔文是对仗的，它前面的序也是骈体文。这篇序议论纵横捭阖，如果不是句式齐整对仗，真可以当一篇雄浑雅健的古文来看。

瞿蜕园先生在《骈文概论》里面说，寻常的见解，必以为论说一体，非骈文所宜。因为论说是发挥义理的，而骈文以词藻为重，为格律所拘，发挥义理便有所不足。殊不知以骈文作论说，正可利用词藻供引申譬喻之用，利用格律助精微密栗之观。瞿蜕园先生不愧是近代骈文的一大作手，他对骈文长于议论这一方面的见解是非常深刻的。我们只看《陶征士诔》的序文部分，就可以知道，骈体文实在是一种殊便说理的精密的文字。

这篇序可分三部分。第一部分写隐士之高尚难得：

夫璇玉致美，不为池隍之宝；桂椒信芳，而非园林之实。岂期深而好远哉，盖云殊性而已。故无足而至者，物之藉也；随踵而立者，人之薄也。若乃巢、高之抗行，夷、皓之峻节，故已父老尧、禹，锱铢周汉。而绵世浸远，光灵不属，至使菁华隐没，芳流歇绝，不其惜乎！虽今之作者，人自为量，而道路同尘、辍途殊轨者多矣，岂所以昭末景、泛馀波！

大意是有着美好的光泽的宝玉，散发出浓馥的香气的桂树、椒树，都不会在人家池馆中生产。凡物之美者，都不易得，这是它们的天性。凡是难得的宝物才珍贵，随处可见的东西就为人所鄙薄。像巢父、伯成子高、伯夷、叔齐、商山四皓这样的品行高洁之人，只把尧和禹看作普通父老，把周朝、汉朝看得像零钱那样地轻。可惜时光过去太久，他们的光亮不能相连属，以至于这些优秀人物的影响逐渐消歇，令人惋惜。当今的人物，即使开始时也有隐逸之志，但入世渐深，阅历于名场之上，而能秉持古之高士的志节的，又有几个呢？

这样的开头，在古文论说类文体中是常见的，谓之“先立其大”，先高尚其说，提出带有普遍意义的论点来，随后拿具体事例与之对照。

故第二部分具体论述陶渊明的生平学行，以说明陶氏即今世之高士，即今世之能“昭末景，泛馀波”者：

有晋征士寻阳陶渊明，南岳之幽居者也。弱不好弄，长实素心。学非称师，文取指达。在众不失其寡，处言愈见其默。少而贫病，居无仆妾。井臼弗任，藜菽不给。母老子幼，就养勤匮。远惟田生致亲之议，追悟毛子捧檄之怀。初辞州府三命，后为彭泽令。道不偶物，弃官从好。遂乃解体世纷，结志区外，定迹深栖，于是乎远。灌畦鬻蔬，为供鱼菽之祭；织絇纬萧，以充粮粒之费。心好异书，性乐酒德。简弃烦促，就成省旷。殆所谓国爵屏贵、家人忘贫者与？有诏征为著作郎，称疾不到。春秋若干，元嘉四年月日，卒于寻阳县之某里。近识悲悼，远士伤情。冥默福应，呜呼淑贞！

颜延之着重写了陶渊明的几个特点，一是有素心，尚自然，“弱不好弄，长实素心。学非称师，文取指达”；二是他的孤高耿介，“在众不失其寡，处言愈见其默”，辄举渊明生平事例以实之。这样地言之有物，更像古文而非骈文。

最后，则讲了为陶渊明私谥作“靖节”的缘故：

夫实以诔华，名由谥高，苟允德义，贵贱何算焉。若其宽乐令终之美、好廉克己之操，有合谥典，无愆前志。故询诸友好，宜谥曰靖节征士。

这一段不止是序文的结束，还因“实以诔华”（行实因诔文的揄扬而华美）一句，起到了承上启下的作用。

从这篇序文看，骈体文不止是一种美术性的文体，也可以非常实用。事实上最为实用的书信中，就有不少是精美绝伦的骈文。最有名的要数丘迟的《与陈伯之书》了。

陈伯之与丘迟曾在一殿称臣，陈伯之后来投降了北方少数民族政权。到了梁武帝天监四年（505），临川王萧宏领兵北伐，陈伯之屯兵寿阳与梁军对抗，萧宏即命其记室丘迟，致书陈伯之劝降。陈伯之接信后，为书信的情理所慑服，不久就率八千之众投降。

这封信大意是讲识时务者为俊杰，先以陈伯之昔日在南朝的荣华，与今日在北朝为人猜忌的狼狈作比，再为陈伯之开脱，说你只是一时糊涂，才至于投敌。然而朝廷素以宽大为怀，况且你又非有大罪，哪有什么不可原谅的呢？你家里的祖坟、屋宇并在，家眷俱存，南朝的恩典与北朝的刻忌，对比明显，又有什么不好选择的？再讲北朝君主昏聩，内部自相残杀，明智之士，当有所决。在以理服人之后，紧接着的是以情动人：

> 暮春三月，江南草长，杂花生树，群莺乱飞。见故国之旗鼓，感生平于畴日。抚弦登陴，岂不怆悢。所以廉公之思赵将，吴子之泣西河，人之情也。将军独无情哉？

这一段特别是前四句，是《与陈伯之书》中的名隽。两军对垒之际，所写的劝降信，竟如此之风雅！可以说，中国文化的基本精神，就是风雅，中国的文脉，一脉承传千载不绝的，也只是风雅。丘迟先用江南风光激发陈伯之的故国之思，再举战国时赵将廉颇，魏将吴起为例，说明英雄豪杰之士，亦何尝不思效命于最早出仕效命的国家？而责以“将军独无情哉”，文章自然有力。

骈文的风雅与风雅的沦丧

骈文的风雅，很大程度上要靠繁密的用典。用典是骈体文的最基本的手法，征引古事以著文，一是可以让文章更加深刻婉曲，二是可以让文辞更加地典雅。不直接说事，而用古事借代，就会引发读者在文字以外的联想，也会让文章意思更加深刻。只不过，它会对读者的知识积淀有较高的要求。在新文化运动时期，胡适的《文学改良刍议》，提出所谓“八不主义”，其中有一条就是不用典。其实用典是中国文学发展到成熟阶段的体现，体现的是中国文人对学问的崇敬，对传统的敬畏。不用典，诗文就容易粗鄙浅薄，今之文学之士，只要有创意，会讲故事，就可以暴得大名。而传统的文学，因其注重用典、崇尚学问，自然而然就成为读书人修身立品的重要途径。

譬如庾信的《为梁上黄侯世子与妇书》，气息情韵，妙至毫巅，虽仅一百多字，却句句用典：

> 昔仙人导引，尚刻三秋；神女将梳，犹期九日。未有龙飞剑匣，鹤别琴台，莫不衔怨而心悲，闻猿而下泪。人非新市，何处寻家；别异邯郸，那应知路。想镜中看影，当不含啼；栏外将花，居然俱笑。分杯帐里，却扇床前。故是不思，何时能忆？当学海神，逐潮风而来往；勿如织女，待填河而相见。

这封代笔的书信作于庾信仕北周之时。苟且于江陵的梁元帝早已为西魏所灭，梁朝的宗室、上黄侯萧晔子萧悫这时候也羁滞北方，他与在南朝的妻子已暌隔多年了。庾信为他代写的这封情书，不止写出了有情人的相思，更含蓄地写出了身世之悲与亡国之恸。

第一句“昔仙人导引，尚刻三秋”用了《墉城集仙录》里的典故。汉代有仙女杜兰香，嫁给了一个叫张硕的年轻人，她用三年的时间教张硕举升飞化的神仙之道，终于张硕也成了仙。“神女将梳，犹期九日”则用《搜神记》中典。魏代有女仙成公智琼，嫁弦超，事久为人所觉，智琼无法再留在人间，遂离去。弦超相思不已，几至委顿，五年以后奉郡使至洛，到济北鱼山下，终于又遇见智琼，苦苦挽留，遂为夫妇如初。但不日日来，每于三月三日、五月五日、七月七日、九月九日、正月十五日往来，经宿即去。“神女将梳”，是神女带着梳子而来的意思。这两句话是说，神仙亦有别离，而况你我，纵有分离，终有相会之日。

“龙飞剑匣”用的是《晋书·张华传》的典故，已见第六章所引刘孝威之《公无渡河》诗。“鹤别琴台”是崔豹《古今注·音乐篇》里的典故。商陵牧子娶妻后，五年无子，他的父母一心只要抱孙子，逼他另娶，妻子半夜依傍着门户悲啼，牧子怆然兴悲，援琴奏曲，就是有名的《别鹤操》。龙飞剑匣，喻夫妻有一方先逝；鹤别琴台，喻夫妻中道分离。信中说，我虽非悼亡之悲、出妻之憾，但依然衔怨而心悲，闻猿而下泪。“闻猿而下泪”典出《水经注》所引三峡渔者歌：“每至晴初霜旦，林寒涧肃，常有高猿长啸，属引凄异，空谷传响，哀转久绝。故渔者歌曰：‘巴东三峡巫峡长，猿鸣三声泪沾裳。’”

“人非新市，何处寻家；别异邯郸，那（nuó）应知路”四句，前人所解不当。新市虽与邯郸成对，但并不是一个具体的地名，而是指新聚成市肆之意。“别异邯郸”用的是汉文帝故事。汉文帝所宠信的慎夫人是邯郸人，昔文帝居霸陵，北临高岸夹水之地，指新丰路示慎夫人曰："此走邯郸道也。"因使慎夫人鼓瑟，上自倚瑟而歌，凄怆悲怀，顾谓群臣曰："以北山石为椁，用纻絮斫陈漆其间，岂可动哉?"文帝自感体衰，想到将来离世，不能再与慎夫人一起，忍不住心中的哀戚。那应，即多应。这两句是说，世子夫人身居故国，并非在一个新聚成的市肆中，却因经历战乱，不知故家何在；我们又非是将有死别，就更加会有相见之日。

以下则想象世子夫人得书的心境："想镜中看影，当不含啼；栏外将花，居然俱笑。"将花，就是拿着花。"镜中看影"用范泰《鸾鸟诗序》。罽宾国王得鸾鸟一只，不肯起舞。王妃云，听说鸾鸟见其伴侣才会起舞，遂置镜于鸾鸟前。谁知鸾鸟看到镜中自己的形象，一奋而绝。这是一个极其悲凉的故事，隐藏着庾信对世子夫妇长年分离的深切同情。在沉恸的文字中，忽然来此清丽绝俗的四句，那是噙着泪的笑，是悲极忽喜，喜极翻悲的笑，能写出深刻而真实的人性，故能卓绝千古。

"分杯帐里，却扇床前。故是不思，何时能忆。"四句是逆写的手法，逻辑的顺序应该是"故是不思，何时能忆。分杯帐里，却扇床前。""分杯"指合卺之礼，"却扇"是中古时成婚之夕，以画扇遮掩新妇，诵却扇诗后方移开。"故是不思"是用《论语》典。《诗经》有"岂不尔思，室是远尔"之句，孔子评论说，这是未尝真有思念，真正想念一个人，难道会嫌远吗？这是说，与你分别之后，不敢想你，不敢回忆新婚燕尔时的美好。何以故呢？因为只要一想起当初的美好，就更加因久久分离而悲恸。这样深婉的挚情，浅情之人是无法理解的。

文末"当学海神，逐潮风而来往；勿如织女，待填河而相见"，上二句写世子，是坚贞的爱情誓言，下二句则是写对世子夫人的叮咛。“逐潮风而来往”出自东方朔《神异经》：“西海水上，有人乘白马朱发，白衣玄冠，从十二童子，驰马海上，如飞如风，名曰河伯，使者或时上岸，马迹所及，水至其处，所之之国雨水滂沱。暮则还河。”但已经变化了典故的本义。海潮是最有信的，学海神逐潮风而来往，谓我必如海潮而有信。“待填河而相见”则是用了喜鹊在天河上搭桥，令牛郎织女相见的典故。

《文心雕龙》讲骈俪之文，说了一个重要的原则：“言对为劣，事对为优。”言对，就是只有字面的对仗，事对，是有典故的对仗。新文化运动以来，人们因为骈文多用典，觉得阅读困难，从而对它加以全面否定，并加上“选学妖孽”的恶谥，但是这样美好的文学，本来就需要读者到达一定的层次之后，才能真切理解。天下绝没有一样艺术品，是可以让所有人都钟爱的。鲁迅也曾说过，贾府里的焦大，绝不会去爱林妹妹。我们能因焦大之不爱林妹妹，就说黛玉葬花矫揉造作，毫无实用价值么？不反思自家学力的不足，反而指斥骈体文不曾通俗到老妪能解，这是一种民粹主义的霸道意识。新文化运动之后，中国的文字愈来愈粗鄙，陈、胡诸人，实难辞其咎。陈独秀更提出，要打倒贵族文学、山林文学、庙堂文学，而建设平易的、平民的、国民的文学，其实贵族何尝不是国民的一分子？贵族文学，本可与平民文学并行而不悖，就正如唐宋古文蔚兴之后，仍然有人写骈文，无论韩柳欧苏，也都兼擅古文骈文二体。有人喜欢听民间小曲《探清水河》，也要允许有人只喜欢清雅的昆曲。托克维尔曾说过：

永远值得惋惜的是，人们不是将贵族纳入法律的约

> 束下，而是将贵族打翻在地彻底根除。这样一来，便从国民机体中割去了那必需的部分，给自由留下一道永不愈合的创口。多少世纪中一直走在最前列的阶级，长期来发挥着它那无可争议的伟大品德，从而养成了某种心灵上的骄傲，对自身力量天生的自信，惯于被人特殊看待，使它成为社会躯体上最有抵抗力的部分。它不仅气质雄壮，还以身作则来增强其他阶级的雄壮气质。将贵族根除使它的敌人也萎靡不振。世上没有什么东西可以完全取代它；它本身再也不会复生；它可以重获头衔和财产，但再也无法恢复前辈的心灵。（冯棠译《旧制度与大革命》第二编第十一章）

新文化运动时期，人们对骈文、诗赋乃至中国传统文化的全面否定，正可作如是观。

八

上下千年文第一

唐代仍以骈文为主流/醇儒陆贽/政治家陆贽/唐室荩臣陆贽/陆贽的经世文章/通儒陆贽/唐孟子的悲剧/『三代以还，一人而已』

醇儒陆贽

在社会普通人的心目中，唐宋八大家代表了唐宋文的巅峰，韩愈、柳宗元无疑则是唐文的两大家。其实唐代的文章，仍以骈文为主，骈文有整饬的声律，华美的文辞，如果更能载圣人的道理，切当时之实际，有文有质，文质兼能，当然比徒重质实的古文更加有文学的价值。韩、柳在当时只是作出革新的尝试，并不能动摇骈文作为文章正宗的地位。更主要的是，韩、柳的文章有不少近于纵横家的议论，俳谐家的戏谑，而去六经之文甚远。正如1934年10月，陈天倪先生在中山大学《文学杂志》第十期题辞中所指出的，“唐之中叶，韩柳挺生，削九流之谰言，黜六朝之淫丽，似有当于六艺之旨矣。然其言虚而鲜实，其格媚而多姿，救弊有馀，复古尚未足也”。

陈天倪从《尚书》和《易经》中提出两个文章的标准，一曰“词尚体要”，二曰“修词立其诚”，以为真正的华实并茂的好文章，应该“通经术于政治，统文章于性道”，在唐宋文章里，他所推崇的，则有陆宣公（贽）的奏议、司马温公（光）的通鉴论、朱文公（熹）的文集。

唐代的皇帝诏令，都由臣僚起草，例须以骈体行之；臣僚所上的贺谢表一类的文章，也都要用骈文；而为荐举进奉而上的奏状，也多用骈体；官员上疏奏言事，文中也多有骈句，甚或全用骈体。故唐代骈文一体，为从政出仕者所必须研习。唐代骈文名手辈出，如唐中宗景龙以后，燕国公张说与许国公苏颋并称，号燕许大手笔。但所有唐代的名家巨手，都没有像陆贽一样，得到后世一致的推崇。

《四库全书总目》指出：宋祁、欧阳修撰《新唐书》，例不录排偶之作，独取陆贽文十馀篇，以为后世法；司马光作《资治通鉴》，竟采录陆贽的奏议达三十九篇之多，而上下千年，所取无多于陆贽者，真可谓是经世的文章，自堪不朽。又谓“其文虽多出于一时匡救规切之语，而于古今来政治得失之故，无不深切著明，有足为万世龟鉴者，故历代宝重焉”。陆贽之文，依本经术，切于时政，出之以辞气，树之以学问，允推历代文章第一。

陆贽，字敬舆，唐吴郡嘉兴人，生于唐玄宗天宝十三载（754），卒于唐顺宗永贞元年（805），得年五十二岁。他的主要政治成就完成于唐德宗在位期间，他的重要的作品，也都与德宗朝的时政密不可分。

陆贽是一位品格高尚的醇儒。唐代宗大历六年（771），陆贽年十八，举进士第，以中博学弘词科，授华州郑县尉。罢秩东归省母，路经寿州，为刺史张镒所称赏，请结忘年之契。及辞行，张镒赠贽钱百万，说“愿备太夫人一日之膳”，陆贽不纳，唯受新茶一串，从容答道：“敢不承君厚意。”又以书判拔萃，选授渭南县主簿，迁监察御史。德宗在东宫时，素知贽名，乃召为翰林学士，转祠部员外郎。及德宗继位，遣黜陟使庾何等十一人行天下，以考察官员。陆贽建议使者，请以五术省风俗，八计听吏治，三科登俊乂，四赋经财实，六德保罢瘵，五要简官事。五术为：听谣讼审其哀乐，纳市价观其好恶，讯簿书考其争讼，览车服等其俭奢，省作业察其趋舍。这是考察官员的第一步——省察民情。因古人认为，一个好的官员，是会让民情淳厚而非浇薄的。八计为：视户口丰耗以稽抚字（字指生子），视垦田赢缩以稽本末，视赋役薄厚以稽廉冒（冒为贪污之意），视案籍烦简以稽听断，视囚系盈虚以稽决滞，视奸盗有无以稽禁御，视选举众寡以稽风化，视学校兴废以稽教导。这是从人口、劝农、廉政、法治、勤政、治安、荐才、教育等八个方面全面考察官员的品行、能力。三科为茂异、贤良、干蛊，这是为考察官员设定了简明易辨的成绩等次。四赋是：阅稼以奠税，度产以衰征，料丁壮以计庸，占商贾以均利。这是对官员征收赋税的税基定下标准，以避免滥征。六德为：敬老，慈幼，救疾，恤孤，赈贫穷，任失业。这是要求官员须做好社会救济工作。五要是废兵之冗食，蠲法之挠人，省官之不急（即不必要的官职），去物之无用，罢事之非要。这五要，是陆贽对黜陟使的终极建议。前面的五术、八计、三科、四赋、六德，都着眼在对官员的具体考核方法、考核标准，而五要却是黜陟使最终应追求的目标。黜陟使行巡四方，不是为了折腾地方官员，而是要减轻老百姓的财政负担，令百姓常得无事。这一年，陆贽才二十六岁，却已有了成熟的政治思想，能提出如此切于实际复又利于操作的政治主张。

超卓的大政治家

陆贽不止是一位深明世务的能吏，更是一位有着超卓的战略眼光的大政治家。唐德宗建中三年（782），朱滔、田悦、王武俊、李纳等盘踞在河南河北之地的藩镇，拥兵作反，马燧、李抱真、李芃奉诏讨之，其乱未平，淮西节度使李希烈又起兵响应叛军，直逼襄城，德宗下诏，命陆贽具陈利害，以良策对。陆贽在这篇著名的《论两河及淮西利害状》的奏对中，雄辩地指出朝廷出兵讨逆，久而无功，原因是“克敌之要，在乎将得其人；驭将之方，在乎操得其柄。将非其人者，兵虽众不足恃；操失其柄者，将虽材不为用”。朝廷想通过增兵员，加赋税的手段，来与叛逆者打一场旷日持久的消耗战，不但无助于纾解当前的困境，更可能兴起意外的祸患。

他先给德宗提供了平乱的终极之道：

> 人者，邦之本也；财者，人之心也；兵者，财之蠹也。其心伤则其本伤，其本伤则枝干颠瘁，而根柢蹶拔矣。惟陛下重慎之，愍惜之。今师兴三年，可谓久矣；税及百物，可谓繁矣；陛下为之宵衣旰食，可谓忧勤矣；海内为之行赍居送，可谓劳弊矣。而寇乱有益，翦灭无期。人摇不宁，事变难测。是以兵贵拙速，不尚巧迟。速则乘机，迟则生变。此兵法深切之诫，往事明著之验也。夫投胶以变浊，不如澄其源而浊变之愈也；扬汤以止沸，不如绝其薪而沸止之速也。是以劳心于服远者，莫若修近而其远自来；多方以救失者，莫若改行而其失自去。若不靖于本，而务救于末，则救之所为，乃祸之所起也。修近之道，改行之方，易于举毛，但在陛下然之与否耳。

陆贽含蓄地指出，各地藩镇叛乱之由，在朝廷未能尽得民心，故于此处谆谆申说，希望德宗能行务本之策。当然，对于德宗来说，最要紧的是听到对眼前艰危的解决之道，故陆贽这番话只是点到为止。他话锋一转，道：“倘或重难易制，姑务持危，则当校祸患之重轻，辩攻守之缓急。”为应当前之急务，先由分析叛军形势入手：

> 臣谓幽、燕、恒、魏之寇，势缓而祸轻，汝、洛、荥、汴之虞，势急而祸重。缓者宜图之以计，今失于屯戍太多；急者宜备之以严，今失于守御不足。

何以这样说呢？他先分析田悦等两河叛将的情况，认为“田悦累经覆败，气沮势羸，偷全馀生，无复远略。武俊蕃种，有勇无谋。朱滔卒材，多疑少决。皆受田悦诱陷，遂为猖狂出师。事起无名，众情不附，进退遑惑，内外防虞。所以才至魏郊，遽又退归巢穴。意在自保，势无他图。加以洪河太行御其冲，并汾洺潞压其腹，虽欲放肆，亦何能为？又此郡凶徒，互相劫制，急则合力，退则背憎，是皆苟且之徒，必无越轶之患”。而李希烈则“忍于伤残，果于吞噬，据蔡、许富全之地，益邓、襄卤（通掳）获之资，意殊无厌，兵且未衄。东寇则转输将阻，北窥则都城或惊”，更称得上是心腹大患。

陆贽纵谈天下大势，如对枰较弈，敌方形势了然于心，无有遗漏。他更对己方军力有清醒的认识，指出在两河讨逆的马燧等人劳而无功，并不是兵不精、将不勇，而是朝廷不能操得其柄，内耗严重：“势分于将多，财屈于兵广，以攻则旷岁不进，以守则数倍有馀，各怀顾瞻，递欲推倚。”将多兵广，并不是朝廷的优势，反而是财政难以承受的大负担。

而征讨李希烈的李勉只是文吏之材，哥舒曜带的是乌合之众，朝廷纵然派出神策将刘德信，以禁军三千增援，又敕令各地藩镇协同作战，却因将不得其人，无法形成有效的战斗集团。陆贽建议，让本在魏州与朱滔等相持的李怀光帅师救襄城之围，李芃还镇河阳支援东都，只让马燧、李抱真对付田悦叛军，既可以取有馀以救不足，也减轻附近州镇的财政负担。

他的思虑极其缜密，早想到会有人提出，两河叛军未平，此时减兵，必更生祸患，遂对比今昔，详加驳斥。他指出，伐叛之初，只有马燧等三路部队，而能攻无不克；后来战争进入相持阶段，先后增加李晟的神策军、李怀光的朔方军，却无分寸之功。可见只是增加战斗人员，不解决将得其人、操得其柄的问题，并不能获胜全功。

他又预先想到有人会说：朝廷固然在增兵，叛贼之势也更加嚣张，从前只有田悦、李宝臣为叛，现在又多了朱滔、王武俊。陆贽驳斥道，尽管如此，却也有张孝忠、康日知这样不肯附贼，反而自愿为朝廷效命的人在（张、康原皆在李宝臣父子麾下）。从实力对比上说，从前是马燧、李抱真、李芃三镇之军，当田悦、朱滔、王武俊三寇，现今朱滔遁归，王武俊退缩，只有田悦稍得延命假息，朝廷只需留下马燧、李抱真收拾残局即可。调李芃、李怀光东征李希烈，一举而得数利："留之则彼为冗食，徙之则此得长城。化危为安，息费从省。"

可惜，德宗不能用其计，不久即因泾原兵士之反，而不得不亡命奉天（今陕西乾县）。

清代马传庚评论说："论兵法必攻心，揣贼情如指掌。条陈时事，洞悉机宜。识见精深，议论警辟。"此文固雄辩无伦，而作者尤深明辞令，进谏献言，礼貌得体。

他先自谦"质性凡钝，闻见陋狭，幸因乏使，簪组升朝，荐承过恩，文学入侍”，再转说久怀进谏之心，只是担心越职干议，不合典制：“每自奋励，思酬奖遇。感激所至，亦能忘身。但以越职干议，典制所禁，未信而言，圣人不尚。”他写出欲谏而无由的忐忑心情：“循循默默，尸居荣近，日日以愧，自春徂秋。心虽怀忧，言不敢发。”先自我检讨“此臣之罪也，亦臣之分也”，再恭维德宗“天纵圣德，神授英谋。明照八表，思周万务。犹虑阙漏，下询刍荛。此尧舜舍己从人，好问而好察迩言之意也”。

这样委婉入情的辞令，当系从《左传》中来，可见骈文如能去华就实，其价决不在古文下。

唐室荩臣

与《论两河及淮西利害状》同时上奏的，还有《论关中事宜状》。当时两河用兵久不决，赋役日加繁重，陆贽认为兵穷民困，恐怕会生出新的祸变，遂在此奏中建议德宗加强京畿地区的军备力量，减轻京畿地区人民的赋税：

> 臣闻“国家之立也，本大而末小，是以能固”。又闻理天下者，“若身之使臂，臂之使指”，则小大适称而不悖焉。身所以能使臂者，身大于臂故；臂所以能使指者，臂大于指故也。王畿者，四方之本也；京邑者，又王畿之本也。其势当令京邑如身，王畿如臂，四方如指，故用即不悖，处则不危。斯乃居重驭轻，天子之大权也。非独为御诸夏而已，抑又有镇抚戎狄之术焉。是以前代之制，转天

下租税，委之京师；徙郡县豪杰，处之陵邑；选四方壮勇，实之边城。其赋役则轻近而重远也，其惠化则悦近以来远也。

他先引《左传》《汉书》中的成语，近取譬喻，再述古来邦固国宁的经验，反复其辞，婉曲条畅，虽对仗精工，却因真意流行，完成感受不到骈偶的气息。

接下来，他又列举事实，指出太宗时“举天下不敌关中”，而玄宗后府兵之法寖坏，遂有玄宗、肃宗时安史之乱，代宗时吐蕃入侵之难，其因则在朝廷“失居重驭轻之权，忘深根固柢之虑”。毛举缕析，辞华义实。

陆贽的文章在雄辩中尚能以情动人，如：

内寇则崤、函失险，外侵则汧、渭为戎。于斯之时，朝市离析，事变可虑，须臾万端。虽有四方之师，宁救一朝之患。陛下追想及此，岂不为之寒心哉！

陆贽的政治眼光放得殊长远，他看到京畿军备不足，足令吐蕃、回纥更生觊觎之心，而内患不断，叛军彼则伏，此又起，用堪称名句的“立国之安危在势，任事之济否在人。势苟安，则异类同心也；势苟危，则舟中敌国也”，以感染德宗。复谓：“陛下岂可不追鉴往事，惟新令图，循偏废之柄以靖人，复倒持之权以固国！”他直言敢谏，列举德宗的战略失误，预言要么是边关之将，与外寇相勾结以侵攘；要么是有人于郊畿之地卒然发难，京师危殆。后姚令言、朱泚之叛，一如其所料。

陆贽自知良言逆耳，在剀切的谏言之后，又是一番推心置腹的辞令：

> 以陛下圣德君临，率土欣戴，非常之虑，岂所宜言？然居安备危，哲王是务；以言为讳，中主不行。若备之已严，则言亦何害。倘忽而未备，又安可勿言？臣是以罄陈狂愚，无所讳避，罔敢以中主不行之事，有虞于圣朝也。惟陛下熟察之，过防之。

中主，指才具平庸之主。陆贽说平庸之主，亦不致闭塞言路，而况德宗是哲王圣人？故此无所讳避，不用担心会因言获罪。这番话意在照拂德宗的面子，以免后者“龙颜震怒”，使自己陷于不测。德宗虽不能用其言，但亦不罪之。

朱泚之乱未平时，术士争言，国家正当厄运，明年宜改元。德宗竟想借机自益，在建中元年（780）群臣所上的尊号“圣神文武皇帝”之上，更有所加。陆贽劝他说：“今乘舆播越，大憝未去，此人情向背、天意去就之隙。陛下宜痛自贬励，不宜益美名以累谦德。”（《新唐书·陆贽传》）德宗答道：“卿言固善，然要当小有变革，为朕计之。”陆贽复抗疏奏道：“古之人君，德合于天曰‘皇’，合于地曰‘帝’，合于人曰‘王’，父天母地，以养人治物，得其宜者曰‘天子’，皆大名也。三代而上，所称象其德，不敢有加焉。至秦乃兼曰‘皇帝’，流及后世昏僻之君，始有圣刘、天元之号。故人主重轻，不在称谓，视德何如耳。若以时屯当有变革，不若引咎降名，以祗天戒。且矫旧失，至明也；损虚饰，大知也。宁与加冗号以受实患哉？”

德宗以为，有人反叛自己，是因为皇帝声威不足，威权不固，故妄想增益名号以自重。陆贽却认为“人主重轻，不在称谓，视德何如耳”，当此亟需人民支持之际，不但不应该加尊号，反宜去掉从前的“圣神文武皇帝”之号，引咎自责，以重新获得人民的信任。故劝德宗借改元“兴元”之际，下赦书引过罪己。

德宗既属中书省起草赦文，命陆贽审看可否。陆贽阅后上奏，认为此文“事多循常，文不失旧”，用于平昔之时颇可施行，但处此内忧孔亟的非常时期，却嫌未称。何以如此呢？因为“履非常之危者，不可以常道安；解非常之纷者，不可以常语谕”。

陆贽提醒德宗注意这样的事实：

> 自陛下嗣承大宝，志壹中区，穷用甲兵，竭取财赋。甿庶未达于暂劳之旨，而怨咨已深；昊穹不假以悔祸之期，而患难继起。复以刑谪太峻，禁防伤严，上下不亲，情志多壅。乃至变生都辇，盗据宫闱，九庙鞠陷于匪人，六师出次于郊邑。奔逼忧厄，言之痛心，自古祸乱所钟，罕有若此之暴。今重围虽解，逋寇尚存，裂土假王者四凶，滔天僭帝者二竖，又有顾瞻怀贰，叛援党奸，其流实繁，不可悉数。皇舆未复，国柄未归，劳者未获休，功者未及赏，困穷者未暇恤，滞抑者未克伸。将欲纾多难而收群心，唯在赦令诚言而已。安危所属，其可忽诸！（《奏天论赦书事条状》）

故曰“动人以言，所感已浅，言又不切，人谁肯怀？”意即最好是以实际行动打动将士百姓，如果做不到，至少应做到言辞恳切。他认为这篇赦文应该做到“悔过之意不得不深，引咎之辞不得不尽，招延不可以不广，润泽不可以不弘。宣畅郁堙，不可不洞开襟抱；洗刷疵垢，不可不荡去瘢痕。使天下闻之，廓然一变。若披重昏而睹朗曜，人人得其所欲”。德宗方当忧患，形格势禁，不得不听从其言，而用陆贽所制赦文。

此文以德宗的口吻向天下人下罪己之诏，引咎悔过之情，溢于言表，史所罕睹：

> 肆予小子，获缵鸿业，惧德不嗣，罔敢怠荒。然以长于深宫之中，暗于经国之务。积习易溺，居安忘危。不知稼穑之艰难，不察征戍之劳苦。泽靡下究，情不上通，事既壅隔，人怀疑阻。犹昧省己，遂用兴戎。征师四方，转饷千里。赋车籍马，远近骚然；行赍居送，众庶劳止。或一日屡交锋刃，或连年不解甲胄。祀奠乏主，室家靡依，生死流离，怨气凝结。力役不息，田莱多荒。暴命峻于诛求，疲甿空于杼轴。转死沟壑，离去乡闾，邑里丘墟，人烟断绝。天谴于上而朕不悟，人怨于下而朕不知。驯致乱阶，变兴都邑。贼臣乘衅，肆逆滔天，曾莫愧畏，敢行凌逼。万品失序，九庙震惊。上辱于祖宗，下负于黎庶。痛心腼貌，罪实在予。永言愧悼，若坠深谷。（《兴元元年奉天改元大赦诏》）

“肆予小子”四句，是为德宗开脱，谓其本心尚可。予小子，是《尚书》中天子的自谓，后世诏令文中，皇帝常用作自称。“长于深宫之中，暗于经国之务”以至“犹昧省己，遂用兴戎”，是说德宗不察下情，不明国是，又不能广开言路，遂至藩镇叛乱。“征师四方，转饷千里”以至“转死沟壑，离去乡闾”，则说平乱战争以来，战略失当，复以不恤民生，给人民带来深重的苦难。“天谴于上而朕不知”以至“永言愧悼，若坠深谷”，皆是深切自责之辞，特别是“上辱于祖宗，下负于黎庶”，语气极重。这当然不止是陆贽助德宗收复人心的辞令，更是陆贽对德宗的苦口劝谏。朱熹解释“忠”字，谓“尽己之心曰忠”，陆贽无愧于唐室的大忠臣。

贞元初年，李抱真入朝，说：“陛下幸奉天、山南时，赦书至山东，宣谕之时，士卒无不感泣。臣即时见人情如此，知贼不足平也。”（《旧唐书·列传第八十九·陆贽》）应即指陆贽所拟的这一类的制诰。德宗能夷平大难，克复神京，陆贽实有大功。

“贽可为人臣之式矣”

史载陆贽在起草书诏时，宏文巨制须臾便成，誊录的胥吏，都赶不上他写的速度。他起草时若不经意，但每一文之出，莫不议事明白，入情入理，而总能抓住关键。这不止需要文学的才华，不止需要学问的精湛，更需要思想的深刻，逻辑的缜密，以及一刻不停地对时政的观察与思考。

建中四年（783），李希烈叛军攻陷汝州，德宗下诏，命哥舒曜率师攻之。曜驻扎在襄城，反被李希烈的数万军士围困，情势十分危急。当年十月，德宗命泾原节度使姚令言率本镇兵五万人赴援。姚令言约束不力，兵将多携子弟而来，希望至京师获取厚赏，及至部队上路，都一无所赐。当时的京兆尹王翃奉命犒劳军士，仅给粗粮蔬菜，军士都把碗反扣过去，愤怒鼓噪，扬言说：“吾辈弃父母妻子，将死于难，而食不得饱，安能以草命捍白刃耶！国家琼林、大盈，宝货堆积，不取此以自活，何往耶?”遂群起造反，姚令言不能禁。是日，德宗仓卒出逃，叛军纵入府库劫掠，琼林、大盈二库宝物都尽。不久，叛军又奉立罢职闲居京城的朱泚，号大秦皇帝，姚令言为侍中。时当岁暮凝冽之冬，追随德宗流亡的将士，衣服多寒，逃到奉天又被朱泚围城猛攻。幸得将士一心，人百其勇，抵抗多日，又得李怀光军来救，这才解了朱泚之围。

京师仍未收复，但流亡奉天的德宗，终于能得四方藩镇贡奉。德宗恬然受之，将贡物贮在行宫的廊下，并仍题琼林、大盈二库名。流亡天子，排场却是一点不能少，视天下为一人之私产的心思也一点没有消歇。善能见微而知著的陆贽，于廊下见到，大惊之下，立即上疏。陆贽深知战争胜负，与士气密切相关，前番抵抗朱泚的将士，战守之功尚然未行赏赉，皇帝却私营别库，士卒必然心生怨望，无复斗志，故不得不紧急上奏。

此状依本儒学，义正词严，是历代骈文选本必选的名作。文章开头，用典使事若自其口出，极其从容自然：

> 右，臣闻：作法于凉，其弊犹贪；作法于贪，弊将安救？示人以义，其患犹私；示人以私，患必难弭。故圣人之立教也，贱货而尊让，远利而尚廉。天子不问有无，诸侯不言多少。百乘之室，不畜聚敛之臣。夫岂皆能忘其欲贿之心哉，诚惧贿之生人心而开祸端，伤风教而乱邦家耳。是以务鸠敛而厚其帑椟之积者，匹夫之富也；务散发而收其兆庶之心者，天子之富也。天子所作，与天同方，

生之长之，而不恃其为；成之收之，而不私其有。付物以道，混然忘情。取之不为贪，散之不为费。以言乎体则博大，以言乎术则精微。亦何必挠废公方，崇聚私货，降至尊而代有司之守，辱万乘以效匹夫之藏，亏法失人，诱奸聚怨？以斯制事，岂不过哉！（《奉天请罢琼林大盈二库状》）

“作法于凉，其弊犹贪；作法于贪，弊将安救”用《左传·昭公四年》浑罕语：“作法于凉，其弊犹贪；作法于贪，弊将若之何？”陆贽只是将原文的第四句略易数字，便成骈语。“天子不问有无，诸侯不言多少”又是出自《大戴礼记》的《王制》篇。“百乘之室，不畜聚敛之臣”出自《大学》：“百乘之家，不畜聚敛之臣。与其有聚敛之臣，宁有盗臣。”后世研究骈文的学者认为：“四六中以言对者，惟宋人采用经传子史成句，为最上乘。即元明诸名公表启，亦多尚此体。非胸有卷轴，不能取之左右逢源也。”（程杲《四六丛话序》）其实陆贽才最擅此体。他曾摘取经史上的成言，做成对偶的句子，按类书的形式，分为四百五十二门，曰《备举文言》，此书今虽不传，但可以想见，此书对他在写作中采用言对，起到不小的作用。

开头这一段，从内在结构上说，也是对偶法，主要依靠天子之富与匹夫之富的对比，展开议论。特别精彩的是“降至尊而代有司之守，辱万乘以效匹夫之藏”这两句，真是做到了主文谲谏，批评了德宗，却不致令德宗心生逆反。

本状依本《大学》“国不以利为利，以义为利”的思想以立论，首先追溯琼林、大盈二库的历史：

> 今之琼林、大盈，自古悉无其制，传诸耆旧之说，皆云创自开元。贵臣贪权，饰巧求媚，乃言："郡邑贡赋所用，盍各区分。税赋当委之有司，以给经用；贡献宜归乎天子，以奉私求。"玄宗悦之，新是二库，荡心侈欲，萌柢于兹。迨乎失邦，终以饵寇。《记》曰："货悖而入，必悖而出。"岂非其明效欤？

谓开元中权臣王鉷，阿谀逢迎玄宗，始建二库，以为皇帝的私人库藏。然而正如《大学》所云："货悖而入者，亦悖而出。"泾原兵反，德宗出狩，二库所积，为叛军劫夺一空，《大学》的真知，终见明效。

陆贽提醒德宗，在他嗣位之初，尚是一敦行俭约的有为之君。史载德宗生日，四方贡献一概不受，又下诏省四方贡献之不急者，又罢梨园使及乐工三百馀人，留下的乐工全部归隶太常寺。诸国所献的四十二头大象，命放在荆山之阳，及其他供玩乐的动物，一概放生；又放宫女数百人归民间。当时朝廷内外，无不交口称颂，淄青（李纳）的军士甚至把兵器投在地上，说：圣明天子出来啦，我们还要造反吗？

陆贽评论说："议者咸谓汉文却马，晋武焚裘之事，复见于当今。"这两个典故是说，有人向汉文帝献千里马，汉文帝下诏说：鸾旗在前头，属车在后头，为吉事而行，每天走五十里，出征时，每天走三十里，朕乘千里之马，一个人跑在前面，要到哪里去呢？于是还其马并赐给运送费用。晋时太医司马程据献雉头裘，晋武帝以为这是奇伎异服，典礼所禁，遂焚之于殿前，并下令再有献奇伎异服者定受罪罚。两个故事都是在说，为帝王者应俭约自任，不要追求过度的声色娱玩。

其实，德宗在行宫的廊下贮放贡物，倒真未必是出诸贪财货之心。倘若他真是贪恋财货，至少会将四方贡物贮放到屋子中去。德宗所贪恋的，是不受一切约束的权力。他把贡物贮于廊下，还煞有介事地题写上琼林、大盈之名，正是想宣示权力的傲慢。像德宗这样的雄猜之主，从来不吝在百姓面前表现他勤俭的一面，而这一面又绝对是真实的，因为对这样的君主来说，什么样的享受也比不上权力带给他的快感大。

陆贽当然明白德宗幽微隐曲的心理，但他更知道事急从权的道理，所以本状完全不考虑致君尧舜的崇高理想，而只是就事论事，单就人心得失而发议。也即是说，本状以利害说德宗，而非以仁义说德宗。

陆贽指出这样的后果极其严重：

> 天衢尚梗，师旅方殷。疮痛呻吟之声，噢咻未息；忠勤战守之效，赏赉未行。而诸道贡珍，遽私别库；万目所视，孰能忍怀？窃揣军情，或生觖望。试询候馆之吏，兼采道路之言，果如所虞，积憾已甚：或忿形谤讟，或丑肆讴谣。颇含思乱之情，亦有悔忠之意。是知甿俗昏鄙，识昧高卑，不可以尊极临，而可以诚义感。

陆贽谓归京之路尚犹阻梗，战事也仍激烈地进行着，与叛军死战的将士，疮痛呻吟之声不绝入耳，对他们的功勋，仍未行赏赉，现在在众目睽睽之下，将诸藩镇所贡珍宝，放在皇帝的私库中，谁能受得了呢？陆贽说自己将心比心，亦知群情不满，又去征询了候馆的小吏、道路的行人的意见，果然形势比想象的还要严重：有的怒形于色，大声咒骂，有的编成讴谣，侧面攻击。他们不但后悔为德宗效忠，更恨不得也成为叛军。陆贽含蓄地劝说德宗，军士人民限于知识见闻，不知礼之尊卑，特别是在流亡途中，不要妄想他们会有什么对皇帝的敬畏，而只能以诚义打动他们。本状斥德宗擅权之弊，只此一句，点到即止。

以下又就《大学》“财散则民聚，财聚则民散”发议。陆贽说自逃离京城至奉天围解，差不多五十天，将士用力，冻馁交侵，死伤相枕而不怨，因为德宗“不厚其身，不私其欲，绝甘以同卒伍，辍食以啖功劳”；奉天围解后，反而怨望丛起，乃因“患难既与之同忧，而好乐不与之同利”。骈文因对仗，最易产生名句。陆贽说：“无猛制而人不携，怀所感也；无厚赏而人不怨，悉所无也。”谓不靠严刑峻法，军士却无私自夹带，靠的是感激之情；没有很高的赏赐大家却不怨恨，因都同样匮乏。陆贽对人性有着深深的洞察，故论事析理，无不深中窾窍。

《大学》云：“君子贤其贤而亲其亲，小人乐其乐而利其利。此以没世不忘也。”这段话陆贽并没有引用，但接下来的论说，却完全契合这段话的主旨。陆贽以人们对燕昭王作金台与殷纣王作玉杯，周文王与齐宣王作囿的不同态度作比，说明同利与专利之别。指出：“夫国家作事，以公共为心者，人必乐而从之；以私奉为心者，人必咈而叛之。”统治者唯有与民分利，才能赢得人民的支持，正如《大学》所云，所谓“民之父母”，就是“民之所好好之，民之所恶恶之”。陆贽“药方只贩古时丹”（龚自珍《己亥杂诗》），此文全学《大学》，论事析理，不违圣道，此其所以卓绝千古。

陆贽在批评德宗所为不当之后，更殷殷劝勉其能改过迁善。他说，“智者因危而建安，明者矫失而成德”，只要能及时改正，自能“化蓄怨为衔恩，反过差为至当”，只看德宗能行与否罢了。结尾不惮重言反复，申说叮咛：

> 陛下诚能：近想重围之殷忧，追戒平居之专欲。器用取给，不在过丰；衣食所安，必以分下。凡在二库货贿，尽令出赐有功。坦然布怀，与众同欲。是后纳贡，必归有司；每获珍华，先给军赏。瑰异纤丽，一无上供。推赤心于其腹中，降殊恩于其望外。将卒慕陛下必信之赏，人思建功；兆庶悦陛下改过之诚，孰不归德。如此则乱必靖，贼必平，徐驾六龙，旋复都邑，兴行坠典，整缉棼纲。乘舆有旧仪，郡国有恒赋，天子之贵，岂当忧贫！是乃散其小储而成其大储也，损其小宝而固其大宝也。举一事而众美具，行之又何疑焉！吝少失多，廉贾不处；溺近迷远，中人所非。况乎大圣应机，固当不俟终日。

由“陛下诚能”起，迄于“整缉棼纲”，文气飞天直下，无断绝处，可见陆贽文真力之弥漫。陆贽更以反衬之法，补上一段，谓以天子之贵，国有常赋，又何必像匹夫一样忧贫呢？储积财货者，小储也，储积人心者，大储也。《大学》引舅犯语曰：“亡人无以为宝，仁亲以为宝。”引《楚书》曰：“楚国无以为宝，唯善以为宝。”《周易·系辞下》云：“圣人之大宝曰位。”“散其小储而成其大储，损其小宝而固其大宝”，其义在此。陆贽说，冷静的商人，不会因顾惜一点成本而忽视了未来的巨利；中智之人，也不至于只顾眼前，而忘了长远；更何况圣主在应对机微之时，自然该雷厉风行，即时反正了。这样一说，便是在言语上堵住一步，令德宗转圜不得。果然，德宗即刻令将题额去掉，陆贽又一次化解了德宗的政治危机。

宋胡寅《读史管见》评论道："德宗以专欲致祸，困而不喻，唯货是黩，自古人君不足用为善，盖鲜俪矣。非陆宣公精忠厚德，尽事君之义，其谁能不起遁光胶口之意哉！呜呼！贽可为人臣之式矣。"意思是像唐德宗这样的坏皇帝，历史上都难找到其匹。如果陆贽不是性情忠厚，道德纯备，一心为国，早就韬光自晦，闭口不言了。作为大臣的楷式，也就是陆贽这样的了。其评陆贽固然浃当无可疑，但对德宗的"专欲"认识得却很不够，德宗所"黩"的不是"货"，而是不受制约的权力。而这正是德宗与陆贽后来的矛盾所在。

至诚之道，可以前知

陆贽见微之力，又屡见于兵事。建中四年（783），朔方节度使李怀光在解奉天围后，胁迫德宗逐去卢杞、赵赞等宠臣，怕受到德宗的报复，遂渐萌异志。他又担心李晟的神策军独当一面，恐其得成大功，遂请与李晟合军。李晟与李怀光在咸阳西的陈涛斜会师，正筑营垒，而朱泚大军已至。李晟认为叛军离巢搦战，当其阵脚未稳，必能一战功成，而李怀光却辞以马未秣、士未饭，不肯迎战。李晟无奈，只好入营枯守。李怀光在咸阳屯兵久之，不肯进击，将德宗所遣使的多次催促都置之不理，却密与朱泚交通。又上表德宗，论诸军衣粮薄，神策军衣粮厚，厚薄不均，难以进战，意在挠沮进军。德宗遂遣陆贽赴朔方军中宣慰。陆贽察其跋扈，归后上奏曰：

> 贼泚稽诛，保聚宫苑，势穷援绝，引日偷生。怀光总仗顺之师，乘制胜之气，鼓行芟翦，易若摧枯。而乃寇奔不追，师老不用。诸帅每欲进取，怀光辄沮其谋。据兹事情，殊不可解。陛下意在全护，委曲听从，观其所为，亦未知感。若不别务规略，渐相制持，唯以姑息求安，终恐变故难测。(《奉天论李晟所管兵马状》)

陆贽从李怀光在军事上占据绝对优势，却不肯尽力剪灭朱泚，且对李晟等多方掣肘的行为，断定如果不能予以制衡，怀光必生叛乱之心。在出使朔方军期间，陆贽还遇到一件事。早些时，德宗遣崔汉衡出使吐蕃，请吐蕃出兵，帮着收复京城。吐蕃宰相尚结赞提出，吐蕃的法度是，进军以统兵大臣为信，现在虽有德宗的制书，而无李怀光署名，故不能发兵。德宗命陆贽诣李怀光军宣慰时，连此事一并办理。李怀光竟再三坚持，不肯署名，言词轻慢，且轻蔑地对陆贽说："尔何所能？"但陆贽面对如此的侮辱，仍能保持冷静。盖《大学》有云："所谓修身在正其心者，身有所忿懥，则不得其正，有所恐惧，则不得其正，有所好乐，则不得其正，有所忧患，则不得其正。"陆贽学问纯备，自然不会为李怀光所激，反利用怀光的骄横，出李晟于虎口之侧。

当时李晟已提防李怀光，恐其作反，又怕神策军被怀光吞并，屡向德宗上奏，请移军东渭桥。李怀光与陆贽谈及此事，陆贽不动声色，问如李晟执意要移军，你如何看？李怀光正在气焰熏天之时，想也不想，说道：李晟既要移军别行，我也不须仰仗他的军力。

陆贽一听正中下怀，犹怕他再生翻覆，于是夸奖他军容强盛，助他更生轻慢之心。陆贽更从容问道：昨天我从奉天过来，还不知李晟要移军之事，假使如今回去，皇上问起，我该如何回答呢？李怀光不虞有他，加以前言轻出，不好再变，只好说，皇上既准李晟移军，谅也无妨。陆贽尚且与之商定细节，使怀光再难追悔。

陆贽建议德宗，以李晟表出付中书省，颁下敕制，准许依奏移军，又别赐李怀光手诏，示以移军事由。他并且替德宗擘画了诏书大意，大意是："昨得李晟奏，请移军城东，以分贼势。朕缘未知利害，本欲委卿商量，适会陆贽从彼宣慰回奏云：见卿论叙军情，语及于此，仍言许去，事亦无妨。遂敕本军，允其所请。卿宜授以谋略，分路夹攻，务使叶齐，克平寇孽。"这番话言照顾到李怀光的面子，词气虽婉而道理甚直，谅来怀光无以反口。陆贽虑事之周密可见一斑。

李晟的神策军顺利脱逃虎口后，鄜坊节度使李建徽、神策行营节度使杨惠元仍在咸阳，陆贽逆料李怀光必有兼并这二路军队之心，遂又上奏，请合此两军，随李晟同行，但托辞说李晟兵少将寡，怕被朱泚一击便溃，须赖此两路军，形成犄角之势。陆贽看出李怀光虽有不臣之心，但仍居首鼠，只要由德宗先谕旨安抚，而预遣密使促李建徽、杨惠元早日整装待发，诏书一至营垒，即刻便起程，李怀光纵使意存不轨，也要计无所施。陆贽洞悉人性，深知世上所有的谋乱者，其内心都是恐惧的，故只要德宗早做绸缪，事必可济。

他分析李怀光必有吞没李建徽、杨惠元之心，要言不烦：

怀光当管师徒，足以独制凶寇，逗留未进，抑有他由。所患太强，不资傍助，比者又遣李晟、李建徽、杨惠元三节度之众，附丽其营。无益成功，只足生事。何则？四军接垒，群帅异心。论势力则悬绝高卑，据职名则不相统属。怀光轻晟等兵微位下，而忿其制不从心；晟等疑怀光养寇蓄奸，而怨其事多凌己。端居则互防飞谤，欲战则递恐分功。龃龉不和，嫌衅遂构。俾之同处，必不两全。强者恶积而后亡，弱者势危而先覆。覆亡之祸，翘足可期！（《奉天奏李建徽杨惠元两节度兵马状》）

又劝德宗必须先声夺人，以迅雷不及掩耳之势救出二军，论理析义，至当无碍：

夫制军驭将，所贵见情。离合疾徐，各有宜适。当离者合之则召乱，当合者离之则寡功。当疾而徐则失机，当徐而疾则漏策。得其要，契其时，然后举无败谋，措无危势。今者屯兵而不肯为用，聚将而罔能叶心，自为鲸鲵，变在朝夕。留之不足以相制，徒长厉阶；析之各竞于擅能，或建勋绩。事有必应，断无可疑。解斗不可以不离，救焚不可以不疾。理尽于此，惟陛下图之。（《奉天奏李建徽杨惠元两节度兵马状》）

这里陆贽不经意说出了他能见事机敏，言无不当的奥秘，全在“见情”二字。《中庸》有云：“至诚之道，可以前知。”在多大程度上认识人性，也就在多大程度上通向至诚之道，也就必然能预知将来的祸福。

可惜，德宗心怀侥幸，说李晟移军，李怀光已生惆怅，若更遣李建徽、杨惠元拔营向东，恐怕怀光藉此生词，不如待旬日后再图之。然而政治斗争瞬息万变，李怀光又安肯给德宗旬日之期从容部署？不数天，即夺两节度兵，李建徽单骑脱逃，杨惠元则不幸遇害。消息传到奉天，群情大恐，次日德宗只好又逃往山南。陆贽的前知之明，又一次得到验证。

知权通变的通儒

孔子有言："可与共学，未可与适道；可与适道，未可与立；可与立，未可与权。"权是反道而合于善，尤非读死书的心性儒所可梦见。陆贽即是能知权变的通儒。泾原军作乱奉立朱泚时，凤翔衙将李楚琳杀害了凤翔节度使张镒，向朱泚暗中输诚；奉天围解后，李楚琳则遣使向朝廷贡奉，以期朝廷认可他自立为凤翔节度使。当时朝廷无以剪灭，只好勉强同意，但德宗怎也咽不下这口气，在兴元（今陕西汉中）时不肯接见李楚琳的使者，留之而不遣。张镒对陆贽有知遇之恩，但陆贽没有被仇恨冲昏头脑，他上书言，楚琳之罪，固不容诛，但形势胜人，又不得不虚与委蛇：

> 但以乘舆未复，大憝犹存，勤王之师，悉在畿内，急宣速告，晷刻是争。商岭则道迂且遥，骆谷复为盗所扼。仅通王命，唯在褒斜。此路若又阻艰，南北遂将敻绝。以诸镇危疑之势，居二逆诱胁之中，汹汹群情，各怀向背。贼胜则往，我胜则来，其间事机，不容差跌。傥或楚琳发

> 憾，公肆猖狂，南塞要冲，东延巨猾，则我咽喉梗而心膂分矣。其势岂不甚病哉！且楚琳本怀，唯恶是务，今能两端顾望，乃是天诱其衷，故通归涂，将济大业。陛下诚宜深以为念，厚加抚循。得其持疑，便足集事；傥能迁善，亦可济师。(《兴元请抚循李楚琳状》)

陆贽指出，德宗犹未回銮长安，朱泚、李怀光叛乱未靖，勤王诸师，都在关中京畿内，向他们宣调军力，唯有以晷刻为计，来争取时间。而行在与畿内交通，仅有褒斜谷可用。勤王的诸节度使，各持首鼠，如果叛军势大，他们就不来兴元，而可能各返本镇。假使李楚琳公开叛唐，阻塞褒斜，且与朱泚相掎角，朝廷势将危殆不可复救。现在幸得他尚两端观望，在德宗最好是厚加抚慰，如能改过迁善最好，至少也要让他不与朱泚结盟。德宗憬然而悟，遂厚待李楚琳使者。

贞元元年（785）八月，马燧等平定河中，李怀光自缢死。陆贽担心德宗因胜而骄，劝他罢兵。当时有人谄谀希旨，知道德宗好大喜功，劝德宗一鼓作气，再讨伐淮西，陆贽以为万万不可。因陆贽起草，而以德宗的名义颁行的《奉天改元大赦制》中，已明确说赦免李希烈、田悦、王武俊、李纳等人，如再对淮西李希烈用兵，必失信于天下。他点醒德宗：一旦开衅，就是给了李希烈以说辞，必定会煽动部下及新附诸帅，谓奉天息兵的旨意，不过是朝廷窘急，权宜而言之，朝廷稍安，一定会诛伐我们的。这样的后果则是四方负罪的藩镇，人人自疑，已向朝廷降顺的田悦、王武俊、李纳等人，又将再叛，兵连祸结的结果，就是德宗又将再度逃亡。

陆贽始终保持着清醒的忧患意识，以为“福不可以久徼幸，得不可以常觊觎。居福而虑祸，则其福可保；见得而忘丧，则其丧必臻。”他在对德宗讲明利害的同时，还不忘劝德宗服人以德。其用心，当然是要致君尧舜了。

陆贽先引述奉天大赦的良好效应，以说明圣人任德而不任兵的道理：

陛下怀悔过之深诚，降非常之大号。知黩武穷兵之长乱，知急征重敛之剿财，知残人肆欲之取危，知违众率心之稔慝，知烝庶困极之兴怨，知上下郁堙之失情。德音涣然，与之更始。所在宣扬之际，闻者莫不涕流。虽或凶犷匪人，亦必为之歔欷。诚之动物，乃至于斯。怀枭鸱以好音，消祲沴为和气。由是奸回易虑，黎献归心。假王叛涣之夫，削伪号以请罪；观衅首鼠之将，壹纯诚以效勤。流亡冻馁者，希保于室家；屯戍战争者，冀全其性命。德泽将竭而重霈，君臣已绝而更交。天下之情，翕然一变。曩讨之而愈叛，今释之而毕来；曩以百万之师而力殚，今以咫尺之诏而化洽。是则圣王之敷理道，服暴人，任德而不任兵，明矣；群帅之悖臣礼，拒天诛，图活而不图亡，又明矣。(《收河中后请罢兵状》)

再由人性的幽暗说开去，指出田悦、李纳之俦，不过是“假兵救怨之流，恋土偷安之辈”。陆贽不只从利害的一面说服德宗，更希望德宗能领悟仁义的一面：

怀生畏死，蠢动之大情；虑危求安，品物之常性。有天下而子百姓者，以天下之欲为欲，以百姓之心为心。固当遂其所怀，去其所畏，给其所求，使家家自宁，人人自遂。家苟宁矣，国亦固焉；人苟遂矣，君亦泰焉。是则好生以及物者，乃自生之方；施安以及物者，乃自安之术。挤彼于死地，而求此之久生也，从古及今，未之有焉。措彼于危地，而求此之久安也，从古及今，亦未之有焉。是以昔之圣王，知生者人之所乐，而己亦乐之，故与人同其生，则上下之乐兼得矣。圣王知安者人之所利，而己亦利之，故与人共其安，则公私之利两全矣。其有反易常理，昏迷不恭，则当外察其倔强之由，内省于抚驭之失，修近以来远，检身而率人。故书曰："惟干戈省厥躬。"又曰："舞干羽于两阶，七旬有苗格。"孔子曰："远人不服，则修文德以来之。既来之，则安之。"此其证也。（《收河中后请罢兵状》）

他正反申说，冀德宗能不只做一平乱的英主，更能成一儒家心目中的圣主：

如或昧于怀柔，务在攻取，不征教化之未至，不疵诚感之未孚，惟峻威是临，惟忿心是肆。视人如禽兽，而曝之原野；轻人如草芥，而剿之铦锋。叛者不宾，则命致讨；讨者不克，则将议刑。是使负衅者惧必死之诛，奉辞者虑无功之责。编甿以困于杼轴而思变，士卒以惮于死丧而念归。万情相攻，乱岂有定！一夫不率，阖境罹殃；一境不宁，普天致扰。兵拏祸结，变起百端。故孔子曰：

“远人不服而不能来也，邦分崩离析而不能守也；而谋动干戈于邦内，吾恐季孙之忧不在颛臾，而在萧墙之内矣。”此盖必然之常理，至当之格言，足以为明鉴元龟，贯百王而不易者也。（同上）

陆贽逆料到李希烈的下场，谓不须待朝廷征伐，其必“不有人祸，则当鬼诛”。次年，李希烈的部将陈仙奇果然杀希烈以降。

以道济天下的磅礴气象

陆贽以其传世的文字，展示出一位儒生可以在政治上所达到的高度。他不免让人想起颜习斋（元）在《习斋四存编·存学编》中的著名论述：

> 宋、元来儒者，却习成妇女态，甚可羞。无事袖手谈心性，临危一死报君王，即为上品矣。岂若真学一复，户有经济，使乾坤中永享治安之泽乎！

如果后世那些无当世用，徒能以死报国的心性之儒，已可称上品，植本六经，经纶万庶的陆贽，就堪称是儒中之极了。

尽管陆贽学居上品，才堪大用，但德宗好的是佞臣的甜言蜜语，憎的是陆贽的苦口婆心。德宗危难时，倚陆贽如干城，一旦逞志还京，竟将向日的忧患尽皆忘怀，不只迟迟不任陆贽为相，后来更几陷陆贽于不测，最终贬之为忠州别驾，至死不得还朝。

德宗在奉天流亡期间，下诏问当今切务，陆贽言无所隐，先直接给出答案：

> 伏以初经大变，海内震惊，无论顺逆贤愚，必皆企竦观听。陛下一言失则四方解体，一事当则万姓属心，动关安危，不可不慎。臣谓当今急务，在于审察群情。若群情之所甚欲者，陛下先行之；群情之所甚恶者，陛下先去之。欲恶与天下同，而天下不归者，自古及今，未之有也。夫理乱之本，系于人心，况乎当变故动摇之时，在危疑向背之际，人之所归则植，人之所去则倾。陛下安可不审察群情，同其欲恶，使亿兆归趣，以靖邦家乎！此诚当今之所急也！(《奉天论奏当今所切务状》)

陆贽指出，治乱之本在于人心，如《大学》所云，“民之所好好之，民之所恶恶之”，这样的统治者才可以得到天下人的拥戴。向日致乱之由，在于上下之情不通，而当前的急务，就是要令众人之所欲、众人之所恶，有上达的机会。也就是要德宗广开纳言之路，多倾听臣下的意见。

陆贽文的一个重要特点是入情入理，他总是先替对方想一步：

> 然尚恐为之不易者，盖以朝廷播越，王命未行，施之空言，人或不信。何以言其然？今天下之所欲者，在息兵，在安业；天下之所恶者，在敛重，在法苛。陛下欲息兵，则寇孽犹存，兵固不可息矣。欲安业，则征徭未罢，业固未可安矣。欲薄敛，则郡县惧乏军用，令必不从矣。

欲去苛，则行在素霁威严，言且无验矣。此皆势有所未制，意有所未从，虽施于德音，足慰来苏之望，而稽诸事实，未符悔祸之诚。(同上)

“来苏”是一个语典，出自《尚书·仲虺之诰》:“徯予后，后来其苏。”谓夏桀暴虐，民不堪命，等待他们心目中的好君主商汤来解救。陆贽设身处地，想到德宗因形势所限，推行政令而要能与天下同其所欲，可做的实在不多。故殷殷勉励说：

且动人以言者，其感不深；动人以行者，其应必速。盖以言因事而易发，行违欲而难成，易发故有所未孚，难成故无思不服。今陛下将欲平祸乱，拯阽危，恤烝黎，安反侧，既未有息人之实，又乏于施惠之资，唯当违欲以行己所难，布诚以除人所病，乃可以彰追咎之意，副惟新之言。若犹不然，未见其可。(同上)

如果有实效的惠民之政无法推出，也要能开诚布公，做出愿意改革的姿态来。陆贽规劝德宗万勿自用聪明，而应多倾听臣下的意见。他明白“含弘听纳，是圣主之所难；郁抑猜嫌，是众情之所病”，即使是优秀的君主，也难做到心胸宽弘，听取逆耳之言。而众臣下又郁抑不得申其情，且不免担心，持论是否过激，是否触到皇帝的逆鳞。由此就更需要德宗先能虚心纳谏，如此方可以崇德美而济艰难。

陆贽建议德宗设立与臣下直接接触，听取他们意见的制度，并劝德宗要“假之优礼，悦以温颜”，真心诚待，纳言不止。他劝勉德宗“言切而理惬者，必赏导以尽其情；识寡而辞拙者，亦容恕以嘉其意。有谏诤无隐者，愿陛下叶成汤改过之美，褒其直而勿吝其非；有谋猷可用者，愿陛下体大禹拜言之诚，奖其能而亟行其策。至于匹夫片善，采录不遗；庶士传言，听纳无倦”，宜鼓励臣下批评朝政得失，即使有意见不一定正确、态度不一定恭敬的，也要心存宽容，如此方能“总天下之智，以助聪明；顺天下之心，以施教令”。陆贽所论，皆是儒家经典中反复申说过无数次的内容，他自谦“虑有愚而近道，事有要而似迂”，但其实老生常谭倒往往是万世不易的真理。

前状奏入十馀天，德宗既无所施行，更不当面征询陆贽意见，陆贽不得不再上疏状痛切陈情，即《奉天论前所答奏未施行状》。这篇奏状文气极丰裕，议论极有力，堪称中国历史上最伟大的奏疏之一。陆贽先说自己一片赤忱，只是为报德宗的知遇之恩：“频烦黩冒，岂不惭惶，盖犬马感恩思效之心，眷眷而不能自止者也。”再引证经典，为所论张本。他先立论云：

> 臣闻立国之本，在乎得众，得众之要，在乎见情。故仲尼以谓“人情者，圣王之田”，言理道所由生也。是则时之否泰，事之损益，万化所系，必因人情。（《奉天论前所答奏未施行状》）

而又以“情有通塞，故否泰生；情有薄厚，故损益生。通天下之情者，莫智于圣人；尽圣人之心者，莫深于《易》象”过渡，轻巧巧地便借《易》象的否、泰二卦为喻，讲明君臣交通，损上益下是治国之要道的原理：

> 其别卦也，坤上乾下则曰泰，乾上坤下则曰否。其取象也，损上益下则曰益，损下益上则为损。乾为天，为君；坤为地，为臣。天在下而地处上，于位乖矣，而反谓之泰者，上下交故也。君在上而臣处下，于义顺矣，而反谓之否者，上下不交故也。气不交则庶物不育，情不交则万邦不和。天气下降，地气上腾，然后岁功成。君泽下流，臣诚上达，然后理道立。损益之义，亦由是焉。上约己而裕于人，人必悦而奉上矣，岂不谓之益乎！上蔑人而肆诸己，人必怨而叛上矣，岂不谓之损矣！（同上）

复申引《尚书》中的名言，说明“古先圣王之居人上也，必以其心从天下之心，而不敢以天下之人从其欲”的道理。以下则列陈往迹近事，以胜于雄辩的事实，力图说服德宗。他举尧、舜、禹、汤、文、武这六位儒家眼中的贤君为例，指出凡圣主贤君，莫不能从善纳谏；而桀、纣之恶，亦在于拒谏饰非。又怕德宗借口此皆远古往事，时移世异，不肯听从，更举史实说：唐太宗因善听谏言而底贞观之治；高宗早年勤于听纳，故仍有贞观遗风，晚年常居深宫，与臣下罕有接触，始有武则天代唐之祸；中宗、睿宗时，听信嬖佞，朝纲大乱；玄宗初时开怀纳忠，克己从谏，朝清而道泰垂三十年，后因任用李林甫辈，不纳痛切的忠言，遂至国是日非，终于有安禄山之乱；肃宗能如太宗一样虚受广纳，推心与人，故能中兴唐室；代宗性情仁恕，又有含弘的大量，即使未必尽听大臣的进谏，但也不会心怀不满，以故君臣相安，百姓亦得生息。大唐开国以来，历代皇帝能从众纳谏则安，违众拒谏则危，昭昭历历，德宗皇帝又如何呢？

陆贽毫不客气地指出，德宗猜忌刻削，以聪明自任：

> 陛下英资逸辩，迈绝人伦，武略雄图，牢笼物表。愤习俗以妨理，任削平而在躬，以明威照临，以严法制断。流弊日久，浚恒太深。远者惊疑，而阻命逃死之乱作；近者畏慑，而偷容避罪之态生。君臣意乖，上下情隔，君务致理，而下防诛夷，臣将纳忠，又上虑欺诞，故睿诚不布于群物，物情不达于睿聪。（同上）

上文“浚恒”意为求之太过，超出恒常，出于《易·恒》：“初六，浚恒贞凶，无攸利。”此状千载以下读来，仍能感受到陆贽以道济天下自任的磅礴气象，以及不顾自身安危，一意要格君心之非的非凡勇气。难怪蔡九霞评论说：“此篇将古今帝王精勤而致理，怠荒而致乱，纳谏则得人心，拒谏则失人心之明效大验，尽情透发。”（《陆贽集》）认为后世的帝王，都应抄写一通，放在御书案上，时时翻阅。

“若贽者始可以言学矣”

然而，德宗终是听不得逆耳之言的刻核猜嫌之主，他虽表面上称许陆贽“辞理恳切，深表尽忠”，却找出一条被无数的专制暴君所用过的理由来拒谏，那就是质疑批评者的动机。德宗说一向以来，他所见上封事及奏对者，少有忠良，多是论人长短，或探测皇帝的心意，出外就以善自任，而归恶于君；又说自他即位以来，所见奏对论事大抵雷同，且多道听而涂说，稍加质问，便即辞穷。狡辩多方，总是不肯接受批评，不愿放弃一人独揽的权力。陆贽反驳道：

昔人有因噎而废食者，又有惧溺而自沉者，其为矫枉防患之虑，岂不过哉！愿陛下取鉴于兹，勿以小虞而妨大道也。(《奉天请数对群臣兼许令论事状》)

他劝德宗推诚信以待人，又谓古今圣君，孰能无过，但能改过迁善，即是盛德。针对德宗藉口“谏官论事，少能慎密，例自矜炫，归过于朕者”，陆贽说：“不密自矜，信非忠厚，其于圣德，固亦无亏。陛下若纳谏不违，则传之适足增美；陛下若违谏不纳，又安能禁之勿传？”德宗所谓“比见奏对论事，皆是雷同，道听涂说者”，陆贽则指出：“众多之议，足见人情。必有可行，亦有可畏。恐不宜一概轻侮而莫之省纳也。”而德宗自矜于对谏臣“试加质问，即便辞穷”，陆贽则点明：“陛下虽穷其辞而未尽其理，能服其口而未服其心。”何以知之呢？陆贽终究要留几分颜面给德宗，他笔锋一转，说自己每读史书，见历史上动乱多，而太平年少，原因就是君臣上下不通。何以不通呢？因君上有六弊：好胜人，耻闻过，骋辩给，炫聪明，厉威严，恣强愎；臣下亦有三弊：谄谀，顾望，畏懦。二竖相逢，自然上下不通，败可立待了：

上好胜必甘于佞辞，上耻过必忌于直谏，如是则下之谄谀者顺旨，而忠实之语不闻矣。上骋辩必剿说而折人以言，上炫明必臆度而虞人以诈，如是则下之顾望者自便，而切磨之辞不尽矣。上厉威必不能降情以接物，上恣愎必不能引咎以受规，如是则下之畏懦者避辜，而情理之说不申矣。(《奉天请数对群臣兼许令论事状》)

因陆贽上书言，泾原乱起，权臣卢杞等须负重要责任，德宗不悦，特别是陆贽批评德宗性情刻忌，正中要害：

陛下又以百度弛废，志期肃清。持义以掩恩，任法以成理。神断失于太速，睿察伤于太精。断速则寡恕于人，而疑似之间，不容辨也；察精则多猜于物，而臆度之际，未必然也。寡恕则重臣惧祸，反侧之衅易生；多猜则群下妨嫌，苟且之风渐扇。由是叛乱继起，怨讟并兴，非常之虞，亿兆同虑。惟陛下穆然凝邃，独不得闻。(《论叙迁幸之由状》)

无论是老子所倡的无为，还是孔子所倡的端拱而治，都认为人君不要自恃聪明，而应任人以成事。但德宗喜欢的却是权力集于他一人之手，以为自己真是生知睿圣的天选之君，故其待于臣下刻薄寡恩，多见臣下过失，而绝少宽宥，这就使得重臣惧怕被祸，而心生叛乱之心，一般的群臣，宁愿不作为，也不愿任事。陆贽这样讲，所针对的不是德宗所施行的政令，而是德宗的心性。

可叹的是，正大的议论，瑰玮的辞采，都无法改变德宗的本性。世上所有的专制之主，都一定会远君子而亲小人，听不进逆耳的忠言，而甘于佞人的甜言蜜语。他在流亡的路上，对陆贽无比倚仗：朱泚之乱，德宗仓皇逃往奉天，陆贽随行，“天下骚扰，远近征发，书诏一日数十下，皆出于贽”。(韩愈《顺宗实录》)当德宗患难之时，陆贽成为他最信任的人。虽有宰相在，大小事必与陆贽商议，当时称陆贽为“内相”。李怀光反后，在逃亡山南的路上，有一次从官与德宗道中相失，德宗夜召陆贽不得，怕得哭起来，下诏军中有寻得陆贽下落者，赏千金。次日陆贽谒见，德宗大喜，自太子以下皆贺。而德宗一旦回銮返朝，却仅让陆贽另领中书舍人，而没有如天下人所望的那样，任陆贽为相。贞元六年（790）陆贽母丧服满回朝，世人皆以为陆贽应该要任宰相了，德宗还是只让他权兵部侍郎。

直到贞元八年，因宰相窦参得罪去职，陆贽才得正式拜为宰相。是年陆贽三十九岁。陆贽拜宰相后，更加地以天下为己任，言事一无回讳，有人劝他不必如此地剀切，陆贽说：我上不负天子，下不负所学，哪里还有什么需要顾惜的呢？陆贽所学为何？清代朱轼、蔡世远所撰的《历代名臣传》这样说：“所学者，学为忠与孝也，学为明理而察物也，学为治国而安民也。若贽者，始可以言学矣。”然而德宗又岂是悦谏的明君？当患难之时，德宗只称他“陆九”而不名，解衣推食，无所不至，此时只觉他上奏进言，字字逆耳，终于听信裴延龄等小人谗忌之言，罢去陆贽的相职，而改任太子宾客。

贞元十一年，遭遇夏旱，军队粮草不足，军校鼓噪上诉，裴延龄乘机进谗，诬蔑陆贽等人在背后煽动。德宗趁势作怒，欲杀陆贽，谏官阳城闻而奋起，说：“不可令天子信用奸臣，杀无罪人。”即与拾遗王仲舒、熊执易、崔邠等守延英门上疏，论延龄奸佞，贽等无罪。德宗大怒，又要加罪阳城等人，幸太子为之营救，方得无事。金吾将军张万福时年八十馀，听闻谏官伏阁苦谏，遂赶往延英门，故意向德宗道贺说：“朝廷有直臣，天下必太平矣。”并遍向阳城等人下拜，以示尊敬。德宗见众意如此，只得贬陆贽为忠州别驾。

陆贽自贬忠州，谦退自保，当时的忠州刺史李吉甫，曾为陆贽所贬，但对陆贽一无怀恨，不但竭诚与之结好，且始终待以宰相礼。而陆贽青年时期的好友韦皋，更多次向德宗上表，请求让陆贽代自己做剑南节度使，却不为德宗所同意。从这两件事可以看出陆贽的为人，无论友仇，只要不是小人，都会被他的忠荩，被他的学问，被他的人格风范所倾倒。

唐顺宗即位后，特下诏起用陆贽，而诏书未至，他已先身故了。

“唐孟子”

陆贽的友人权德舆把他与汉代贾谊对比，很得后世史臣的认同：

> 尝读贾谊书，观其经制人文，铺陈帝业，术亦至矣；待之宣室，恨得后时，遇亦深矣。然竟不能达四聪而尽其善，排群议而试厥谋，道之难行，亦已久矣。东阳、绛、灌，何代无之？嘻！一薰一莸，善齐（通齍zī，盛谷物的祭器）不能同其器；方凿圆枘，良工无以措巧心。所以治世少而乱日多，大雅衰而正声寝。汉道未融，既失之于贾

傅；吾唐不幸，复摈弃于陆公。(《唐赠兵部尚书宣公陆贽翰苑集序》)

《旧唐书》陆贽传赞则说：

贽居珥笔之列，调饪之地，欲以片心除众弊，独手遏群邪，君上不亮其诚，群小共攻其短，欲无放逐，其可得乎！诗称“其维哲人，告之话言”，又有“诲尔”“听我”之恨，此皆贤人君子叹言不见用也。故尧咨禹拜，千载一时，携手提耳，岂容易哉！

还只是感慨善言难入，贤主罕遇，而《新唐书》陆贽传赞就将矛头直接指向唐德宗，可以说是非常不客气了：

德宗之不亡，顾不幸哉？在危难时听贽谋，及已平，追仇尽言，怫然以谗幸，逐犹弃梗。至延龄辈，则宠任磐桓，不移如山。昏佞之相济也！

陆贽无愧于往圣古贤，宋陆九渊称他是“唐孟子”，其实陆贽比徒为大言，不能切于事理，行之实效的孟轲，要高明太多。但如此千古罕逢的贤士，却未能尽展其抱负，殊可惋叹。权德舆说：

古人以士之遇也，其要有四焉：才、位、时、命也。仲尼有才而无位，其道不行；贾生有时而无命，终于一恸。惟公才不谓不长，位不谓不达，逢时而不尽其道，非

> 命欤？裴氏之子焉能使公不遇哉？说者又以房、魏、姚、宋逢时遇主，克致清平，陆君亦获幸时君，而不能与房、魏争列，盖道未至也。应之曰：道虽在我，弘之在人。蜚蝗竟天，农、稷不能善稼；奔车覆辙，丘、轲亦废规行。若使四君与公易时而相，则一否一臧，未可知也。而致君不及贞观、开元者，盖时不幸也，岂公不幸哉！以为其道未至，不亦诬乎？

权德舆的意思是，陆贽既不能尽展所长，只能归咎于神秘不可测的命运。唐初房玄龄、魏徵、姚崇、宋璟是闻名的贤相，但倘若与陆贽易时而处，遇到德宗这样聪明自任实则刻忌昏愦的皇帝，也不能令贞观、开元之治，再见于贞元之际。今天我们知道，这神秘不可测的命运不是别的，正是自秦以降定于一尊不受约束的皇权。

苏轼曾向宋哲宗进陆贽的奏议，冀望哲宗细读。文曰：

> 伏见唐宰相陆贽，才本王佐，学为帝师。论深切于事情，言不离于道德。智如子房，而文则过；辩如贾谊，而术不疏。上以格君心之非，下以通天下之志。三代已还，一人而已。但其不幸，仕不遇时。德宗以苛刻为能，而贽谏之以忠厚；德宗以猜疑为术，而贽劝之以推诚。德宗好用兵，而贽以消兵为先；德宗好聚财，而贽以散财为急。至于用人听言之法，治边驭将之方，罪己以收人心，改过以应天道，去小人以除民患，惜名器以待有功，如此之流，未易悉数。可谓进苦口之药石，针害身之膏肓。使德宗尽用其言，则贞观可得而复。臣等每退自西阁，即私相

告言：以陛下圣明，必喜贽议论。但使圣贤之相契，即如臣主之同时。昔冯唐论颇、牧之贤，则汉文为之太息；魏相条晁、董之对，则孝宣以致中兴。若陛下能自得师，莫若近取诸贽。夫六经三史、诸子百家，非无可观，皆足为治。但圣言幽远，末学支离，譬如山海之崇深，难以一二而推择。如贽之论，开卷了然，聚古今之精英，实治乱之龟鉴。臣等欲取其奏议，稍加校正，缮写进呈。愿陛下置之坐隅，如见贽面，反覆熟读，如与贽言。必能发圣性之高明，成治功于岁月。(《乞校正陆贽奏议进札子》)

苏轼与乃师欧阳修都是所谓“唐宋八大家”中的人物，以古文知名，但其实他们都擅长骈文，且均受陆贽文的影响。东坡此文，娓娓如道家常，对仗精工却全无骈偶的痕迹，正是陆贽奏议的一贯风格。此文是东坡进哲宗，便如陆贽自进一般。

然而一心要绍述宋神宗的“伟烈”，罔顾民生地推行新法的宋哲宗，又如何能读得下去苏轼丹心切谏的奏议？哲宗不能容苏轼，正如德宗之不能容陆贽，但哲宗并未与苏轼共尝患难，倚若长城，陆贽的际遇，更堪令千古同情者下泪。这就难怪，清初时本无挚情，徒藉“神韵”以掩饰情感不足的诗坛领袖王士禛，在拜谒了陆贽的墓后，也能写下这样深切动人的句子：

贾傅长沙谪，灵均泽畔吟。千秋同涕泪，万里更登临。剑北崎岖日，山东父老心。阳城如可作，为我助沾襟。(《屏风山谒陆宣公墓》)

陆贽的文，是载道的极则，故上下千年，堪称第一。清代孙梅著《四六丛话》，评价说：

> 案古以四六入章奏者有矣。贺奏表而外，惟荐举及进奉，则或用之。品藻比拟，此其长也。若敷陈论列，无往不可，而又纂组辉华，宫商谐协，则前无古，后无今，宣公一人而已。指事如口讲手画，说理则缕析条分。旁延景物，则兴会飞骞；远计边琐，则武库森列。大抵义蕴得自六经，而文词则《文选》烂熟也。唯公兼体，是以独擅。

今检《全唐文》，若魏徵、房玄龄等贤相，章奏议论，亦多骈语，但如陆贽一般，文多鸿篇巨制，事涉军国财用，而通用骈俪，实在罕有其伦。最为难得的是，他的奏议朗畅条达，不止感觉不到骈偶之迹，甚至可以说就是当时的白话文，此其所以为难。自中古以还，习文者或得义蕴，或得辞华，而像陆贽一样，华实并茂，义兼乎圣经，文通于翰藻的，正为前古之所无，后世亦罕觏。苏轼称其“三代已还，一人而已”，岂虚妄哉？

九 唯陈言之务去

骈文与古文即如艺术书法之于实用书写/唐宋八大家的由来/从《原道》等名篇看韩愈文章的法度/韩柳优劣

古文的格律

古文骈文皆自六经出，但骈文乃专学六经中骈偶的文字，并将之推衍到极致，遂成一精致的艺术文体；古文则主实用，初无意于艺术。直到唐代韩愈出，始极力追求文章的“气”，学者宗尚之而成家，遂使古文成为骈文外中国文章的另一大宗。

以书法喻之，骈体文就像是艺术书法，其精要在笔法，也就是写好笔画的方法。而古文则像是实用书写，只要结体谨严，字自然写得好看。骈文讲究字句，多用换字、代字二法，正像艺术书法的重视笔画。所谓换字，是以新鲜的字换去陈旧的字，以美丽的字换去平常的字；所谓代字，是以表修饰的字或比喻的字来代替本字。如王勃《滕王阁序》首段：

> 时维九月，序属三秋。潦水尽而寒潭清，烟光凝而暮山紫。俨骖騑于上路，访风景于崇阿。临帝子之长洲，得仙人之旧馆。层峦耸翠，上出重霄；飞阁流丹，下临无地。鹤汀凫渚，穷岛屿之萦回；桂殿兰宫，即冈峦之体势。

不曰“季属三秋”，而曰“序属三秋”，即以序这个新鲜的字，换去了季这个陈旧的字。“序”字有出典：“日月忽其不掩兮，春与秋其代序。”不曰“骐骥”，而曰“骖騑”，不曰“崇山”，而曰“崇阿”，皆是用新鲜之字换陈旧之字，这大概就是西方文论所常讲的“陌生化”的效果了。

文中“潦水”“寒潭”“烟光”“暮山”“鹤汀”“凫渚”“桂殿”“兰宫”选用的都是美丽的字眼，这样就使得文章有了动人的情采。

而这篇名文中“渔舟唱晚，响穷彭蠡之滨；雁阵惊寒，声断衡阳之浦”“睢园绿竹，气凌彭泽之樽；邺水朱华，光照临川之笔”，用彭蠡换掉了鄱阳，以与衡阳对仗，彭者大也，蠡者瓠瓢也，彭蠡本来只是大瓢的意思，用以形容鄱阳湖似一大瓢，这里就用来代了原来的字；睢园指西汉梁孝王在睢阳建造的菟园，园中多绿竹，梁孝王常和能文善赋之客在此饮宴，这里就代指了滕王阁；彭泽则是地名代替了人名，指曾为彭泽令的陶渊明，他的《归去来辞》有“携幼入室，有酒盈樽”之句；邺水朱华，邺水代指曹植，他曾在邺城写下《公宴诗》，中有“朱华冒绿池”之语；临川，代指曾官于临川的谢灵运。这样的代用，便是骈文的代字法了。

古文也偶有用换字、代字之处，但并非必须，古文更重视的是通篇的结构，正如实用书法的重视结体。清末侯官吴曾祺认为，古文要讲究的是“纵横驰骋之势，精微要眇之思，演迤淡宕之观，沉郁顿挫之旨”（《涵芬楼文谈》自序），而古文的这些风格特征，都得靠结构而成事。因结构得当，而形成一定的体势，也就有了古文的行气。

但是，光有好的结构，也并不一定就是好的古文。古文在修辞上也有其格律的讲求。古人所谓古文不可入时文帖括语，不可入小说俳谐语，不可入汉人笺注语，不可入宋儒学案语，这些都是古文的“律”，也即不可凌犯的戒条。至于说到古文的“格”，也即这一文体所宜到之地步，则也有它在修辞上的主张。韩愈有惩于骈文用词，多有雷同，倡导“唯陈言之务去”（《答李翊书》），其意思是文中凡三数字连用在一起为古人曾用过者，皆不可用。前人称韩文造语至工，即因他务去陈言，出语生新，这正是韩文能泽被后世，成“唐宋八大家”之首的根本原因。宋黄庭坚《答洪驹父书》谓老杜作诗，退之作文，无一字无来处，这是强调杜诗韩文的渊雅，强调杜、韩在创作过程中对前贤作品的继承，而杜诗韩文自铸伟词的一面，黄氏却未论及。

古文的高标，始则尚西汉，李清照论词，就说“王介甫、曾子固，文章似西汉，若作一小歌词，则人必绝倒，不可读也”。两汉作者，如贾谊、董仲舒、司马迁、扬雄、刘向、班固，莫不高古朴厚，初无意于文章，而文章自高，是所谓天籁之文。自南宋后，渐尚近世之文。陆游《老学庵笔记》（卷八）云：“建炎以来，尚苏氏文章。学者翕然从之。而蜀士尤盛。亦有语曰：‘苏文熟。吃羊肉。苏文生。吃菜羹。’”至明代，人们心目中已形成了“唐宋文”的概念，其后再学古文，一般都是从唐宋文入手，这是因为唐宋文有法度，学者易循涂而入。

今天我们一说古文，第一时间想起的，必定是“唐宋八大家”。八大家指唐之韩、柳，宋之欧阳修、王安石、三苏、曾巩。唐宋之善古文者，当然不止此八家，而所谓“大家”，是相对“名家”而言。明人胡应麟解释说：“偏精独诣，名家也；具范兼镕，大家也。”（《诗薮》外编卷四）所谓大家，对后世作者而言，具有典范意义，而又能镕铸不同风格，精擅各种文体或文类。大家之文章，必须是宜于仿习的。宋人吕祖谦的《古文关键》，第一次专选了八家之文，其目的是指授后学，俾习文之士得以仿作。但他所选的八家，有张未，而没有王安石，他也没有明确提出八大家之说。

一般认为到元代朱右那里，才有唐宋八大家概念之成形。朱右编《唐宋六先生文集》，所选为韩、柳、欧、王、曾及三苏之文，但他认为三苏实为一家，以苏轼作为三苏的代表，故曰“六先生”。此后明人唐顺之编《文编》，只选唐宋这八家的文，但都没有特别提出唐宋八大家的说法。真正明确提出唐宋八大家之说的是明人茅坤，其所编《唐宋八大家文钞》，第一次明确了唐宋八大家的名号。

何以明人会特别提出唐宋八大家之说？何以清人论唐宋文，亦皆对明人的说法遵行不悖？原因是明清人科举考试最重要的是八股文，即所谓“时文”，时文最注重文章的结构，而唐宋八大家在结构上最精妙，最便于学习。

文起八代之衰?

八大家里面第一个是韩愈，苏轼称韩愈的文章为“文起八代之衰”，八代谓东汉、魏、晋、宋、齐、梁、陈、隋，八代之文，即说的是骈文。这个说法恐怕有问题。骈文是古文外的中国文章另一大宗，二者均是源本六经，只是同源而异趣，骈文自有古文所不可替代的功用，又何尝是文章的衰败了？而像庾信的《哀江南赋》这样的绝大文章，韩愈更写不出。倘若依中古论文的说法，“有韵为文，无韵为笔”，韩愈擅长的只是“笔”而已，他的“文”是起不了八代之“衰”的，不但起不了，连继承八代之“盛”也做不到。至于苏轼评价韩愈“匹夫而为百世师，一言而为天下法”（《潮州韩文公庙碑》），此语唯孔子才当得起。

五代十国时所作的《旧唐书》和宋初所成的《新唐书》，对韩愈在文章上的评价颇不相同。《旧唐书》卷一一〇谓：

> 常以为自魏、晋已还，为文者多拘偶对，而经诰之指归，迁、雄之气格，不复振起矣。故愈所为文，务反近体，抒意立言，自成一家新语。后学之士，取为师法。当时作者甚众，无以过之，故世称“韩文”焉。然时有恃才肆意，亦有盭孔、孟之旨。若南人妄以柳宗元为罗池神，而愈撰碑以实之；李贺父名晋，不应进士，而愈为贺作《讳辨》，令举进士；又为《毛颖传》，讥戏不近人情：此文章之甚纰缪者。时谓愈有史笔，及撰《顺宗实录》，繁简不当，叙事拙于取舍，颇为当代所非。

《新唐书·列传一百一·韩愈》则谓：

> 每言文章自汉司马相如、太史公、刘向、扬雄后，作者不世出，故愈深探本元，卓然树立，成一家言。其《原道》《原性》《师说》等数十篇，皆奥衍闳深，与孟轲、扬雄相表里而佐佑六经云。至它文造端置辞，要为不袭蹈前人者。然惟愈为之，沛然若有馀，至其徒李翱、李汉、皇甫湜从而效之，遽不及远甚。

《旧唐书》肯定韩愈在骈文近体通行之世，而能自成一家新语的奇创，也忠实地记述了韩文在当时的影响，但更多则是对韩文的批判。《旧唐书》认为韩文泥沙俱下，多有纰缪，原因则在韩愈“时有恃才肆意，亦有盭孔、孟之旨”，要之，其文往往纵横如诸子，而有不合于经之处。这是说他的论辩文，而他的叙事文也有详略不当，疏于剪裁之处。

《新唐书》对韩文评价则截然不同。欧阳修举韩愈与司马相如、司马迁、刘向、扬雄并列，认为同属不世出之作者，又说韩文奥衍闳深，与孟轲、扬雄相表里，皆是佐佑六经的文字。《新唐书》肯定韩愈的文章立论和遣词造句，谓为“不袭蹈前人”，这一见解与《旧唐书》一致。至于说韩愈文章“沛然若有馀”，那是说韩文有一种充沛之气，这当出诸同为文章家的欧阳修敏锐的文学直觉。

然则新旧《唐书》对韩文的评价，哪一种更近实呢？我们只看对韩愈有知遇之恩，又曾在韩愈上《谏迎佛骨表》后，救了韩愈一命的宰相裴度，他对韩文的评价，当有答案。裴度《寄李翱书》云：

> 昌黎韩愈，仆识之旧矣。中心爱之，不觉惊赏，然其人信美材也。近或闻诸侪类，云恃其绝足，往往奔放，不以文立制，而以文为戏。可矣乎？可矣乎？今之作者，不及则已，及之者，当大为防焉耳。

李翱是裴度的远房表弟，又是韩愈的学生，韩愈则是裴度的下属，裴度此信，大要在对李翱畅谈文章之道，他不需要顾忌对方的身份，故这段话应看作是裴度对韩文的真实见解。而的确，韩愈虽以载道自任，其泽被后世者，并不是其思想，而是其文章的法度。

对韩愈的推崇从欧阳修开始。欧阳修不只推崇韩愈的文，同样推崇韩愈的诗，韩愈诗也如其文，不肯受唐诗主流风格的牢笼，而在文辞上有其独特的创造。欧阳修之重视韩文韩诗，不只是因文学品味的相近，更因思想上之相契。宋代以前，儒学偏于荀子，自韩愈《读〈荀子〉》一文，称“孟氏，醇乎醇者也；荀与杨（扬雄），大醇而小疵”，宋人因之，遂开后世孔孟并称，以孟乱孔的道学时代。

崇孟而抑荀，也即是信道德而不信制度，而其本质则是对人性之认识的不同。孟子认为人性善，这既不合于孔子认为人性有差等的一贯思想，更不符合人性的真实。宋儒因孟子性善之说，而发挥说人性无有不善，所不善者是气质而非人性，这样必然通向道德至上，而对普通人的人性造成极端的压抑。韩愈是崇孟抑荀的始作俑者，自然被认为是文以载道的典范。

从《原道》看古文之法度

然而韩愈之文，绝不如他的座师陆贽的文那样粹美醇至，依本经术；韩文之价值，在于其有法度，便于后人的摹习。

如韩愈的名文《原道》，在被选入《唐宋八大家文钞》里时，茅坤作题解说“若一下打破，分明如时论中一冒、一承、六腹、一尾”，即是说该文起承转合之法，与八股文一致。

此文首先以四句破题，揭明他所谓“道德”之大旨：“博爱之谓仁，行而宜之之谓义，由是而之焉之谓道，足乎己，无待于外之谓德。”此即茅坤所谓“冒”，也就是八股文的破题。

再顿住一笔，把仁义道德四项提絜清楚：“仁与义为定名，道与德为虚位。故道有君子小人，而德有凶有吉。”这是八股文的承题。

再接下来说："老子之小仁义，非毁之也，其见者小也。坐井而观天，曰'天小'者，非天小也。彼以煦煦为仁，孑孑为义，其小之也则宜。其所谓道，道其所道，非吾所谓道也。其所谓德，德其所德，非吾所谓德也。"树立靶子，以作驳论，是八股文的起讲。

再并引出下文的一篇之主旨，则为八股的领题：

> 凡吾所谓道德云者，合仁与义言之也，天下之公言也。老子之所谓道德云者，去仁与义言之也，一人之私言也。

以上是将文章第一段"打破"后按八股文的结构来做的分析，可见出韩愈文法的波澜起伏。他在议论之中，忽插入一句比喻："坐井而观天，曰'天小'者，非天小也。"遂使文章有了骀荡之姿。

韩愈又以两段"孰从"的感慨，分作两股说。此即八股文所谓起比。第一股说的是孔子既没，道遂不明，杨、墨乱于周秦，老、佛乱于汉以后，以杨、墨为宾，引出老、佛之主：

> 周道衰，孔子没，火于秦，黄老于汉，佛于晋、魏、梁、隋之间。其言道德仁义者，不入于杨，则归于墨；不入于老，则归于佛。入于彼，必出于此。入者主之，出者奴之。入者附之，出者污之。噫！后之人其欲闻仁义道德之说，孰从而听之？

他的遣词造句的确高明已极，无一费辞，"火于秦，黄老于汉，佛于晋、魏、梁、隋之间"，火、黄老、佛皆是活用名词如动词，道前人之所未道。且又注意音韵节奏，“入者主之”与“入者附之”，主、附押暗韵，“出者奴之”与“出者污之”，奴、污押暗韵。“入者主之”直至“孰从而听之”，节奏上由前四句的整齐从容，一转为后三句的参差沉郁，极见作文行气之法度。

第二股就老、佛之说更推作波澜：

> 老者曰：‘孔子，吾师之弟子也。’佛者曰：‘孔子，吾师之弟子也。’为孔子者，习闻其说，乐其诞而自小也。亦曰：‘吾师亦尝师之’云尔。不惟举之于其口，而又笔之于其书。噫！后之人虽欲闻仁义道德之说，其孰从而求之？

“噫”字以后，照应前文“后之人其欲闻仁义道德之说，孰从而听之”，这样文章遂有排比之势，就显得气足神完。

“甚矣，人之好怪也！不求其端，不讯其末，惟怪之欲闻”，是一篇的枢纽，八股文中则谓之“小束出题”。这四句将题目点出，意在说明，何以仁义道德之说，不如老、佛之说那么眩惑人心。

以下三段，则八股文所谓“三大股”，包括了中比、后比和束比，围绕着老、佛之言，与老、佛之法，展开驳议。

先驳老、佛之言：

> 古之为民者四（**即士、农、工、商**），今之为民者六（**加上了道士和尚**）。古之教者处其一（**谓儒生**），今之教者处其三（**谓儒释道**）。农之家一，而食粟之家六。工之家一，而用器之家六。贾之家一，而资焉之家六。奈之何

> 民不穷且盗也？古之时，人之害多矣。有圣人者立，然后教之以相生相养之道。为之君，为之师。驱其虫蛇禽兽，而处之中土。寒，然后为之衣；饥，然后为之食；木处而颠，土处而病也，然后为之宫室。为之工，以赡其器用；为之贾，以通其有无；为之医药，以济其夭死；为之葬埋祭祀，以长其恩爱；为之礼，以次其先后；为之乐，以宣其湮郁；为之政，以率其怠倦；为之刑，以锄其强梗。相欺也，为之符玺、斗斛、权衡以信之；相夺也，为之城郭甲兵以守之。害至而为之备，患生而为之防。今其言曰："圣人不死，大盗不止。剖斗折衡，而民不争。"呜呼！其亦不思而已矣。如古之无圣人，人之类灭久矣。何也？无羽毛鳞介以居寒热也，无爪牙以争食也。

此段先从经济入手，而及于礼乐刑政，指出老、佛之学，意在否定圣人在人类社会的引导作用，其说揆诸史实，绝不可通。其中的对偶，一是古今之比，二是圣人之言与老、佛之言的对比。

再驳老、佛之法：

> 是故君者，出令者也；臣者，行君之令而致之民者也；民者，出粟米麻丝，作器皿，通货财，以事其上者也。君不出令，则失其所以为君；臣不行君之令而致之民，则失其所以为臣；民不出粟米麻丝，作器皿，通货财，以事其上，则诛。今其法曰："必弃而君臣，去而父子，禁而相生相养之道。"以求其所谓清净寂灭者。呜呼！其亦幸而出于三代之后，不见黜于禹、汤、文、武、

> 周公、孔子也；其亦不幸而不出于三代之前，不见正于禹、汤、文、武、周公、孔子也。

先驳老、佛之言，再驳老、佛之法，本就隐藏着对偶的思想，而本段又隐含着三处对偶。一是君、臣、民三位一体的儒家之道，与弃去君臣父子相生相养之道的老、佛之法的对偶；二是老、佛之法幸出于三代之后与不幸而不出于三代之前的对偶，三是将君、臣、民三者排比，如鼎足之相对。

它的对偶，不如骈文在句式上那样地齐整，它把对仗的句子解放了出来，但对偶的思想却是明显存在的。

束比则曰：

> 帝之与王，其号虽殊，其所以为圣一也。夏葛而冬裘，渴饮而饥食，其事虽殊，其所以为智一也。今其言曰："曷不为太古之无事？"是亦责冬之裘者曰："曷不为葛之之易也？"责饥之食者曰："曷不为饮之之易也？"传曰："古之欲明明德于天下者，先治其国；欲治其国者，先齐其家；欲齐其家者，先修其身；欲修其身者，先正其心；欲正其心者，先诚其意。"然则古之所谓正心而诚意者，将以有为也。今也欲治其心而外天下国家，灭其天常，子焉而不父其父，臣焉而不君其君，民焉而不事其事。孔子之作《春秋》也，诸侯用夷礼则夷之，进于中国则中国之。经曰："夷狄之有君，不如诸夏之亡。"《诗》曰："戎狄是膺，荆舒是惩。"今也举夷狄之法，而加之先王之教之上，几何其不胥而为夷也。

这一部分意在说明儒家学说因时制宜，老、佛之学，违圣悖智，乃夷狄之法，故决不可从。亦处处用对偶。

文言必须讲求用虚字，虚字使用不当，即不得谓为纯正之文言。我们只看“曷不为葛之之易也”“曷不为饮之之易也”，两句中各有两个“之”字，运用得诚然是出神入化。“葛之”“饮之”的“之”，是作为语助词，它们之后的“之”，则是用在主谓之间，取消句子的独立性。于重复中生变化，的确是大家手笔。

《原道》的末段，是八股所谓“落下”，有收拾全篇之意。先重述起首的话，以作呼应：

> 夫所谓先王之教者，何也？博爱之谓仁，行而宜之之谓义，由是而之焉之谓道，足乎己无待于外之谓德。

再用儒家为道之易明，为教之易行，与老、佛之言之法的怪诞作比：

> 其文《诗》《书》《易》《春秋》；其法礼、乐、刑、政；其民士、农、工、贾；其位君臣、父子、师友、宾主、昆弟、夫妇；其服麻、丝；其居宫、室；其食粟米、果蔬、鱼肉。其为道易明，而其为教易行也。是故以之为己，则顺而祥；以之为人，则爱而公；以之为心，则和而平；以之为天下国家，无所处而不当。是故生则得其情，死则尽其常。郊焉而天神假，庙焉而人鬼飨。曰：“斯道也，何道也？”曰：“斯吾所谓道也，非向所谓老与佛之道也。尧

以是传之舜，舜以是传之禹，禹以是传之汤，汤以是传之文、武、周公，文、武、周公传之孔子，孔子传之孟轲，轲之死，不得其传焉。荀与扬也，择焉而不精，语焉而不详。由周公而上，上而为君，故其事行。由周公而下，下而为臣，故其说长。”

“其为道易明”至“庙焉而人鬼飨”，明、行、祥、公、平、当、常、飨等字，在上古韵中通韵，“荀与扬也”至“故其说长”，扬、详、行、长又押韵。在通篇不押韵的行文中，忽插以两小节押韵的文字，遂使文气更加淋漓。

最后则提出解决之法：

然则如之何而可也？曰：“‘不塞不流，不止不行’。人其人，火其书，庐其居。明先王之道以道之，鳏寡孤独废疾者有养也。其亦庶乎其可也！”

“人其人，火其书，庐其居”三句最可揣摩。不曰“焚其书”而曰“火其书”，为的是用名词的“火”与“人”“庐”形成对仗。这样，三个名词都是使动用法，即使其还为士、农、工、商之四民，使其书被火，使其庙观为庐之意。

《论语》中孔子有“攻乎异端，斯害也已”之语，这话的意思是，与异端的思想相磨治——攻即他山之石可以攻玉之攻——这样祸害就会完结。但到了韩愈这里，异端思想成了他必欲除之而后快的敌人。这种想法专政君主最喜闻之，因思想定于一尊，最便于奴役人民，故韩愈所原之道，非尧舜禹汤文武周孔之道，乃韩愈自道其道而已。

游戏之文，亦有深意

《旧唐书》称韩愈《毛颖传》“讥戏不近人情”，此文通篇用拟人手法来写毛笔，极尽嬉笑怒骂之能事，其源出于汉代之俳谐文，后世仿《毛颖传》者也络绎不绝。此文善于刻画，描摹物态，穷形尽相，句句从毛笔的特征写起，而又隐然是一自具首尾之故事。如说毛笔头由兔毫制成，则曰：

> 毛颖者，中山人也。其先明眎，佐禹治东方土，养万物有功，因封於卯地，死为十二神。尝曰：“吾子孙神明之后，不可与物同，当吐而生。”已而果然。明眎八世孙䨲，世传当殷时居中山，得神仙之术，能匿光使物，窃姮娥、骑蟾蜍入月，其后代遂隐不仕云。居东郭者曰㕙，狡而善走，与韩卢争能，卢不及。卢怒，与宋鹊谋而杀之，醢其家。

首句“毛颖，中山人也”用蔡邕《笔论》：“若迫于事，虽中山兔豪不能佳也。”明眎用《礼记·曲礼》下：“兔曰明眎。”卯地，十二神，皆谓兔为卯，是十二生肖之一。王充《论衡·奇怪篇》：“兔吮毫而怀子，及其子生，从口而出。”韩愈写来就涉笔成趣，他把这个传说写成了一个完整的小故事：“尝曰：‘吾子孙神明之后，不可与物同，当吐而生。’已而果然。”这个故事实是对正史中各种感孕而生的大人物的戏仿与调谑。本来，月宫中有兔与蟾蜍的传说已深入人心，韩愈却能别出心裁，谓月中之兔，其名为䨲（nóu），意即刚出生的幼兔，它生当殷商之时，因得神仙之术，遂窃姮娥，骑蟾蜍飞升入月。又用《战国策·齐策》三之典：“齐欲伐魏，淳于髡谓齐王曰：‘韩子卢者，天下之疾犬也，东郭逡（㕙）者，海内之狡兔也。韩子卢逐东郭逡（㕙），环山者三，腾山者五，兔极于前，犬废于后，犬兔俱罢，各死其处。’”韩卢、宋鹊，是两条良犬名。韩愈活用典故，遂使文章极见波澜。

他更戏仿《史记》中“太史公曰”的笔法，写道：

> 太史公曰：毛氏有两族。其一姬姓，文王之子，封于毛，所谓鲁、卫、毛、聃者也。战国时，有毛公、毛遂。独中山之族，不知其本所出，子孙最为蕃昌。《春秋》之成，见绝于孔子，而非其罪。及蒙将军拔中山之豪，始皇封诸管城，世遂有名，而姬姓之毛无闻。

这样写的作用何在呢？其作用在把历史上真实存在的毛姓名人，与作者虚构的中山毛颖之族，打混在一起，从而增加笔下人物的真实感。

作者最后感叹：

> 颖始以俘见，卒见任使。秦之灭诸侯，颖与有功，赏不酬劳，以老见疏，秦真少恩哉！

他实是自伤身世，故而这样的一篇俳谐之文，写得牢骚满腹。

此文可与其《进学解》相参看。唐德宗时，韩愈为监察御史，上疏极言宫市之弊而得罪，贬阳山令。唐宪宗元和七年（812），复为博士，久不见迁，于是仿汉代东方朔《客难》、扬雄《解嘲》，而作《进学解》。《进学解》是一篇韵文，文中“业精于勤，荒于嬉；行成于思，毁于随”，“沉浸醲郁，含英咀华；作为文章，其书满家。上规姚姒，浑浑无涯；周诰、殷《盘》，佶屈聱牙；《春秋》谨严，《左氏》浮夸；《易》奇而法，《诗》正而葩”早成不朽的名句。此文假设作者以国子博士的身份，向太学诸生训话，而遭到太学生的反驳，作者再对之解喻，故名《进学解》。此文中有“口不绝吟于六艺之文，手不停披于百家之编，纪事者必提其要，纂言者必钩其玄。贪多务得，细大不捐”，及“冬暖而儿号寒，年丰而妻啼饥。头童齿豁，竟死何裨”等语，与《毛颖传》中谓“颖为人强记而便敏”，谓皇帝“见其发秃，又所摹画不能称上意”，皆与韩愈的现实人生相合。即此可知，韩愈的所谓游戏之文，其实亦有其深意在，本不足为病。头童之童，本指童山，即无草木之山，语本《孟子·告子上》，韩愈用来比喻头秃，后世即用为常语。

韩柳文之比较

后人以唐人文章，韩柳齐名，亦犹唐诗中之有李杜。但欧阳修的老师晏殊却更推崇柳宗元，云：

> 韩退之扶导圣教，铲除异端，是其所长。若其祖述《坟》《典》，宪章《骚》《雅》，上传三古，下笼百氏，横行阔视于缀述之场，子厚一人而已。（宋·陈善《扪虱新话》卷二引）

柳宗元各体皆能得其精，而韩愈无论写任何一体——琴操、骚、诗、赋，其实都只是押韵的散文。韩愈之新，在其能破除成习，而继承不足；柳宗元之雅，在其能尽得文体之奥，而能极其伟观。比如，韩愈的《感二鸟赋》，其文辞就迥异于一般的赋，而更像是散文：

出国门而东骛，触白日之隆景。时返顾以流涕，念西路之羌永。过潼关而坐息，窥黄流之奔猛。感二鸟之无知，方蒙恩而入幸。惟进退之殊异，增余怀之耿耿。彼中心之何嘉，徒外饰焉自逞。余生命之湮厄，曾二鸟之不如。汩东西与南北，恒十年而不居。辱饱食其有数，况策名于荐书。时所好之为贤，庸有谓余之非愚？

柳宗元的《佩韦赋》就纯是赋的本色了：

邈予生此下都兮，块天质之悫醇。日月迭而化升兮，霈遁初而枉神。雕大素而生华兮，汩末流以丧真。睎往躅而周章兮，懵倚伏其无垠。世既夺予之大和兮，眷授予以经常。循圣人之通途兮，郁纵臾而不扬。犹悉力而究陈兮，获贞则于典章。嫉时以奋节兮，悯已以抑志。登嵩丘而垂目兮，瞰中区之疆理。横万里而极海兮，颓风浩其四起。恟惊怛而踯躅兮，恶浮诈之相诡。思贡忠于明后兮，振教导乎遐轨。纷吾守此狂狷兮，惧执竞而不柔。探先哲之奥谟兮，攀往烈之洪休。曰沉潜而刚克兮，固谠人之嘉猷。嗟行行而踬踣兮，信往古之所仇。彼穹壤之廓殊兮，寒与暑而交修。执中而俟命兮，固仁圣之善谋。

比较之下，显然韩愈的赋更像白话，不如柳赋之深切有味。不过，韩愈的赋中自有一股奔猛之气，可以救其不足。

单以古文论，韩文胜在法度，而柳文胜在清通简要。

如柳宗元的著名短文《桐叶封弟辨》的开头：

古之传者有言：成王以桐叶与小弱弟戏，曰："以封汝。"周公入贺。王曰："戏也。"周公曰："天子不可戏。"乃封小弱弟于唐。吾意不然。

他只用"吾意不然"四字，即将古之传说一笔抹倒，接下来说：

王之弟当封邪，周公宜以时言于王，不待其戏而贺以成之也。不当封邪，周公乃成其不中之戏，以地以人与小弱者为之主，其得为圣乎？

他指出唐叔如果当封，周公即应在适当的时机劝周成王，如果唐叔不当封，周公竟将孩童不合中道的游戏当真，把土地人民交给完全没有执政经验的唐叔，这样还能称得上是圣人吗？

接下来又另起一义：

且周公以王之言不可苟焉而已，必从而成之邪？设有不幸，王以桐叶戏妇寺，亦将举而从之乎？

他假设说，假使成王以桐叶戏封给妇人、宦官，难道也要认为是“天子不可戏”的金口玉言吗?

遂推论道：

> 凡王者之德在行之何若，设未得其当，虽十易之不为病。要于其当，不可使易也。而况以其戏乎！若戏而必行之，是周公教王遂过也。

这一段又极有力，他说王者的德行不在于说话是否算数，而在于行为是否符合于道义，倘使未当其当，哪怕无数次变易话言，又有何关系？而契约合于道义，就决不能变易。更何况这个口头契约，不过是游戏罢了。如果戏言也必须付诸行动，那就是周公教成王去把错误进行到底了。

接着又推己以及人，推今以见古，再做断语云：

> 吾意周公辅成王，宜以道，从容优乐，要归之大中而已，必不逢其失而为之辞。又不当束缚之，驰骤之，使若牛马然，急则败矣。且家人父子尚不能以此自克，况号为君臣者邪！是直小丈夫缺缺者之事，非周公所宜用，故不可信。

吴楚材、吴调侯总评道：“前幅连设数层翻驳，后幅连下数层断案，俱以理胜，非尚口舌便便也。读之反复重叠愈不厌，如眺层峦，但见苍翠。”（《古文观止》卷九）其文一层深于一层，平静中实寓强大的逻辑力量。

柳宗元又深于诗法，在本文的结尾说："或曰：封唐叔，史佚成之。"曲终奏雅，馀味不尽。

韩柳都是泛观百家，而能成就其大的文章家。但韩对先秦文的继承，主要在文辞上，如《平淮西碑》有云：

> 皇帝曰："惟天惟祖宗所以付任予者，庶其在此。予何敢不力？况一二臣同，不为无助。"曰："光颜！汝为陈许帅，维是河东、魏博、郃阳三军之在行者，汝皆将之。"曰："重胤！汝故有河阳、怀，今益以汝。维是朔方、义成、陕、益、凤翔、鄜延、宁庆七军之在行者，汝皆将之。"曰："弘！汝以卒万二千，属而子公武往讨之。"曰："文通！汝守寿，维是宣武、淮南、宣歙、浙西、徐泗五军之行于寿者，汝皆将之。"曰："道古！汝其观察鄂岳。"曰："愬！汝帅唐、邓、随，各以其兵进战。"曰："度！汝长御史，其往视师。"曰："度！惟汝予同，汝遂相予，以赏罚用命不用命！"曰："弘！汝其以节都统诸军。"曰："守谦！汝出入左右，汝惟近臣，其往抚师。"曰："度！汝其往，衣服饮食予士。无寒无饥，以既厥事。遂生蔡人，赐汝节斧，通天御带，卫卒三百。凡兹廷臣，汝择自从。惟其贤能，无惮大吏。庚申，予其临门送汝。"曰："御史！予悯士大夫战甚苦，自今以往，非郊庙祠祀，其无用乐。"

这一段文章全学《尚书》，一力营造"佶屈聱牙"的辞气。这样文字自然有了古奥之意。

而柳宗元更多地继承了先秦文的精神。如他的《种树郭橐驼传》，借种树人郭橐驼为寓言，其文字决非《庄子》，而其精神则纯然《庄子》。

文中的郭橐驼，“不知始何名。病偻，隆然伏行，有类橐驼者，故乡人号之‘驼’。驼闻之，曰：‘甚善。名我固当。’因舍其名，亦自谓橐驼云。”其人之畸于人而侔于天，纯任自然，不以外物萦怀之姿，呼之欲出。

郭橐驼之能，在善种树，其所种树，即使迁徙亦无不活，他植者纵然窥伺效慕，也做不到。有人问郭橐驼何以能为此，橐驼说出这样一番道理：

> 橐驼非能使木寿且孳也，能顺木之天，以致其性焉尔。凡植木之性，其本欲舒，其培欲平，其土欲故，其筑欲密。既然已，勿动勿虑，去不复顾。其莳也若子，其置也若弃，则其天者全而其性得矣。故吾不害其长而已，非有能硕茂之也；不抑耗其实而已，非有能早而蕃之也。

所谓“木之天”，就是木之天性，木之自然。柳宗元此文结构极其简易，讲完橐驼种树“能顺木之天，以致其性”，再反说“他植者则不然”：“爱之太恩，忧之太勤，旦视而暮抚，已去而复顾，甚者爪其肤以验其生枯，摇其本以观其疏密”，这样“而木之性日以离矣。虽曰爱之，其实害之；虽曰忧之，其实仇之。”结构上不过是正反对照而已，称不上有什么法度。但行文到此，柳宗元自然而然代读者来问：“问者曰：‘以子之道，移之官理，可乎？’”遂引出下文更精彩的议论：

> 驼曰："我知种树而已，官理，非吾业也。然吾居乡，见长人者好烦其令，若甚怜焉，而卒以祸。旦暮吏来而呼曰：'官命促尔耕，勖尔植，督尔获，早缫而绪，早织而缕，字而幼孩，遂而鸡豚。'鸣鼓而聚之，击木而召之。吾小人辍飧饔以劳吏者，且不得暇，又何以蕃吾生而安吾性耶？故病且怠。若是，则与吾业者其亦有类乎？"

有大智慧的为政者，都懂得对人民愈多干预，社会发展愈差劣的道理，只有顺应民情，给人民以自由，社会才能良性发展。柳宗元此文，真足为当道者戒。像这样的文章，韩愈是作不出来的，他既然认为政府可以对老、佛之徒"人其人、火其书、庐其居"，也就必然认为政府可以在必要的时候，任意干预人民的生活，与郭橐驼的"顺木之天"的思想难以相容。

韩之诚不如柳

当然，此或者是韩愈的时代局限，可置不论。韩愈文章的根本毛病在于，他未能做到"修辞立其诚"。

章士钊轩轾韩柳，以韩愈的《平淮西碑》与柳宗元《平淮夷雅》对比，认为韩不如柳，其说甚有力，虽起欧阳修于地下，恐亦难为韩分辨。

此二文写作背景一样。元和中唐室用丞相裴度计，以丞相征据蔡州以叛的吴元济，韩愈为行军司马。淮蔡平定后，诏命韩愈作《平淮西碑》，韩愈此文欲令裴度专美，将雪夜平蔡州而擒得吴元济的名将李愬，压抑下来，与诸将功等。碑成后，当时有石孝忠者，心甚不服，大力推碑几倒，被吏所执，又杀吏将事闹大，直至宪宗阙下，当面诉冤云：

> 臣一死未足以塞责，但得面天颜，则赤族无恨矣。臣事李愬岁久，以贱，故给事无不闻见。平蔡之日，臣从在军前。且吴秀琳，蔡之奸贼也，而愬降之；李祐，蔡之骁将也，而愬擒之。蔡之爪牙，脱落于是矣。及元济缚，虽丞相与二三辈，不能先知也。蔡平之后，刻石纪功，尽归乎丞相，而愬第其名，与光颜、重胤齿。愬固无所言矣，设不幸更有一淮西，其将略为愬者，复肯为陛下用乎？（罗隐《说石烈士》）

宪宗遂令磨去韩碑，而改由翰林学士段文昌重撰。韩愈此文，宋代孔平仲评曰：

> 观《李愬传》，平蔡之功奇伟如此。其得李祐，虽待以赤心无疑，然固亦捐死以徼幸也。而《平淮西碑》乃抑与诸将等，欲裴度专美。儒者见偏而言不公如此，以退之之贤，不免此蔽也。（《孔氏杂说》卷二）

章士钊指出柳之《平淮夷雅》，以李愬与裴度并列，合于当时之公言，诚为恰如其分，而韩愈抑李愬而扬韩弘，韩弘寄赠人事绢五百匹，“致使退之上表申谢，丑迹流于后世。退之撰文，其心迹之不可考如此。”又云：

> 子厚《上李愬启》曰：“宗元身虽陷败，而其论著往往不为世屈，意者殆不可自薄自匿，以坚斯时。”论著不为世屈语，自负何等深至？而退之《进碑表》则云：“臣自知最为浅陋，顾贪恩待，趋以就事，丛杂乖戾，律吕失次，强颜为之，以塞诏旨，罪当诛死。”气度何乃卑下一至于此？(《柳文指要》卷一)

今观韩愈《平淮西碑》，在正文中云：

> 淮蔡不顺，自以为强。提兵叫唤，欲事故常。始命讨之，遂连奸邻。阴遣刺客，来贼相臣。方战未利，内惊京师。群公上言，莫若惠来。帝为不闻，与神为谋。乃相同德，以讫天诛。

主写裴度之断，而下文“乃敕颜、胤、愬、武、古、通，咸统于弘，各奏汝功”，则把平蔡功劳第一的李愬，与李光颜、乌重胤、韩公武、李道古、李文通等量齐观，倘若人们不知事实，仅看此碑，还以为韩弘之大功乃在李愬之上呢！

而柳宗元的《平淮夷雅》二篇，《皇武》篇歌颂丞相裴度统率全局之功，《方城》篇称美李愬入擒大酋，卒平淮西，这才是切当得体之文。

无可否认，韩愈的才力极大，他在文辞上的创造力使得他的任何文体，都有着其极具辨识度的风格。但光具才美，却没有正确的思想，绝非时代之福。而最可怕的，则是打着道德旗号的错误思想，对后世为害之烈，尤不可想象。

十

立天下之节，成一代文章

从柳开、尹师鲁到欧阳修/欧阳修的载道之文/颍州之会与一代文脉的转移/苏轼的信仰以及因守定信仰而遭受的苦难/苏轼与宋神宗/苏轼与王安石/苏轼平生第一伟大之文字/苏轼之死

宋初古文之复兴

五代文章承骈俪之习，而渐蹈浅弱之敝，在北宋初年，第一位大声疾呼，倡导古文的是柳开。柳开是北方大名府人，年才十三岁，就敢持剑逐盗。强盗逾墙而逃，他追上去斩断了强盗的两根足趾。他仰慕韩愈、柳宗元的文字，遂自名“肩愈”，字绍先。又再改名“开”，字“仲涂”，意即能开圣道之涂。但儒家的道，本极富忧患意识，是大众不能承受之重，宋初天下太平，世人终究更加欣赏丰赡华美的盛世文章，杨亿、刘筠的骈文仍占据文坛的主导地位。这就像是唐代全盛时期，殷璠选《河岳英灵集》，自王维、王昌龄、储光羲以下二十四人，诗二百三十四首，却没有杜甫的地位一样。因为《河岳英灵集》重视的是兴象，以高远绵淡为尚，注重的是文辞声律之美，那全然是盛世文章的标格，杜甫深沉苦涩的诗味，是难以为当时人所接受的。

其时又有郓州人穆修，以古文而称于世。穆修性情刚介，卒至穷死，但一时士大夫称能文者必曰穆参军，以其曾补颍州文学参军的缘故。而从其游的苏舜元、苏舜钦兄弟，也有文名。当时为古文者尚有尹洙、范仲淹等人。尹洙字师鲁，以字行，欧阳修说是“天下之士识与不识皆称之曰师鲁”。他由馆阁校勘充太子中允，正逢天章阁待制范仲淹被贬往饶州，朝廷贴出敕榜，戒百官不得与范仲淹相朋党。师鲁上奏曰：“仲淹忠亮有素，臣与之义兼师友，则是仲淹之党也。今仲淹以朋党被罪，臣不可苟免。”遂贬监唐州酒税。

师鲁明于武备，深于治乱，所著《叙燕》《息戍》二篇，为世传颂。后因得韩琦赏识，长在军中，对西夏兵事尤所熟悉。《宋史》本传说“其为兵制之说，述战守胜败之要，尽当时利害”，又说他“博学有识度，尤深于《春秋》”，可见师鲁无意于专力为文，只是他的学问根柢和人生阅历决定了他不能不倾向于去华显朴的古文。

师鲁风骨气节，震动朝野。尤所难者，是他对范仲淹的不阿所好。陈师道《后山诗话》记载说，范仲淹《岳阳楼记》用对语说时景，世以为奇，师鲁读之，反曰：“《传（zhuàn）奇》体尔。”《传奇》是唐代裴铏所著小说，此书以骈体、诗赋描写人物和场景，以散体叙写故事，如《裴航》一篇中的两段描写：

> 及褰帷，而玉莹光寒，花明丽景，云低鬟鬓，月淡修眉，举止烟霞外人，肯与尘俗为偶。

> 因还瓯，遽揭箔，睹一女子，露浥琼英，春融雪彩，脸欺腻玉，鬓若浓云，娇而掩面蔽身，虽红兰之隐幽谷，不足比其芳丽也。

古代文体务求纯粹，最忌杂糅，古文中不是不可以用骈句，但一般骈句都用来议论，以增加行文之气。而裴铏用骈语描摹物象，便显雕镂刻意，既不能得骈文潜气内转之妙，又有损于古文的真朴之气，故为师鲁所不取。《岳阳楼记》亦然。其曰：

> 不以物喜，不以己悲。居庙堂之高则忧其民，处江湖之远则忧其君。是进亦忧，退亦忧。然则何时而乐耶？其

必曰“先天下之忧而忧，后天下之乐而乐”乎？

用骈语以议论，神完气足，经史中本有此一体，当然没有问题。但范文在写景的文字中用了骈语，就显得刻意铺陈，当时人以为新奇，其实远则与赋体相似，近则与裴铏的小说家言雷同，总之，去作为文家典范的经史之文远甚。

当时人习惯读骈文，对整饬的句式，自然有对仗的心理期待。但范仲淹文以数句齐整的句子排比，又多不对仗，这样读起来就感觉文气不够顺畅。其曰“衔远山，吞长江”，看来是要写作骈体了，可是接下来“浩浩汤汤，横无际涯；朝晖夕阴，气象万千”又完全不对，仅仅是句式上的排比，在这四句中，“朝晖夕阴”又作句内对，十分突兀。以下“然则北通巫峡，南极潇湘，迁客骚人，多会于此，览物之情，得无异乎”，“北通巫峡，南极潇湘”是对了，“迁客骚人，多会于此”又完全不对，这样上两句的对仗就是跨踔孤行，难与为偶了。

至于以下两段：

> 若夫淫雨霏霏，连月不开，阴风怒号，浊浪排空；日星隐曜，山岳潜形；商旅不行，樯倾楫摧；薄暮冥冥，虎啸猿啼。登斯楼也，则有去国怀乡，忧谗畏讥，满目萧然，感极而悲者矣。
>
> 至若春和景明，波澜不惊，上下天光，一碧万顷；沙鸥翔集，锦鳞游泳；岸芷汀兰，郁郁青青。而或长烟一空，皓月千里，浮光跃金，静影沉璧，渔歌互答，此乐何极！登斯楼也，则有心旷神怡，宠辱偕忘，把酒临风，其

喜洋洋者矣。

何处对仗，何处不对仗，全无规律可循。“春和景明”“心旷神怡”是两个孤零零的句内对，“淫雨霏霏”本该与“阴风怒号”，“商旅不行”本该与“薄暮冥冥”隔行悬对，然而事实上却是“淫雨霏霏”“薄暮冥冥”这两句完全不该成对的句子远远相对。“岸芷汀兰，郁郁青青”本该相对，然而却是这两句自家成句内对。这样的散体，就像胡适的《尝试集》，是“缠过脚后来放大了的”样子。想来师鲁并不因自己习古文便恶诋范氏之文，他只是不接受文体的杂糅罢了。

必须指出，尽管自文体言之，《岳阳楼记》颇多不足，然而却无愧为千古之名文，原因乃在于，它在文字之中，体现出作者伟大的情操、高尚的志节，是载道的宏文。

文与道俱

尹师鲁是欧阳修写古文的引路人。欧阳修早岁工于骈俪之文，试于国学、南宫，皆魁于天下。至任河南推官，从师鲁游，乃力学韩愈文。欧阳修早膺巍第，晚更显宦，一直做到参知政事的副宰相之职，更能奖引后进，尤精识人，曾巩、王安石、苏洵父子，皆在布衣时蒙其赏誉擢拔。以他这样的身份地位，来提倡古文，较之柳开、穆修、尹洙辈，自然是事半功倍的了。

文学史上不乏因显宦而率一时之风气的例子，如明代“三杨”的台阁体诗，清代王士禛的神韵一脉，但都不能持久。唯独欧阳修及宋五家（曾、王、三苏）的古文，却能与唐之韩柳并峙，后世尊为文章轨则，效习不辍，其故安在呢？

原因便在于，欧阳修承接韩愈的精神，以道统自任，至其为人，又能以风节自持，在台谏任上，论事切直，人视之如仇而不惧，平生与人尽言无所隐。他的文品就是他的人品，将“文以载道”之义发挥到极致，故能为当时及后世学者所推崇。

有两件事可见欧阳修的为人。

一是范仲淹因上疏言事，被贬往饶州，在廷大臣多论救，司谏高若讷独以为当黜。欧阳修写信给高若讷，谴责其不复知人间有羞耻事，遂遭告发，因贬为夷陵令。后范仲淹使陕西，要征辟他做掌书记，欧阳修笑着说：“昔者之举，岂以为己利哉？同其退不同其进可也。”辞而不赴。（“同其退，不同其进”是化用的《论语》“与其进也，不与其退也”。）

另一事是他在夷陵令任上，无以自遣，常取诸前任所断案件反复观之，发现枉直乖错不可胜数，于是仰天叹道：“以荒远小邑，且如此，天下固可知。”从此遇事不敢稍有轻忽。有学者求见，他只谈吏事，不论文章，认为文章止于润身，政事可以及物。在担任地方官期间，不做政绩工程，不求声誉，为政宽简，以不扰民为先，故所历诸郡，百姓称便。

欧阳修幼年丧父，由其母郑氏鞠育长大。郑氏曾对他讲过他父亲欧阳观为官时，常常半夜还详审官书，每见死刑犯无法减刑，就废书长叹。感慨说：“求其生而不得，则死者与我皆无恨。……夫常求其生，犹失之死，而世常求其死也。”（《宋史·欧阳修列传》）欧阳修闻此语，服膺终身。故刘熙载《文概》评他的《新五代史》诸论，以为“深得畏天悯人之旨”，其他文章“亦多恻隐之意”。

《新五代史》在体例上颇多创新，如《家人传》《死节传》《死事传》《一行传》《杂传》等，皆前史所未见。他解释各国臣传及杂传之分，曰：

> 呜呼！孟子谓“春秋无义战”，予亦以谓五代无全臣。无者，非无一人，盖仅有之耳，余得死节之士三人焉。其仕不及于二代者，各以其国系之，作梁、唐、晋、汉、周臣传。其馀仕非一代，不可以国系之者，作《杂传》。夫入于《杂》，诚君子之所羞，而一代之臣未必皆可贵也，览者详其善恶焉。(《新五代史·梁臣传》)

他将列传分为臣传与杂传的原则是，凡仕不及于二代的，则入臣传；仕非一代，也就是朝代改易后，仍继续为官的，则入杂传。这样的划分方法，显然是以《春秋》义理为本，寓褒贬于分别部居之中了。尤其情溢乎辞，读其传论，可以想见其人之耿介。

《伶官传序》是千古为人传诵的一篇名文。此文短小精悍，先扬后抑，借批判唐庄宗之失国，而引出“忧劳可以兴国，逸豫可以亡身”的大道理。他是以情主文，开端即是一通情见乎辞的感慨：

> 呜呼，盛衰之理，虽曰天命，岂非人事哉！原庄宗之所以得天下，与其所以失之者，可以知之矣。

再娓娓叙写庄宗得国的过程，文笔简古：

> 世言晋王之将终也，以三矢赐庄宗而告之曰：“梁，

> 吾仇也；燕王吾所立，契丹与吾约为兄弟，而皆背晋以归梁。此三者，吾遗恨也。与尔三矢，尔其无忘乃父之志!”庄宗受而藏之于庙。其后用兵，则遣从事以一少牢告庙，请其矢，盛以锦囊，负而前驱，及凯旋而纳之。方其系燕父子以组，函梁君臣之首，入于太庙，还矢先王而告以成功，其意气之盛，可谓壮哉!

接写庄宗失国，更不烦枝蔓：

> 及仇雠已灭，天下已定，一夫夜呼，乱者四应，苍皇东出，未及见贼而士卒离散，君臣相顾，不知所归，至于誓天断发，泣下沾襟，何其衰也!

“何其衰也”照应着前文的“可谓壮哉”，这样叙事中洋溢着充沛的感情，这是欧文的一大特色。刘熙载说他“文几于史公之洁，而幽情雅韵，得骚人之指趣为多”(《艺概·文概》)，则其文一是简洁，二是富于感情。有感情，自能以情主文，以气行文，而不劳经营，无蕲于法度了。

此文末段，欧阳修感慨说：

> 岂得之难而失之易欤?抑本其成败之迹而皆自于人欤?《书》曰:“满招损，谦得益。”忧劳可以兴国，逸豫可以亡身，自然之理也。故方其盛也，举天下之豪杰莫能与之争；及其衰也，数十伶人困之，而身死国灭，为天下笑。夫祸患常积于忽微，而智勇多困于所溺，岂独伶人也哉!

这段文字仍是带感情的议论，固不止以思想之深刻猛锐见长。

特别需要指出的是，这一段话虽是古文，但仍寓以骈体之法。“岂得之难而失之易欤”与“抑本其成败之迹而皆自于人欤”，在意思上是对偶的，但形式上却是散体，“方其盛也”与“及其衰也”所引出的句子亦然。而“忧劳可以兴国，逸豫可以亡身”及“夫祸患常积于忽微，而智勇多困于所溺”本就是对仗精工的骈语。《文心雕龙·丽辞》云：“唐虞之世，辞未极文，而皋陶赞云：‘罪疑惟轻，功疑惟重。’益陈谟云：‘满招损，谦受益。’岂营丽辞，率然对尔。”凡名言隽语，多宜骈偶，这不是刻意去经营的结果，而是文气自然流行所致。

《新五代史》中，最有名的史论，要数对冯道的见解。冯道字可道，早年是燕王刘守光的掾（yuàn）属，历仕后唐、后晋、后汉、后周，而始终不失崇位，自号长乐老。欧阳修在其本传中，以《春秋》义法暗寓其严贬之意：

> 道为人，能自刻苦为俭约。……道少能矫行以取称于世，及为大臣，尤务持重以镇物，事四姓十君，益以旧德自处。然当世之士无贤愚皆仰道为元老，而喜为之称誉。……议者谓道能沮太祖之谋而缓之，终不以晋、汉之亡责道也。然道视丧君亡国亦未尝以屑意。

而在《杂传第四十二》之前，欧阳修还专门著了一篇史论，就直接责之以无廉耻了：

> 传曰:“礼义廉耻，国之四维；四维不张，国乃灭亡。”善乎，管生之能言也！礼义，治人之大法；廉耻，立人之大节。盖不廉，则无所不取；不耻，则无所不为。人而如此，则祸乱败亡，亦无所不至，况为大臣而无所不取不为，则天下其有不乱，国家其有不亡者乎！予读冯道《长乐老叙》，见其自述以为荣，其可谓无廉耻者矣，则天下国家可从而知也。

欧阳修的文章，往往开头高屋建瓴，先树立一崇高之义，以为一篇之主，下来的文字就可以完全依靠文气来推进了。此文引《管子》“礼义廉耻，国之四维”之说，发挥浃当，陈义至高，对冯道的批判，虽只寥寥数语，而能掷地有声，其秘密便在于此。

因《杂传》中自有冯道的本传，故欧阳修在史论里对冯道的人生出处只是一语带过，下文陡转向对五代儒者的整体批判，尤其出人意表:

> 予于五代得全节之士三，死事之臣十有五，而怪士之被服儒者以学古自名，而享人之禄、任人之国者多矣。然使忠义之节，独出于武夫战卒，岂于儒者果无其人哉？岂非高节之士恶时之乱，薄其世而不肯出欤？抑君天下者不足顾，而莫能致之欤？孔子以谓“十室之邑，必有忠信”，岂虚言也哉！

从古文批评的术语来说，这一段叫作“陡起波澜”，就是要挑战读者的思维惯性。

尚须注意者，上文虽简古，却层次井然。先感慨五代全节死事之儒的难得，再垫上一步，问道："然使忠义之节，独出于武夫战卒，岂于儒者果无其人哉？"接着意思又一转，意存忠厚，为当时人作辩解："岂非高节之士恶时之乱，薄其世而不肯出欤？抑君天下者不足顾，而莫能致之欤？"这段话的大意是，五代时天下大乱，真正的高节之士，都处在江湖之远，山林之深，不肯为时君所用，言外之意是，那些朝堂上的儒者，并非真正的儒者。最后引孔子语，既是为了说明，五代全节死事之士难见，只因为我们所采的儒者的"样本"不够多，更有承上启下之效。

文章的末段，再翻进一层，承接上文"孔子以谓'十室之邑，必有忠信'，岂虚言也哉"，以女子之有节，而反衬冯道辈的无廉耻：

> 予尝得五代时小说一篇，载王凝妻李氏事，以一妇人犹能如此，则知世固尝有其人而不得见也。凝家青、齐之间，为虢州司户参军，以疾卒于官。凝家素贫，一子尚幼，李氏携其子，负其遗骸以归。东过开封，止旅舍，旅舍主人见其妇人独携一子而疑之，不许其宿。李氏顾天已暮，不肯去，主人牵其臂而出之。李氏仰天长恸曰："我为妇人，不能守节，而此手为人执邪？不可以一手并污吾身！"即引斧自断其臂。路人见者环聚而嗟之，或为弹指，或为之泣下。开封尹闻之，白其事于朝，官为赐药封疮，厚恤李氏，而笞其主人者。呜呼，士不自爱其身而忍耻以偷生者，闻李氏之风宜少知愧哉！

“以一妇人犹能如此，则知世固尝有其人而不得见也”是对上文的呼应，这样文章就环环相扣，散而不分。文末的感慨极富感情，欧阳修用对李氏的崇高礼赞代替对冯道辈的强烈批判，深寓其荷道自任的情怀。

李氏的故事十分血腥，今人受新文化运动以来的意识形态的影响，大抵会认为是“封建礼教”毒害妇女的明证，然而这个故事要讲的是，有人把尊严看得比生命更重要。世人皆愿颂裴多菲之名句：“生命诚可贵，爱情价更高。若为自由故，二者皆可抛。”既然我们能认可有人把爱情、自由看得高于生命，我们就不宜对有人把尊严、廉耻看得高于生命而存有鄙薄之心。倘若没有那些把尊严、廉耻看得高于生命的人存在，我们今天还在被秦始皇帝的后代统治着。因为安心做奴隶正是从出让尊严、廉耻开始的。

不过，孔子以为，“君子之于天下，无适也，无莫也，义之与比。”（《论语·里仁》）朱熹解释说，適音丁历反，即与“嫡”字通假，意为“专主”，也就是只忠于一人，莫之义与適相反，是不肯之意。朱熹的解释当符合孔子的原意，在春秋之世，孔子历干七十馀君而无所用，他对仕何邦，事何君，只求义之所安，而不会自始至终，忠于一家一姓。

作为欧阳修的弟子的苏辙，就不大同意欧阳修的见解，反而替冯道讼冤。苏辙举了两位先秦的闻人为例，说明事二主不足为病。一是管仲，齐桓公杀公子纠，召忽做了公子纠的“死事之臣”，管仲未与公子纠同死，而做了齐桓公的丞相。孔子不但不罪管仲，反而盛称其仁，且谓：“管仲相桓公，霸诸侯，一匡天下，民到于今受其赐。微管仲，吾其被发左衽矣！岂若匹夫匹妇之为谅也，自经于沟渎而莫之知也。”（《论语·宪问》）二是晏婴。晏婴与崔杼俱事齐庄公，崔杼弑君而立景公。晏子不为齐庄公而死，反而说了一番道理：

> 君死安归？君民者，岂以陵民？社稷是主。臣君者，岂为其口实，社稷是养。故君为社稷死，则死之，为社稷亡，则亡之。若为己死，而为己亡，非其私昵，谁敢任之？且人有君而弑之，吾焉得死之，而焉得亡之？将庸何归？（《左传·襄公二十五年》）

晏子的观点是：做君主，应该为了守护社稷，而不该为了控制人民；做大臣，是为了治国安邦，而不该为了俸禄。君为社稷而亡，臣当与之偕亡，君为己而死，臣又非其私昵，不存在为其殉死的道德义务。

苏辙认为，冯道在功业上当然比不上管仲，但较诸晏子，未为甚愧。冯道在朝，民赖以安。他说“议者诚少恕哉”，少恕的议者，应该也包括欧阳修在内。

明代李贽，更直截了当引孟子之说为冯道辩护：

> 冯道自谓长乐老子，盖真长乐老子也。孟子曰：“社稷为重，君为轻。”信斯言也，道知之矣。夫社者所以安民也，稷者所以养民也，民得安养而后君臣之责始塞。君不能安养斯民，而后臣独为之安养斯民，而后冯道之责始尽。今观五季相禅，潜移默夺，纵有兵革，不闻争城。五十年间，虽历经四姓，事一十二君并耶律契丹等，而百姓卒免锋镝之苦者，道务安养之力也。（李贽《藏书·吏

隐外传》)

李贽说君臣之职，在安民养民，其君不能安养百姓，冯道反能安养之，故冯道历仕四代十君，又何足为病？说到底，君臣的关系，就是职业经理人与资方的关系罢了。

宋太祖结束了五代瓜分豆剖的局面，而统一了汉文化地区。统一的国家需要统一的意识形态，欧阳修的思想，正符合了时代的要求，故能产生深远影响。其后理学大行于世，也因它符合了大一统的国家对意识形态的要求。

从今天的价值观来看，苏辙、李贽之论无疑更合理。但不可否认，欧阳修及其后理学家对道德的推崇，的确起到厚人伦、美教化、移风俗的作用，也诚能砥砺士行，使得后世士人在面对强权的压迫、外来的侵略时，能奋起抵抗，殒身不恤。这些士人是真正的民族脊梁，值得我们永远地礼敬。

从欧阳修到苏轼

最能承欧阳修之学的，是他的学生苏轼。苏轼知颍州时，所为《祭欧阳文忠公夫人文》(题亦作《颍州祭欧阳文忠文》)，深情回忆自己少年时对欧阳修的仰慕："轼自龆龀，以学为嬉。童子何知，谓公我师。昼诵其文，夜梦见之。"他说自己在尚是无知的孩童时，就已经把欧阳修当作老师了，心中蓄积着列于门墙之志，乃至形于梦寐。

苏轼于嘉祐二年（1057）应礼部试，欧阳修任主考，读其《刑赏忠厚之至论》，大为惊喜，想要擢为第一，但又担心是门下生曾巩所为，遂抑为第二。苏轼又以《春秋》对义居第一，殿试中乙科，自此才以书函相谢诸考官。《谢欧阳内翰书》娓娓入情，而竟能将欧阳修胸中素有之心，发泄无馀，这不止需要过人的学识与惊人的聪明，更需要性情上的极端相契。其文曰：

轼窃以天下之事，难于改为。自昔五代之馀，文教衰落，风俗靡靡，日以涂地。圣上慨然太息，思有以澄其源，疏其流，明诏天下，晓谕厥旨。于是招来雄俊魁伟敦厚朴直之士，罢去浮巧轻媚丛错采绣之文，将以追两汉之馀，而渐复三代之故。士大夫不深明天子之心，用意过当，求深者或至于迂，务奇者怪僻而不可读，馀风未殄，新弊复作。大者镂之金石，以传久远；小者转相摹写，号称古文。纷纷肆行，莫之或禁。

盖唐之古文，自韩愈始。其后学韩而不至者为皇甫湜。学皇甫湜而不至者为孙樵。自樵以降，无足观矣。伏惟内翰执事，天之所付以收拾先王之遗文，天下之所待以觉悟学者。恭承王命，亲执文柄，意其必得天下之奇士以塞明诏。轼也远方之鄙人，家居碌碌，无所称道，及来京师，久不知名，将治行西归，不意执事擢在第二。惟其素所蓄积，无以慰士大夫之心，是以群嘲而聚骂者，动满千百。亦惟恃有执事之知，与众君子之议论，故恬然不以动其心。犹幸御试不为有司之所排，使得搢笏跪起，谢恩于门下。

闻之古人，士无贤愚，惟其所遇。盖乐毅去燕，不复一战，而范蠡去越，亦终不能有所为。轼愿长在下风，与宾客之末，使其区区之心，长有所发。夫岂惟轼之幸，亦执事将有取一二焉。不宣。

此文为鸣谢主考的赏鉴知遇，使俗手为之，必涉周旋阿谀，而苏轼一开头就将欧阳修之赏识自己，提高到倡导一代之文风的高度。当时士子尚为险怪奇涩之文，号称“太学体”，欧阳修痛加排抑，遂至毕事后，嚣薄学子当街拦住欧阳修的马头，群噪不已。苏轼敏感地发现欧阳修的趣尚，但他对向之“太学体”意存忠厚，认为是对五代文风的矫枉过正。这样委宛入情，为不及己者稍作辩护，更显胸襟的开阔，身份的尊崇。

以下论唐以来古文渊源，点出欧阳修文章的成就，谓可与韩愈相颉颃，淡淡数语，恭维得当。再谦抑自处，谓“轼也远方之鄙人”，及不上“天下之奇士”，而竟蒙欧公擢拔，已是望外之喜；更谓受千百人群嘲而聚骂，以因有欧公的知遇及诸考官的认可，而恬然不动于心，其实是更曲折一层说欧公恩遇之厚。殿试之上，欧阳修是否出力，苏轼并不知道，故只是说：“犹幸御试不为有司之所排。”

最后，苏轼引古人之才杰者为喻，说明“士无贤愚，唯其所遇”，深望能列为欧公之门下士，不言感激，而感激之情，溢于言表。

欧阳修的挚友梅圣俞也于同时得苏轼谢函，并以相示。此信论古今取士之趣舍不同，谓古之君子，欲以知人，只需看其诗赋，何其简而约；后世风俗薄恶，欲得朴诚君子，不止要听其言，更要观其行，遂并看策论，然迩来取士，考诗赋、观策论已渐沦于为难举子，何其详且难。他指出梅圣俞之赏拔自己，纯因其“慨然有复古之心”，自谦“长于草野，不学时文，词语甚朴，无所藻饰”，能为梅氏所赏鉴，乃因梅氏“欲抑浮剽之文，故宁取此以矫其弊”，不过是人生的一次幸遇，故而“感荷竦息，不知所裁”。此文自然中流露出苏轼敦厚真率的诗人性情，亦大得梅氏称赏。欧阳修给梅氏覆信说：“读轼书，不觉汗出，快哉快哉！老夫当避路，放他出一头地也。可喜可喜。”

言为心声，欧阳修一下子发现这位青年极醇和极忠厚的气象，并以为未来斯文一脉，非此子不能弘扬。四十三年后（1100），苏轼知颍州，回忆与欧阳修初见，写道：“十有五年，乃克见公。公为拊掌，欢笑改容：此我辈人，馀子莫群。我老将休，付子斯文。再拜稽首：过矣公言。虽知其过，不敢不勉。”（《祭欧阳文忠公夫人文》）从嘉祐二年（1057）欧阳修与苏轼相见的那一天起，有宋一朝的文脉，就从欧阳修转移到苏轼的身上。

苏轼步入仕途，际遇之佳，历代罕有其匹。先得欧阳修之赏识，以巍科擢第；嘉祐六年，二十六岁的苏轼更参加宋代专门选拔卓异人才的制举考试，应对制策，入三等，其弟苏辙亦入四等。仁宗皇帝回宫，兴奋地对曹皇后说：“吾为子孙得两宰相！”宋代称制举为大科，为科举诸科之首，有宋三百年，仅举行二十二次，及格者四十一名。制举共分五等，一、二等皆虚数，入三等即为上等。自宋初行制举，唯吴育与苏轼入三等。直至南宋结束，入三等者亦仅四人。

宋英宗在藩邸，即已知道苏轼的文名，登基后，想直接召为翰林，知制诰。宰相韩琦却认为，苏轼诚是远大之器，但骤然破格，反易引起天下之士的反感，是爱之反而害之矣。英宗又欲令其修注，韩琦仍不允，只同意授与馆阁中近上贴职，且必须再行制举。英宗说，考试是为了看一个人能力足任否，苏轼难道还会能力不足吗？韩琦仍然坚持制度的公正，遂命苏轼再试二论。这次苏轼又一次入三等，天下更无异辞，遂入翰林为学士。苏轼是极忠厚的，他得知韩琦的坚持后，当面道谢，说道：“公可谓爱人以德矣！”

只论是非，不论利害

但苏轼在神宗朝，就开始了他的艰难颠沛的生涯。

神宗熙宁二年（1069），苏轼父丧毕，服满回朝，参知政事王安石一向不喜其议论与己相违，遂安排他以殿中丞、直史馆授官告院，成为负责文武官员委任及封赠的闲官。但苏轼仍要抗疏言事，敢言的声华，动于朝野，司马光亦自谦敢言不及苏轼、孔文仲。

熙宁三年，殿试始用策论，神宗本想差苏轼任考官，但王安石认为苏轼“所学乖异”，不可衡士，遂差充殿试编排官。如果是一般的官员，也就渊默自处了，苏轼却以举子的口吻，痛陈是非，言无顾忌。当年以策论取士，入甲科者语多谄谀，苏轼不胜愤懑，以为“自今以往，相师成风，虽直言之科，亦无敢以直言进者。风俗一变，不可复返，正人衰微，则国随之”，遂自为策论以直言切谏。他直指神宗“先入之言，已实其中，邪正之党，已贰其听，功利之说，已动其欲，则虽有皋陶、益稷为之谋，亦无自入矣，而况于疏远愚陋者乎”（《拟进士对御试策并引状问》），如此谔谔敢言，需要惊人的勇气。他所谨守不移的道，就是他的磐石般坚诚的信仰。正因心中把定了信仰，这才能置生死于度外，如他自己所说，“若乃尽言以招祸，触讳以忘躯，则非臣之所恤也”。

神宗、王安石与苏轼之间的根本歧异，在于前二者追求功利，而苏轼却信仰“国不以利为利，以义为利”(《大学》)；前二者相信国富则民丰，君强则邦固，苏轼却信仰“民为贵，社稷次之，君为轻”(《孟子》)。神宗出的策题里问：“生民以来，称至治者必曰唐虞成周之世，诗书所称，其迹可见。以至后世贤明之君，忠智之臣，相与忧勤，以营一代之业，虽未尽善，然要其所成就，亦必有可言者。其详著之”。苏轼答道：

> 其施设之方，各随其时而不可知。其所可知者，必畏天，必从众，必法祖宗。故其言曰：“戒之戒之。天惟显思。命不易哉。”又曰：“稽于众，舍己从人。”又曰：“丕显哉，文王谟。丕承哉，武王烈。”诗书所称，大略如此。未尝言天命不足畏，众言不足从，祖宗之法不足用也。

苏轼引据经典，说明凡治世秉政之君臣，必心存畏敬，决不至妄言“天命不足畏，众言不足从，祖宗之法不足用”，这“三不足”，翻用的是王安石的名言“天变不足畏，祖宗不足法，人言不足恤”。神宗得此策，以示安石，安石强按怒火，言道：苏轼虽有高才，但所学不正，今又以不得逞之故，遂有此跌宕之文。并请神宗贬黜之。当时两朝元老，向神宗举荐安石的曾公亮赶紧说：苏轼不过有些不同意见，哪里就有什么罪过呢？过了几天，王安石又来找神宗说：

> 陛下何以不黜轼，岂为其才可惜乎！譬如调恶马，须

> 减刍秣，加棰扑，使其贴服乃可用。如轼者，不困之使自悔而绌其不逞之心，安肯为陛下用！且如轼辈者，其才为世用甚少，为世患甚大，陛下不可不察也。（清黄以周等辑注《续资治通鉴长编拾补》卷七）

你不服，就要打到你服。苏轼这样的绝代仙才，在王安石眼中，只与马匹等价。马性活泼，不肯就范，就不给它饭吃，就要鞭打，直到它肯听话。一副专横的面孔。王安石容不下任何不同意见：吕公著、韩维，是安石藉以立声誉的；欧阳修、文彦博，曾向朝廷力荐安石的；富弼、韩琦，曾为安石上级而有擢拔之恩的；司马光、范镇，平日与安石处朋友关系很好的，一概排斥不遗馀力。欧阳修见朝政日非，乞致仕，冯京请神宗挽留，王安石竟说，欧阳修附丽韩琦，吹捧韩琦是社稷之臣，这样的人，在一郡则坏一郡，在朝廷则坏朝廷，留之何用？神宗乃许欧阳修退休。其人之刚愎凉薄，可见一斑。对向日之恩人尚且如此，更不要说他素蓄不满的苏轼了。

王安石这样的性情，以为文人，每能著为出人意表之奇文；以为执政大臣，适足为天下之害。正因他不能兼听，身边也就聚拢了一群阿谀的小人，最后身为所信任的吕惠卿所卖。古来专制者，莫不如是，最终落得孤家寡人的下场。

神宗虽信用王安石，但毕竟性情平和得多，对苏轼未加怪罪。熙宁四年，王安石欲行新法，拟变科举，兴学校，他的主张是声病偶对之文，无益于圣王之道，不如专意经义，要罢诗赋及明经诸科，专以经义、论、策试进士。又认为贡举不足以取人材，须另兴建学校，以培养之。神宗诏令都堂集议，苏轼认为不能以“有用”“无用”评判教育的内容，他说：“自文章而言之，则策论为有用，诗赋为无益；自政事言之，则诗赋、策论均为无用矣。”（《议学校贡举状》）他指出，自唐以来，以诗赋得为名臣者不可胜数，近世士人希迎有司，剽窃经史以为己之所论，有司如何分辨？且策论无规矩准绳，故学之易成，无声病对偶，故考之难精，其弊有甚于诗赋。如杨亿文章华靡，为政则无愧忠清鲠亮之士，孙复、石介，明经通义，施之政事，则迂阔矫诞之士而已。

苏轼的见解极其深刻。自孔子开始，儒家就极重视诗教，因诗赋是人的性情的体现，难以作假，而思想立场却是可以伪装的。临民者如果没有淳厚的性情，只会残民虐民，以满足其功利。且诗赋乃雅言，以诗赋取士，必驱使天下士子追求高雅，而一旦习惯成自然，入仕后自然常怀谦抑之心。为官者如鄙陋无文，做事大多胡来。

苏轼举仁宗朝推行庆历新政，立学失败为例，说明变更成法，是“徒为纷乱，以患苦天下”之举。苏轼问道：“陛下视祖宗之世，贡举之法，与今为孰精？言语文章，与今为孰优？所得文武长才，与今为孰多？天下之事，与今为孰辨？”只此数语，足令神宗动颜。苏轼更指出，王安石欲废诗赋，专取策论之议，只会选拔出希迎上意之人，而无以获致真正的人才。他指出：“夫欲兴德行，在于君人者修身以格物，审好恶以表俗，孟子所谓‘君仁莫不仁，君义莫不义’，君之所向，天下趋焉。若欲设科立名以取之，则是教天下相率而为伪也。”偏偏后世望之不似人君之辈，最喜以圣王自任，自己尽可以穷奢极侈，却要天下人恭默受训，如果不是遭遇神宗，而是遇上明之朱元璋，清之雍正、乾隆，只此数语，苏轼就可能人头落地了。

神宗得苏轼此状，即行召见，温勉有加。虽仍颁谕罢诗赋，用策论，但兴学校之议未遽施行。苏轼又上《谏买浙灯状》，反对朝廷减价采买浙灯四千馀盏，说："陛下游心经术，动法尧舜，穷天下之嗜欲，不足以易其乐，尽天下之玩好，不足以解其忧，而岂以灯为悦者哉。此不过以奉二宫之欢，而极天下之养耳。然大孝在乎养志，百姓不可户晓，皆谓陛下以耳目不急之玩，而夺其口体必用之资。卖灯之民，例非豪户，举债出息，畜之弥年。衣食之计，望此旬日。陛下为民父母，唯可添价贵买，岂可减价贱酬?"状上，神宗即下诏罢之。

神宗天性好学，为太子时，请问常至日晏忘食。在神宗去世后，宣仁太后告诉苏轼，神宗饮食停箸，多看苏轼文字，常常感叹："奇才，奇才!"对于苏轼的才具，神宗衷心欣赏，对于苏轼的切直敢言，神宗也未必反感。但何以苏轼在神宗朝一贬再贬，更因乌台诗案，险些丢了性命呢？何以在神宗去世，哲宗因年幼未得亲政，宣仁太后摄政的元祐年间，苏轼亦不能见容于与王安石政见相左的司马光等人？这是由苏轼的性情所决定了的。苏轼死后，苏辙为祭文，称其"刚而塞"，即守死善道，终身不迁之意。苏轼一生，只论是非，不论利害，唯道之所存、心之所安是求，故而坎壈终身。

苏轼所守之道，与神宗、王安石之道，适成冰炭，以故其志抑不得申。苏轼与历史上因为自身性格弱点而郁郁不得志的才人完全不同，他的性情极真淳，为人极谦和，全无恃才傲物之气。其著《贾谊论》，感慨"非才之难，所以自用者实难。惜乎！贾生，王者之佐，而不能自用其才也"，认为"夫君子之所取者远，则必有所待；所就者大，则必有所忍。古之贤人，皆负可致之才，而卒不能行其万一者，未必皆其时君之罪，或者其自取也”。可见其立论之忠厚，用心之良苦。他分析说：“夫绛侯亲握天子玺而授之文帝，灌婴连兵数十万，以决刘、吕之雌雄，又皆高帝之旧将，此其君臣相得之分，岂特父子骨肉手足哉？贾生，洛阳之少年。欲使其一朝之间，尽弃其旧而谋其新，亦已难矣。”入情入理，是深明人性的通透语。他甚至为贾谊擘画：“为贾生者，上得其君，下得其大臣，如绛、灌之属，优游浸渍而深交之，使天子不疑，大臣不忌，然后举天下而唯吾之所欲为，不过十年，可以得志。安有立谈之间，而遽为人‘痛哭’哉！”“痛哭”，指的是贾谊《治安策》中的名言：“臣窃惟事势，可为痛哭者一，可为流涕者二，可为长太息者六。”

从苏轼论贾谊，可知其明于出处之道，也懂得包容、妥协。哲宗元祐年间，苏轼致书张耒，论王安石之强天下同于己，曰：

> 文字之衰，未有如今日者也。其源实出于王氏。王氏之文未必不善也，而患在好使人同己。自孔子不能使人同，颜渊之仁，子路之勇，不能以相移。而王氏欲以其学同天下。地之美者，同于生物，不同于所生，惟荒瘠斥卤之地，弥望皆黄茅白苇，此则王氏之同也。（《答张文潜县丞书》）

他认为有影响力的人，要尊重人们思想、学问的不同，如腴美之地，百草竞繁，荒卤之地，则仅生茅草芦苇。这样的见解，出诸民主之世的政治家，毫不为奇，乃竟出于君主专制时代的苏轼，是何等之光耀！

但是，尽管苏轼具有忠厚的性情、中庸的人格，却依然不能一骋其志。根源便在于，他对道的坚守，使得他始终不能为当道者所赏擢。亦正因他守死善道，在以司马光为首的旧党上台，全盘推翻王安石所变之法时，他又不顾利害，为王安石的免役之法作辩护，遂又为旧党所不容。《宋史》本传评曰：

> 仁宗初读轼、辙制策，退而喜曰："朕今日为子孙得两宰相矣。"神宗尤爱其文，宫中读之，膳进忘食，称为天下奇才。二君皆有以知轼，而轼卒不得大用。一欧阳修先识之，其名遂与之齐，岂非轼之所长不可掩抑者。天下之至公也，相不相有命焉。呜呼！轼不得相，又岂非幸欤？或谓："轼稍自韬戢，虽不获柄用，亦当免祸。"虽然，假令轼以是而易其所为，尚得为轼哉？

"假令轼以是而易其所为，尚得为轼哉？"一句足令读者下泪。苏轼之所以是我们所热爱的苏轼，便在于他服膺圣道，终身不易，死且不避，造次必于是，颠沛必于是。

苏轼平生第一伟大之文字

熙宁四年（1071）二月，因前上《议学校贡举状》立蒙神宗召见，谏罢买浙灯又得神宗首肯，苏轼更贾其馀勇，向神宗上了万言书，备陈王安石新法之害。神宗所支持的王安石新法，本质是加强政府对民间经济的干预与支配，必然损害民间经济的活力，必然严重破坏生产力，是欲国家富强乃反以兴贪饕，民渐不聊生矣。

苏轼上神宗的万言书，堪称他平生第一伟大之文字。刘熙载说：“东坡文，亦孟子，亦贾长沙、陆敬舆；亦庄子，亦秦、仪。”（《艺概·文概》）此文雄辩富真气，长于设譬，近于《孟子》；切事明当，正反相成，则又近于贾谊、陆贽。东坡政论文字，往往类此。

此文开头先自请极谏之罪，恭维神宗有容人之度、兼听之明，极类陆贽奏疏：

> 臣近者不度愚贱，辄上封章言买灯事。自知渎犯天威，罪在不赦，席藁私室，以待斧钺之诛，而侧听逾旬，威命不至，问之府司，则买灯之事，寻已停罢。乃知陛下不惟赦之，又能听之，惊喜过望，以至感泣。何者？改过不吝，从善如流，此尧舜禹汤之所勉强而力行，秦汉以来之所绝无而仅有。顾此买灯毫发之失，岂能上累日月之明，而陛下翻然改命，曾不移刻，则所谓智出天下，而听于至愚，威加四海，而屈于匹夫。臣今知陛下可与为尧舜，可与为汤武，可与富民而措刑，可与强兵而伏戎虏矣。（《上神宗皇帝书》）

再陈述自己之所以敢冒天威、犯圣颜，纯出于爱君之心：

> 有君如此，其忍负之。惟当披露腹心，捐弃肝脑，尽力所至，不知其它。乃者，臣亦知天下之事，有大于买灯者矣，而独区区以此为先者，盖未信而谏，圣人不与，交浅言深，君子所戒，是以试论其小者，而其大者固将有待

> 而后言。今陛下果赦而不诛，则是既已许之矣，许而不言，臣则有罪，是以愿终言之。

文中可圈可点之处颇多，疏散中寓对偶，读之隽语名言，纷披而见。这一段曲折入情，备见苏轼的忠厚，曾国藩乃谓其“失之冗漫”（曾国藩《鸣原堂论文》），说是汉唐制科对策的通病，又认为影响到清代京曹奏疏，“首段亦多浮词”。不知此在他人，或多系浮词，在苏轼，则纯为天性流露，备见其爱君不忘的忠悃。文章议事叙写，皆不甚难，所难者入情而已，苏轼文与乃师欧阳修相似，正以入情为长。

苏轼洋洋近万言，只要说三事：结人心、厚风俗、存纪纲。以下分别论之。

论结人心，则曰：

> 人心之于人主也，如木之有根，如灯之有膏，如鱼之有水，如农夫之有田，如商贾之有财。木无根则槁，灯无膏则灭，鱼无水则死，农夫无田则饥，商贾无财则贫，人主失人心则亡。此必然之理，不可逭之灾也。其为可畏，从古以然。苟非乐祸好亡，狂易丧志，则孰敢肆其胸臆，轻犯人心？

“如木之有根”至“人主失人心则亡”，排比设譬，文气充溢言表。又言新法设制置三司条例司，殊失人心，则曰：

> 驱鹰犬而赴林薮，语人曰，我非猎也，不如放鹰犬而

兽自驯；操网罟而入江湖，语人曰，我非渔也，不如捐网罟而人自信。

曾国藩评曰：“善言事者，每于最难明之处设譬喻以明之，东坡诗文皆以此擅长。”（曾国藩《鸣原堂论文》）可谓切中肯綮。他如文中论青苗及均输钱之弊：“今有人为其主牧牛羊，不告其主，而以一牛易五羊。一牛之失，则隐而不言，五羊之获，则指为劳绩。陛下以为坏常平而言青苗之功，亏商税而取均输之利，何以异此？”亦正如此。在议论中忽插入譬喻，行文遂别具跌宕之姿。

苏轼博学君子，凡立一论，必证之以古史陈迹，本朝掌故，这样文章自然典雅可观。如论青苗法之不当行，先站在神宗立场设论：“人知陛下方欲力行，必谓此法有利无害。以臣愚见，恐未可凭。”再述自己在陕西刺义勇任上，所见“愁怨之民，哭声振野”，而当时奉使还朝者，皆言民尽乐为。遂指出“希合取容，自古如此”，即引秦二世、唐玄宗为喻：“不然，则山东之盗，二世何缘不觉，南诏之败，明皇何缘不知。”

论均输之不可行，则举汉代故事为证：

昔汉武之世，财力匮竭，用贾人桑弘羊之说，买贱卖贵，谓之均输。于时商贾不行，盗贼滋炽，几至于乱。孝昭既立，学者争排其说，霍光顺民所欲，从而予之，天下归心，遂以无事。不意今者此论复兴。

这样不止文章有说服力，更显典雅。此段看似支蔓，实则紧扣主题。“顺民所欲，从而予之，天下归心，遂以无事”十六字，全是扣住“结人心”而发。

其论厚风俗，则曰：

> 夫国家之所以存亡者，在道德之浅深，不在乎强与弱；历数之所以长短者，在风俗之厚薄，不在乎富与贫。道德诚深，风俗诚厚，虽贫且弱，不害于长而存；道德诚浅，风俗诚薄，虽强且富，不救于短而亡。人主知此，则知所轻重矣。是以古之贤君，不以弱而忘道德，不以贫而伤风俗，而智者观人之国，亦以此而察之。

他列举前史往迹，证明国运之存亡修短，在道德风俗。其文看似骈散结合，实则散句亦寓偶对之意，这样文字自然潜气内转，譬如双轮之车，略一推动，自然前行：

> 齐至强也，周公知其后必有篡弑之臣。卫至弱也，季子知其后亡。吴破楚入郢，而陈大夫逢滑知楚之必复。晋武既平吴，何曾知其将乱；隋文既平陈，房乔知其不久。元帝斩郅支，朝（cháo）呼韩，功多于武、宣矣，偷安而王氏之衅生；宣宗收燕赵，复河湟，力强于宪、武矣，消兵而庞勋之乱起。

其论存纪纲，则曰：

> 今者物论沸腾，怨讟交至，公议所在，亦可知矣，而相顾不发，中外失望。夫弹劾积威之后，虽庸人亦可奋

> 扬，风采消委之馀，虽豪杰有所不能振起。臣恐自兹以往，习惯成风，尽为执政私人，以致人主孤立。纪纲一废，何事不生？

苏轼先说历来政权，必须要平衡相权与地方权力的轻重。相权过大，“必有奸臣指鹿之患”，地方过强，“必有大国问鼎之忧”。宋初为防相权过大，遂设台谏之官，苏轼指出，令台谏得畅所欲言，是宋太祖、太宗的天才设计：“台谏固未必皆贤，所言亦未必皆是，然须养其锐气而借之重权者，岂徒然哉，将以折奸臣之萌，而救内重之弊也。”王安石执政，尽用私人为台谏，遂致纪纲废弛，人心涣散。苏轼说，台谏之不能敢言，便是失职，引喻说：“养猫所以去鼠，不可以无鼠而养不捕之猫；畜狗所以防奸，不可以无奸而畜不吠之狗。”这两句看似是俗语，实际上用的是《北史·宋游道传》中杨遵彦的话：“譬之畜狗，本取其吠，今以数吠杀之，恐将来无复吠狗。”文字之渊雅乃能至此！

苏文之所以能吸引人，与苏轼总是将自己代入文章中，有莫大关系。他论台谏之必不可废弛，则云：“臣自幼小所记，及闻长老之谈，皆谓台谏所言，常随天下公议，公议所与，台谏亦与之，公议所击，台谏亦击之。”论备位苟容之祸，则云：“孔子曰：‘鄙夫可与事君也欤哉？其未得之也，患得之，既得之，患失之。苟患失之，无所不至矣。’臣始读此书，疑其太过，以为鄙夫之患失，不过备位而苟容。及观李斯忧蒙恬之夺其权，则立二世以亡秦；卢杞忧李怀光之数其恶，则误德宗以再乱。其心本生于患失，而其祸乃至于丧邦。孔子之言，良不为过。”这样行文，情完气足，以视夫今日绝不许透露一毫个人情感的“学术论文”，其曹蜍李志，厌厌欲绝者，真有霄壤之别。

苏轼至诚君子，为他人所不可及者，不在其文之奇，而在其文之诚。修辞立其诚，苏轼做到了极诣。他推己及人，说道：“为国者平居必常有忘躯犯颜之士，则临难庶几有徇义守死之臣。若平居尚不能一言，则临难何以责其死节。人臣苟皆如此，天下亦曰殆哉。”尤其精彩的，是论君子和而不同之旨：

> 君子和而不同，小人同而不和。和如和羹，同如济水。孙宝有言：“周公上圣，召公大贤，犹不相悦，著于经典。两不相损。”晋之王导，可谓元臣，每与客言，举坐称善，而王述不悦，以为人非尧舜，安得每事尽善，导亦敛衽谢之。若使言无不同，意无不合，更唱迭和，何者非贤，万一有小人居其间，则人主何缘知觉？

此段是接论台谏而来，然苟非苏轼天性和易，懂得以同理心待他人，又安能发此说论？

万言书的末段，诚如清代陈廷敬所云，“忠爱之思，溢于毫端”。这段文字，步步腾挪，步步闪跃，初读如飞龙在天，不可捉摸，然细细玩味，则可见其结章构篇，用心至深。

此段又可分四部分，自为起、承、转、合。起的部分，先说上书全出于公心，非出于私见：

> 臣非敢历诋新政，苟为异论，如近日裁减皇族恩例、刊定任子条式、修完器械、阅习鼓旗，皆陛下神算之至明，乾刚之必断，物议既允，臣安敢有词。至于所献之三

言，则非臣之私见，中外所病，其谁不知。昔禹戒舜曰："无若丹朱傲，惟慢游是好。"舜岂有是哉！周公戒成王曰："毋若商王，受之迷乱，酗于酒德。"成王岂有是哉！周昌以汉高为桀、纣，刘毅以晋武为桓、灵，当时人君，曾莫之罪，而书之史册，以为美谈。使臣所献三言，皆朝廷未尝有此，则天下之幸，臣与有焉。若有万一似之，则陛下安可不察。

这段起笔，又可细分作更小的四层起、承、转、合。第一层意思，先揄扬备至，是谓之"起"；第二层意思，再说新政之弊，朝廷内外，共所訾病，是谓之"承"；而忽跳转到引述古之圣王，裕然有容人之度，遂成史册之美谈，借以讽谏，行文之不测如此。是谓之"转"；而第四层收束，则曰："使臣所献三言，皆朝廷未尝有此，则天下之幸，臣与有焉。若有万一似之，则陛下安可不察。"是谓之"结"。此处作一小结，又深蕴有馀不尽之韵。

承的部分，坦言自己敢直言抗疏之故，讲的是"不惧"：

然而臣之为计，可谓愚矣。以蝼蚁之命，试雷霆之威，积其狂愚，岂可数赦，大则身首异处，破坏家门，小则削籍投荒，流离道路。虽然，陛下必不为此，何也？臣天赋至愚，笃于自信。向者与议学校贡举，首违大臣本意，已期窜逐，敢意自全。而陛下独然其言，曲赐召对，从容久之，至谓臣曰："方今政令得失安在，虽朕过失，指陈可也。"臣即对曰："陛下生知之性，天纵文武，不患不明，不患不勤，不患不断，但患求治太速，进人太锐，

> 听言太广。”又俾具述所以然之状。陛下颔之曰:“卿所献三言,朕当熟思之。”臣之狂愚,非独今日,陛下容之久矣。岂其容之于始而不赦之于终,恃此而言,所以不惧。

此段全从“愚”字上着力。“可谓愚矣”到“积其狂愚”,“天赋至愚”而至“臣之狂愚”,层层折进,完全泯灭了起承转合的痕迹,纯出于胸中一腔热血,文章喷薄而出,决非后世学者,可学而至也。

转的部分,复言“所惧”:

> 臣之所惧者,讥刺既众,怨仇实多,必将诋臣以深文,中臣以危法,使陛下虽欲赦臣而不可得,岂不殆哉。

以前之“不惧”,转至此处之“有所惧”,脉络分明,结构严正。

而合的部分,则讲所恶有甚于死者,死且不避:

> 死亡不辞,但恐天下以臣为戒,无复言者,是以思之经月,夜以继昼,表成复毁,至于再三。感陛下听其一言,怀不能已,卒吐其说。惟陛下怜其愚忠而卒赦之,不胜俯伏待罪忧恐之至。

一片丹忱,都在“思之经月,夜以继昼,表成复毁,至于再三”的细节中。南宋王赏《书东坡万言书后》(《国朝二百家名贤文粹》卷一九六)说:“伏读此书,喟然而叹,至于流涕。”清代储欣

《东坡先生全集录》卷六云：“念不忘君，忠之至也。‘思之经月，夜以继昼，表成复毁，至于再三。’余每读至此，未尝不呜咽流涕。”天下间惟发乎胸臆，出乎至诚，方得为第一等的文字，苏轼文名垂于千古，正缘于此。

王赏感慨说：“当时使神宗皇帝一悟斯言，黜王安石而罢新法，则后世无绍述之说以胁持上下，无朋党之论以禁锢忠良。人心不摇，天命不易，中国强盛，四夷畏服，岂有今日失国丧地迁辱之祸乎！哀哉哀哉！”南宋士人痛定思痛，认识到正是熙宁变法导致国家外强中干，哲宗亲政后重行新法，号曰“绍圣”——绍述神宗之圣明，徽宗崇宁四年（1105），将宣仁太后摄政期间的旧党扫为“元祐害政之臣”，痛加迫害，相仍不已，才有靖康之难，帝京蒙尘，二帝北狩的奇耻大辱。熙宁四年（1071），也是苏轼人生的分水岭，至后他的文章，大多成于颠沛艰难之境了，而这篇洋洋万言的《上神宗皇帝书》，就是其中的关键。

“吾生无恶，死必不坠”

熙宁四年六月，欧阳修致仕，苏轼亦惧祸自请外放杭州。九月，至颍州拜谒老师，陪欧阳修同游颍州西湖，二十年后，苏轼对自己飘荡如舟的人生，没有太多介怀，只用“契阔艰难，见公汝阴。多士方哗，而我独南”四句，述其惧祸南下，而得与暮年的欧阳修相盘桓的原委。他中心志之，永矢弗谖的是欧阳修对他的殷殷嘱咐：“公曰子来，实获我心。我所谓文，必与道俱。见利而迁，则非我徒。又拜稽首，有死无易。公虽云亡，言如皎日。”（《祭欧阳文忠公夫人文》)“易”字在古代是一个多音字，表示容易念去声，表示变易则念入声，故和“日”字叶韵。苏轼听了老师的教导，当时就稽首下拜，以谢嘉言，且矢曰：即使是遭遇死生之大，也不会改易此道。“公虽云亡，言如皎日”八字，既是对道的推崇，也表达了他终身不违本师之道的自豪。

苏轼自言：“问汝平生功业，黄州惠州儋州。”(《自题金山画像》)三个贬地，概括了这位绝顶的天才失意的后半生。然而，苏轼对这个并未善待他的世界没有怨恨，至死膺道自信，湛然不惧。他临终前，诸子侍侧，无一语及身后事，反从容说：我一生未尝行恶事，死后必不入地狱，生死自然事耳，千万别为我哭泣！他说这话的时候，一定是想起了他十岁时母亲教读过的《范滂传》。

范滂是汉末人，字孟博，汝南征羌人。汉末吏治败坏，范滂却慨然有澄清天下之志，为官不惧威权，立廉重风义，后遭党锢之祸被杀，死时才三十三岁。《后汉书》记其临终之状，曰：

> (汉灵帝)建宁二年，遂大诛党人，诏下急捕滂等。督邮吴导至县，抱诏书，闭传舍，伏床而泣。滂闻之，曰：“必为我也。”即自诣狱。县令郭揖大惊，出解印绶，引与俱亡。曰：“天下大矣，子何为在此?”滂曰：“滂死则祸塞，何敢以罪累君，又令老母流离乎!”其母就与之诀。滂白母曰：“仲博孝敬，足以供养，滂从龙舒君(滂父范显)归黄泉，存亡各得其所。惟大人割不可忍之恩，勿增感戚。”母曰：“汝今得与李、杜(李膺、杜密)齐名，死亦何恨！既有令名，复求寿考，可兼得乎?”滂跪受教，再拜而辞。顾谓其子曰：“吾欲使汝为恶，则恶不可

为；使汝为善，则我不为恶。”行路闻之，莫不流涕。时年三十三。

范滂有贤母，苏轼亦有贤母。苏轼幼时，父亲老泉宦学四方，遂跟从母亲读书。那一日，母亲读《后汉书》，至《范滂传》而慨然太息。苏轼问道：若孩儿学范滂，母亲大人同意否？程氏答道：你能做范滂，我还不能做范滂的母亲吗？他对圣门之道的信膺，从十岁时就埋下了种子，而持之终身，死生不改其初心。

苏轼说“吾生无恶，死必不坠”，必是受范滂临刑前对儿子说的话的影响。范滂说，我想让你行恶，但恶行不可作，恶事不可为；我想让你行善，然而我一生何尝做过坏事？范滂临终，未免含怨，苏轼之终，却夷然无所怨。正如苏辙为他所写的墓志铭中所说：“其于人，见善称之，如恐不及，见不善斥之，如恐不尽。见义勇于敢为，而不顾其害。用此，数困于世，然终不以为恨。孔子谓伯夷，叔齐古之贤人，曰‘求仁而得仁，又何怨。’公实有焉。”

因苏轼被打成“元祐害政之臣”，名字列入了由宰相蔡京书写的《元祐党人碑》中，他的文集遂被禁止流传。然而，一切反动派对文化思想的禁锢，终归要失败。南宋初年，苏文即重得流行。高宗、孝宗无不酷嗜苏文，孝宗自述，读他人之文，于其间得失，多有所取舍，唯苏文可终日读之，亹亹忘倦，遂常置左右，以为矜式。其《御制苏轼文集序》曰：“成一代之文章，必能立天下之大节。”苏轼之所以名高千古，到今诵其诗文者不绝，正坐此也。

十一

诗至唐而盛

是诗至唐而盛，还是诗至唐而胜？/唐诗诸体皆备/唐诗包容了各种格调/唐诗影响所及，达于社会每一阶层/唐诗就是唐人生活本身

一代有一代之文学?

王国维在《宋元戏曲考》自序中的著名观点:"凡一代有一代之文学,楚之骚,汉之赋,六代之骈语,唐之诗,宋之词,元之曲,皆所谓一代之文学,而后世莫能继焉者也。"其实是来自稍早于他的学者焦循:

> 商之诗,仅存颂,周则备风、雅、颂,载诸三百篇者,尚矣。而楚骚之体,则三百篇所无也。此屈(原)、宋(玉)为周末大家。其韦玄成父子以后之四言,则三百篇之馀气游魂也。汉之赋,为周、秦所无,故司马相如、扬雄、班固、张衡为四百年作者。而东方朔、刘向、王逸之骚,仍未脱周、楚之科臼矣。其魏、晋以后之赋,则汉赋之馀气游魂也。楚骚发源于三百篇,汉赋发源于周末,五言诗发源于汉之十九首及苏(武)、李(陵),而建安而后,历晋、宋、齐、梁、周、隋,于此为盛。一变于晋之潘(岳)、陆(机),宋之颜(延之)、谢(灵运),易朴为雕,化奇作偶,然晋、宋以前,未知有声韵也。沈约卓然创始,指出四声,自时厥后,变蹈厉为和柔,宣城(谢朓)、水部(何逊),冠冕齐、梁,又开潘、陆、颜、谢所未有矣。齐、梁者,枢纽于古律之间者也。至唐遂专以律传。杜甫、刘长卿、孟浩然、王维、李白、崔颢、白

居易、李商隐等之五律、七律，六朝以前所未有也。若陈子昂、张九龄、韦应物之五言古诗，不出汉魏人之所范围，故论唐人诗，以七律五律为先，七古七绝次之。诗之境至是尽矣。晚唐渐有词，兴于五代而盛于宋，为唐以前所无，故论宋宜取其词，前则秦（观）、柳（永）、苏（轼）、晁（补之），后则周（邦彦）、吴（文英）、姜（夔）、蒋（捷），足与魏之曹（植）、刘（桢），唐之李、杜相辉映焉。其诗人之有西昆、西江诸派，不过唐人之绪馀，不足评其乖合矣。词之体尽于南宋，而金元乃变为曲。关汉卿、乔梦符、马东篱、张小山等，为一代巨手，乃谈者不取其曲，仍论其诗，失之矣。有明二百七十年，镂心刻骨于八股，如胡思泉、归熙父、金正希、章大力数十家，洵可继楚骚、汉赋、唐诗、宋词、元曲以立一门户，而李（梦阳）、何（景明）、王（世贞）、李（攀龙）之流，乃沾沾于诗，自命复古，殊可不必者矣。夫一代有一代之所胜，舍其所胜，以就其所不胜，皆寄人篱下者耳。余尝欲自楚骚以下，至明八股，撰为一集，汉则专取其赋，魏晋六朝至隋，则专录其五言诗，唐则专录其律诗，宋专录其词，元专录其曲，明专录其八股，一代还其一代之所胜。然而未暇也。(《易馀籥录》卷十五）

焦循、王国维之论，隐藏着这样一种思想：一种文体，当其草创之际，亦即是其生命力最强、最有流播价值之时。这是用文学是否能获得广泛传播来评判文学价值的高下，用文体的“新旧”取代了文学的“是非”，作为衡诗论文的标准，本质上是否定文学“为己”的原则，而站在“为人”的立场上评论文学，最为新文化运动以后之新派学者所喜闻乐见。新文化运动以来之中国文学史家，大抵皆依本焦、王之说而敷衍之，只是他们把明代（也包括焦、王未论及的清代）的代表文学换作了白话小说。

而文学史家们不取八股为明代文学的“一代之胜”，王国维取“六代之骈语”而不取“魏晋至隋之古诗”，本就宣告了焦循之说的不可成立。因无论楚骚、汉赋、魏晋至隋之古诗、唐诗、宋词、元曲，今皆不乏读者，而明代之八股，即明人呼曰时文者，今天除了专门研究八股文之学者，哪还有一顾的价值呢？可见一时之荣盛，孰与万世之荣盛？今人谁可否认，除了汪洋闳肆的汉赋，六朝骀荡多姿的小赋，直接性情，也同样可传诸不朽？六朝抒情之赋，远比两汉徒事铺陈的大赋动人。两汉的《古诗十九首》、苏李唱和诗，固然高古渊朴，而唐李杜之古风，精劲沉雄，光焰千秋不灭。魏晋至隋，其古诗能与李杜相埒，流传之广且久者，可得而闻乎？宋诗于唐诗外，别开诗世界，清诗的成就，可与唐、宋之诗鼎足而三；唐五代词之于宋词，亦犹汉魏古诗之于唐诗，高处非宋词可及，如南唐后主，稳坐词家天子之位，宋词诸家皆无与比并者。清词佳处，更能凌乎宋词之上。文学是作家生命体验的形式，也是作家理想的表现。文学的高下，亦即作家心灵的高下。一个作家作品中承载的现实苦难越多，表现出对理想世界的向往越激烈，那么这位作家的价值也就越高。文学之是非，根本的判断标准是能否动摇人心，能否修辞立其诚，也即是说，惟有为己的文学，才是真的文学，与其文体是否新创并无必然关系。因此，谈到文学的优劣，只能就个体作家而论，以某一个朝代的某一种文学比另一个朝代的同一种文学优胜，这种比类虽非荒谬，至少是似是而非的。

焦循如同新文化运动以来的诸文学史家一样，不长于诗古文辞，故评骘历代文辞，每有强作解人之处。如他不知屈子之骚，空前绝后，乃因其伟岸的人格、芳馨悱恻的心灵，以及自铸伟词的文字能力，骚体是否为新鲜文体，对屈子之成就无甚影响。李、杜皆长于古风，大作名篇，不胜枚举，李白在古风上的成就，尤远在其律诗之上。宋词中晁、蒋皆非巨擘，亦不知焦循何以独举之二家与秦、柳、苏、周、吴、姜并列？若北宋之晏小山，南宋之辛稼轩、张玉田、王碧山，凡历代所崇仰宗奉之词家，尽皆遗落。而如明之李、何、王、李，其诗成就不高，乃因他们只学唐诗，不肯学宋诗，清人兼学唐宋，成就则迥乎不同。

王国维本人亦尝操觚试为文学之事。因清代词学中兴，隐有越宋词而上之势，特别是清末王鹏运、朱孝臧、郑文焯、况周颐等先后倡导，词学遂成晚清显学。王氏乃著为《人间词》，欲与群雄逐鹿。并撰《人间词话》，以为其《人间词》之辅翼。“人间”是日本语词，其义略同于中国之“人”“人生”，王国维想凭借其所读康德、叔本华哲学译本，将其对人生的思考融入文学，著为教外别传的词作。平心而论，《人间词》多蕴哲理，在晚清诸词家中，风格最为突出，但其词殊乏情感，多读几首，便觉乏味。作为一种文学实验，《人间词》是失败的。他假托“山阴樊志厚”为自己的词集作序，吹嘘己作“往复幽咽，动摇人心。快而沉，直而能曲，不屑屑于言词之末，而名句间出。殆往往度越前人。至其言近而指远，意决而辞婉，自永叔以后，殆未有工如君者也。君始为词时，亦不自意其至此。而卒至此者，天也，非人之所能为也。若夫观物之微，托兴之深，则又君诗词之特色，求之古代作者，罕有伦比。呜呼！不胜古人，不足以与古人并。君其知之矣”。王国维之词作果胜古人乎？不如古人乎？读者当能自辨之。

另一面说，清代词学，分浙西与常州二派。浙西重清空骚雅，以姜夔、张炎为宗。常州词派倡比兴寄托，认为“意内言外谓之词”，词风宜沉郁，“沉则不浮，郁则不薄”，尊周邦彦、吴文英、辛弃疾、王沂孙四家。王国维在《人间词话》中遂对姜、张、周、吴等多加讥刺，又力诋寄托说，直欲将中国自《诗三百》以来之诗学传统，一笔抹倒。他所凭借的，是西方的文艺理论。而西方文艺理论本质上是一种欣赏之学、为人之学，与中国传统诗学理论本质上是一种创作之学、为己之学正相反。亦正因王国维从事词体创作，非欲借倚声一道，宣泄心愫，而要代全人类立言，通过词作阐述哲学，以求得人生解脱之道，换言之，正因王国维文学创作为人而不为己，他才会襄赞焦循之论，坚持以文体进化观看待文学的真伪问题。

日本学者青木正儿在其《中国近世戏曲史》自序中记载：

> 既而大正十四年春，余负笈于北京之初，尝与友相约游西山，自玉泉旋出颐和园谒先生于清华园，先生问余曰：“此次游学，欲专攻何物欤？”对曰：“欲观戏剧，宋元之戏曲史，虽有先生名著，明以后尚无人着手，晚生愿致微力于此。”先生冷然曰：“明以后无足取，元曲为活文学，明清之曲，死文学也。”余默然无以对。噫！明清之

> 曲为先生所唾弃，然谈戏曲者，岂可缺之哉！况今歌场中，元曲既灭，明清之曲尚行，则元曲为死剧，而明清为活剧也。

王国维之《宋元戏曲考》，只是把宋元戏曲当作考据的对象，对元曲之文学精神、文辞特质，只字不提，且终王氏一生，亦未尝如吴梅、卢前等真正的曲学研究大家那样，撰写过杂剧、传奇，哪怕是几支散曲，都未曾作过。且其足迹绝不一至歌场，更未檀牙拍曲，以遣清时。既然自己缺乏实践之体悟，又如何能理解元、明、清三代之曲的佳胜处呢？明之《浣纱记》《宝剑记》《临川四梦》《燕子笺》，清之《桃花扇》《长生殿》，至今仍在舞台演出，而元曲仍以原貌保留在舞台上的，只有关汉卿《单刀会》一齣而已，作出“元曲为活文学，明清之曲，死文学也”的断语，无乃太过乎？青木正儿一语破的，说今日剧场里，上演的莫不是明清之曲，则元曲为死剧，明清之曲为活剧，固已先我力驳王氏之非。

焦、王的文体进化观，迎合了大众好闻异说、喜见新奇的心理，故深刻影响了以从众为根本旨趣的新文化运动，更影响了此后的文学史家们。以此观念著为文学史，固然简明易晓，但既不符合历史的真相，也对理解文学本旨，选出典范之作，进而通过涵泳、仿作，理解文学的幽微精深，卒至能自由创作，以文学滋养生命毫无帮助。

诗盛于唐而非诗胜于唐

焦循所谓擅有唐一代之胜的律诗，是唐代产生的一种全新的诗的体裁，重平仄声偶粘对，谓之今体诗，自宋以后，则称近体诗，包括全部的律诗和绝大多数的七绝，以及部分五绝。近体诗产生之前的诗，则被统称为古诗，或称古风。近体诗和以前的古诗分别甚大。古诗，或者叫作古体诗，中间可以换韵，而近体只能一韵到底；古体诗可以押仄声韵，近体诗只能押平声韵；古体诗没有特别严格的声律要求，而近体诗在每一个字的位置上，都有较严格的平仄要求。以律诗而论，其理想状态下之平仄排布，略如下四图：

图一（仄起不入韵）：

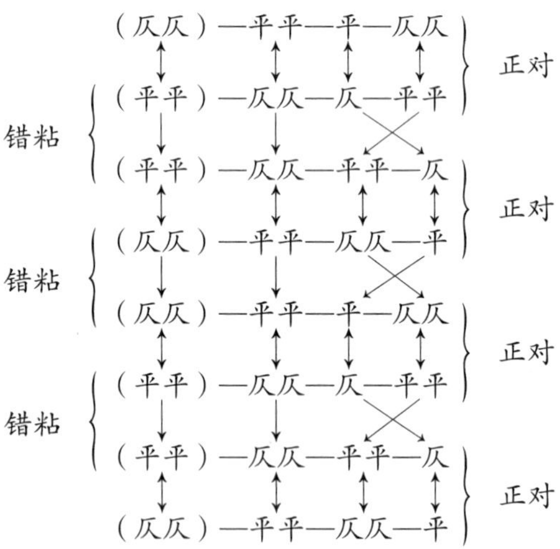

图二（平起不入韵）：

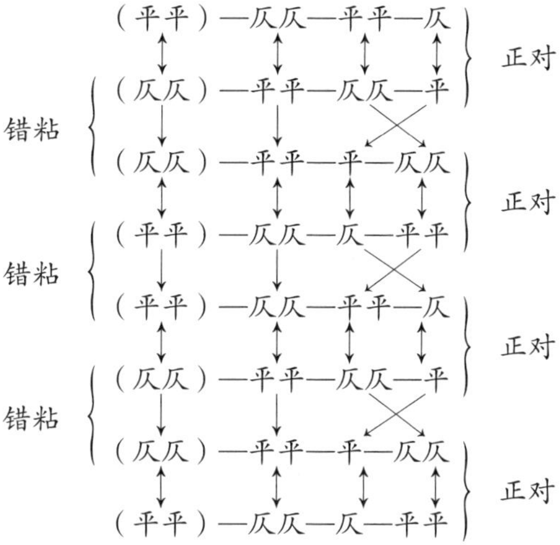

（平平）—仄仄—平平—仄
正对
（仄仄）—平平—仄仄—平
错粘
（仄仄）—平平—平—仄仄
正对
（平平）—仄仄—仄—平平
错粘
（平平）—仄仄—平平—仄
正对
（仄仄）—平平—仄仄—平
错粘
（仄仄）—平平—平—仄仄
正对
（平平）—仄仄—仄—平平

图三（平起入韵）：

（平平）—仄仄—仄—平平
错对
（仄仄）—平平—仄仄—平
错粘
（仄仄）—平平—平—仄仄
正对
（平平）—仄仄—仄—平平
错粘
（平平）—仄仄—平平—仄
正对
（仄仄）—平平—仄仄—平
错粘
（仄仄）—平平—平—仄仄
正对
（平平）—仄仄—仄—平平

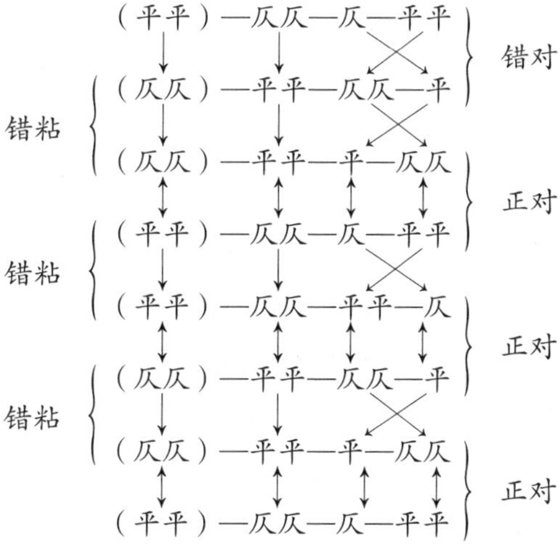

图四（仄起入韵）：

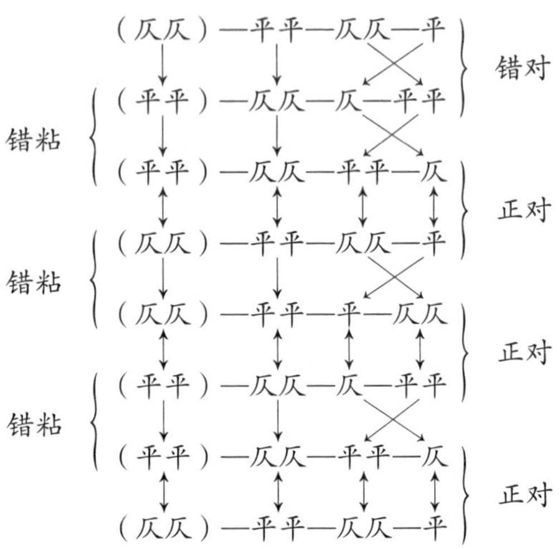

上四图每一句的括号中的前二字，代表七言律诗的前二字，而去掉此二字，就是五言律诗的平仄图。可以看出，七律实际上是把五律的前二字平仄反过来，加到前面。律诗的一二句、三四句、五六句和七八句，分别叫作一联，因白居易将一首律诗比作一条骊龙，故四联依次叫作首联、颔联、颈联、尾联。首联取龙首头角峥嵘之意，颔联则因此联在律诗中最出名句，如骊龙颔下有珠，故名。颈联是第三联者，取其善转，尾联收束全篇，则须如龙之掉尾，力能开山移海。一联中的上下句，须遵循“对”的原则，而上一联的下句，与下一联的上句，又须遵循“粘”的要求。失对、失粘，皆是大病。实际写作时，又有“一三五不论，二四六分明”的口诀，意为对于七言近体的句子来说，第一字第三字第五字平仄可从宽，而二四六字位置的平仄则须从严。此外尚有孤平、三平尾等

避忌，拗救等补救声病的措施，不必细表。像李商隐的名句：“一弦一柱思（sì）华年”“离情终日思（sì）风波”，思字都不可读平声。李商隐的本意，是要写“一弦一柱悲华年”“离情终日悲风波”，为了不犯三平尾，特将“悲”字改成同义词“思（sì）”。

这种严格讲求声律的诗，是受了印度文化的影响。梵文中有一种唱颂的偈子，一般四句一首，偈子中长音节和短音节交替出现，十分动听。唐人受到启发，又因发现汉语中平声字不论怎样拖长，都仍是平声，而上、去、入三声，一旦拖长，就也变成了平声，遂在诵读时将平声拖长以加以突出，而其他三声不拖长，这样，就命名平声字为平，上、去、入三声为仄，平长仄短，韵脚回环，形成一套严谨的吟诵之法。所谓近体诗的平仄，就是近体诗吟诵的音节长短规律。而在吟诵时，节奏点在二、四、六等字，故有“一三五不论，二四六分明”的口诀。

由上四图，我们可以大致感受到近体诗内部音节的回环相扣，而由首、颔、颈、尾四联的说法，又可直接感知一首近体诗在意思上要形成起、承、转、合的环形结构。凡一种艺术，规矩越少便越依赖于创作者的天才，而规矩越多，便越易于禀质平庸者学习。近体诗有严格的声律和谨饬的结构，只要写得古雅，都是可诵之作，这都注定了它会拥有比古诗更广泛的受众。自唐以后，诗人创作出的近体的数量远大于古体，便是这个缘故。但一位诗人，如果其集中仅有近体，或仅以近体见长，显然就不能跻身大诗人之行列。无他，因中规中矩之体，见不出天才耳。

律诗除首尾二联，中间各联均须对仗。但有一种变格，谓之“偷春格”，即首联已经对仗，中间二联可以有一联不对仗。如王勃《送杜少府之任蜀州》：“城阙辅三秦。风烟望五津。与君离别意，同是宦游人。海内存知己，天涯若比邻。无为在歧路，儿女共沾巾。”就是首联对仗，而颔联不对仗的偷春格。王维的《辋川闲居赠裴秀才迪》：“寒山转苍翠，秋水日潺湲。倚杖柴门外，临风听暮蝉。渡头馀落日，墟里上孤烟。复值接舆醉，狂歌五柳前。”同样是偷春格。而喻守真先生不识此格，乃谓：“此诗的前四句有颠倒错乱之处，因为律诗颔联要讲究对偶，‘倚杖’可对‘临风’，但是‘柴门外’绝不可以对‘听暮蝉’，如果将一二两句移作颔联，三四两句移作起句，那对于平仄格律既不失黏，在意义上也比较自然。”（《唐诗三百首详析》）如按喻氏之说做调整，诗就变成：“倚杖柴门外，临风听暮蝉。寒山转苍翠，秋水日潺湲。渡头馀落日，墟里上孤烟。复值接舆醉，狂歌五柳前。”先不说原作以直道眼前景兴起，清婉自然，改以“倚杖”“临风”起，便觉刻意有为；单说这样一调整，第四句“秋水日潺湲”与第五句“渡头馀落日”就完全失粘了。原诗格律，参上文图一。首句“寒山转苍翠”平平仄平仄，是平平平仄仄的等价变格，原因是吟诵时重音落在二、四的位置，唐人觉得首三字连平，而第三字不在落重音的节奏位，不如与第四字调一下声位，让长音节的平声尽其所长。

在焦循之前，人们认同的是诗盛于唐而非诗胜于唐。一字之差，其义迥别。焦、王以至近世文学史家，所赞襄的是唐诗为唐代的“一代之胜”，焦循更狭隘其说，认为律诗擅唐一代之胜。焦循所谓律诗，指的是近体，还包括符合近体诗平仄、粘对要求的那一部分绝句。这些近体的绝句，又称作“小律诗”，明代甚至有学者认为，绝句即截句，是截取律诗之半而成的。如真依焦循之论，唐代专录其律诗（近体），则李白天才横放，一向绌于律诗，杜甫渊雅深沉，又不长于绝句，李杜的成就都要削去一半甚至更多。这难道符合唐诗的真实面目吗？专讲律诗的风气，最早见于晚唐，延续至宋初，明代的杨慎早就直指其弊：

> 晚唐之诗分为二派：一派学张籍，则朱庆馀、陈标、任蕃、章孝标、司空图、项斯其人也；一派学贾岛，则李洞、姚合、方干、喻凫、周贺、“九僧”其人也。其间虽多，不越此二派，学乎其中，日趋于下。其诗不过五言律，更无古体。五言律起结皆平平，前联俗语十字一串带过，后联谓之‘颈联’，极其用工。又忌用事，谓之“点鬼簿”，惟搜眼前景而深刻思之，所谓“吟成五个字，捻断数茎须”也。余尝笑之，彼之视诗道也狭矣。《三百篇》皆民间士女所作，何尝捻须？今不读书而徒事苦吟，捻断肋骨亦何益哉！(《升庵诗话》卷一一)

一百年前的新诗运动，是从意图打倒格律诗开始的，新诗运动的急先锋胡适显然对古体诗毫无悟入处，他大概认为近体诗就是中国诗的全部了，否则古体诗本已极自由了，又何待乎他来“解放”“尝试”呢？

唐诗各体皆备

诗盛于唐的平情之论，可参明代诗论家胡应麟之说：

> 甚矣，诗之盛于唐也！其体，则三、四、五言，六、

七、杂言，乐府、歌行，近体、绝句，靡弗备矣。其格，则高卑、远近、浓淡、浅深、巨细、精粗、巧拙、强弱，靡弗具矣。其调，则飘逸、浑雄、沉深、博大、绮丽、幽闲、新奇、猥琐，靡弗诣矣。其人，则帝王、将相、朝士、布衣、童子、妇人、缁流、羽客，靡弗预矣。(《诗薮·外编卷三》)

胡应麟只是提出了一个文学史上的事实：诗至唐而盛。它的含义第一是各体皆备。到了唐代，中国诗的体裁已经全部完成，再也没有新的诗的形式产生出来。宋元流行的词和散曲，严格意义上讲只是乐府因音乐风格的转变而形成的变体，不是全新的形式。况且词本来也是隋唐时就产生了的。白居易的游戏之作《一言至七言》，可能最形象地诠释了唐诗诸体皆备的整体风貌：

诗。
绮美，瑰奇。
明月夜，落花时。
能助欢笑，亦伤别离。
调清金石怨，吟苦鬼神悲。
天下只应我爱，世间唯有君知。
自从都尉别苏句，便到司空送白辞。

唐代全新的诗的体裁是律诗，但真正影响到唐代社会各个阶层的，却是七言绝句。王昌龄因七绝做得好，竟有“诗家天子”之号，而刘长卿五律做得再好，最多只能自许为“五言长城”。

绝句之得名，是因为古人两句为一联，四句为一绝。这也符合中国人的文化心理。中国古人认为，一个完整的过程必定包括起承转合，起承转合最少需要的单位就是四句，所以四句大多是一层意思的完结，遂谓之为绝句。五绝即五言短古，而七绝则自七言歌行而来。从六朝到唐初，很多著名的歌行体之作，单拿出结尾四句，都是极佳的七绝。例如王泠然《汴堤柳》末四句："凉风八月露为霜。日夜孤舟入帝乡。河畔时时闻木落，客中无不泪沾裳。"卢照邻《长安古意》末四句："寂寂寥寥扬子居。年年岁岁一床书。独有南山桂花发，飞来飞去袭人裾。"李峤《汾阴行》末四句："山川满目泪沾衣。富贵荣华能几时。不见只今汾水上，惟有年年秋雁飞。"置于唐人七绝中，皆可称名隽。

七绝在中国所有诗歌体裁中影响最深远、最具有广泛群众基础。1994年春，曹文轩先生在东京附近的镰仓游赏，他说"将近黄昏时，我从一座古寺门前经过，往里一瞥，只见一个僧人正在灯下读书。那情景，那神情，是我从未感受过的。我不禁驻足向里张望。也许我惊动了他，使他不能如意地沉浮在某一种境界里，也许天色已晚了，他走出来，很礼貌地将寺庙的大门关上了。那僧人一副清风仙骨的样子，使我双目一亮，心为之一震。离开寺庙时，天色已晚，我竟在路上脱口吟出：'枫林古寺一老僧，常有清词对孤灯。吟时总将山门闭，不让俗人听一声。'"（《重说文白之争》）

曹先生由此悟到，唐人的诗根本不是作出来的，而且自然地吟唱出来的。此论对唐人七绝尤其适用。胡应麟说："梁、陈以降，作者坌然。第（但是之意）四句之中，二韵互叶，转换既迫，音调未舒。至唐诸子，一变而律吕铿锵，句格稳顺，语半于近体，而意味深长过之；节促于歌行，而咏叹悠永倍之，遂为百代不易之体。"

（《诗薮》内编卷六）意味深长、咏叹悠永是七绝内容之所长，而其能风行一代，根本上还是靠的律吕铿锵，句格稳顺。清初诗人王士禛一语道破："考之开元、天宝已来，宫掖所传，梨园弟子所歌，旗亭所唱，边将所进，率当时名士所为绝句尔。故王之涣'黄河远上'，王昌龄'昭阳日影'之句，至今艳称之。而右丞'渭城朝雨'，流传尤众，好事者至谱为《阳关三叠》。他如刘禹锡、张祜诸篇，尤难指数。由是言之，唐三百年以绝句擅场，即唐三百年之乐府也。"（《唐人万首绝句选》序）用今天的话说，七绝就是唐朝人的流行歌曲。

有很多的故事可以佐证王士禛的观点。像唐玄宗与杨贵妃在沉香亭赏牡丹，令李白作《清平调》三章，王昌龄、高适、王之涣旗亭画壁，以伶人所唱诗之多寡而较名之高下，皆极有名。诗人戎昱所遇，尤为传奇。韩滉镇浙西，时戎昱为部内刺史，留情于郡妓。浙西乐将献妓于滉，召置籍中，昱不敢留，于湖上作别，为歌词以赠之，曰："好去春风湖上亭。柳条藤蔓系离情。黄莺久住浑相识，欲别频啼四五声。"（《移家别湖上亭》）妓既至，韩为开筵，妓唱戎词，韩知其与戎有情，即命与妓百缣，即时归之。

邵祖平《七绝诗论》指出：诗有风人之诗与诗家之诗，风人之诗，兴象融怡，俯仰之间自然流露，诗家之诗，组炼精深，语不惊人死不休。七绝在近体中，独可视为风人之诗，非如诗家诗的七律之属对精切、思力深邃。换言之，七绝妙在能雅俗共赏，故在唐诗诸体中，七绝最为"百代不易之体"。

唐诗格调并具

诗至唐而盛的第二层含义是格调并具。诗的各种风格，都可以在唐诗中找到其代表。前代诗风，绝无如唐诗一样齐备的，后世诗风，也只是发展了唐诗的风格，而非形成一种唐诗中所没有的面目。譬如宋诗以筋骨思理见长，自宋欧阳修之后，唐宋诗之争，乃竟延续至今，诚如钱锺书所云，“天下有两种人，斯分两种诗”，唐诗、宋诗，“乃体格性分之殊”（《谈艺录》），喜欢唐诗的，多觉得宋诗只是在议论，缺乏形象，喜欢宋诗的，又嫌唐诗的主流风格甜俗可厌，此为人性之歧异所致，永远无解，但唐之杜甫、韩愈、白居易、孟郊，都已开宋调，宋诗的主流风格，在唐诗中已见端倪。

唐人以道教为国教，主流诗风背后的哲学，遂为追求对现实世界之超越，即古人所谓逸格。唐代科举有进士与明经之别，以明经中式者，实即以儒学而取仕，向为人所轻。唐元和中，李贺善为歌篇，声华籍甚。当时元稹年尚少，以明经擢第，愿与交结。一日，执贽造门，李贺览其名刺，竟令仆传话给元稹：“明经及第，何事来看李贺！”元稹惭愤而退。（《剧谈录》）一时之风尚可知。至明代，胡应麟乃曰：“曰仙曰禅，皆诗中本色。惟儒生气象，一毫不得著诗；儒者语言，一字不可入诗。”（《诗薮》内编卷五）其实正是唐人主流诗风的遗响。故唐诗主流当为王维、王昌龄、李颀之辈，而老杜、退之则是当时之异端。唐殷璠《河岳英灵集》是唐代著名的唐诗选本，选王昌龄诗最多，十六首，其次常建、王维十五首、李颀十四首，李白、高适、崔国辅十三首，而杜甫一首也选不进去。如果不是因为仙、禅、儒“杜往往兼之，不伤格，不累情”（同上胡应麟语），才高破格，明人对杜甫只怕亦如王世贞之评韩愈：“韩

退之于诗本无所解，宋人呼为大家，直是势利他语。”（《艺苑卮言》卷四）

唐诗之总体倾向，实有为艺术而艺术之致，故晚唐司空图有云：“侬家自有麒麟阁，第一功名只赏诗。”其与王驾评诗云：“沈、宋始兴之后，杰出于江宁，宏肆于李、杜，极矣。右丞、苏州，趣味澄夐，若清风之出岫。大历十数公，抑又其次焉。元、白力勍而气孱，乃都邑之豪右耳。刘梦得、杨巨源亦各有胜会。阆仙、无可、刘得仁辈，时得佳致，足涤烦襟。厥后所闻，逾褊浅矣。”他心目中的大诗人，初唐是沈佺期、宋之问，盛唐则王昌龄、李白、杜甫、王维、韦应物，中唐有大历诸才子、元稹、白居易、刘禹锡、杨巨源，晚唐则推贾岛、僧无可、刘得仁之辈。“时得佳致，足涤烦襟”，是司空图的评诗宗旨，在他看来，诗的根本功用是可以让人忘记现实的忧愁，而沉浸于纯粹艺术的世界当中。这恐怕是唐人较普遍的看法。此文异文甚多，全唐文所载亦多缺漏，兹以《全唐文》参《唐才子传》，择善而从。

唐诗影响所及，达于社会每一阶层

诗至唐而盛的第三层也是最重要的一层含义，是诗之影响所及，达于社会每一阶层。上至天子，下逮庶人，百司庶府，三教九流，都有人作诗。唐诗人职业可考者有皇帝、宗室、百官、散人、道士、僧侣、宫苑、闺阃、女冠、妾媵、娼妓，乃至传说中的神仙、才鬼。鬼神之说诚荒唐无稽，但可见唐人即使是编故事，也要编出善咏能诗的仙才鬼才来。

唐帝之能诗者甚众，而太宗尤其杰出。其诗自承是学庾信体，庾信早年，诗风绮艳，与徐陵并称徐庾，为中古时期重要诗歌宗派。但太宗诗变绮艳为壮丽，其《帝京篇》有云：“秦川雄帝宅，函谷壮皇居。绮殿千寻起，离宫百雉馀。连薨遥接汉，飞观迥凌虚。云日隐层阙，风烟出绮疏。”“落日双阙昏，回舆九重暮。长烟散初碧，皎月澄轻素。搴幌玩琴书，开轩引云雾。斜汉耿层阁，清风摇玉树。”胡应麟评曰：“唐初惟文皇《帝京篇》，藻赡精华，最为杰作。视梁、陈神韵少减，而富丽过之。无论大略，即雄才自当驱走一世。然使三百年中律有馀，古不足，已兆端此矣。”（《诗薮》内编卷二）唐代律诗盛行，未必与太宗之诗风有关，但一定与他所提倡的科举制度有关。其时全国举子到礼部参加省试，考试包括两部分：律赋、律诗。律赋多要求写八韵，律诗则要求写六韵十二句的五言排律。在此背景下，律诗遂大为盛行。

唐代宗大历年间，有所谓十才子，其中的一位是钱起。他在参加天宝十载（751）的省试时，写下了中国历史上最为著名的一首应试之作《省试湘灵鼓瑟》：

> 善鼓云和瑟，常闻帝子灵。冯夷徒自舞，楚客不堪听。苦调凄金石，清音入杳冥。苍梧来怨慕，白芷动芳馨。流水传湘浦，悲风过洞庭。曲终人不见，江上数峰青。

诗的最末二句“曲终人不见，江上数峰青”，殊为难得。因应试之作，难见性情，而结尾处偏能馀韵不尽。据说，他因早年为人会计，在京口（今江苏镇江）旅舍，夜分难寐，听得窗外有人反复吟诵“曲终人不见，江上数峰青”二句，遂紧紧记住。后来在礼帏就试，即以此十字为结句，大得主考官的叹赏，以为有鬼神之助。然唐代省试诗，鲜得佳者，王世贞评钱起此诗为亿不得一（《艺苑卮言》卷四），虽嫌夸张，亦去事实不远。

而较钱起年辈更早的诗人祖咏，则因其不肯敛才就范，而成就了另一篇名作。祖咏是开元十二年（724）进士，但他不是一举成名，此前也曾参加过进士试，却落榜了。原因是他认为诗的艺术比诗的功能更重要。当年省试的题目是《雪霁望终南》，本该五言六韵十二句的排律，他只写了“终南阴岭秀，积雪浮云端。林表明霁色，城中增暮寒”四句即交卷，考官问他何以只写四句？他答说：“意尽。”此诗说有多好，恐怕未必，但历来评诗家大多推誉备至。如明王夫之《诗绎》云：“庸手必刻画残雪正面矣，作者三四只用托笔写意，体格高浑。”近世俞陛云《诗境浅说续编》云：“咏高山积雪，若从正面着笔，不过言山之高，雪之色，及空翠与皓素相映发耳。此诗从侧面着想，言遥望雪后南山，如开霁色，而长安万户，便觉生寒，则终南之高寒可想。用流水对句，弥见诗心灵活。且以霁色为喻，确是积雪，而非飞雪，取譬殊工。”王士禛《渔洋诗话》（卷上）竟认为：“古今雪诗，惟羊孚一赞及陶渊明‘倾耳无希声，在目皓已洁’，及祖咏‘终南阴岭秀’一篇，右丞‘洒空深巷静，积素广庭闲’，韦左司‘门对寒流雪满山’句，最佳。”王氏所举其他各篇咏雪诗，均不见佳。即以祖咏之作而言，较诸柳宗元之《江雪》，怕是也难擅胜场。我想，大家之所以如此推崇这首诗，还是因为祖咏不肯为功利而放弃艺术的尊严。清焦袁熹《此木轩论诗汇编》道：“如此不拘，诗安得不高？意尽即不须续，更难在举场中作如此事。”诗，正如近代陈衍所言，是荒寒之道，无当乎功名利禄，只有不慕浮名，用心至纯至粹，才可能将诗写到极致，故历来大诗人，鲜能显宦以终。祖咏后来虽然中了进士，但一生流落不偶，以渔樵自放，是既有诗人之心矣，他欠在才华不足。而真正的大诗人，是既有此纯粹之用心，又具绝人之姿，故能卓绝千古。

唐太宗见进士缀行而出，喜叹道："天下英雄，皆入我彀中矣。"英雄敛才就范，遂能于近体一道大放异彩，但高古不足，终是其病，除非是其才其性、万不可掩的天才，或择善固执、信古不迂的迂子，才能于当时风会之外，自成一家。那便是上继风骚，光焰万丈的李杜了。李杜之外，而能别树一帜，对当时和后世都产生深巨影响的，则是韩愈。但李杜是不为风会所牢笼，韩愈是刻意新奇，故诗品终下李杜一层。

唐帝中另一位值得一提的诗人是玄宗。著名的《唐诗三百首》选了他的《经邹鲁祭孔子而叹之》：

> 夫子何为者？栖栖一代中。地犹鄹氏邑，宅即鲁王宫。叹凤嗟身否（pǐ），伤麟怨道穷。今看两楹奠，当与梦时同。

写出对孔子栖皇一生，大道不行的同情，结句委宛入情，尤见馀韵。而他的名句如"流沙丹灶没，关路紫烟沉"（《过老子庙》），"岂不惜贤达，其如高尚心"（《送贺知章归四明》），诚如王世贞所评："明皇藻艳不过文皇，而骨气胜之。……虽使燕、许草创，沈、宋润色，亦不过此。"（《艺苑卮言》卷四）

居天子之位者，尚且不废吟咏，更不必说社会上普通的人了。唐范摅《云溪友议·题红怨》记载了一个著名的故事：

> 卢渥舍人应举之岁，偶临御沟，见一红叶，命仆搴来，叶上乃有一绝句。置于巾箱，或呈于同志。及宣宗既省宫人，初下诏，许从百官司吏，独不许贡举人。渥后亦一任范阳，获其退宫人，睹红叶而吁嗟久之，曰："当时偶题随流，不谓郎君收藏巾箧。"验其书，无不讶焉。诗曰："水流何太急，深宫尽日闲。殷勤谢红叶，好去到人间。"

这个故事非常之凄婉，后世诗词用典，无数次翻用，但惟有在诗深入到社会各个阶层的时代，才会出现这样的故事。

而同书所载《江客仁》故事，纪诗人李涉所遇，就更滑稽离奇了：

> 李博士涉，谏议渤海（李衍）之兄。尝适九江看牧弟。……至浣口之西，忽逢大风，鼓其征帆，数十人皆驰兵杖，而问是何人。从者曰："李博士船也。"其间豪首曰："若是李涉博士，吾辈不须剽他金帛，自闻诗名日久，但希一篇，金帛非贵也。"李乃赠一绝句，豪首饯赂且厚，李亦不敢却。而睹斯人神情复异，而气义备焉。

李涉赠诗是一首绝句，云："暮雨潇潇江上村。绿林豪客夜知闻。他时不用逃名姓，世上如今半是君。"（《井栏砂宿遇夜客》）此诗仓促中甚见巧思，谓世上做官的，大半皆是强盗，则我又何嫌于汝乎？故盗之首领大悦。清代梁章钜《称谓录·盗贼》中考证，这个故事还有下文，见诸《唐诗纪事》：

> 李汇征客游闽越，至循州，冒雨求宿，或指韦氏庄居。韦氏杖屦迎宾，年八十馀，自称曰野人韦思明。每与李生谈论，或诗或史，淹留累夕，次第至李涉诗，韦叟愀然变色曰："老身弱龄，浪迹江湖，交结奸徒，为不平事，后遇李涉博士，蒙简一诗，因而跧迹。李公待愚，拟陆士衡之荐戴若思，中心怛焉，遂隐罗浮，经于一纪。李既云亡，不复再游秦楚。追惋今昔，时或潸然。"

盗贼而好诗，已是大奇，得李涉诗，而能改邪归正，尤出乎人之意表。我想起亡友钱明锵先生。2007年夏，我们一道在香港中文大学参加第二届旧体文学国际学术研讨会，他大声疾呼：官员写诗有好处，多一个诗人，少一个贪官！唐代这位少年为盗，却因爱诗而洗心革面的韦思明，就是一个极好的例子。而韩愈一派的诗人刘叉，早年还有过酒醉杀人的经历，后来也改志从学，终成节士。

诗在唐人那里，不是一种文学体裁，而是生活本身。这才是诗盛于唐的本质。

十二

李杜文章在，光焰万丈长（上）

杜甫是中国诗人的最合适的代表/『诗圣』的真正含义/杜甫写出了与其他人完全不一样的诗/化丑为美，扫俗为雅/『诗史』中的奇情壮采/超卓的胸襟/杜诗在句法上独特的创造/沉郁顿挫原来是形容杜甫的赋/《雕赋》与杜甫的人格

诗圣的原始含义

明代高棅《唐诗品汇》首列大家名家之目。胡应麟解释道:“偏精独诣，名家也；具范兼镕，大家也。然又当视其才具短长，格调高下，规模宏隘，阃域浅深。有众体皆工，而不免名家者，右丞、嘉州是也。有律绝微减，而不失为大家者，少陵、太白是也。”他又说:“使子建与应、刘并列，拾遗与王、孟齐肩，可乎？则二者之辨，实谈艺所当知也。”(《诗薮》外编卷四）文学的标准不像科学那样唯一，甚至会因时代风会之不同、学派宗尚之歧出、株守求新之异辙，而对同一作家、同类作品作出完全不同的评价。但这绝不意味着文艺就没有一个相对可为多数人所接受的标准。此一标准，是在历史的长河中，由无数的内行所共同确立的，终乃因历史的积累而形成合力，以至亘古不易。

自原则而论，只精于某一文体，或只擅长某一类的风格，当然只能是名家，大家应当是兼镕众体，包有诸格，而尤贵在其作品具有典范意义——大家的很多作品，只要他创作出来，就成了高标，堪为后世摹习的范本。原则以外，又当各看其所造之浅深高下。胡应麟指出:“清新秀逸、冲远和平、流丽精工、庄严奇峭，名家所擅，大家之所兼也。浩瀚汪洋、错综变幻、浑雄豪宕、闳廓沉深，大家所长，名家之所短也。”(同上）大家为名家所不可企及处，在才具之长，格调之高，规模之宏，阃域之深，亦即是说，大家能名家之所不能，将诗的胜境发挥到极致。故以王维、岑参而论，虽古诗、乐府歌诗、律、绝无一不工，但总也写不到极致，至多只能算是名家中之高手；而李白绌于七律，杜甫短于七绝，却不妨碍其为大家，即因他们能将诗之所以成为诗的那一部分，亦即诗之所以能感人的那一部分，发挥到极致。

唐人之可称大家而绝无异议者，只李、杜二家。又岂但在唐代，若向外国人介绍中国的诗，而建议其在中国诗人中只读两家，以尝脔知味，亦只能是李杜。李杜固然概括不了中国诗的全部，然而李白是中国诗人中最有创造力的天才，杜甫则兼赅了中国诗的各种风格，一者夐焉其高，一者浩乎其博，故三千年诗国若要求其形象代言人，非李杜莫属。李杜之中若又只能读一人，这个人则应当是杜甫，也因杜甫比李白风格更全面。

杜甫有诗圣之誉，在很多人的理解中，这个称号意味着杜甫是一道德纯备的圣人。然《旧唐书·文苑传》记“甫性褊躁，无器度，恃恩放恣”，严武镇蜀，因与杜甫为世旧亲好，为其谋得节度参谋、检校尚书工部员外郎赐绯鱼袋的职衔，待遇甚隆，杜甫却在醉酒后登严武床，瞪目骂道：“严挺之乃有此儿！”《新唐书·文艺传》则补一笔说严武欲杀之，为其母知，奔救得免。有文艺天才的人，性格多放诞，古今文人中，能做到道德纯备的没有几个。这是因为，文艺的天赋本质上是性欲的升华，文艺天才骨子里都是不肯依照现实原则生存，只肯遵循快乐原则生活的儿童。

近几十年来，杜甫又被称作“人民诗人”，其实从古以来，凡是纯粹的诗人，无一不是“为己”的。诗人作诗，唯一的目的只是宣泄内心。诗人写到人民的苦难，并不是诗人一心要替人民说话，而是因为诗人心灵远较一般人敏感，耳闻目睹，遂致痌瘝在抱，郁积不去，需要借诗来疏导之。大诗人尤其具有同理心，因己饥己溺而推及他人，乃至推及全人类，但其初心，仍是“为己”的。

诗圣之“圣”，非指道德而言，乃是取“圣”的本义：“圣，通也。”（《说文解字》）元稹云：“至于子美，盖所谓上薄风雅，下该沈（佺期）、宋（之问），言夺苏（武）、李（陵），气吞曹（植）、刘（桢），掩颜（延之）、谢（灵运）之孤高，杂徐（陵）、庾（信）之流丽，尽得古今之体势而兼文人之所独专矣。……则诗人以来，未有如子美者。”（《唐故工部员外郎杜君墓系铭序》）宋祁说：“唐兴，诗人承陈、隋风流，浮靡相矜。至宋之问、沈佺期等，研揣声音，浮切不差，而号律诗，竞相袭沿。逮开元间，稍裁以雅正，然恃华者质反，好丽者壮违，人得一概，皆自名所长。至甫浑涵汪茫，千汇万状，兼古今而有之。他人不足，甫乃厌馀。残膏剩馥，沾丐后人多矣。”（《新唐书·文艺传·杜甫传赞》）胡应麟道：“唐人则王（勃）、杨（炯）之繁富，陈（子昂）、杜（审言）之孤高，沈、宋之精工，储（光羲）、孟（浩然）之闲旷，高（适）、岑（参）之浑厚，王（维）、李（颀）之风华，（王）昌龄之神秀，常建之幽玄，（孟）云卿之古苍，任华之拙朴，皆所专也，兼之者杜陵也。”（《诗薮》外编卷四）都是在说杜甫的作品风格多样，掩有众美而尽得众长。

试举其句：“岱宗夫如何，齐鲁青未了”（《望岳》），吞吐八荒，雄盖一世；“天台隔三江，风浪无晨暮”（《有怀台州郑十八司户》），惊涛骇浪，势欲争天；“巢父掉头不肯住，东将入海随烟雾。诗卷长留天地间，钓竿欲拂珊瑚树”（《送孔巢父谢病归游江东兼呈李白》），何等缥缈仙举；“长安城头头白乌，夜飞延秋门上呼。又向人家啄大屋，屋底达官走避胡”（《哀王孙》），用乐府起兴之笔，又是何等的举重若轻；复如“四更山吐月，残夜水明楼”（《月》）之幽寂、“大声吹地转，高浪蹴天浮”（《江涨》）之横放、“吴楚东南坼，乾坤日夜浮”（《登岳阳楼》）之雄浑、“舍南舍北皆春水，但见群鸥日日来”（《客至》）之闲适、“路经滟滪双蓬鬓，天入沧浪一钓舟”（《将赴荆南寄别李剑州》）之苍凉……唐人的各种面目，都可以在杜诗中觅得貌异志同的对象。

又有称杜甫是“伟大的现实主义诗人”，但中国从古以来就没有浪漫主义的诗人，也更加不存在现实主义与浪漫主义的对立思潮。杜甫和中国历史上一切伟大的诗人一样，其用心全在政治，与欧洲文学中的现实主义也毫不搭界。把杜甫称作“伟大的现实主义诗人”，这一说法可能是受“诗史”之说的影响。唐孟棨《本事诗·高逸》里说：“杜甫逢禄山之难，流离陇蜀，毕陈于诗，推见至隐，殆无遗事，当时以为‘诗史’。”宋祁更进一步指出：“甫又善陈时事，律切精深，至千言不少衰，世称‘诗史’。”（《新唐书·杜甫传》）能被称作“诗史”的，是“三吏”“三别”、《自京赴奉先县咏怀五百字》《北征》这一类的作品。说杜甫是“伟大的现实主义诗人”，其作品是诗史，这类说法姑不论其恰当与否，都是在说杜甫只有一种面貌，只容一种风格，这是把本为大家的杜甫，拉低到了名家的层次。

诗史与杜甫的全新创造

杜甫可称作“诗史”的这一类作品，都以五言古风的形式著成。五古本是汉魏以来的旧体，也是唐以前作者最繁、作品最夥的一种文体。杜甫充分继承了汉魏古诗风骨遒上的特征，而又有自己的独特创造。在杜甫之前，除了在文学史上评价非常低的玄言诗，一般而言，诗都是注重形象思维的。谢安与子弟集聚，问:“《毛诗》何句最佳?”谢玄答道:“昔我往矣，杨柳依依；今我来思，雨雪霏霏。”（《世说新语·文学第四》）谢玄的好尚，正代表了每一个时代的多数人对诗的蕲向。大多数的文学作品，正如吴孟复《吴山萝诗文录存》所指出，皆有“托”而非“直言”，其中托于“事”为“赋”，托于“物”与“人”为“比”，托于“景”为“兴”。然而杜甫就偏偏要别出心裁，其五古以直接议论、抒情为主，次以叙事的赋笔，而在意思转折处，才多用托于景的兴笔，托于人和物的比笔。譬如花落而见果，得鱼而忘筌，既然赋比兴都是为了抒情，我又何妨徒手白战，不假于所托，而直接明心见性?有所托者，往往因照顾到文辞意境的美，而损减了作品的真率，如王维所作，苏轼称曰:“味摩诘之诗，诗中有画；观摩诘之画，画中有诗。”（《书摩诘蓝田烟雨图》）但正因维诗中“画”的成分太多，遂至情感宣泄不足，方之老杜，便有幽涧清溪与长江大河之别。

老杜五古代表作之一的《自京赴奉先县咏怀五百字》，作于天宝十四载（755）十一月初，本月安禄山反于范阳，杜甫往奉先省亲。诗的开头一反前辈诗家以比兴起或以叙事起的成法，而是不藉物象，直接抒情:

> 杜陵有布衣，老大意转拙。许身一何愚，窃比稷与契。居然成濩落，白首甘契阔。盖棺事则已，此志常觊豁。穷年忧黎元，叹息肠内热。取笑同学翁，浩歌弥激烈。非无江海志，潇洒送日月。生逢尧舜君，不忍便永诀。当今廊庙具，构厦岂云缺。葵藿倾太阳，物性固

莫夺。顾惟蝼蚁辈，但自求其穴。胡为慕大鲸，辄拟偃溟渤。以兹悟生理，独耻事干谒。兀兀遂至今，忍为尘埃没。终愧巢与由，未能易其节。沉饮聊自适，放歌颇愁绝。

这样一大段的直抒胸臆，夹着大量的议论，只是在情感的层次要转折处，插入了一些具体的意象，以“托”而见意,(“非无江海志，潇洒送日月……葵藿倾太阳，物性固莫夺。顾惟蝼蚁辈，但自求其穴。胡为慕大鲸，辄拟偃溟渤……终愧巢与由，未能易其节。”）对于习惯了情景交融的审美定势的读者来说，是很难欣赏这样的作品的。杜甫还创造性地泯去了用典使事与抒情之间的界限，让托于人的“比”笔也承担了抒情的功用。如诗中“取笑同学翁，浩歌弥激烈”二语，天骨开张，桀骜不驯，极好地勾勒出诗人的内在形象。但很多杜诗的选本，包括不少大学中文系教材，都轻轻滑过去，未加注解，不知其出诸《韩诗外传》：孔子门人原宪居鲁，生活得非常清贫，同学子贡肥马轻裘来见，看到原宪的苦况，感喟说:“先生何病也!”原宪回答说：钱财匮乏谓之贫，学而不能身体力行才是病。我是贫，不是病。又侃侃而谈了一番学者为己、忧道不忧贫的道理，令子贡羞惭而去,“原宪乃徐步曳杖，歌《商颂》而反。声沦于天地，如出金石”。(《韩诗外传》卷一）之所以能有这样的创造，就是因为在老杜的笔下，撼人心魄才是第一要务。

即使是叙事的赋笔，老杜也夹杂着大量的议论。他先以“岁暮百草零，疾风高冈裂”起兴，接入写自己的行踪:“天衢阴峥嵘，客子中夜发。”而他的行踪，不过是为他提供了一个立脚点，让他好铺陈自己的所思、所感。普通诗家写来，必定描摹物象，物我同怀，而杜甫却根本不讲什么“天人合一”的境界，一意刻画心理，凸显出强烈的人文的精神。自然的物象都为他的情感所驱驰，而随之列兵布阵。“霜严衣带断，指直不得结”，一笔点染，诗人的感觉完全压住了物象的客观面貌，诗人的“感”与“思”不再由物象而触发，而是让物象随着诗人的“感”与“思”同步变幻。承上“客子中夜发”，接写“凌晨过骊山”，而骊山是玄宗离宫所在，老杜很自然地以一句“御榻在嵽嵲”，引出无穷的感慨。嵽（dié）嵲（niè）是两个入声字，叠韵而联绵，意为高峻，此指山之高峻处。经骊山而想行宫，老杜所思者何若呢？“蚩尤塞寒空，蹴蹋崖谷滑”，他想到兵气压人，而不由心思恍惚，稍不留神，就会失足跌落崖谷。而缅想当初玄宗游幸至此，“瑶池气郁律，羽林相摩戛。君臣留欢娱，乐动殷樛嶱。赐浴皆长缨，与宴非短褐”：温泉之水蒸腾而上，羽林军列队护卫，君臣荒游宴乐不已，乐舞盛明广大，与其会者，皆重臣贵幸之辈。到这里，已经完成了“蚩尤塞寒空”与“瑶池气郁律”的对照，然而诗人之意又岂止于此？忽如旁生枝节一般，老杜又评论道：“彤庭所分帛，本自寒女出。鞭挞其夫家，聚敛贡城阙。圣人筐篚恩，实欲邦国活。臣如忽至理，君岂弃此物。多士盈朝廷，仁者宜战栗。”由朝廷赐赏皆是民脂民膏，说到朝中大臣，殊负国恩。唐人称皇帝曰圣人，老杜说皇帝赐以实满币帛的筐篚，是希望你们让国家安定，人民有活路，大臣倘若轻忽此理，岂非做皇帝的白白浪费了这些财物吗？朝廷上的济济多士，如有仁爱之心，真该悚然生惧了。岂，是岂非之意。

“况闻内金盘，尽在卫霍室。中堂舞神仙，烟雾散玉质。暖客貂鼠裘，悲管逐清瑟。劝客驼蹄羹，霜橙压香橘。朱门酒肉臭，路有冻死骨。荣枯咫尺异，惆怅难再述。”则又借西汉后戚卫青、霍去病之得宠，痛揭杨国忠之奢侈无度，堂上歌伎态拟神仙，门下客皆着貂鼠之裘，明明穷侈极奢，却还要听一些悲伤清切的音乐，以刺激麻木的心理。所食皆难得珍贵之物，酒肉食之不完，放到发了臭，而道路有冻死之民。总结以“荣枯咫尺异，惆怅难再述”，诗人对“卫霍室”奢靡生活的铺陈，也就更加有了深刻的批判。其中“朱门酒肉臭，路有冻死骨”尤为千古名句。有学者不知诗家语，乃别生新解，谓“酒肉臭”之“臭”当读如“嗅”，意为“香气”，这样的解释完全违背杜甫的原意，极大地削弱了原诗的批判力量，减弱了作者悲愤的心情。而且这些学者也不知道，唐时无蒸馏酒，其酒即今日陕西之稠酒，甘甜香醇，而度数不高，如保存不当，很容易变得酸臭。

“北辕就泾渭，官渡又改辙。群冰从西下，极目高崒兀。疑是崆峒来，恐触天柱折。河梁幸未坼，枝撑声窸窣。行旅相攀援，川广不可越。老妻寄异县，十口隔风雪。谁能久不顾，庶往共饥渴。”数句写行旅之艰，仍以行踪为线索。诗人一路所见的景物，充满了奇崛怪诞的色彩，“群冰”四句，写出深重的压迫感。“老妻”四句，是行程中所思，乃因渐近其地，思见之情，尤为迫切。此处实以作铺垫，重点则在下文之“入门闻号咷，幼子饥已卒。吾宁舍一哀，里巷亦呜咽。所愧为人父，无食致夭折。岂知秋禾登，贫窭有仓卒”。前文对家人的思念，与幼子因饥饿而夭折，形成惨酷的对照，在这大的对照中，又有一个小的对照：哪里知道秋禾丰登之岁，贫窭之家，仍有仓卒难办之粮！读者也就会随着诗人的叙事，而产生强烈的心理波动，这种心理波动，是与诗的共振。老杜继承的是古之诗人“饥者歌其食，劳者歌其事”的传统，不事雕缋，以平实的赋笔，写出人间惨相，令人扼腕，令人堕泪，真情具在，故常化丑为美，扫俗为雅。他的诗还常常自觉地使用双声叠韵，以增加行文的声韵之美。崒兀、崆峒、窸窣、攀援皆叠韵，呜咽、仓卒双声，除了让人在诵读时更增顿挫之姿，更能避熟就生，为全诗增加了高古的气息。

诗的结尾，作者写道："生常免租税，名不隶征伐。抚迹犹酸辛，平人固骚屑。默思失业徒，因念远戍卒。忧端齐终南，澒洞不可掇。"诗人是士人，又是官宦之后，不用交租税、服兵役，在乱世中尚难保全骨肉，而况平民呢？该当更加凄清愁苦了吧！（唐人避太宗讳，民皆改作人，故平人即平民。）还有那些失去家业、理生之具的徒众，远戍征战的兵士，想到他们，不禁忧来无端，浩浩不绝。由一己之悲，一家之恸，而推及天下百姓，有此民胞物与之心，乃能成其诗境之大。"忧端齐终南，澒洞不可掇"是用比喻之法作结，这样就显得诗意含蓄不尽。二句是递进的结构，意谓忧愁的最高处不止高比终南山之主峰，更耸入虚空，令人无法触及。本来不可见不可触的"忧"，经此比喻，便拥有了鲜明可感的形象，而成为不朽的名句。

托物寓志的另类历史书写

有时候，老杜的"诗史"是用一种隐蔽的方式来写成，则又别具奇情壮采。如《义鹘行》：

阴崖有苍鹰，养子黑柏巅。白蛇登其巢，吞噬恣朝餐。雄飞远求食，雌者鸣辛酸。力强不可制，黄口无半存。其父从西归，翻身入长烟。斯须领健鹘，痛愤寄所宣。斗上捩孤影，嗷哮来九天。修鳞脱远枝，巨颡拆老拳。高空得蹭蹬，短草辞蜿蜒。折尾能一掉，饱肠已皆穿。生虽灭众雏，死亦垂千年。物情有报复，快意贵目前。兹实鸷鸟最，急难心炯然。功成失所往，用舍何其贤！近经潏水湄，此事樵夫传。飘萧觉素发，凛欲冲儒冠。人生许与分，亦在顾盼间。聊为义鹘行，永激壮士肝。

此诗宜作于唐肃宗至德二载（757）九月。诗的字面意思甚明豁，写鹰雏为白蛇所食，雌鹰力不能制，只能辛酸哀鸣，雄鹰诉于健鹘，遂领之报仇。义鹘为鹰复仇后，“功成失所往，用舍何其贤”，而不望其报。浦起龙评曰：“奇情恣肆，与子长《游侠》《刺客》列传，争雄千古。”（《读杜心解》卷一）鹘能作鸟中侠客，然耶非耶？宋洪迈《夷坚甲志》卷五记载“义鹘”二事，并言鹘为鹳报仇而杀蛇，恐皆因杜诗敷衍而成。窃以为本诗为赞回鹘义军，而托言义鹘。

回鹘即回纥，《旧唐书·回纥传》记，肃宗至德二载九月，回纥遣其太子叶护领兵马四千馀众，助大唐讨逆，“戊子，回纥大首领达干等一十三人先至扶风，与朔方将士见仆射郭子仪，留之，宴设三日。叶护太子曰：‘国家有难，远来相助，何暇食为。’子仪固留之，宴毕便发。其军每日给羊二百口、牛二十头、米四十石。及元帅广平王率郭子仪等至香积寺东二十里，西临沣水。贼埋精骑于大营东，将袭我军之背。朔方左厢兵马使仆固怀恩指回纥驰救之，匹马不归，因收西京。”回纥军助唐室收西京后，因广平王固止之，未入城劫掠。老杜遂作此诗以称美之。诗中“生虽灭众雏，死亦垂千年”只能是指安庆绪的贼兵。众雏指百姓，垂千年谓贼首纵死，亦当遗臭千年，倘真是写蛇，谓其“死亦垂千年”，就太比拟不伦了。又“近经潏水湄，此事樵夫传”，潏水与沣水皆出鄠县（今作户县），汉时经上林苑而入渭，言潏水，实指沣水。

至德二载十月，“广平王、副元帅郭子仪领回纥兵马，与贼战于陕西。初次于曲沃，叶护使其将军车鼻施吐拨裴罗等旁南山而东，遇贼伏兵于谷中，尽殪之。子仪至新店，遇贼战，军却数里。回纥望见，逾山西岭上曳白旗而趋击之，直出其后，贼众大败，军而北坑，逐北二十馀里，人马相枕藉，蹂践而死者不可胜数，斩首十馀万，伏尸三十里。贼党严庄驰告安庆绪，率其党背东京北走渡河，而叶护从广平王、仆射郭子仪入东京。”但入东京后，回纥先入府库收财帛，又于市井村坊剽掠三日而止，得财物不可胜计，老杜不会为这样的行为唱赞歌，故知此诗必作于回纥助唐收西京之后，入东京之前。两京既复，肃宗曰：“能为国家就大事成义勇者，卿等力也。”在除叶护为司空、仍封忠义王的诏书中，肃宗曰：“功济艰难，义存邦国，万里绝域，一德同心，求之古今，所未闻也。”称赞叶护“奋其智谋，讨彼凶逆，一鼓作气，万里摧锋，二旬之间，两京克定。力拔山岳，精贯风云，蒙犯不以辞其劳，急难无以逾其分”，与义鹘之击白蛇，“修鳞脱远枝，巨颡拆老拳。高空得蹭蹬，短草辞蜿蜒。折尾能一掉，饱肠已皆穿。生虽灭众雏，死亦垂千年。物情有报复，快意贵目前。兹实鸷鸟最，急难心炯然。功成失所往，用舍何其贤”，莫不契合。

托物而寓志，早昭著于《诗经》，老杜以五言的字面，得《风》《雅》之精神，此是真善学《诗》者。

卓尔之人格，卓尔之诗

杜甫的七言古诗，历来评论也极高。王士禛说："诗至工部，集古今之大成，百代而下无异词者。七言大篇，尤为前所未有，后所莫及。盖天地元气之奥，至杜而始发之。"（《古诗笺·凡例》）沈德潜则云："少陵七言古，如建章之宫，千门万户。如巨鹿之战，诸侯皆从壁上观，膝行而前，不敢仰视。如大海之水，长风鼓浪，扬泥沙而舞怪物，灵蠢毕集。别于盛唐诸家，独称大宗。"（《唐诗别裁集》卷六）七言古诗概称歌行，宋人姜夔《白石道人诗说》认为，"体如行书曰行，放情曰歌，兼之曰歌行"，胡应麟则解释说："阖辟纵横，变幻超忽，疾雷震霆，凄风急雨，歌也；位置森严，筋脉联络，走月流云，轻车熟路，行也。"（《诗薮》内编卷三）大致来说，歌比行更加自由奔放，故而"太白多近歌，少陵多近行"（同上胡应麟语）。尽管如此，老杜还是在森严的法度中，写出了他超卓的胸襟、深沉的情感。

其《乐游园歌》：

> 乐游古园崒森爽。烟绵碧草萋萋长。公子华筵势最高，秦川对酒平如掌。长生木瓢示真率，更调鞍马狂欢赏。青春波浪芙蓉园，白日雷霆夹城仗。阊阖晴开詄荡荡。曲江翠幕排银榜。拂水低回舞袖翻，缘云清切歌声上。却忆年年人醉时。只今未醉已先悲。数茎白发那抛得，百罚深杯亦不辞。圣朝亦知贱士丑，一物自荷皇天慈。此身饮罢无归处，独立苍茫自咏诗。

本诗原有小注曰："晦日贺兰杨长史筵醉中作。"贺兰杨长史为谁，今已不可考。乐游园本名乐游苑，始成于汉宣帝神爵三年（前59），故诗人说"乐游古园"。韦述《西京新记》载："太平公主于原上置亭游赏，每正月晦日，三月三日、九月九日，士女咸即此袯禊登高。词人乐饮歌诗，翌日传于都市。"当时以正月晦日为中和节，与上巳、重阳共称三令节，意即三大美好的节日。诗中"烟绵碧草萋萋长"，正是正月二月间的景色，这首诗大概是作于天宝十载（751）后杜甫献《三大礼赋》，留京师被朝廷召试，屡被摒斥之时。

此诗共用了三个韵部，每转一韵，意思就是一层转折。第一韵由首句至"更调鞍马狂欢赏"，承题写长史筵宴，首句的"崒"字，是危高之意，只一字便写出了乐游园地势之高，也树立了全诗的气势，遂使下文的"公子华筵势最高，秦川对酒平如掌"有了着落。

第二韵始自"青春波浪芙蓉园"，至"缘云清切歌声上"，因远望而想象唐玄宗游幸曲江芙蓉园，仪仗自夹城秘道出，声若雷霆。玄宗开元二十年（732），从大明宫筑夹城入芙蓉园，外人不知。但到天宝十载时，相信人们都已知道有这条秘道的存在。阊阖本指天门，此喻大明宫门，诛荡荡是空旷无际的样子，出自《汉书·礼乐志》："天门开，诛荡荡，穆并骋，以临飨。"杨贵妃、虢国夫人这些贵幸之辈，张起连天的翠幕，各悬本家匾额，在曲江边游赏。而梨园弟子，征管逐弦，妙舞清歌，倾动一时。

第三韵蓦转至自身，谓当此春和令节，一草一木，皆承皇天之慈，何以我长为贱士呢？结二句"此身饮罢无归处，独立苍茫自咏诗"，历来注家多以为系慨叹无聊之辞，只有清代的何焯指出："于今为南内，于汉不尝为乐游乎？芙蓉园、夹城仗有时而尽，而吾诗可以垂之无穷，然则何以无归为悲哉！结句又以自解也。'独立'二字，不但为会散寂寞言之。"（《义门读书记》卷五十一）老杜毕竟是真诗人，尽管他渴望为世所用，但归根到底，他还是要追求立言的事业，并坚信苍茫天地间，唯诗人可以不朽，自己的诗作必将千古流传，这就是老杜的胸襟。清人叶燮评论说："时甫年才三十馀，当开、宝盛时，使今人为此，必铺陈飏颂，藻丽雕缋，无所不极；身在少年场中，功名事业，来日未苦短也，何有乎身世之感？乃甫此诗，前半即景事无多排场，忽转'年年人醉'一段，悲白发、荷皇天，而终之以'独立苍茫'，此其胸襟之所寄托何如也！"（《原诗》）显然也是听懂了老杜的话外之音。

杜甫的诗中，总有一种倔强，一种坚贞自守，也就因此而有了喷薄而出的盛气。所以即使是一篇意希干谒的作品《奉赠韦左丞丈二十二韵》，也写得极见身份。开头自诉穷饿："纨绔不饿死，儒冠多误身。丈人试静听，贱子请具陈。"固已感怆无端，而仍以"甫昔少年日，早充观国宾。读书破万卷，下笔如有神。赋料扬雄敌，诗看子建亲。李邕求识面，王翰愿卜邻。自谓颇挺出，立登要路津。致君尧舜上，再使风俗淳"陡然振起，隐有自重之意。哪怕是"骑驴十三载，旅食京华春。朝扣富儿门，暮随肥马尘。残杯与冷炙，到处潜悲辛"，自开元二十三年（735）赴京兆之贡，后以应诏到京，到写此诗时的天宝六载（747），正好十三年，十三年的蹭蹬失意，也磨不去他内心的那份自尊、那份刚强。数语状穷途窘迫之状，何等真切，他人写来，必涉猥琐，但以挚情真气，流行其间，令人不觉猥琐，只觉凄恻。诗的末尾，在"今欲东入海，即将西去秦"之时，仍不忘自高身份，感谢韦济奖掖之德，不作泛泛语，而是说："尚怜终南山，回首清渭滨。常拟报一饭，况怀辞大臣。"以渭水边垂钓的姜尚、因一饭之恩而死命救晋国赵盾的灵辄自许。最后更以“白鸥没浩荡，万里谁能驯”自况。吴汝伦评“今欲东入海”以下说:“此下雄奇万变，苍莽无端，不可一世矣。收束尤超恣奇横，神变不测。”（高步瀛《唐宋诗举要》卷一引）这还只是从辞气而论，其实老杜的诗，根系于他倔强不驯的人格，有此卓尔之人格，乃有此卓尔之诗。

地火一般喷薄的感情

天宝八载（749）六月，唐陇右节度使哥舒翰与吐蕃战，力攻吐蕃军事要塞石堡城，虽胜而唐兵战死者数万人。九载冬十二月，关西游弈使王难得又攻吐蕃，征兵卒甚急，杜甫为作《兵车行》。诗曰：

> 车辚辚，马萧萧。行人弓箭各在腰。耶娘妻子走相送，尘埃不见咸阳桥。牵衣顿足拦道哭，哭声直上干云霄。道旁过者问行人。行人但云点行频。或从十五北防河，便至四十西营田。去时里正与裹头，归来头白还戍边。边庭流血成海水。武皇开边意未已。君不闻汉家山东二百州，千村万落生荆杞。纵有健妇把锄犁。禾生陇亩无东西。况复秦兵耐苦战，被驱不异犬与鸡。长者虽有问。役夫敢申恨。且如今年冬，未休关西卒。县官急索租，租税从何出。信知生男恶，反是生女好。生女犹得嫁比邻，生男埋没随百草。君不见青海头。古来白骨无人收。新鬼

烦冤旧鬼哭，天阴雨湿声啾啾。

温柔敦厚的诗旨，含蓄蕴藉的诗趣，在老杜这儿都芟除殆尽，唯有炽热的感情，像地火一般喷薄而出。老杜极善用语典，“辚辚”出《诗·秦风·车鄰》：“有车鄰鄰。”鄰鄰即辚辚，毛传：“众车声也。”“萧萧”出《小雅·车攻》：“萧萧马鸣。”用《诗经》语辞，又接以“行人弓箭各在腰”之句，遂使开头即有肃穆沉重之意。老杜用语典出神入化，使人不觉其用典，而疑为自作此语，故为难得。像他的《秋兴八首》中“西望瑶池降王母，东来紫气满函关”一联，清代李黼平指出，据《尔雅》，西王母乃西荒国名，故以函关对。(《读杜韩笔记》) 用典乃能精妙至此。

“耶娘妻子走相送”四句，以震撼人心的惨痛画面，设置悬念，骇人视听。老杜的写法就像是秦青讴歌，声振林木，开头已起调极高，旁人已觉高到极顶了，他却能于高处停留，气息仍然运转如意。“道旁过者问行人”二句，交代本诗所咏之事。道旁过者，实即作者；行人，即行役之人，被“点行”之人。二句一韵，作一小顿，“点行频”三字，写依照名册强征服役，征徒催发，无有已时。以下借行人之口，叙述强征远役之惨酷。唐初重视中央集权，关中的军事力量甲于天下，至玄宗乃征发关中之军，以开边拓土，遂致关中空虚，终有安禄山、史思明之祸。老杜在万千人中，撷取了一人，叙写他的身世：“或从十五北防河，便至四十西营田。去时里正与裹头，归来头白还戍边。”则玄宗之穷兵黩武，已垂二十馀年矣。他通过鲜明的个体形象，刻画出了关中军人凄惨的群像，着墨不必多，自然力道千钧。本篇之微意，尽在“边庭流血成海水，武皇开边意未已”二句，老杜又借“行人”之口，反问道：“君不闻汉家山东二百州，千村万落生荆杞？”则情感之磅礴，如入云高唱，愈高而愈摄人心魄。君不闻，即君岂不闻。“纵有健妇”四句，又转一韵，由悲壮一转而为凄厉，意谓纵有健妇耕作，而如何抵得过男子之力？我们这些关中兵，吃苦耐劳惯了，像鸡犬一样被驱使着，早已麻木不仁。此四句语似平淡，而从侧面反面写来，愈觉惨苦。老杜复以“长者虽有问，役夫敢申恨”二句，作一转折，以引出役夫的进一步陈述，谓朝廷征戍，我何敢发牢骚？然既要戍边，又不免租税，州县急征田租，我已破家荡产，从哪里措办？再化用秦始皇时，使蒙恬筑长城，死者相属，秦人所作的民歌：“生男慎勿举，生女哺用铺。不见长城下，尸骸相支拄。”谓生男不如生女，逆折写来，沉痛已极。

然而诗意至此，老杜仍嫌未足，他以“君不见”三字领起，不再藉转述役夫之语而抒情，而是由诗人自己赤臂上阵，于千万人前狂呼道：在那与吐蕃交锋的青海头，古来有多少白骨无人收葬！今日眼中之行人，怕皆是他日的鬼队！蓦由沉恸深哀，转为悲愤痛切。末二句，是“新鬼烦冤旧鬼哭”在前，“天阴雨湿声啾啾”在后，此与一般景语在前，情语在后，务求蕴藉之写法完全相反，景更加深化了情，本诗的结尾，便如黄河之水，经禹门而如山如沸，充满了悲壮的伟力。

老杜太超前了，他对“真”“善”的追求超过了对“美”的追求，而以撼人心魄为诗的第一要务，这也是他在活着的时候诗名不盛的原因所在。杜甫实际是写出了与一般的诗家完全相反的诗，普通诗家是赋比兴为主，情感讲究的是含蓄不露，甚至如南宋诗评家严羽所云，“不著一字，尽得风流”，以蕴藉高华为美；老杜把这一传统尽行颠倒过来，他让赋比兴只起到装潢的作用，而第一次让心理刻画成了诗的主体担当。

杜甫何以是杜甫

苏轼有言："古今诗人众矣，而杜子美为首，岂非以其流落饥寒，终身不用，而一饭未尝忘君也欤?"（《王定国诗集序》）这段话影响极大。倘究之文学立诚之本，东坡的话当然是直探本源之见，但忠孝仁爱之心，只是成为大家的必要条件，杜甫之所以是杜甫，又不仅得力于忠悃缠绵之志，更得力于他"转益多师""熟精文选理""读书破万卷"的学殖，"熟知二谢将能事，颇学阴何苦用心"的艰苦训练。明杨慎云："李太白始终学《选》诗。杜子美好者，亦多是效《选》诗，后渐放手，初年甚精细，晚年横逸不可当。"（《升庵诗话》卷一三"学选诗"条）清代姚莹评论说："升庵此言良是。六朝人诗，字句意格无不精造生新，故少陵云'熟精《文选》理'，李、杜大家，特变其貌耳。后人不知此理，轻易开口下笔，故流易浅俗，虽名家不免此病，其去古人之远，莫不由此。"（《康輶纪行》卷十三）《选》诗即《文选》中所选的六朝的五言古诗，实则老杜所熟精的《文选》之理，还有骈文的句法。老杜有意识地将骈文的句法压缩到诗中，使得诗句劲健凝炼，而成为杜甫律诗的最鲜明的特征。五言如"竹批双耳峻，风入四蹄轻""盍簪喧枥马，列炬散林鸦""林风纤月落，衣露静琴张""感时花溅泪，恨别鸟惊心""烽举新酣战，啼垂旧血痕""水落鱼龙夜，山空鸟鼠秋""无风云出塞，不夜月临关""水静楼阴直，山昏塞日斜""地卑荒野大，天远暮江迟""水流心不竞，云在意俱迟""暗飞萤自照，水宿鸟相呼”“星垂平野阔，月涌大江流”“落日心犹壮，秋风病欲苏”……七言如“且看欲尽花经眼，莫厌伤多酒入唇”“黄牛峡静滩声转，白马江寒树影稀”“风尘荏苒音书绝，关塞萧条行路难”“胡来不觉潼关隘，龙起犹闻晋水清”“匡衡抗疏功名薄，刘向传经心事违”“云移雉尾开宫扇，日绕龙鳞识圣颜”“波漂菰米沉云黑，露冷莲房坠粉红”“红稻啄残鹦鹉粒，碧梧栖老凤凰枝”……这样的对句，每一联都是经骈文的句子压缩而来，一联中的上句和下句，都分别由骈文的两句合成，故一联而蕴四句，其句法之精炼可想而知。如“水落鱼龙夜，山空鸟鼠秋”意即“水渐落矣，而鱼龙泛夜；山渐空兮，而鸟鼠（山名）交秋”。“云移雉尾开宫扇，日绕龙鳞识圣颜”实即“云移雉尾，开宫扇也；日绕龙鳞，识圣颜也”。他的七律《秋兴八首》中的名句“香稻啄馀鹦鹉粒，碧梧栖老凤凰枝”，一般认为系“鹦鹉啄馀香稻粒，凤凰栖老碧梧枝”的倒装，其实它何尝是倒装，而是杜诗学自《文选》中骈文的特殊句法，且更应依别本作“红稻啄残鹦鹉粒，碧梧栖老凤凰枝”，意即：红稻为啄残鹦鹉之粒，碧梧乃栖老凤凰之枝。其他诗人，偶有类似句法，总不及老杜用得自觉。

胡应麟比较李杜两位大家时指出：“唐人才超一代者，李也；体兼一代者，杜也。李如星悬日揭，照耀太虚；杜若地负海涵，包罗万汇。”（《诗薮》内编卷四）“地负海涵，包罗万汇”八字，是真知杜诗之言。惟老杜之包罗万汇，又不止于艺术风格上的“具范兼镕”，老杜佳胜独得之处，还在于他的无事无物不可入诗，人间琐屑之事，能以赋笔铺叙，在平常中见挚情，在平淡中见奇崛。在杜甫以前，唐诗的主流是仙、禅，诗的根本旨趣在超脱人世，杜诗却直承国风、《古诗十九首》、汉乐府之遗，立足在这片苦难的土地上，写出普通人的悲欢。他的诗是“修辞立其诚”的典范，如《羌村》三首：

峥嵘赤云西，日脚下平地。柴门鸟雀噪，归客千里至。妻孥怪我在，惊定还拭泪。世乱遭飘荡，生还偶然遂！邻人满墙头，感叹亦歔欷。夜阑更秉烛，相对如梦寐。

晚岁迫偷生，还家少欢趣。娇儿不离膝，畏我复却去。忆昔好追凉，故绕池边树。萧萧北风劲，抚事煎百虑。赖知禾黍收，已觉糟床注。如今足斟酌，且用慰迟暮。

群鸡正乱叫，客至鸡斗争。驱鸡上树木，始闻叩柴荆。父老四五人，问我久远行。手中各有携，倾榼浊复清。莫辞酒味薄，黍地无人耕。兵戈既未息，儿童尽东征。请为父老歌，艰难愧深情！歌罢仰天叹，四座泪纵横。

写乱世生命的卑微，患难中的真情，乡野间质朴的友谊，平易晓畅，明白如话，偏又动摇人心，催人涕下。杜甫写作时甚至不避“日脚下平地”“柴门鸟雀噪”“群鸡正乱叫，客至鸡斗争”这样的俗语，却让人只觉其真，不觉其俗。他以深沉的爱、绝大的才力，把俗语写得那么雅，把平淡的生活写得那样富有诗意。宋张端义《贵耳集》记载，他侍奉父亲到荆南之地，拜访了自号江陵病叟的项平斋，平斋知他学诗词，便道：“学诗当学杜诗，学词当学柳词。”以杜诗与柳词并列，前所未闻，端义遂更请详论。平斋答道：

“杜诗、柳词皆无表德，只是实说。”无表德意即写作时从无矫饰，有甚说甚，而李绅、元稹、白居易辈发起之“新乐府运动”，因事立题，而总要先存讽喻时政之心，便嫌刻意表德，下老杜远甚。

诗人与写诗的人

历来说老杜诗风是沉郁顿挫，此语实为老杜自许其赋颂之文。天宝十三载（754），玄宗朝献太清宫，飨庙及郊，杜甫奏赋三篇。帝奇之，使待制集贤院，命宰相试文章，擢河西尉，不拜，改右卫率府胄曹参军。又进《雕赋》，高自称道，有云：“自先君恕、预以降，奉儒守官，未坠素业矣。亡祖故尚书膳部员外郎先臣审言，修文于中宗之朝，高视于藏书之府，故天下学士到于今而师之。臣幸赖先臣绪业，自七岁所缀诗笔，向四十载矣，约千有馀篇。今贾、马之徒，得排金门、上玉堂者甚众矣。惟臣衣不盖体，尝寄食于人，奔走不暇，只恐转死沟壑，安敢望仕进乎？伏惟明主哀怜之。倘使执先祖之故事，拔泥涂之久辱，则臣之述作，虽不能鼓吹六经，先鸣数子，至于沉郁顿挫，随时敏给，扬雄、枚皋之徒，庶可企及也。有臣如此，陛下其舍诸？伏惟明主哀怜之，无令役役，便至于衰老也。”（《进雕赋表》）后世一般的理解，认为沉郁顿挫指的是情感深沉蕴藉，音节抑扬有致。其实杜甫既矜其赋颂之体，且自拟于扬雄、枚皋，可见沉郁顿挫皆就其庙堂文学而言。沉郁当是指下语沉稳，用辞繁茂，顿挫则是指语势有停顿转折，这才是庙堂文学所需要的风格。下文所谓“随时敏给”也明显是说，只要朝廷交代下来，我便能及时地完成任务。杜甫屡举进士不第，只好希望朝廷能破格录用他。

尽管在唐代，诗赋是考进士最主要的科目，但朝廷只是想通过诗赋选拔出文学功底深厚，思维活跃，见事通明的“写诗的人”，而并不想在朝堂之上塞满真正的诗人。“写诗的人”与诗人是两种人，前者企慕着诗人的风雅，也信守着古雅之道，但他们毕竟是“正常人”，而诗人却在用整个的生命，与现实的平庸无聊作殊死抵抗，他们是一般人眼中的畸人、疯子，也很难真正为当政者所用。杜甫是一位真正的诗人，这就意味着他既不可能通过标准化的进士考试而拾青紫，也不可能通过作诗的才能而得到在上位者的垂青。只要是不能宣泄内心，不能表现真相、表达思想的诗，真正的诗人一定写不好。唐肃宗乾元元年（758），中书舍人贾至作《早朝大明宫呈两省僚友》，曰：“银烛熏天紫陌长。禁城春色晓苍苍。千条弱柳垂青琐，百啭流莺绕建章。剑佩声随玉墀步，衣冠身惹御炉香。共沐恩波凤池上，朝朝染翰侍君王。”王维、岑参各有和章。维诗曰：“绛帻鸡人报晓筹。尚衣方进翠云裘。九天阊阖开宫殿，万国衣冠拜冕旒。日色才临仙掌动，香烟欲傍衮龙浮。朝罢须裁五色诏，佩声归向凤池头。”参诗云：“鸡鸣紫陌曙光寒，莺啭皇州春色阑。金阙晓钟开万户，玉阶仙仗拥千官。花迎剑佩星初落，柳拂旌旗露未干。独有凤皇池上客，阳春一曲和皆难。”三家诗皆语致高迈，并能点染出富丽堂皇的庙堂气象。杜甫也“奉和”了一首，云：“五夜漏声催晓箭，九重春色醉仙桃。旌旗日暖龙蛇动，宫殿风微燕雀高。朝罢香烟携满袖，诗成珠玉在挥毫。欲知世掌丝纶美，池上于今有凤毛。”这首诗杜甫应该写得十分用心，仇兆鳌评论道：“诗在四句分截，上咏早朝景，下和贾舍人。《演义》：‘初联，早朝之候；次联，大明宫景；三联，言退朝作诗，称贾至之才；结联，言父子继美，切舍人之事。’此诗比诸公所作，格法尤为谨严。”《演义》指张伯成《杜律演义》，贾至父贾曾，景云、开元中两任中书舍人，故杜诗末联及之。然而我们读来，总觉得杜甫的这首诗，较诸贾、王、岑三家，欠缺了一点什么。从表面上看，是欠缺了富丽堂皇的庙堂气象，实则欠缺的是对假大空的政治叙事的投入。真正的诗人，永远忠于真理、忠于真相，最重要的是忠于自己的心，相对贾、王、岑三家，杜甫的这首酬应之作其实是最差的。但这样的诗写得差劣，正是老杜作为伟大的诗人而为三家不及处。

雕：杜甫的生命图腾

《雕赋》是杜甫刻意经营的一篇赋，赋中的雕，实可看作他的生命图腾，理解了这一篇《雕赋》，也就理解了杜甫的人格。本赋先叙写雕之大略：

> 当九秋之凄清，见一鹗之直上。以雄材为己任，横杀气而独往。梢梢劲翮，肃肃逸响。杳不可追，俊无留赏。彼何乡之性命，碎今日之指掌。伊鸷鸟之累百，敢同年而争长。

鹗一般指鱼鹰，但《玉篇》上解释说雕即是鹗，故杜甫以之代指雕，用鹗不用雕，因鹗是仄声字，与秋字对仗。首韵以秋气之凄清，烘托雕性之孤傲。次韵是一篇之主，雕以雄材自任，故横飞鸷击，腾腾杀气。这也是杜甫对自己的期许。以下写雕的羽翮之健，鸣声之肃，“杳不可追，俊无留赏”是说难为庸主所用，“彼何乡”二句则言雕性善攫，取狐兔之命，只在指掌间。隐喻己之才具，诚堪大用。末韵则云，鸷鸟虽众，谁堪与雕比伦？作为诗人的杜甫，天然就有一种孤傲之气，雕性的猛鸷不群，当然就赢得了他由衷的共鸣。

再写雕性猛鸷，惟有当寒冬凛冽，无所猎以充肠之际，掌管山泽的虞人才能获之：

> 若乃虞人之所得也，必以气禀冬冥，阴乘甲子。河海荡潏，风云乱起。雪冱山阴，冰缠树死。迷向背于八极，绝飞走于万里。朝无以充肠，夕违其所止。颇愁呼而蹭蹬，信求食而依倚。用此时而椓杙，待尤者而纲纪。表狎羽而潜窥，顺雄姿之所拟。欻捷来于森木，固先击于利觜。解腾攫而竦神，开网罗而有喜。献禽之课，数备而已。

“迷向背于八极，绝飞走于万里”极言雕之穷困，“飞走”二字，自“飞鸟尽，良弓藏，狡兔死，走狗烹”化出，指飞鸟走兔之类。虞人于是锤钉木桩（椓杙），张好网罗，以待夫尤者，即雕中之尤其穷困者。“表狎羽而潜窥，顺雄姿之所拟”是设狎熟之家禽以为饵，所拟即所向，而虞人则在一旁潜窥。写雕欻捷而来，下击而遭网罗，四句惊心动魄。雕感觉到危险，刚要“解腾攫”，放落所攫之驯禽，高飞远遁，已神竦胆落，陷于网罗。虞人得之，不胜之喜。“献禽之课，数备而已”用《礼记·少仪》：“其禽加于一双，则执一双以将命，委其馀。”意谓雕至难得，必使其备于献禽之课乃已。这一段展露出老杜的隐秘心理：他性情实极孤傲自爱，如非迫于穷饿，殊不愿为时所用。他永远无法像正常仕进的士子那样，全情投入到现实的世界中去，对于官僚体制，他一面有所期冀，有所向往，而一面又怀着深深的抵触。

以下则写雕被驯服后，献于天子，追陪翠华，以其神骏而壮天子之威，谓其“夹翠华而上下，卷毛血之崩奔。随意气而电落，引尘沙而昼昏。豁堵墙之荣观，弃功效而不论”。堵墙谓观者如堵墙。结以“斯亦足重也”，是说自家不止希望仅以文采壮天子之威仪，更希能有所用，故遂望能将“恃古冢之荆棘，饱荒城之霜露。回惑我往来，趑趄我场圃”的“千年孽狐，三窟狡兔”，“奋威逐北”，令其“施巧无据，方蹉跎而就擒，亦造次而难去”。而青骹、白鼻之鹰，纵然迅捷，孽狐狡兔“屡揽之而颖脱，便有若于神助”，终究须待雕以竟其功。这是在写老杜对朝中之士的鄙视，诗人的骄傲，使得他没法将其他人真正放在眼里。这是老杜的性格使然，也是他永远无法融入体制的根本原因。

至于：

> 尔其鸧鸹鸨鶂之伦。莫益于物，空生此身。联拳拾穗，长大如人。肉多奚有，味不足珍。轻鹰隼而自若，托鸿鹄而为邻。彼壮夫之慷慨，假强敌而逡巡。拉先鸣之异者，及将起而遄臻。忽隔天路，终辞水滨。宁掩群而尽取，且快意而惊新。此又一时之俊也。

更以鸧鸹鸨鶂之伦，比喻凡庸之士，谓此辈不知己之无益于世，乃“轻鹰隼而自若，托鸿鹄而为邻”，高自位置；雕却如慷慨的壮夫，除非遇有强敌，显得小心谨慎，面对这群凡鸟，俟先鸣者之将起，倏已近至其身。逡巡用《后汉书·锺皓传》：“逡巡王命，卒岁容与。”指小心谨慎。雕迅飞捷翔，“忽隔天路，终辞水滨”，难道真的要掩群尽取凡鸟吗？不过要威慑新来之鸟，求一时之快意罢了。在诗人的眼中，平庸实在是这个世界不美好的根源所在，杜甫难以掩饰地表现出他对平庸的极大的蔑视。然而诗人的悲剧就在于，平庸才是这个世界的常态。

以下再就雕之形态略作描摹：“夫其降精于金，立骨如铁。目通于脑，筋入于节。架轩楹之上，纯漆光芒；掣梁栋之间，寒风凛冽。虽趾跷千变，林岭万穴。击丛薄之不开，突杈丫而皆折。”谓其有抵敌邪恶的道义。再拿雕与“虚陈其力，叨窃其位，等摩天而自安，与枪榆而无事者”相比，谓其“久而服勤，是可吁畏。必使乌攫之党，罢钞盗而潜飞；枭怪之群，想英灵而遽坠”。枪榆出《庄子·逍遥游》，谓鹏之徙于南冥也，水击三千里，抟扶摇而上者九万里，蜩与学鸠笑之曰：“我决起而飞，枪榆、枋，时则不至而控于地而已矣，奚以之九万里而南为？”摩天则指黄鹄，古乐府《乌生八九子》有“黄鹄摩天极高飞”之语。谓尸位者自诩如黄鹄，居然能心安理得，实不过像蜩与学鸠一样可怜复可笑罢了。乌攫出《汉书·循吏传·黄霸》：“尝欲有所司察，择长年廉吏遣行，属令周密。吏出，不敢舍邮亭，食于道旁，乌攫其肉。”廉吏谨小，乌鸦不畏，而抢其所食之肉。此谓抄掠盗窃之徒。枭是猫头鹰，古以为恶鸟，亦指凡民中之顽恶者。

最后，老杜借雕之不见用，归结到自身：

故其不见用也，则晨飞绝壑，暮起长汀。来虽自负，

> 去若无形。置巢巀嵲，养子青冥。倏尔年岁，茫然阙廷。莫试钩爪，空回斗星。众雏倘割鲜于金殿，此鸟已将老于岩扃。

巀（jié）嵲（niè）即巀嶭，指高峻之山。诗人感慨自己长不为朝廷所用，只能如弃雕一样，在江湖岩野之中浪游，不知不觉年华既去，而金阙玉廷，茫然已远。不要再试钩爪之力了，除了以拨动星斗，让时光飞逝，还能干些什么呢？末联又谓朝廷新进已繁，我则老于山门中矣。

从这篇赋中，我们能读出老杜的执着与不甘。一方面，诗人的天性让他的内心充满骄傲，另一方面，他又不得不为追求“见用”而委屈天性，他冀望有能忍受他的性格缺点的明君圣主，而这显然是不可能的，这就使得他的一生都处在矛盾与痛苦中。他之登严武床，瞪目詈骂，不过是这种矛盾与痛苦郁积而极致，而造成行为的极度扭曲。

历来诗论家，都喜欢拿李白与杜甫做比较，总希望能轩轾高下，但无论是崇李还是崇杜，哪一方也说服不了另一方。以至于李杜优劣论的主流意见竟然是：“李、杜二公，正不当优劣。”（严羽《沧浪诗话》）王世贞说：“五言古选体及七言歌行，太白以气为主，以自然为宗，以俊逸高畅为贵；子美以意为主，以独造为宗，以奇拔沉雄为贵。其歌行之妙，咏之使人飘扬欲仙者，太白也。使人慷慨激烈，歔欷欲绝者，子美也。选体太白多露语、率语，子美多稚语、累语，置之陶、谢间，便觉伧文面目，乃欲使之夺曹氏父子位耶？五言律、七言歌行，子美神矣；七言律，圣矣。五七言绝，太白神矣；七言歌行，圣矣；五言次之。太白之七言律，子美之七言绝，皆变体，间为之可耳，不足多法也。”（《艺苑卮言》卷四）从各体诗入手论辩，看似公允，其实仍是首鼠。如果我们撇开诗的艺术成就，而单论诗人的人格，其实李、杜优劣的问题十分简单。因为，一边是猛鸷无伦，而时时冀得见用的雕，一边却是逍遥乎天地之间，天子不得臣、诸侯不得友的鲲鹏。

十二

李杜文章在，光焰万丈长（下）

自由的大鹏与道德的希有鸟/李白自己最看重的作品/对历史和生命的终极思考/格高调逸，名隽不凡的五律/在七言歌行中宣泄了太白最盛的辞气，最多的天才/李白亦有极深婉之作/前无古人后无来者的七绝

以大鹏为生命图腾

唐玄宗开元十三年至十四年间（725—726），二十五岁的李白壮游江陵，遇名道士司马承祯（字子微）。子微一见太白，就说他有仙风道骨，可与神游八极之表，太白遂著为《大鹏遇希有鸟赋》，以表平生之志。此赋流布人间，甚为当时人称道。但到天宝二载（743），已入中年且被召为翰林供奉的李白，认为原赋不能穷宏达之旨，又将之重新修订，而成为流传至今的《大鹏赋》。此赋在《李太白文集》中，置在卷首《古赋八首》的第一篇，即古人所谓“压卷之作”。赋中的大鹏，便是太白的自况，他的整个的心理状态，他呈现给人的整体的气质，的确就像《庄子·逍遥游》中的鲲鹏，遨游八极，扶摇九万里。

赋的开头先向庄子致敬：“南华老仙，发天机于漆园。吐峥嵘之高论，开浩荡之奇言。”玄宗天宝元年，诏封庄子为南华真人，故称南华老仙。庄子又尝为漆园吏，天机不发于庙堂之上，而发于漆园之中，太白之胸襟可知矣。高论则曰峥嵘，奇言则曰浩荡，看似漫不经心的两句，却因用了两个熨帖的联绵词，而有了壮阔的波澜。以下是对《逍遥游》中“北冥有鱼，其名为鲲。鲲之大，不知其几千里也；化而为鸟，其名为鹏。鹏之背，不知其几千里也”的檃栝：

征志怪于《齐谐》，谈北溟之有鱼，吾不知其几千里，其名曰鲲。化成大鹏，质凝胚浑。脱鬐鬣于海岛，张羽毛于天门。刷渤澥之春流，晞扶桑之朝暾。燀赫乎宇宙，凭陵乎昆仑。一鼓一舞，烟朦沙昏。五岳为之震荡，百川为之崩奔。

《庄子》的原文想象奇瑰而文字质朴，太白则更加有伟丽曼衍之致。他打破了二句一韵的格律，“征志怪于《齐谐》，谈北溟之有鱼”未押韵，遂在齐整中寓散行，增加了行文的雄浑之气。志怪，一作“至怪”，当是后人所改，以与“北溟”对仗，但格律严整恐怕不是太白的风格，他的天性豪放杰出，不肯过加检束，志怪固然与北溟不对，“鱼”也不在本段所押的元韵当中，一任天然，不假人力，这才是太白的风格。“脱鬐鬣于海岛，张羽毛于天门。刷渤澥之春流，晞扶桑之朝暾”四句写鲲鹏之伟巨，谓鬐鬣脱落，能覆蔽海岛，张翼横羽，可触及天上的阊阖。渤澥即渤海，扶桑是日出之所，用“春流”“朝暾”，于崇高伟大之中，见出温厚婉约的风致，壮美与优美就有机地统一在一起了。鹏不止有庞巨的身躯，更蕴藏着震天撼地的伟力。“燀赫乎宇宙，凭陵乎昆仑”是说其威势极盛，在宇宙八荒之中，无与伦比。“燀赫”用《庄子·外物》中的语典：“任公子为大钩巨缁，五十犗以为饵，蹲乎会稽，投竿东海，旦旦而钓，期年不得鱼。已而大鱼食之，牵巨钩，錎没而下，骛扬而奋鬐，白波如山，海水震荡，声侔鬼神，燀赫千里。”大鹏扇翼，鼓舞起烟尘沙土，昏蔽天日，山河俱为之震荡崩流，这不只是对庄子精神的继承与深化，更是作者对自己精神境界的无限期许。

《庄子》原文以说理为主，太白更益之以铺陈。“鹏之徙于南冥也，水击三千里，抟扶摇而上者九万里”与“背若泰山，翼若垂天之云，抟扶摇羊角而上者九万里，绝云气，负青天”数语，经太白演衍，而成伟丽雄奇的壮观：

尔乃蹶厚地，揭太清。亘层霄，突重溟。激三千以崛起，向九万而迅征。背業太山之崔嵬，翼举长云之纵横。左回右旋，倏阴忽明。历汗漫以夭矫，羾阊阖之峥嵘。簸鸿蒙，扇雷霆。斗转而天动，山摇而海倾。怒无所搏，雄无所争。固可想像其势，仿佛其形。

太白变《庄子》的散文为诗的文辞，节奏上短长相间，充满了灵动夭矫之气。读者如随着大鹏的翻飞，水击三千里，抟扶摇之风而上下。“左回右旋，倏阴忽明”是说鹏翼之展，遮天蔽日；汗漫，广大无际貌；夭矫，飞腾貌；峥嵘，高峻貌；羾音贡，至也，到也。这两句最漂亮，因写出了鹏的伟力与自由。“怒无所搏，雄无所争”说的是，大鹏如此地高贵，如此地自傲，雄视于宇宙六合间，谁配做它的对手？然则我们可以想见，太白所追求的，何尝是人间的富贵，朝廷的青紫呢？

下一段所写，在《庄子》原文中只有“穷发之北，有冥海者，天池也。……然后图南，且适南冥也”寥寥十数字，太白之铺陈，则雄伟磅礴，令人惊叹：

若乃足萦虹蜺，目耀日月。连轩沓拖，挥霍翕忽。喷气则六合生云，洒毛则千里飞雪。邈彼北荒，将穷南图。运逸翰以傍击，鼓奔飙而长驱。烛龙衔光以照物，列缺施鞭而启途。块视三山，杯观五湖。其动也神应，其行也道

> 俱。任公见之而罢钓，有穷不敢以弯弧。莫不投竿失镞，仰之长吁。

“若乃”六句，用入声韵，语势傲兀倔强。谓虹蜺（蜺即雌虹）横亘于天，不过如彩缕之系于鹏足，鹏之双目闪耀，如日月之并辉。连轩，飞貌；沓拖，延长貌；挥霍翕忽，飞走乱急之貌。鹏之伟大，可以令六合生云，可以使千里飞雪。则发于穷北，将有图于南冥。此处又转一韵，文气也转为沉雄浑灏。逸翰，指飞落之羽毛。烛龙，现代学者有以为指北极光。列缺则是天隙之电光，烛龙列缺，总之亦是伟巨之物，乃为大鹏之前驱，则其崇高伟大又何如呢？“块视三山，杯观五湖”二句极醒目，极凝练，意谓视海上三仙山蓬莱、方丈、瀛洲如土块，观周行五百馀里的太湖只像只小杯子，将本身庞然大物的事物，夸饰到极纤微，可以见出作者超卓的胸襟。任公即前文所引的任公子，他“为大钩巨缁，五十犗以为饵，蹲乎会稽，投竿东海，旦旦而钓”，却不敢钓鹏的本身——鲲，“有穷”指后羿，他能射九日，都不敢去射大鹏。惟太白才有这样雄奇超迈的想象，这样从广袤宇宙下瞰人间的视野。

“尔其雄姿壮观（guàn），块轧河汉。上摩苍苍，下覆漫漫。盘古开天而直视，羲和倚日而旁叹。缤纷乎八荒之间，掩映乎四海之半。当胸臆之掩昼，若混茫之未判。忽腾覆以回转，则霞廓而雾散。”未藉《庄子》以铸辞，纯出于作者的想象。而仍写得清刚婀娜，兼而有之。“块轧”是遥相照映之意，语出扬雄《甘泉赋》，“苍苍”看上去只是形容天色的普通形容词，而实出于《庄子·逍遥游》：“天之苍苍，其正色邪？”世人但知老杜作诗无一字无来处，今看太白为赋，何尝不然？“盘古开天而直视，羲和倚日而旁叹”是骈文中独特的句法，实际的语序应为：开天之盘古而直视，倚日之羲和而旁叹。直视谓瞠目而视，形容其惊诧。太白想象天开辟地的盘古，生出十日的帝俊之妻羲和，都要惊叹于大鹏的伟力。

由《庄子》原文“去以六月息者也”七字，太白生发开去：“然后六月一息，至于海湄。”他写大鹏从天空中下降：“欻翳景以横翥，逆高天而下垂。”欻是倏忽之意；翳景谓遮蔽日月之光，大鹏体躯庞巨，只能“憩乎泱漭之野，入乎汪湟之池”，大概是超出人类想象的大荒巨浸。太白想象其落地时“猛势所射，馀风所吹。溟涨沸渭，岩峦纷披。天吴为之怵栗，海若为之躨跜。巨鳌冠山而却走，长鲸腾海而下驰。缩壳挫鬣，莫之敢窥”，恍如科幻大片中外星人飞碟降临。溟与涨都指海水；沸渭是不安貌。天吴是水伯之名，海若即海神，躨跜是动貌，以首戴山的巨鳌，腾海称霸的长鲸，都要避其锋锐，大鹏之威势可想而知。太白忽评论道：“吾亦不测其神怪之若此，盖乃造化之所为。”在体物浏亮的赋体中，忽杂入古文句法，寓高古于绮缛，便觉二语掷地有声。

> 岂比夫蓬莱之黄鹄，夸金衣与菊裳。耻苍梧之玄凤，耀彩质与锦章。既服御于灵仙，久驯扰于池隍。精卫殷勤于衔木，鶢鶋悲愁乎荐觞。天鸡警晓于蟠桃，踆乌晰耀于太阳。不旷荡而纵适，何拘挛而守常。未若兹鹏之逍遥，无厥类乎比方。不矜大而暴猛，每顺时而行藏。参玄根以比寿，饮元气以充肠。戏旸谷而徘徊，冯炎洲而抑扬。

太白叠以黄鹄、玄凤、精卫、鶢鶋、天鸡、踆乌诸鸟为比，指出诸鸟或献媚于世主，或被仙人驯化服御，或有所职守，只好拘挛守常，做不到放荡自适，达不到逍遥之境。而大鹏则不同，鹏之为德，不止是阳刚雄奇，更是逍遥，是自由。固然，大鹏具有足可实现其逍遥的伟力，却不去欺凌弱小，它懂得顺应四时来掩饰自己的行藏，参透玄妙之道，以元气为食，与天地同寿。这几段写大鹏的品格，也是李白伟大的地方。他礼赞于伟大崇高的力量，然而这力量又有着节制，不至泛滥无归，甚至侵害到弱小。

在赋的末段，太白造出了一只形而上的“以恍惚为巢，以虚无为场”的希有鸟，“右翼掩乎西极，左翼蔽乎东荒。跨蹑地络，周旋天纲”，谓唯有此鸟，方足与大鹏同游。《庄子·逍遥游》的原文，批判了“我决起而飞，抢榆枋而止，时则不至，而控于地而已矣，奚以之九万里而南为”的蜩与学鸠，“我腾跃而上，不过数仞而下，翱翔蓬蒿之间，此亦飞之至也。而彼且奚适也”的斥鷃，笑它们“之二虫又何知”，与大鹏有着“小大之辨”，蜩、学鸠、斥鷃影射的是甘心做稳奴隶的庸人。希有鸟则代表着人类道德所能到达的至境，“跨蹑地络，周旋天纲”即《中庸》所谓“与天地参”之意。象征道德的希有鸟与象征自由意志的大鹏，“我呼尔游，尔同我翔”，才是自由的真精神。“此二禽已登于寥廓，而斥鷃之辈，空见笑于藩篱”，太白不屑于为庸人多费笔墨，他只用此三句，便将斥鷃之辈一笔抹倒，真有千军辟易之势。

以超越之眼悲悯着历史，也悲悯着人类

正因太白的生命图腾是大鹏，相对以雕自拟的杜甫，其对现实的吟咏就更具有超越性。固然二公皆深蕴悲悯情怀，但杜甫的悲

悯，是因推己及人而痌瘝在抱，读老杜的诗史诸作，我们总觉得他身便在此现实中，亦在此历史中，而读太白诗，常觉得他超出了此世界的时空，他对现实、历史的深层思索与唱叹，仿佛都来自局外。他的《古风五十九首》，就是这样的典型作品。

太白文集第一卷是古赋八首，第二卷便是《古风五十九首》。这样的编排方式，使我们有理由相信《古风五十九首》是太白生前最为看重的诗作。而第一首尤堪称整部李白诗集的总纲：

> 大雅久不作，吾衰竟谁陈。王风委蔓草，战国多荆榛。龙虎相啖食，兵戈逮狂秦。正声何微茫，哀怨起骚人。扬马激颓波，开流荡无垠。废兴虽万变，宪章亦已沦。自从建安来，绮丽不足珍。圣代复元古，垂衣贵清真。群才属休明，乘运共跃鳞。文质相炳焕，众星罗秋旻。我志在删述，垂辉映千春。希圣如有立，绝笔于获麟。

此即太白之志，亦即太白之胸襟。他以大雅自任，力追元古，以求诗之“宪章”，即如孟子所云，“王者之迹熄而诗亡，诗亡而后春秋作”，以诗为史，上继孔子之业。删述，指孔子删诗、述而不作之事；绝笔于获麟，则谓《春秋》终于鲁哀公“十有四年春，西狩获麟”一句。与杜甫崇拜贤相诸葛亮，梦想着“致君尧舜上，再使风俗淳”不同，太白仰慕的对象是孔子，他希望能像孔子一样，以道统抗衡政统，用史笔树立人类社会永恒之价值观念。据《春秋公羊传》：麟为仁兽，非有圣王在世不至。而麟既至于春秋据乱之世，且为采薪之庶人所获，有人将这件事告诉孔子说：“有人打获了一头长了角的獐子。”孔子知其为麟，慨叹道：“你为谁来啊！你为谁来啊！”翻起袖子擦拭眼泪，而泪水仍溅满了前襟。颜渊死时，孔子感慨说：“唉，老天爷不让我活啊！”子路死，孔子说：“噫，上天断了我的活路啊！”西狩获麟，孔子说：“我的道没有指望了！”获麟本是一充满悲剧色彩的意象，而太白自许要“绝笔于获麟”，意即但使吾道长存，纵使如孔子一样颠沛一生，亦无所恨。

其三云：

> 秦皇扫六合，虎视何雄哉。挥剑决浮云，诸侯尽西来。明断自天启，大略驾群才。收兵铸金人，函谷正东开。铭功会稽岭，骋望琅琊台。刑徒七十万，起土骊山隈。尚采不死药，茫然使心哀。连弩射海鱼，长鲸正崔嵬。额鼻象五岳，扬波喷云雷。鬐鬣蔽青天，何由睹蓬莱。徐市载秦女，楼船几时回。但见三泉下，金棺葬寒灰。

此诗分四层意。前八句为一意，极言秦始皇当年的威势。谓其能尽虏诸侯西入于秦，复收天下之兵，铸以为金人十二，自此天下一统，不必再于函谷关设御，抵敌东方六国。始皇有天启之明断，其雄才大略，凌驾各国君长，然而他也有着掌握最高权力的人所常有的恐惧：担心自己一旦身死，其功亦随灭。故有“铭功会稽岭，骋望琅琊台。刑徒七十万，起土骊山隈。尚采不死药，茫然使心哀”诸举。一是勒石纪功，以图不朽，会稽岭、琅琊台是也；二是作阿房宫、始皇陵，穷奢极侈，冀能生前身后，并享至乐，起土骊山是也；三是寄望于神仙方士，以获永生，尚采不死药是也。“茫然使心哀”的“使”是使者之意，读去声。入海代始皇求不死药的使者，茫然不知仙山何处，徒然心哀意惧。这是诗的第二层意思。第三层意思承上敷衍，用史书上的事典：使者徐市入海求神药，数年不得，骗始皇说，至蓬莱山可得药，但常被大蛟鱼所苦，总也登不到蓬莱山上去。于是始皇命力士将连弩，在海边守候大鱼以射之。太白用雄奇的想象，赋笔铺陈了海中长鲸的猛势，谓其体形伟巨崔嵬如山，额头鼻子突起如五岳，扬波喷沫，势若云雷。鲸之鬐鬣开张，足以荫蔽天日，更何况海中的蓬莱山？太白是信道的有神论者，他并非不信神仙，而是相信纵有神仙，亦不会庇祐如始皇这样的暴君，数语隐含讽刺。末四句是第四层意思，是作者的议论，谓徐市载童男童女，东入于海，永不返秦，而始皇的尸体，早就在三泉之下，铜棺之内，化作寒灰了。对于中国历史上的这位拥有最高权力的人，太白却不无鄙夷，以至于在诗中含而不露地加以讽刺，这是因为他拥有大鹏的视野，鸟瞰整个世界、整个历史，故能不匍匐于强权，看透始皇内心的虚弱与恐惧。

其三十一云：

> 郑客西入关，行行未能已。白马华山君，相逢平原里。璧遗镐池君，明年祖龙死。秦人相谓曰，吾属可去矣。一往桃花源，千春隔流水。

此诗前六句都是叙事的赋笔，用的是秦始皇死前一年（始皇三十六年，前211）的著名典故：有郑客从关东来，至华阴，望见素车白马，从华山上下来，知其为鬼神，乃止于道边相待。遂至，持一璧与郑客，命他赠给镐池的水神镐池君，又说：明年祖龙就会死去。暗含的意思是像秦始皇这样的暴君，即使能敲扑天下，也终难逃神鬼之谴。后四句把陶渊明《桃花源记》中的故事，天衣无缝地接了上去，谓秦人知纵使没有秦始皇，也会有秦二世，如果世世代代都做嬴家的奴隶，不如觅得终隐之地，与世隔绝，建立自由的国度。“一往桃花源，千春隔流水”兼有叙事与写景之意，即古人所谓“赋而兴也”。整首诗写得从容不迫，“千春隔流水”一句尤其骀荡生姿。清人陈沆《诗比兴笺》以为此诗“遁世避乱之词，托之游仙也”，是把李白的胸量看得太小了，太白不是在哀叹世乱，为己营终隐地，而是像大鹏一样，冷眼睥睨着秦以后的历史，短短的十句诗，隐藏着他对历史的终极价值的理解。

太白又岂但对历史的思考迥出流辈，他更思考着生命的终极意义，反思着人生的价值何在。这就使得他的诗不止有着动人的感情，更有着深刻的哲思。《拟古十二首》远绍《古诗十九首》，近宗陆机所拟之十二首，其三云：

> 长绳难系日，自古共悲辛。黄金高北斗，不惜买阳春。石火无留光，还如世中人。即事已如梦，后来我谁身。提壶莫辞贫，取酒会四邻。仙人殊恍惚，未若醉中真。

此诗乍眼看去，也不过是感叹人生短暂，不如及时寻乐，实则太白不止为生命的脆弱短暂而悲，更为生命的虚幻而悲。他先说自古以来诗人盖有同慨：“长绳难系日，自古共悲辛。”又谓清醒之人如己者，愿以高积云霄的黄金，来购买美好的春光。然而春光一去不回，便如电光石火。这多么像我们的浮生！“即事已如梦，后来我谁身”乃谓情随事迁，当日所遇之人，所经之事，不过像一场梦罢了，而未来的我，与现在的我，过去的我，哪一个才是我呢？这是生命哲思的觉醒，太白显然明白：作为哲学人的“我”不是别的，而是“我”之所思所感。“提壶莫辞贫”隐有富贵如露之意，“仙人殊恍惚”则连服药求仙的希望也一齐打破，“取酒会四邻”“未若醉中真”者，其实意不在醉，而意在忘却人生的底色是痛苦这一残酷的真相。

因人生之短暂，而想到凡物莫不有死。其八云：

> 月色不可扫。客愁不可道。玉露生秋衣，流萤飞百草。日月终销毁，天地同枯槁。蟪蛄啼青松，安见此树老。金丹宁误俗，昧者难精讨。尔非千岁翁，多恨去世早。饮酒入玉壶，藏身以为宝。

此诗借月色如霜，却扫之不去为喻，正是初唐诗人张若虚《春江花月夜》中名句“玉户帘中卷不去，捣衣砧上拂还来”之意，谓客愁不可开导（道通导），始终郁积于胸。何以如此？因为“客”非庸夫俗子，而是一位看清了人生真相，了解到宇宙生灭的清醒者，因为清醒，故而痛苦。但他在了知生命的痛苦后，却仍然葆有着直面人生的大勇。他想到沾衣之露、腐草所化之萤，固然寿促，日月天地，亦岂能永生？蟪蛄不知春秋，想象不到青松也会老死。隐含的意思则是，人固然难逃一死，宇宙万物，又有何者可以恒久？太白的悲悯，不单是为人类，更是为上下古今一切有形之物。“金丹”四句，谓传说中令人服之成仙的金丹岂真误俗，只是世人蒙昧，不能得其秘要罢了，你我都不过是人间的过客，谁都不能长命千岁。他没有说出的话则是，纵然长命千岁，也终须一死。解决之道该当如何呢？不如像神话里的壶公一样，纵身跳入玉壶中，藏身自保吧。吴汝伦说："此小年不及大年之旨，金丹千岁翁皆不朽之喻。"（《唐宋诗举要》卷一）不对。小年不及大年，是《逍遥游》之旨，太白此诗，体现的却是《齐物论》的思想：纵为小年小知，亦自有其价值。统治者以富贵功名为诱饵，引士人上钩，为一家一姓卖命，太白却认为贵己全生才是每一个人所应当尽的道德上的义务。这种思想直承庄子而来，太白用诗阐释了庄子的齐物精神。

人至了悟生死，则荣贵之事，何有于其身？太白以其极深沉、极沉重的悲悯写下了这样的句子：

> 生者为过客，死者为归人。天地一逆旅，同悲万古尘。月兔空捣药，扶桑已成薪。白骨寂无言，青松岂知春。前后更叹息，浮荣安足珍。

思考人生会通向哲学，并不通向诗，但因思考而认清人生的真相，因认清真相而产生对人类生命的终极悲悯，却必然会通向诗。"生者"二句本出《列子》："古者谓死人为归人，夫言死人为归人，则生人为行人矣。"《列子》的原话是纯粹理性的，本不具有诗性，但太白在后文加一"悲"字，便使得诗的前四句都成了诗。说到底每一个人在人世中都是孤独的，天地不过如一旅舍（逆旅），每个活着的人都只是世界的匆匆过客，但只有极少数的清醒者，才会为此而悲，慨叹于无分贤愚贵贱，死后皆化为尘土。万古喻指不变，是哲学上的"一"，无数个短暂的生命，则是哲学上的"多"，一与多的对照，折射出个体短暂生命面临时间的无垠时那种深重的无力感，而正是这种无力感引起了读者的共情，从而传递了诗性。“月兔空捣药，扶桑已成薪”以日月为喻，谓月中玉兔徒然地捣不死之药，妄求长生，而日出处之扶桑木已化为柴火，实谓日月皆不得长久。“白骨寂无言，青松岂知春”指岂但人寿有时而尽，即使是寿过千年的青松，能知人世之春秋，又何知夫以八千岁为春，八千岁为秋的大年之春呢？一旦认识到身在小年，人寿苦促，世间的浮荣又何足道哉？结句以弃轩冕而轻万户侯的潇洒态度，体现出大鹏生命的高贵泰然。

如果说老杜在悲悯着时代，悲悯着家国，而太白则时时悲悯着历史，悲悯着人类。胡应麟称“李如星悬日揭，照耀太虚”（《诗薮》内编卷四），是从太白“才超一代”这一面着眼，实则其大鹏般超卓的性情才是其诗“星悬日揭，照耀太虚”风格的成因。老杜固然也是诗歌的天才，但如果没有安史之乱，也就未必会有他的“诗史”诸作，未必就能膺诗圣之号；但若置太白于任何时代，他的光芒仍足炳耀千秋，这不止因其才，更因其诗中总是饱蕴着对人类普遍的自由理想的终极关怀。

太白近体固不能望老杜之项背，七律尤未足比并名家，但因其豪放不羁的天性，时有格高调逸，名隽不凡的五律。如《赠孟浩然》：

吾爱孟夫子，风流天下闻。红颜弃轩冕，白首卧松云。醉月频中圣，迷花不事君。高山安可仰，徒此揖清芬。

此诗虽是赠孟浩然表达仰慕之情的作品，但也曲折传递出自己蔑视功名利禄的逍遥情怀。全诗读来，完全感觉不到普通五律字斟句酌的严谨，只觉得诗人是在很自然地说话，而非作诗。奥秘在于诗的首联、颔联都是不可分割的“十字格”。“十字格”指的是五言诗的一联，上下两句连为一体，不可割裂，而如果这一联对仗，就是所谓“流水对”了。首联“我爱”的是“孟夫子之风流誉满天下”，颔联谓孟浩然少年时即鄙弃功名富贵，到老仍为高士。两联叠用十字格，便使得诗中鼓荡着沛然的真气。颈联谓孟浩然只爱花晨月夕，放诞痛饮，而无意于伏身北阙，服事朝廷。曹魏时曾严令禁酒，嗜饮者遂以隐语呼清酒为圣人，浊酒为贤人，中（zhòng）圣即指醉酒，与“事君”成对，工致熨帖。“醉月频中圣”一句仄仄平仄仄，句法大拗，而下句平平仄仄平不救，遂使二联有着不加雕琢的古拙之意。尾联用《诗经·小雅·车辖》“高山仰止，景行行止”的语典，却翻新出奇，既抬高了孟浩然的身份，也凸显出作者高峻的人格。

《渡荆门送别》：

> 渡远荆门外，来从楚国游。山随平野尽，江入大荒流。月下飞天镜，云生结海楼。仍怜故乡水，万里送行舟。

此诗为作者自别故乡之作。荆门山为楚地名山，在长江南岸，蜀地诸山至此不复能见，故谓“渡远荆门外，来从楚国游”，渡远是渡至远处之意。此诗前六句皆对仗，中二联气象尤其高逸超迈，且字法句法并佳。“山随平野尽，江入大荒流”炼字极精警，随、尽、入、流皆古人所谓“字眼”，也就是诗句中顶要紧的所在。“月下飞天镜，云生结海楼”是四句骈文的压缩：月下，飞天镜也；云生，结海楼也。如此诗句便显紧束有力。“月下”之“下”是动词，意思是月亮落下来。颔联展现出一幅雄浑苍茫的画卷，颈联则瑰奇飘逸，这两种不同的美学风格并放在一起，便结成动人心魄的艺术境界。结句谓我别故乡远来楚国，而从故乡东流入楚的江水，亦依依不舍，送我船行，结得缠绵，收得自然。胡应麟认为老杜的“星随平野阔，月涌大江流”骨力过于“山随平野尽，江入大荒流”（《诗薮》内编卷四），单拿出此二联轩轾，固然。但合全首观之，杜诗的“细草微风岸，危樯独夜舟。星垂平野阔，月涌大江流。名岂文章著，官应老病休。飘飘何所似，天地一沙鸥”，便远不及太白此诗那样仙骨珊珊，具有更恒久的审美价值。

《听蜀僧濬弹琴》：

> 蜀僧抱绿绮，西下峨眉峰。为我一挥手，如听万壑松。客心洗流水，馀响入霜钟。不觉碧山暮，秋云暗几重。

此诗前二联也是一气呵成的十字格，太白生怕这样写令到诗中的气息流美近俗，特意通过声律上的拗折来中和之。“蜀僧抱绿绮”仄平仄仄仄，是平平平仄仄的拗变，对句“西下峨眉峰”不作仄仄仄平平，而用平仄平平平这样一个纯粹古风的句式来对；“为我一挥手”“不觉碧山暮”都是对正格仄仄平平仄的拗变；平平平仄仄的等价句式是平平仄平仄，太白却用“客心洗流水”，则成了仄平仄平仄，那就是一个古风的句式了，如此便显得全诗流丽而不失端庄。

天才李白与七言歌行

老杜的七言歌行偏于欹斜变化中见法度的行，而太白的七言歌行则偏于放情恣肆的歌。沈德潜说："太白七古，想落天外，局自变生。大江无风，波浪自涌，白云从空，随风变灭。此殆天授，非人所及。"（《唐诗别裁集》）方东树则比喻太白七古"如列子御风而行，如龙跳天门，虎卧凤阁，威凤九苞，祥麟独角，日五彩，月重华，瑶台绛阙，有非寻常地上凡民所能梦想及者。"（《昭昧詹言》卷十二）以大鹏自况的太白，在七言歌行中宣泄了他最盛的辞气，最多的天才。

《蜀道难》是唐玄宗开元十九年（731）太白三十一岁时所作（据安旗教授《〈蜀道难〉求是》），此诗借乐府古题，传递其浪游长安，求仕不得而抑塞不平的愤懑，诗曰：

噫，吁嚱，危乎高哉，蜀道之难难于上青天。蚕丛及鱼凫，开国何茫然。尔来四万八千岁，不与秦塞通人烟。西当太白有鸟道，可以横绝峨眉巅。地崩山摧壮士死，然后天梯石栈相钩连。上有六龙回日之高标，下有冲波逆折之回川。黄鹤之飞尚不得过，猿猱欲度愁攀援。青泥何盘盘。百步九折萦岩峦。扪参历井仰胁息，以手抚膺坐长叹。问君西游何时还。畏途巉岩不可攀。但见悲鸟号古木，雄飞雌从绕林间。又闻子规啼夜月、愁空山。蜀道之难难于上青天。使人听此凋朱颜。连峰去天不盈尺。枯松倒挂倚绝壁。飞湍瀑流争喧豗。砯崖转石万壑雷。其险也如此，嗟尔远道之人胡为乎来哉。剑阁峥嵘而崔嵬。一夫当关，万夫莫开。所守或匪亲，化为狼与豺。朝避猛虎，夕避长蛇。磨牙吮血，杀人如麻。锦城虽云乐，不如早还家。蜀道之难难于上青天，侧身西望长咨嗟。

唐人殷璠《河岳英灵集》选此诗，并评曰："白为文章率皆纵逸，至如《蜀道难》等篇，可谓奇之又奇。然自骚人以还，鲜有此体调也。"此诗风格极似贝多芬的《英雄》交响曲，始终跳动着最强烈的音符。全篇以"蜀道之难难于上青天"为主旋律，反复出现，将诗人的郁塞之气尽情宣泄。开头连用两个叹词"噫""吁嚱"（通於戏，即呜呼），而至于"危乎高哉""蜀道之难难于上青天"，音节由促而转缓，情感上则刚好相反，愈来愈浓烈。蜀道是由长安入蜀的道路，横越秦岭与大巴山，路极险巇。昔人多以蜀道之难喻仕进之路，太白此诗也不例外。诗人欲写蜀道之难，却先掉转笔头，先写蜀道之历史。四万八千岁极言与秦地隔绝之久，"西当"二句谓从古仅有鸟飞得渡。复引五丁力士为蜀王迎秦女，还到梓潼，见一大蛇入穴中，五人拽蛇，山崩时压杀五人之典，以写当年开通蜀道之悲壮。这样写既增加了诗篇的历史意识，更暗示出天才在凡尘中道路之艰，不自今日始，实维从古皆然，而且在人类可以想象得到的未来，恐怕亦将永久如是。

自"上有六龙回日之高标"至"以手抚膺坐长叹（tān）"先元寒三韵合用，这样行文便如凝冰积雪，迟滞不前。数句极言山川道途之险。六龙回日喻朝廷权贵闭塞贤路，冲波逆折喻下层官吏之恣肆。黄鹤猿猱喻君子，用《艺文类聚》卷九〇引《抱朴子》典："周穆王南征，一军尽化，君子为猿为鹤，小人为虫为沙。"青泥指青泥峰，百步九折之艰途，影射太白缁尘京洛，潦倒失意的人生，扪参历井谓离天阊虽近，却无由为皇帝所赏。

“问君西游何时还”至“使人听此凋朱颜”皆用删韵，行气也就遂如冰澌水涨，滚滚东去。悲鸟子规，皆贤人抑塞不伸之意，“又闻子规啼夜月、愁空山”句法变化不测，更增强了愤愤之意。此处第二次重复全篇的主旋律“蜀道之难难于上青天”，将诗意推向了全诗的第一个高潮。

“连峰去天不盈尺”至“化为狼与豺”谓在长安登天无路，因权贵如狼豺守关，我这个远道之人，胡为乎来此?“朝避猛虎”以下，皆诗人牢愁失意之叹，“锦城虽云乐，不如早还家”实即“长安虽云乐，不如早还家”。诗的最后，第三次出现了“蜀道之难难于上青天”的主旋律，也就把胸臆间的块垒宣泄无遗，全诗也于乐章最强烈处戛然而止。

庄子在《逍遥游》中说，“且夫水之积也不厚，则其负大舟也无力。覆杯水于坳堂之上，则芥为之舟，置杯焉则胶，水浅而舟大也。风之积也不厚，则其负大翼也无力。故九万里，则风斯在下矣。”太白希望能得当轴的青赏，而培风扶摇，以实现其理想抱负，故其因仕途失意所致的牢骚不平，就绝不同于一般士人嗟老叹卑之语。更何况太白以比兴的写法，写出了人类在理想被现实打破后共同的心理，遂使《蜀道难》的诗旨有了普世的意义。

太白的情感太豪放，太充盈，故唯有放情的歌才是最适合他的体裁。《将进酒》是乐府古题，但太白之作与前人所作全然不同，他不再写宴会上的客套，而是写出了热烈的生命精神。“君不见黄河之水天上来。奔流到海不复回。君不见高堂明镜悲白发。朝如青丝暮成雪。人生得意须尽欢，莫使金樽空对月。”其体亦如黄河之水，直下九天。吴汝伦评其有“驱迈淋漓之气”（《唐宋诗举要》引），只看到其豪迈的一面，却不知是太白心中郁积的痛苦程量至宏，方能奔放如此。太白以大鹏自许，但却久经踬顿，只能以“天生我材必有用，千金散尽还复来”自宽。快乐本该是自然而然的一种情感状态，太白却“烹羊宰牛且为乐”，人为地追求快乐。其实这样哪里能追求到快乐？不过是想通过“一饮三百杯”获得对痛苦的暂时忘却罢了。然而吾人当知，太白的痛苦根源并不是他个人的失意，而是他对世界的深沉的爱。唯其深爱着现实世界，这份爱幻灭之后才有了“将进酒，杯莫停”“钟鼓馔玉不足贵，但愿长醉不用醒（xīng）。古来圣贤皆寂寞，唯有饮者留其名”的喟叹。这不是对人生苦难的消极逃遁，而是大鹏精神的太白，对人生的深刻悲悯。“五花马，千金裘。呼儿将出换美酒，与尔同销万古愁。”气势恢宏，古今罕有，此数句体现的是太白在更加坚韧地承受着人生痛苦，体现了一位诗人因悲悯人类而生发出的莫大勇气。

太白豪放之外，亦深具缠绵深婉之致。《远别离》写玄宗太子李亨，趁安史之乱得掌兵权，遂在灵武登基，遥尊玄宗为太上皇，收复两京后，又用宦者李辅国之离间，徙玄宗于西内之甘露殿，迁谪高力士、陈玄礼等玄宗亲信的一系列重大事件，托兴于娥皇、女英，堪称寄托遥深之作：

> 远别离，古有皇英之二女。乃在洞庭之南，潇湘之浦。海水直下万里深，谁人不言此离苦。日惨惨兮云冥冥，猩猩啼烟兮鬼啸雨。我纵言之将何补。皇穹窃恐不照余之忠诚，雷凭凭兮欲吼怒。尧舜当之亦禅禹。君失臣兮龙为鱼，权归臣兮鼠变虎。或云尧幽囚、舜野死。九疑联绵皆相似。重瞳孤坟竟何是。帝子泣兮绿云间。随风波兮

去无还。恸哭兮远望，见苍梧之深山。苍梧山崩湘水绝。竹上之泪乃可灭。

正史的说法是尧禅天下于舜，舜又禅天下于禹，然而《竹书纪年》的记载却与正史大相径庭，书中说“昔尧德衰，为舜所囚也”，又谓“舜囚尧，复迁偃塞丹朱（尧之子），使不与父相见也”。据此，舜并非史家笔下的圣主明君，而是窃弄权柄并最终篡位成功的权奸。至于舜也并非南巡至于苍梧之野而崩，却是征有苗不胜，死在苍梧，其中大概也有禹的算计在。太白看清了统治阶级上层，为了权力可以连父子亲情都不顾的真相，他借写娥皇、女英二女之怀念舜，曲折传递出对玄宗失位的同情。“海水直下万里深”是说娥皇、女英之别舜，心中痛苦犹似万里深的海水，诗人之善比，可见一斑。“日惨惨”至“雷凭凭兮欲吼怒”借写自然界的异象，感慨人微言轻，自家纵有一腔忠诚，却不能辅弼玄宗，只恐老天亦看不下去，用吼怒的雷声，垂下对人间的警示。想来当日尧“禅”舜，舜“禅”禹之时，上天也当如此吧。玄宗既失兵权，太子拥兵自重，必然迫不及待身登大宝。舜目有重瞳，死葬九疑山，故谓“九疑联绵皆相似，重瞳孤坟竟何是”。“帝子泣兮绿云间。随风波兮去无还。恸哭兮远望，见苍梧之深山。苍梧山崩湘水绝。竹上之泪乃可灭。”娥皇女英痛哭于绿竹中，泪痕沁竹尽斑，遂成所谓湘妃竹，千秋万载，泪痕不灭，而当时忠荩之士的悲愤绝望又何如哉！娥皇、女英，或指高力士、陈玄礼，然而这种悲愤的心情却是当时很多人共通的。《旧唐书·玄宗本纪》载郭子仪收复两京后，“十月，肃宗遣中使啖廷瑶入蜀奉迎。丁卯，上皇发蜀郡。十一月丙申，次凤翔郡。肃宗遣精骑三千至扶风迎卫。十二月丙午，肃宗具法驾至咸阳望贤驿迎奉。上皇御宫之南楼，肃宗拜庆楼下，呜咽流涕不自胜，为上皇徒步控辔，上皇抚背止之，即骑马前导。丁未，至京师，文武百僚、京城士庶夹道欢呼，靡不流涕。即日御大明宫之含元殿，见百僚，上皇亲自抚问，人人感咽。”玄宗虽失德，但肃宗趁乱夺权之举，实有悖于人伦大义，太白之悲不止为玄宗，更为着统治阶级之乖谬彝伦。他对历史的忧患有多深重，这首诗中的悲悯就有多深刻。

此诗宋元人皆以为指肃宗上元年间李辅国逼迁玄宗事，盖诗意如此，凡有诗人之直觉者，固不能不作此解；元末萧士赟驳之，以后再无持斯说者，以明清两代皇权更炽，无人敢作此想；今人或指《远别离》已见于天宝十二载（753）编竣之《河岳英灵集》，故以为旧说可不攻而破，此则“宁信度，无自信”之科学头脑所致，不足一驳。因《河岳英灵集》原本已佚，今人所见也只是近于宋刻之明本而已；且该书《叙》虽明言“起甲寅（开元二年），终癸巳（天宝十二载）”，而叙成后再事增补之书，曷胜枚数；况宋元注李诸贤，难道皆未见本非僻书的《河岳英灵集》？

七言绝句与天才李白

太白既长于七言歌行，对于本质上是七言短歌的七绝自然也优为之。事实上，唐人七绝最佳者无过太白与王昌龄，王昌龄以擅绝句而有“诗家天子”之誉，但亦仍当放太白出一头地。诗人邵祖平评太白七绝：“愚按七绝篇法，最要为有大篇气象，而大篇气象者，平取之不易得，宜翻腾转折，如霜隼之击空，狂鲸之撇海，始为得之。……如太白《送孟浩然之广陵》云：‘故人西辞黄鹤楼。烟花三月下扬州。’则东西千馀里，收在两句中。不待浩然之踪迹到广陵，而太白之神已先至之。此所谓乘飙御风不以疾，句所未到气先吞也。更云‘孤帆远影碧空尽，惟见长江天际流’，则笔之斡运，直从地面说到天上。志纬六合，气满两间矣。此种境界，唯独为胸襟阔异之伟大诗人所摄取。太白之前，未尝有法，太白之后，人尽得师矣。”（《七绝诗论》）七绝何以有大篇之气象？靠的是时空之翻腾转折。而何克臻此？邵氏以为须“胸襟阔异”，而胸襟阔异靠的又是什么呢？靠的是自由的精神，唯有心灵自由，不为时空所拘牵，始能无施而不可。

峨眉山月半轮秋。影入平羌江水流。夜发清溪向三峡，思君不见下渝州。

此首名《峨眉山月歌》，句句写月，诗人的一颗心活泼泼地，随着月亮历峨眉、平羌江、清溪、三峡而至渝州。前人多以为诗中的“君”即指峨眉山月，如此“夜发清溪向三峡”而“思君不见下渝州”者，当是作者了。按此乃不知诗之言。夜发清溪者，月也；向三峡者，月也；思君不见者，月也；下渝州者，月也。作者的心无住亦无著，化为峨眉山月，自由地在中天翱翔。

《长门怨二首》：

天回北斗挂西楼。金屋无人萤火流。月光欲到长门殿，别作深宫一段愁。

桂殿长愁不记春。黄金四屋起秋尘。夜悬明镜青天上，独照长门宫里人。

第一首谓斗柄渐转向西，天下皆秋，而当年汉武帝允诺给陈阿娇的“金屋”，早就无人居住，徒见萤火流过。月光都不忍照见金屋的寂寞，将要照向长门宫中，幽居长门的阿娇，此时心境又当如何？此首由天上说至人间，第二首则分说天上人间，时空错综，奇妙不测。“桂殿”谓月宫，月宫中的嫦娥幽愁万载，久不记得今夕何年了，而人间的黄金屋，四边早扬起秋尘。明月在天，高悬如镜，长门宫中的阿娇，亦唯与嫦娥相互慰藉了。

《横江词六首》其五：

横江馆前津吏迎。向余东指海云生。郎今欲渡缘何事，如此风波不可行。

首句只是写眼前之人，眼下之事，次句平地陡起奇峰，借渡口小吏之口，说东边海云生起，风雨欲来。此是由近而远，第三句倏又回到近前，垫上一句问：“你为什么一定要现在渡江呢?”结句仍是津吏的话，却写出诗人对前途的忧惧，诚所谓“不著一字，尽得风流”者。绝句第三句叫垫句，常常不能独立成句，须与第四句合在一起，才能组成完整的意思，本诗第三句垫得尤其自然，遂令第四句有了含蓄不尽的馀致。

《越中览古》：

越王句践破吴归。义士还家尽锦衣。宫女如花满春殿，只今唯有鹧鸪飞。

中唐诗豪刘禹锡善为怀古诗，专学太白此种。此诗前三句皆想象千年以上，是历史的剪影，末句用“只今”二字，便力拽九牛，将时间拉回到现在：“唯有鹧鸪飞。”英雄美人，尽归黄土，历史何等之无情，当年越王破吴的丰功伟业，早都烟消云散，到底什么才能超越历史，赢得永恒？恐怕只有文学艺术，才具有永恒的价值，因为文学艺术承载的是人类的精神生命，肉体的生命可以消灭，而精神生命却是可以不朽的。

唐代宗宝应元年（762）秋，六十二岁的太白生命走到了尽头。临终作歌：

大鹏飞兮振八裔。中天摧兮力不济。馀风激兮万世。游扶桑兮挂石袂。后人得之传此，仲尼亡兮谁为出涕？

王琦评论说：“诗意谓西狩获麟，孔子见之而出涕。今大鹏摧于中天，时无孔子，遂无有人为出涕者，喻己之不遇于时，而无人为之隐惜。太白尝作《大鹏赋》，实以自喻，兹于临终作歌，复借大鹏以寓言耳。”大鹏抟风九万里的自由精神，贯穿其一生，太白用他咳唾珠玉的诗篇，向我们展示了一位精神自由的诗人，所拥有的丰富而深刻的心灵，以及真正的天才所该有的样子。

十四

乐府之变调，风骚之流派

包蕴着诗骚以降，直至乐府古诗的文化精神/思无邪的《花间集》/继武《风》诗的晏几道/《雅》诗在词人中的传承/词与变风变雅

思无邪之旨与花间词

词是起于隋唐，兴于五代，盛于两宋，衰于元明，至清又复中兴的一种音乐文体。隋唐时西域音乐流行于中国，时人多与乐府旧声、唐之声诗，并用于饮宴，曰宴乐，一曰燕乐。其曲调之繁盛，音律之细密，远胜向时之雅乐、清商乐。依附于燕乐的曲词，被称作曲子词，或径曰曲子，至宋乃有“词”之号。宋人词集，有以“乐府”名之者，亦有曰“琴趣”“笛谱”“渔笛谱”者，多是在强调词与音乐不可分离之因缘。北宋秦观，其词集名《淮海长短句》，南宋辛弃疾，其词集曰《稼轩长短句》，则已脱落樊篱，不再视词为燕乐之附庸，而彻底把词当成一种句度参差、长短不一的诗。

词尚有诗馀之号，便如曲之号词馀。一般认为诗靡而为词，词靡而为曲，清丹徒陈廷焯亦峰论词，则曰：“《康衢》《击壤》，诗之先声，而词之原也。《诗》亡而后《骚》作;《骚》亡而后乐府作。魏晋以后，竞尚排偶，陈隋之间，否（pǐ）亦极矣，虽欲不为律体而有所不能。自五七言各分古、律、绝，传于伶官乐部，而古乐府亡，长短句无所依，词于是作焉。词也者，所以补诗之阙，而非诗之馀也。”（《云韶集》序）亦峰以为诗词皆起于古之谣谚，本无高下之别。《诗经》的诗学精神向衰后，楚辞承载了新时代的诗学精神，楚辞的诗学精神消歇后，乐府承载了新时代的诗学精神。因律体兴起，诗学精神亦由乐府转移至律体，乐府古调无人更唱，遂不得不据长短句而另谱新声，供伶官乐部演唱，以娱听众，这便是词了。这番话背后的意思是，词是与古乐府相对的“今乐府”，是古乐府诗学精神的当然的继承者。凡乐府所长，而为唐之近体所不及者，皆仰词而宣泄之，故词并不比诗体格卑下，反而能言诗之所不能言，又安能以“诗馀”视之呢？

在《词则》总序中，亦峰更进一层论道：“风骚既息，乐府代兴。自五七言盛行于唐，长短句无所依，词于是作焉。词也者，乐府之变调，风骚之流派也。温、韦发其端，两宋名贤畅其绪。风雅正宗，于斯不坠。”他明确词非小道，不是诗人吟咏之馀的一时遣兴之作，而与楚辞、乐府、五七言诗一样，同是风雅正宗。亦峰此论，是在清末词学已高度成熟后，返观词史所得的卓见，而相较之下，词为诗馀、诗庄词媚诸说，皆不免管中窥豹了。

词从一开始，就包蕴着诗骚以降，直至乐府古诗的文化精神。

子曰：“《诗三百》，一言以蔽之，曰思无邪。”何谓思无邪？思无邪之语，本出《鲁颂·駉》之章，毛传以为此诗颂鲁僖公能遵鲁国始封之祖伯禽的法度。郑玄笺“思无邪”曰：“思遵伯禽之法，专心无复邪意也。”然孔子必不能知康成笺说之意。窃以为严复在解释“民可使由之不可使知之”这一句名言时，有一段非常有意味的话，可视为孔子所说的“思无邪”的确解：“《诗》不云乎：‘民之质矣，日月饮食。’是故孩提索乳，亦不知有意于卫生；燕雀营巢，岂复萦情于存种！”（《“民可使由之不可使知之”讲义》）《诗三百》的文化精神首先是合于“民之质”，“思无邪”不是说《诗经》中的每一首，都能朝乾夕惕，正心诚意，而是说每一首诗都真切自然，表达的是先民天真无邪的心灵状态。从今存最早的词的总集《云谣集》起，真情挚性，婉约要眇的词，就直接思无邪的《诗经》诗学精神。

《云谣集》全名《云谣集杂曲子》，是唐人写本曲子词集，共三十首，因藏于敦煌石室，直至二十世纪始重见天日。晚清大词人朱孝臧据以刻入《彊村遗书》，且使冠首，诸作文辞质朴，情感刚健，虽皆代言之体，不能如后世文人自道性情之作那样深美闳约，然自有一种直率天真的气息。如《天仙子》：

> 燕语啼时三月半。烟蘸柳条金线乱。五陵原上有仙娥，携歌扇。香烂漫。留祝九华云一片。　犀玉满头花满面。负妾一双偷泪眼。泪珠若得似真珠，拈不散。知何限。串向红丝应百万。

“留祝九华云一片”，以一片九华山的云喻指秀发，祝即祝发之祝，断也。此词大略言五陵年少与一女子相遇而相爱，别时女子剪下秀发相赠，期待重会。而少年不知游荡去往何处，徒留女子相思泪落而已。下片尤见精彩，说纵然犀玉满头、插花满鬓，亦消不去女子的相思之苦，她的泪珠若得似真珠凝结不散，串成珠串，早该价过百万了。这样的比喻十分市井，因只有市井之人才会考虑经济的价值，但也显得无比的真实。

《凤归云·闺怨》：

> 征夫数载，萍寄他邦。去便无消息，累换星霜。月下愁听砧杵起，拟塞雁行。孤眠鸾帐里，枉劳魂梦，夜夜飞扬。　想君薄行，更不思量。谁为传书与，表妾衷肠。倚牖无言垂血泪，闇祝三光。万般无那处，一炉香尽，又更添香。

此闺中思征夫之作，亦犹《诗经·卫风·伯兮》之咏：

伯兮朅兮，邦之桀兮。伯也执殳，为王前驱。
自伯之东，首如飞蓬。岂无膏沐？谁适为容！
其雨其雨，杲杲出日。愿言思伯，甘心首疾。
焉得谖草？言树之背。愿言思伯，使我心痗。

所不同的是，《伯兮》一诗是卫宣公家人，思宣公出征之作，出于贵族之口，故重比兴；《凤归云》则为下层文人替民间女子代言，是纯然的赋体。词中的薄行（xìng）即薄幸，无那即无奈，全词如叙家常，想来当时不识字人，也能一听就懂，自然说不上韵味境界，但其诗学精神却仍当得上“思无邪”三字。

《花间集》是现存最早的一部文人词的总集，是书“集近来诗客曲子词五百首”，而其写作之缘由，则为“绮筵公子，绣幌佳人，递叶叶之花笺，文抽丽锦；举纤纤之玉指，拍按香檀。不无清绝之辞，用助娇娆之态”（欧阳炯《花间集序》），诗人在游宴之时，现场率尔构思，当筵付歌女拍歌。美妙至绝的文辞与歌女娇娆的姿态，天成璧合，构成一和谐的令人沉醉的小千世界，让人暂忘现实世界的痛苦与绝望。诗人在绮筵绣幌间游戏人生，自然不求表德，更无关乎家国忧患，遂亦天然契于“思无邪”之旨。

《花间集》的第一位作者温庭筠，字飞卿，与李商隐同时，号温李，其词多闺怨之作，叙写女子情态，雕缋精丽，尤难得者是通过外在的女子情态，而刻画出女性婉曲幽隐的心理。他的十四首《菩萨蛮》，率皆类此。如其一：

> 小山重叠金明灭。鬓云欲度香腮雪。懒起画蛾眉。弄妆梳洗迟。　照花前后镜。花面交相映。新帖绣罗襦。双双金鹧鸪。

全词只是写女子晓妆，但其人心下之事，呼之欲出。曰“懒起”，曰“梳洗迟”，皆谓其心情沉郁，鬓上之花，与如花之面交映在镜中，女子对镜自视，徒增惋叹而已。盖古人有言：“女为悦己者容。”空有此如花之貌，而无人悦赏，宜其见刚熨烫（帖）好的罗襦上成双之金鹧鸪，蓦然心事翻涌。“小山”一般以为指枕屏，萧继宗教授独以为指美人之额，因唐宋人惯以黄涂额，故曰“金明灭”。他引温庭筠《照影曲》诗“黄印额山轻为尘”、《菩萨蛮》其三“蕊黄无限当山额”、《汉皇迎春词》“柳风吹尽眉间黄”、《偶游》“额黄无限夕阳山”，五代牛峤《女冠子》词“额黄侵腻发”，毛熙震同调词“修蛾慢脸，不语檀心一点，小山妆”为例，证明小山妆乃指女子额上涂黄；并云，眉间之黄层层涂染为一圆点，正中最浓，四周渐匀渐淡，所谓“小山重叠”即指此。小山如作山额解，则上片全写妆裹梳洗之事，遂与下二句“懒起画蛾眉，弄妆梳洗迟”更为扣合，诚可备一说。

《更漏子》本为咏更漏之作，飞卿亦以之极写闺情幽怨。其四云：

> 相见稀，相忆久。眉浅淡烟如柳。垂翠幕，结同心。待郎熏绣衾。　城上月。白如雪。蝉鬓美人愁绝。宫树暗，鹊桥横。玉签初报明。

全词谓爱郎既别去，久不能见，女主人公徒然日日思忆，眉间尽是幽怨。到晚时垂下翠绿的帷幕，衣上结好同心结，用沉香熏透绣被，待郎同寝，而空馀怅恨，只能望望城头像雪一样冷的月亮，感受着孤单和凄凉。她彻夜难眠，在牛郎织女鹊桥相会的七夕，听着更漏滴残，无奈看着漏上的刻度已指示天明。此词中“蝉鬓美人愁绝”又见其《河渎神》（河上望丛祠）一阕。李冰若《花间集评注》以为，“飞卿词中重句重意，屡见《花间集》中，由于意境无多，造句过求妍丽，故有此弊，不仅‘蝉鬓美人’一句已也。”此亦可见飞卿作词，初无意经营，而是纯任自然，合于“思无邪”之旨。他一生都是潦倒的文人，为女子代言时自然浸透了他生命中的抑郁不平，清代张惠言以为“照花前后镜”四句是“《离骚》‘初服’之意”（《词选》），是感士不遇的有为之作，则不免求之过深了。李冰若评其《荷叶杯》其三“楚女欲归南浦，朝雨，湿愁红。小船摇荡入花里，波起，隔西风”曰：“飞卿所为词，正如《唐书》所谓‘侧辞艳曲’，别无寄托之可言。其淫思古艳在此，词之初体亦如此也。如此词，若依皋文（张惠言字）之解《菩萨蛮》例，又何尝不可以‘波起，隔西风’作‘玉钗头上风’同意？然此词实极宛转可爱。”侧艳之词曲，为当时主流儒学所轻，但其实正合于先民“思无邪”之旨，词体之不同于汉魏古诗、唐之近体，亦端在于此。

《花间集》中第二位唐代词人是皇甫松。其名作《采莲子》二首云：

菡萏香连十顷陂。（举棹）小姑贪戏采莲迟。（年少）

晚来弄水船头湿，（举棹）更脱红裙裹鸭儿。（年少）

船动湖光滟滟秋。（举棹）贪看年少信船流。（年少）

无端隔水抛莲子，（举棹）遥被人知半日羞。（年少）

此词主唱每唱一句，歌队诸伴则以“举棹”“年少”相和，音乐表现形式活泼跌宕，二词亦复情致宛然。第一首写采莲少女贪戏而忘劳作，傍晚时分犹自跳入水中，捉野鸭上船，恐其逃脱，遂脱下红裙裹住鸭子，预备带回家中，情态稚憨可掬。第二首则写少女怀春，因见少年姿容伟美，不觉任由船儿在湖中飘荡。她信手摘下莲子，抛向少年的船上，浑在有意无意之间，但少女的矜持，又使她怀疑被人看出心事，蓦然一阵羞意上涌，脸上飞起了红云。这种妙笔，真可谓体贴入微了。而其所以动人，便在于少女心思的天真无邪。

《花间集》中与温庭筠并称的大家是由唐入蜀的韦庄。庄字端己，王建在蜀开国，宪章礼乐，皆出韦庄之手，累官至吏部尚书同平章事，实宰相之职，故世以韦相称之。他的词与温词最大的不同，在于温词全为代言体，而他有很多词是写自己的人生经历。皇甫松已先有此等之作，其《梦江南》二首：

兰烬落，屏上暗红蕉。闲梦江南梅熟日，夜船吹笛雨潇潇。人语驿边桥。

楼上寝，残月下帘旌。梦见秣陵惆怅事，桃花柳絮满江城。双髻坐吹笙。

所谓“闲梦”“梦见”，皆指对往事的追忆。江南尚是泛指，而秣陵就实指其地了。“双髻坐吹笙”的佳人，当未能与词人结缡，故终成惆怅而已。韦相词中，固亦不乏代言之作，乃至纯作旁观而描写女子情态之作，如《浣溪沙》：

> 惆怅梦馀山月斜。孤灯照壁背红纱。小楼高阁谢娘家。　暗想玉容何所似，一枝春雪冻梅花。满身香雾簇朝霞。

此必当筵应酬之作，主旨是写歌妓动人的情态。涉及女主人公容貌的，仅过片“暗想玉容何所似，一枝春雪冻梅花”二句，梅花写其容颜之艳丽，春雪状其气质之高冷。“满身香雾簇朝霞”则谓她步出堂来，令人惊艳。这是象征的、通感的写法，读者至此，当能感受作者初见玉人的震谔惊喜，视直接描写更形高绝。这首词应是作者先想到最后一句，接着又完成了下阕的其他二句，再补足上阕。上阕是词人造出来的情境，因有这一番造境，这位歌妓的出场，就显得如梦似幻，标格如仙真了。山月斜照，孤灯照壁，影背窗纱，是梦馀之景；小楼高阁谢娘家是梦醒之地；下片则是对梦境的重温。谢娘是唐代李德裕的家妓谢秋娘，后即作妓女之代称。唐人多以仙女喻歌妓，此词亦复如是，但写得幽隐惝恍，充分体现了词体烂如云锦的雕缋之美。

韦相集中忆往怊怅之作，尤称当行。同为《浣溪沙》，下面这一首就显然是有故事的：

> 夜夜相思更漏残。伤心明月凭阑干。想君思我锦衾寒。　咫尺画堂深似海，忆来惟把旧书看。几时携手入

长安。

前人多误信小说家言，谓：唐末韦庄奉使入蜀，为蜀主王建所羁，其爱姬姿色艳美，兼工词翰。王建托言教授宫人，强夺之去。庄追念悒怏，作《荷叶杯》《浣溪沙》诸词，情意凄怨。姬见词，不食而卒。其事固毫不足信，但可见在小说家看来，此词也不是普通的代言之作，而是有着个体生命体验的思忆之作。此词总言对意中人的思忆，尤以“想君思我锦衾寒”，推己及人，情至入骨。

《荷叶杯》二首，亦皆忆少年冶游时之作。其二云：

> 记得那年花下，深夜，初识谢娘时。水堂西面画帘垂。携手暗相期。　惆怅晓莺残月，相别，从此隔音尘。如今俱是异乡人。相见更无因。

那年深夜，花下初识谢娘，细订重会之盟，别后音尘相隔，自己在异乡萍寄，这位歌妓想也不能安处故地，故再会无期。何以知道她也漂沦异县呢？结合韦相生平，可知他中年遭遇黄巢之乱，间关顿踬，故“如今”二句，深含着乱后的辛酸。汤显祖评《花间集》，称此词“情景逼真，自与寻常艳语不同”，萧继宗先生以为“真情实语，字字亲切”（《萧继宗教授评点校注〈花间集〉》），还只是看到此词有作者的生命体验在，没有认识到此词背后无限的乱离伤时之意。

《花间集》奠定了词的基本风格。花间词人，整体上表现出沉艳的审美蕲向。沉艳是色貌如花而骨重神寒，沉是沉着，沉着是词人诚心正意地写作才会形成的境界；花间词人下语用字，精妍古雅，相对于诗中语汇的朴厚凝劲，词中的语汇要绮艳得多，此所谓“艳”。花间词人似乎终日在芳筵沉醉，但他们的潜意识里不无对现实的忧患，所以在大多为女子代言的曲子词里，流露出的都不是欢愉，而是幽怨。这种潜意识在花间词中表现得幽而隐，很难坐实。显而明者，则有薛昭蕴的《浣溪沙》其七：

> 倾国倾城恨有馀。几多红泪泣姑苏。倚风凝睇雪肌肤。　吴主山河空落日，越王宫殿半平芜。藕花菱蔓满平湖。

萧继宗教授评曰：“小词而能发千古兴亡之感，扫一时轻绮之风，《花间集》中，不可多得，不独非其馀七阕所能望尘也。”

又李珣《巫山一段云》其二：

> 古庙依青嶂，行宫枕碧流。水声山色锁妆楼。往事思悠悠。　云雨朝还暮，烟花春复秋。啼猿何必近孤舟。行客自多愁。

此词汤显祖认为“酸语不减楚些”，同为《花间集》中的异类。但二词实皆缘题所作。词体初兴之时，词牌即题目，故《浣溪沙》即咏西施，《巫山一段云》即咏巫山之神女。薛词立意甚新，上片写西施入吴，强颜欢笑，而心中思念越国，以至“倚风凝睇”；下片是说无论是当年争霸的吴越，还是倾国倾城的西施，都成过往，唯馀满湖的藕花菱蔓，让人慨叹历史的无情。李珣词是借在楚王行宫遗址上建起的巫山神女庙而起兴，亦只是写兴亡之倏忽，但结以

"行客自多愁",便归结到自身,使得词中凸显出了一个"我",而更能感人。毕竟,李珣是在前蜀政权覆亡后,不事新朝,甘作遗民的气节之士,此词也许作于蜀亡后,有深刻的个人情感印迹。

继武《国风》的小山词

司马迁在《屈原贾生列传》中说:"《国风》好色而不淫,《小雅》怨诽而不乱。"思无邪的花间词大抵皆是"好色而不淫"的风诗,这一传统一直延续到北宋,至天才词人晏几道而臻于极诣。几道字叔原,号小山,宰相晏殊的暮子,父亲去世后家道中落,华屋山丘,身所亲历,再加上他有过人的哀乐之情,故其词被南宋藏书大家陈振孙许为"在诸名胜中,独可追逼《花间》,高处或过之"。(《直斋书录解题》)小山词多作于与友人沈廉叔、陈君龙沉浮杯酒之间,写毕即付歌人莲、鸿、蘋、云清讴。他自述写作的缘起,是"病世之歌词,不足以析酲解愠,试续南部诸贤绪馀,作五、七字语,期以自娱。不独叙其所怀,兼写一时杯酒间闻见、所同游者意中事"。正因现实人生充满着痛苦抑郁,才需要文学"析酲解愠"。他也明确自己的词作是踵武《花间》——"试续南部诸贤绪馀",而所作多为近于诗的以五、七言为主的小令。

在小山生活的时代,词坛已以音调曼长的慢词为主,曾主大晟乐府的周邦彦,因其妙于形容,深婉和雅的慢词为世所崇仰。周氏曾有《六丑·蔷薇谢后作》:

正单衣试酒,怅客里、光阴虚掷。愿春暂留,春归如过翼，一去无迹。为问花何在，夜来风雨，葬楚宫倾国。钗钿堕处遗香泽。乱点桃蹊，轻翻柳陌，多情为谁追惜。但蜂媒蝶使，时叩窗槅。　东园岑寂，渐蒙笼暗碧。静绕珍丛底，成叹息。长条故惹行客。似牵衣待话，别情无极。残英小、强簪巾帻。终不似一朵，钗头颤袅，向人攲侧。漂流处、莫趁潮汐。恐断红、尚有相思字，何由见得。

此词之得名，乃因“此犯六调，皆声之美者。然绝难歌。昔高阳氏有子六人，才而丑，故以比之”（《浩然斋雅谈》），是周邦彦在大晟乐府时的名作。这首词将寻常伤春流连、怀远思忆之作，写得层次致密，遣词下语也都很清雅，故能令顾曲之辈赏其精丽。但他写的不是自己独特的生命体验，而是一种带有普遍性的思绪，剥开文字和音律所合成的外壳，我们会发现词中情感十分苍白。《六丑》代表着周邦彦的基本风格，技巧高明而情感淡薄，所以能为当时之大众所喜，却难以感动千古有着窈窕词心的读者。而小山词则不同，他的所有词作，都浸透着对人生的依恋与忏悔，都是自己的灵魂的真实写照。他之所以特立独行，不写长调，而写以五、七言句为主的小令，便因小令的体性近于诗，更能发挥“为己”的精义。周邦彦与小山词的分别，实即今日流行歌曲与白话诗的分别，流行歌曲的歌词可以很美，但它们不是诗，因为没有作者自己独特的生命体验，见不出盘踞在作者灵魂中的痛苦与矛盾。

黄庭坚评价小山词云：“叔原乐府，寓以诗人句法。清壮顿挫，能动摇人心。”（《小山词序》）其实小山不但句法近于诗，其写一己之心灵体验，亦近于诗。像他的名作《临江仙》：

> 梦后楼台高锁，酒醒帘幕低垂。去年春恨却来时。落花人独立，微雨燕双飞。　记得小蘋初见，两重心字罗衣。琵琶弦上说相思。当时明月在，曾照彩云归。

只是赠歌女小蘋之作，但写得既闲婉，又沉着（陈廷焯《白雨斋词话》），首二句更被梁启超评为“华严境界”（《艺蘅馆词选》）。是缘小山不以身份傲人，反而以平等心尊重小蘋，视之为美的化身，值得礼赞的对象，极真极挚，故能令读者倾心。词之开篇，写得迷离惝恍，如真似幻。“落花”二句解释春恨：落花喻春天将逝，人独立谓独自伤春，微雨是心情沉郁，燕双飞谓燕不知人之孤独。这两句一字不改借用五代翁宏律诗中的句子，作为诗中的一联，本来稍觉婉弱，但用到词里就恰到好处。过片二句写小蘋所着两层罗衣，衣领屈曲如篆体之“心”字，恐是当时时尚，然异性最吸引人处，便在若有情、若无意间，“两重心字”暗示小蘋流露出的似有若无的情愫。更以“琵琶弦上说相思”，由“色”的描写转入“声”的刻画，将这婉曲的情愫，写得声色俱足。结二句写曲终人散的怅惘之情，全以兴象出之，意在言外，馀味无穷，更让人感受到小山“心”的悸动。

而《鹧鸪天》写情人久别重逢，浓墨重彩，不嫌着力太过：

> 彩袖殷勤捧玉钟。当年拚却醉颜红。舞低杨柳楼心月，歌尽桃花扇底风。　从别后，忆相逢。几回魂梦与君同。今宵剩把银釭照，犹恐相逢是梦中。

词的上片记当年欢娱，倒叙逆入，故尤觉笔力清健。词人追忆起当筵侑酒之风情、竟夜歌舞的欢娱。“舞低杨柳楼心月”，谓纵情起舞，不知月渐西沉，天将放亮；“歌尽桃花扇底风”谓女主人公歌到气息微弱，与桃花舞扇一并停下来。可见，不止词人为了女主人公“拚（pán）尽”（即甘舍）一醉，女主人公亦用发自灵魂的倾注生命的歌舞来报答他的爱恋。上片是这样的空灵婉约，而下片则变为密实沉着。下片写爱人久别，梦中时得相见，而真个重逢，却翻疑眼前的现实是梦境，把爱人之间患得患失、乍惊乍疑的独特情怀写得淋漓尽致。结二句“今宵剩把银釭照，犹恐相逢是梦中”，出于老杜“夜阑更秉烛，相对如梦寐”，只是杜诗沉重，而晏词轻灵。但这两句之轻灵，是相对诗而言，若与一般的词相比，又显得十分沉重。其之所以显得沉重，又因其境界一毫不纤巧，反倒是有着质朴的“拙”意。

清末词人王鹏运认为，为词的至境是“重、拙、大”（《味梨集序》），朱庸斋先生《分春馆词话》解释说：“重，用笔须健劲；拙，即用笔见停留，处处见含蓄；大，即境界宏阔，亦须用笔表达。”用笔见停留便不滑，处处见含蓄则沉厚，但这应仍属“重”的范畴，“拙”的境界多是不藉兴象，决绝而少含蓄的。朱氏此论，当是受乃师陈洵以“留”释“拙”的影响。陈洵所谓“留”，指的是用笔欲尽不尽，像书法中写竖画，“无垂不缩”之意，而这决非“拙”的境界。朱庸斋先生在单独论“拙”时，就十分准确了。他指出要想实现“拙”的境界，“必须先有内在诚笃，次则在乎平日涵养。诚实真挚，则字面不甚工巧，出语如见其人，最耐玩味；涵泳修养，则不必着力求胜，自然钝中见利，看来质实而细析之，却有浑厚动宕者存焉”。他说：“‘拙’字不能貌相，有极瑰丽亦可称拙，有极平淡亦可称拙。盖前人论拙，指意朴实而语真挚。看来甚为简素，久玩其味弥胜，有如对笃实高人，落落数语，其意足抵悬河千言。又如对黄口小儿，其语既无文饰且亦真朴。初听之似甚可笑，经意而味之，又觉其概括力甚强。他人历千百言，或极穷炼刻雕，终似不逮者。”概乎言之，“拙义有指辞句者，有指意境者。辞句之拙乃朴实而不纤；意境之拙乃真挚而不饰。”拙不是质朴鄙野，而是能如此词下片一样，不假雕琢修饰，以真情浓挚见胜，令人只觉字字句句皆自肺腑中喷泄而出。

词中拙语，《花间集》亦往往有之，盖非其人心思之无邪，则不足以语夫拙境。如韦庄的小词《思帝乡》：“春日游。杏花吹满头。陌上谁家年少，足风流。妾拟将身嫁与，一生休。纵被无情弃，不能羞。”借思春少女的爱情誓言，写出自己内心的执着。牛峤的《菩萨蛮》：“玉楼冰簟鸳鸯锦。粉融香汗流山枕。帘外辘轳声。敛眉含笑惊。 柳阴烟漠漠。低鬓蝉钗落。须作一生拚。尽君今日欢。”写女子与爱郎欢会，不顾将来归宿如何，将自己未来的婚姻幸福置于不顾，只要令对方有一夕欢娱，堪称惊心动魄。如没有内心的诚笃，是写不出这样动人的词句来的。这些都和小山的这首《鹧鸪天》一样，有着“拙”的高境。

雅词

小山本于“思无邪”之旨，将“好色而不淫”的文学精神发挥到了极致。而前举薛昭蕴《浣溪沙》、李珣《巫山一段云》就近于《诗经》的《小雅》了。雅诗所言，王政之所由废兴也（《诗大序》)，《小雅》的文化精神，是将一己之生命与政治现实相钩连，诗人的用心纯在政治；词人将政治情感诉之以唱叹，怨诽之中，自有无限低徊宛转，从而成为《小雅》最好的继承人。这方面的代表人物，首推李后主。

后主以一国之君而沦为楚囚，其词多忆往忏悔之作，纵是寻常写景怀旧，也深深浸透了他的政治意识。如《忆江南》四首：

> 多少恨，昨夜梦魂中。还似旧时游上苑，车如流水马如龙。花月正春风。
>
> 多少泪，沾袖复横颐。心事莫将和泪滴，凤笙休向月明吹。肠断更何疑。
>
> 闲梦远，南国正芳春。船上管弦江面绿，满城飞絮混轻尘。愁杀看花人。
>
> 闲梦远，南国正清秋。千里江山寒色暮，芦花深处泊孤舟。笛在月明楼。

不同于白居易的三首《忆江南》纯是追忆苏、杭美景，后主思忆的是他在南唐为君的生活，春风花月，车水马龙，须在帝王闲游上苑之时，才能消领。一旦归为臣虏，就只有沾袖横颐的珠泪终日相伴，在与江南一样的明月下，听着当年听惯的凤笙，不觉伤心断肠。现实的绝望令到他闲梦江南时，都透出矛盾、彷徨、忏悔。一面是江南的芳春，美景无限，却让他“愁杀”，一面是江南的清秋，让他思之不置。他失去了“千里江山”，只望能做个归隐的渔父，芦花深处有一扁舟栖身，偶与明月楼台的笛声遥相应和，总好过屈辱地活着。

《浪淘沙》:

帘外雨潺潺。春意阑珊。罗衾不耐五更寒。梦里不知身是客，一晌贪欢。　独自莫凭阑。无限江山。别时容易见时难。流水落花春去也，天上人间。

上片即景生情，质朴清雄，“罗衾”三句正是诚实真挚的拙语。下片层次细密，愈写愈深，愈写愈重大。自空间论，则有无限江山、天上人间；自时间论，则有流水落花春去也，皆是阔大之境。词人又用独自凭阑与无限江山照应，以跟江山别离后的短暂时间，与水流花谢，春光一去不回的永恒时间相照应，如此便营造出重而大的词境。

至其《虞美人》:

春花秋月何时了。往事知多少。小楼昨夜又东风。故国不堪回首月明中。　雕栏玉砌应犹在。只是朱颜改。问君能有几多愁。恰似一江春水向东流。

其全部的生命，皆由此词而得以宣泄。全词只写一个“愁”字，亦句句不离此“愁”字，故能如龙门叠浪，将情感推向最高潮。“春花”二句，写因思忆往事，而无限愁苦，非谓春花秋月难了，而是说此愁难了。“小楼”二句，更进一层，谓又因春风明月，而更增愁致。过片说故宫想应犹在，而容颜已改，此谓愁思令人老。结二句则将不可度不可量的愁，具体化为东流不息的春江之水，也令到本词充满了伟大的悲剧精神。这是一首重、拙、大无一不备的神品，是命运之神给后主的最后馈赠。

宋末词人张炎（玉田），为循王张俊后裔，二十九岁亲历宋亡，其《山中白云词》，集名出南朝道士陶弘景诗《诏问山中何所有赋诗以答》:“山中何所有，岭上多白云。只可自怡悦，不堪持赠君。”故集中皆宋亡以后作品。他毕生不仕元朝，亦毕生以词写志，同样是《小雅》诗学精神的继承者。《高阳台·西湖春感》:

接叶巢莺，平波卷絮，断桥斜日归船。能几番游，看花又是明年。东风且伴蔷薇住，到蔷薇、春已堪怜。更凄然，万绿西泠，一抹荒烟。　当年燕子知何处，但苔深韦曲，草暗斜川。见说新愁，如今也到鸥边。无心再续笙歌梦，掩重门、浅醉闲眠。莫开帘、怕见飞花，怕听啼鹃。

此词深蕴沧桑之恸。写西湖之春，仅取暮春好景将逝时，因亡国之人，心怀深哀，对暮春凄凉的景象更有感触。“接叶巢莺”本出杜诗“接叶暗巢莺”，玉田只去掉一字，便与下句“平波卷絮”天然成对，这样文辞自然古雅。莺巢于密叶中，西湖的水波也无力地荡漾着柳絮，不止是暮春，更是日晚鸟归巢之时。断桥是因孤山山脉，至此桥而断，遂得名，但与斜日、归船并列，便有凄美的残缺感。“东风且伴蔷薇住，到蔷薇、春已堪怜”是词人的痴语，但也是工致已极的巧语，遂用“更凄然”三句的拙来映衬之。

过片三句，连用三典，感慨贵族沧胥：首句用唐刘禹锡《金陵五首·乌衣巷》诗句“旧时王谢堂前燕，飞入寻常百姓家”；次句以唐代长安城南权贵聚居地韦曲设喻；第三句则用晋朝遗民陶渊明在刘宋时归隐柴桑，与二三邻曲同游斜川，各疏年纪乡里事。鸥本忘机者，如今连鸥都知愁，而况人乎？笙歌之梦，是故国繁华之梦，而今唯有浅醉闲眠，在忧郁中度日。“掩重门”恐怕有防备告密者之意，玉田在担心会遭到新朝的迫害。最后说“莫开帘、怕见飞花，怕听啼鹃”，飞花似人生之飘零无主，啼鹃即杜宇，本古华阳国君，因失国而化为鹃，悲啼不已，故以喻亡国。他的用心，本不在伤春，而在伤其故国。

《甘州》也是一篇深得《小雅》遗意的杰作：

> 记玉关踏雪事清游，寒气脆貂裘。傍枯林古道，长河饮马，此意悠悠。短梦依然江表，老泪洒西州。一字无题处，落叶都愁。 载取白云归去，问谁留楚佩，弄影中洲。折芦花赠远，零落一身秋。向寻常、野桥流水，待招来、不是旧沙鸥。空怀感、有斜阳处，却怕登楼。

此词前有小序，云：“辛卯岁，沈秋江同余北归，秋江处杭，余处越。越岁，秋江来访寂寞，晤语数日，又复别去，赋此饯行。并寄曾心传。”（依《四印斋所刻词》本）元世祖至元二十七年（1290）玉田被诏北上，赴大都写金字藏经，同行者有沈尧道（秋江）、曾遇（心传）。次年，玉田与沈尧道同返南方，曾遇却留在大都冀得元人赏识，玉田写此词赠沈尧道，并寄曾遇，就是希望曾遇能明白民族大义，毅然南返。词人深得诗人“温柔敦厚”之旨，诏令南方士子北上，是元朝统治者的阴谋，意图威逼利诱宋的遗民改志失节，被迫应诏的玉田，内心充满屈辱感。但他仅以“玉关踏雪事清游”浅浅带过，所受的政治迫害，他只字不提，“寒气脆貂裘”五字已尽之矣。此句暗用苏秦“苏秦说秦王，书十上而说不行，黑貂之裘弊，黄金百斤尽”之典，然与苏秦之主动求见用不同，玉田是被迫无奈，这才入都，故谓“寒气脆貂裘”。他说途中即使是再短的梦，也不能忘记祖、父被元人杀害的仇恨，便如羊昙之忆谢安，每经西州城必下泪。天下再无大宋寸土，故连落叶都写满愁苦，再无馀隙题写亡国之人的词句。过片谓已与沈尧道，载取白云归去，脱屣富贵，而曾遇何故尚流连不去？唯有折芦花远赠，望他念在往日为穷士时的情谊，早日归南。这是暗用《吴越春秋》中渔夫呼伍子胥之语典：“芦中人，芦中人，岂非穷士乎？”他不由感慨人心易变，往日结了鸥盟的朋友，多不似往时，则其心之孤独凄凉可想。天下之大，却皆非宋土，故曰“有斜阳处，却怕登楼”。

正如小山在清代有了他的词学之后身纳兰性德，玉田在清代也有他的词学后身蒋春霖（鹿潭）。鹿潭词风最近玉田，其《甘州·甲寅元日赵敬甫见过》遣辞用笔，全学玉田的《甘州》：

> 又东风唤醒一分春，吹愁上眉山。趁晴梢剩雪，斜阳小立，人影珊珊。避地依然沧海，险梦逐潮还。一样貂裘冷，不似长安。　多少悲笳声里，认匆匆过客，草草辛盘。引吴钩不语，酒罢玉犀寒。总休问、杜鹃桥上，有梅花、且向醉中看。南云暗，任征鸿去，莫倚栏干。

陈廷焯评论道：“鹿潭深于乐笑翁（张炎晚年之号），故措语多清警，最豁人目。此篇情味尤深永，乃真得玉田神理，又不仅在皮相也。”（《白雨斋词话》）陈廷焯论词倡导沉郁，所谓“沉则不浮，郁则不薄”，亦唯有情感深厚，才能有沉郁之境。而鹿潭能继《小雅》之精神，成为玉田后身，又得力于身所遭之世。清末词人朱孝臧《望江南·杂题我朝诸名家词集后》咏之云:“穷途恨，斫地放歌哀。几许伤春忧国泪，声家天挺杜陵才。辛苦贼中来。”咸同兵燹，天挺此才，遂为倚声家之老杜。《木兰花慢·江行晚过北固山》:

> 泊秦淮雨霁，又灯火，送归船。正树拥云昏，星垂野阔，暝色浮天。芦边。夜潮骤起，晕波心、月影荡江圆。梦醒谁歌楚些，泠泠霜激哀弦。　婵娟。不语对愁眠。往事恨难捐。看莽莽南徐，苍苍北固，如此山川。钩连。更无铁锁，任排空、樯橹自回旋。寂寞鱼龙睡稳，伤心付与秋烟。

词写清道光二十二年（1842）六月，英军攻入镇江，直抵南京，七月迫清廷签订《南京条约》，八月始退出长江之往事。南徐即镇江，北固山为镇江名胜，如此山川，却更无铁锁钩连，任凭英舰在长江内河耀武扬威，用晋人伐东吴，东吴以铁锁横江，以阻晋人之舰的事典。东吴的铁锁，未能阻断王濬的楼船，但今日清朝竟连一点像样的抵抗都没有，词人故有“寂寞鱼龙睡稳，伤心付与秋烟”之慨。上片浑是写景，景中含情，一片清空，至下片始交代心中所感为何事，遂令上片语意清空而不空洞，更好地烘托了下片的内容。

清末历二千年未有之大变局，词家辈出，而多循《小雅》一路。光绪庚子（1900）之秋，八国联军打进北京城，慈禧、光绪仓皇西窜，朱孝臧、刘福姚集王鹏运之四印斋，篝灯唱酬，为所谓《庚子秋词》，上卷起八月二十六日讫九月尽，凡阅六十五日，拈调七十一，得词二百六十八，下卷起十月朔讫十一月尽，凡阅五十九日，拈调六十一，得词三百十三，皆为不超过六十字的小令。永嘉徐定超为之序，许为与庾信之《哀江南赋》，杜甫之《悲陈陶》同调，可谓知言。王鹏运又有《春蛰吟》之倡，和者郑文焯、张仲炘、曾习经、刘恩黻、于齐庆、贾璜、吴鸿藻、恩溥、杨福璋、成昌、左绍佐等，起庚子十二月朔讫辛丑三月尽，凡阅百十八日，拈调四十六，得词百二十四，皆慢词，皆所谓“忠义忧愤之气，缠绵悱恻之忱，有动于中而不能以自已”（徐定超《庚子秋词序》）者。此后和《庚子秋词》者甚众。特别是抗日战争期间，中正大学教授欧阳祖经所和的《晓月词》，取“晓月忆卢沟，北望魂凄断”（《卜算子》）之意，王易评为“运苏辛之气骨，擅欧晏之才华。使锦簇花团，中含剑气；阳春白雪，尽入正声”，为二十世纪雅词之隽品。

词格之变与不变

词虽出风入雅，但终究与诗不同。王国维以为，“词之为体，要眇宜修。能言诗之所不能言，而不能尽言诗之所能言。诗之境阔，词之言长。”（《人间词话》）要眇指外形眏丽，宜修则是宜于修饰之意。《花间》词风最合于要眇宜修之旨，入宋以后，除一特立独行的晏小山，皆去沉艳渐远，而代之以婉约蕴藉，像欧阳修、秦观这些词家，皆为此风牢笼。至南宋姜夔，用健笔写柔情，愈近于诗而仍非诗，张炎的词风，是在姜夔词基础上的进一步发展，然而依然不失词的独特的韵味。南宋尚有一大家为吴文英，他不但能用繁缛密丽的词藻，写出秾挚沉厚的气息，更以腾天照渊的才气，写出奇情壮采的伟力，如《八声甘州・陪庾幕诸公游灵岩》：

渺空烟四远，是何年、青天坠长星。幻苍崖云树，名娃金屋，残霸宫城。箭径酸风射眼，腻水染花腥。时靸双鸳响，廊叶秋声。 宫里吴王沈醉，倩五湖倦客，独钓醒醒。问苍波无语，华发奈山青。水涵空、阑干高处，送乱鸦、斜日落渔汀。连呼酒，上琴台去，秋与云平。

尽管此词未见要眇宜修之致，用笔也像诗一样一气贯注，然而我们仍然不会认为这首词只是“句读不葺之诗”（李清照《词论》）、“著腔子唱好诗”（晁补之评黄庭坚词）。但像苏轼的第一首豪放词《江神子·密州出猎》，乃至他的名作《念奴娇·赤壁怀古》，就难免“先生小词似诗”之讥了。又有传说苏轼曾问：“我词何如柳七（柳永）?”客答曰：“柳郎中词，只合十七八女郎，执红牙板，歌‘杨柳岸晓风残月’；学士词，须关西大汉，铜琵琶，铁绰板，唱‘大江东去’。”然《念奴娇》词牌本出唐玄宗时女歌者念奴，揆名思实，其音乐必甚柔婉动人，用以配“大江东去，浪声沉千古，风流人物”的词，岂非太不和谐?《江神子》本为祭江神之曲，用以配密州出猎的豪壮，亦嫌细喉咙偏要唱大嗓门。夏承焘先生说：“大抵宋词自东坡以后，始与诗不分。东坡以作诗的笔法作词，实是功首罪魁。其功在能放大词之内容，无论何种情感，皆可入词，使词不限于花间尊前之作；其罪在混合诗词为一，破坏词体的独立的价值。”而词体的独立的价值何以重要？夏先生解释说：“凡一体文学，必有一体的长处，非他体所能替代，其体始尊。”（《作词法》）上不似诗，下不似曲，才是当行本色的词。

词和诗的分野，极类京剧中旦角和生角的分别。无论何种风格的词，其风格都应该像是旦角的唱腔，而诗则大抵近于老生。但苏轼和辛弃疾等人的很多作品，就近于老生的唱了。像苏轼的《江神子·密州出猎》、辛弃疾的《破阵子·为陈同甫赋壮词以寄》，甚至更像是十全大净花脸演员金少山在开腔。另外，我们知道，传统京剧无论男女角色，均由男性饰演，四大名旦也都是男子，外形固然可以妩媚动人，唱腔的底子却仍是阳刚的，这也极像词的风格。而女词人如李清照、朱淑真乃至清代众多闺阁词人，就像是女演员唱京剧，终觉缺乏骨力。

词家有惩于在词中直叙身世或议论时事，会破坏词体的美，遂托之风花雪月美人香草，“低徊要眇以喻其致”，用以“道贤人君子幽约怨悱不能自言之情”（张惠言《词选序》），这就是所谓寄托，是词对楚骚的直接继承。如同为自写身世，东坡《卜算子·黄州定慧院寓居作》托兴于惊鸿，收思于冷洲，便有无穷低徊要眇的词味：

缺月挂疏桐，漏断人初静。谁见幽人独往来，缥缈孤鸿影。　惊起却回头，有恨无人省。拣尽寒枝不肯栖，寂寞沙洲冷。

而他的《南歌子》：

苒苒中秋过，萧萧两鬓华。寓身此世一尘沙。笑看潮来潮去、了生涯。　方士三山路，渔人一叶家。早知身世两聱牙。好伴骑鲸公子、赋雄夸。

真的只能算诗的别体，是长短句的诗，实在没有词的韵味。

一向与苏轼并称为“豪放词人”的辛弃疾，一旦以寄托为词，便都是千古杰作。如《摸鱼儿·淳熙己亥自湖北漕移湖南同官王正之置酒小山亭为赋》：

> 更能消、几番风雨。匆匆春又归去。惜春长怕花开早，何况落红无数。春且住。见说道、天涯芳草迷归路。怨春不语。算只有殷勤，画檐蛛网，尽日惹飞絮。　长门事，准拟佳期又误。蛾眉曾有人妒。千金纵买相如赋，脉脉此情谁诉。君莫舞。君不见、玉环飞燕皆尘土。闲愁最苦。休去倚危楼，斜阳正在，烟柳断肠处。

此词表面由伤春而及于宫怨，实为寄托时事的深微之作。辛弃疾是在北方沦陷区起义失败后，投奔南宋的，他一心想要对金人用兵，恢复失地，却始终不得一展其志，心中怨怼愈深，便有了这首不朽的名篇。他用美好的春光比喻宋孝宗上台后一段短暂的力谋恢复、励精图治的中兴气象，以“画檐蛛网”比拟主和的朝臣。过片至“脉脉此情谁诉”用汉武帝废后陈阿娇故事。传说陈阿娇失宠后，以千金请得司马相如写成《长门赋》，冀以重返君心。词人以阿娇自况，感慨皇帝本来是要支持恢复事业的，最终却又变卦。“君莫舞。君不见、玉环飞燕皆尘土”，则指着席间唱词的歌伎说：你这位在筵前歌舞的佳人，难道没有看见，即使是杨玉环、赵飞燕那样的倾国之色，也被人视为尘土？词人此语，实为感慨自己有斡运乾坤之才却不得见用。结尾用斜阳喻指皇帝，意谓：不要到高楼上徙倚，皇帝正在那烟柳销魂荡魄的地方宴安享乐呢！此词蕴藉曲折，千回百转，在哀怨中包蕴着坚韧的力量。

又如《祝英台近·晚春》：

> 宝钗分，桃叶渡。烟柳暗南浦。怕上层楼，十日九风雨。断肠片片飞红，都无人管，倩谁唤、流莺声住。　鬓边觑。试把花卜心期，才簪又重数。罗帐灯昏，呜咽梦中语。是他春带愁来，春归何处。却不解、将愁归去。

表面只是良人既别，又逢晚春，似寻常闺怨之作，实则托意闺人，以抒其政治上之苦闷。词人先以“宝钗分，桃叶渡”兴起。钗分两股，古代情人分别，往往将两股擘开，各执一股；桃叶是晋代王献之的小妾，尝渡江，献之为作《桃叶歌》，这里说桃叶也渡江而去，意仅指情人别去，指的是男主人公。南浦典出《楚辞·九歌·河伯》：“子交手兮东行，送美人兮南浦。”一“暗”字写出别时抑郁的心境。别后天气愁人，飞红诉怨，连流莺之声也让人更增烦忧。而到了下片，作者以深闺中思妇自比。她心绪不宁，无聊到时时把鬓边的花摘下来，一瓣一瓣地数着奇偶，以卜爱人归期。一时又恐数错，才戴上又摘下重数。夜深灯暗之时，她睡在罗帐之内，呓呓地说着梦话：春天啊，你把希望带给了我，让我终日愁苦，你现在去到哪里了呢？干吗不把我的希望一起带走，好让我再也不要有忧愁。词中的春，指的是本来颇有恢复之雄心，却终于意气消沉的宋孝宗。一旦以寄托入词，词格便名隽不凡。

词虽亦有乐府之别号，但最早的文人词，并没有像乐府诗那样包罗万象，内容多不出于花间尊前，而当时民间流行的词，虽触及了社会生活的诸多方面，然缺乏文人词的影响力，所以才沉埋在敦煌，直至二十世纪才重见天日。北宋时柳永只是在情爱、闺怨的主题以外，增加了羁旅、伤别的主题，就能倾动一时。其《八声甘州（对潇潇暮雨洒江天）》词，据《侯鲭录》，苏轼曾有题跋，云："世言柳耆卿曲俗，非也。如《八声甘州》云：'霜风凄紧，关河冷落，残照当楼。'此语于诗句，不减唐人高处。"苏轼则完全拓大了词的境界，使无事不可入诸词。然而我们难以想象崇雅尚古的苏轼会向当时的民间词学习，他显然更可能是把乐府诗的精神用到了词中。他的词可以怀古（《念奴娇·赤壁怀古》），可以忆人（《水调歌头·丙辰中秋，欢饮达旦，大醉，作此篇，兼怀子由》），可以写体育活动（《江神子·密州出猎》），可以悼亡（《江神子·乙卯正月二十日夜记梦》），可以写人生哲学（《定风波·三月七日，沙湖道中遇雨。雨具先去，同行皆狼狈，余独不觉。已而遂晴，故作此词》），甚而还可以劝农：

> 麻叶层层苘叶光。谁家煮茧一村香。隔篱娇语络丝娘。　垂白杖藜抬醉眼，捋青捣麨软饥肠。问言豆叶几时黄。（《浣溪沙》）

茧是面茧，唐宋时的一种有馅面点，外为麦面，里为粉丝，以象蚕形，人们多在元宵时食用，以祈春蚕多吐丝。此词写苏轼在徐州任太守时，下乡劝农所见，及与乡人拉家常的愉快，虽非佳作，诚为词中之别调。

而辛弃疾词的风格更加多样，也就更接近包罗万象的乐府诗。他的词中有史论（《南乡子·登京口北固亭有怀》），有谏疏（《永遇乐·京口北固亭怀古》是建议韩侂胄不要轻易北伐），甚至有俳谐（如《沁园春·将止酒，戒酒杯使勿近》）……苏、辛皆有把古文改写成词的作品，如苏轼的《哨遍》檃栝自陶渊明的《归去来辞》，辛弃疾的《哨遍》檃栝自《庄子·秋水》，通篇议论，全无文学性可言，就只可称曰恶词了。二公的佳处，仍在沉郁的雅词和有寄托的骚词。至近代王国维，以西方哲学入词，作为一种文学尝试固然应该肯定，但其尝试确实未能成功，亦是事实。因词之一体，务以要眇宜修为正宗，让词承担太多的思想，便失去了它的可爱动人之处。

词之为体，真能继风骚而开流衍派，然而想要像乐府诗一样，表现全部的宇宙人生，实在力有未逮。盖因词之为体，美到了极致，历代词人，大多不忍心去破坏它纯净的美。但这绝不是词的短处，而是词之为词的价值所在。

十五

唱不尽兴亡梦幻

《荷马史诗》应译为《荷马弹词》/诗与史的分合/长庆体歌行本质是曲/元人散曲体现了玩世不恭的市井精神/元人杂剧格调甚高的秘密/四大历史正剧

史·诗·曲

中华民族是世界上少有的在其发轫期没有长篇史诗的民族。古希腊有《荷马史诗》，世人珍之，以为是伟大的文化瑰宝。但中国向无史诗，只有诗史。诗人身遘世难，黍离之悲，麦秀之恸，一发之于唱叹，即谓之诗史。而像荷马那样弹唱说故事，倘在中国，只能归入民间艺人之流，文人魁士决不会加以重视。此亦中国民间文艺固有之一体，谓之弹词。故《荷马史诗》更确切的翻译应是《荷马弹词》，依着传统中国的文学观念看，既不能称作史诗，更不配与诗史并列。

中国虽无西方意义上的史诗，而在儒家看来，《诗经》中很多的诗都分担着史的功能。这是因为儒家所理解的史，既不是为了载记成败兴亡之迹，以供后世览之者知所借鉴；也不是为了寻得一贯穿终始的“历史铁律”；更不是为了证明历史总是依照某个造物主的意志、或某种先验哲学的要求而发展。儒家著史，意在树立一永恒不变的价值观，历述圣哲贤士的言行，为世人法；并把奸恶谗佞之徒永远钉在历史的耻辱柱上。故其重心在人而不在事。孔子著《春秋》，叙事落笔，自有重轻，尊王攘夷、褒善贬恶之义寓焉。自此以后，中国的史便以《春秋》为宗，有着史家鲜明的政治立场、道德观念。以《史记》为首的历朝正史，皆采用纪传体，便是因为这种体裁可以更好地配合中国以人为重心的历史观念。而中国很多诗的功用正与中国的史同构，诗言志，歌永言，凡诗人身之所遭，目之所击，诉之以歌咏，托之于兴象，借诗讽喻，主文谲谏，览之者可以知兴废存亡，政俗民心。故孟子才说“《诗》亡而后《春秋》作”，孔子作《春秋》，靠的是他一颗窈窕的诗心。

后世诗、史似为二途，而仍有所合。诗人本于忠厚诚挚的本心，直面现实，以一己之心灵，纪世界之真相，即谓之诗史。诗中尚有怀古类，向为诗之大宗，方回《瀛奎律髓》书中单列了怀古类，并且解释说：“怀古者，见古迹，思古人，其事无他，兴亡贤愚而已。可以为法而不之法，可以为戒而不之戒，则又以悲夫后之人也。齐彭殇之修短，忘尧桀之是非，则异端之说也。有仁心者必为世道计，故不能自默于斯焉。”诗人怀古咏史，乃因“有仁心而为世道计”，须以儒家思想作为评价历史的标准。而《史记》则被鲁迅称为“史家之绝唱，无韵之《离骚》”，是一部富有诗心的史书。

在四部分类的子部中，尚有小说一类。文人据街谈巷语，道听途说，秉笔而记，即谓之小说，古人以为乃稗官野史之属，是正史以外的“异史”。晋代著有《搜神记》的干宝，被同时人刘真长称作“鬼董狐”，清蒲松龄著《聊斋志异》，则自称“异史氏”。传统中国人所理解的小说，是史传的支派，唐人裴铏的小说曰《传奇》，即为奇异之人事作传之意，与西方藉由情节、环境而塑造人物形象的文学体裁大相径庭。后人将唐人小说总谓之唐传奇，就是受了裴铏小说的影响。唐人小说侧重讲述故事，而并无独特的文辞创造，故与唐以前的小说一样，只可视作文学的材料，为后世的诗词提供了典故，却不是文学本身。但在唐代，小说的情节有了长足的进步，与此同时，遂有了以说故事为主的长庆体诗歌。

唐穆宗长庆四年（824），元稹将白居易诗文编定为《白氏长庆集》五十卷，复编定《元氏长庆集》以相妃俪，后世遂有“长庆体”之目。清代以后，则专指元、白那种借感慨人事之变迁，而寄托家国之兴亡、朝政之良窳的七言歌行。此类诗有“千字律诗”之目，音节谐婉，文辞绮丽。白氏之名作如《长恨歌》《琵琶行》，元氏之名作如《连昌宫词》，都是长庆体的典范之作。前进士陈鸿为《长恨歌》作传（经的注释曰传，此用其义，非指纪传），备述唐玄宗与杨玉环之情事，且交代白居易作此诗的缘由：

> 元和元年冬十二月，太原白乐天自校书郎尉于盩厔。鸿与琅琊王质夫家于是邑，暇日相携游仙游寺，话及此事，相与感叹。质夫举酒于乐天前曰：“夫希代之事，非遇出世之才润色之，则与时消没，不闻于世。乐天深于诗，多于情者也。试为歌之。如何？”乐天因为《长恨歌》。意者不但感其事，亦欲惩尤物，窒乱阶，垂于将来者也。歌既成，使鸿传焉。世所不闻者，予非开元遗民，不得知；世所知者，有《玄宗本纪》在。今但传《长恨歌》云尔。

陈鸿所述，自“开元中，泰阶平，四海无事”，迄于“其年夏四月，南宫晏驾”，是一篇首尾俱足的传奇小说。小说中所记载的一切情节，在《长恨歌》中都有相对应的诗句，可见《长恨歌》实即一篇押韵的唐传奇。陈鸿说《长恨歌》“不但感其事，亦欲惩尤物，窒乱阶，垂于将来”，而实偏于感兴，政治寄托反为所掩。《连昌宫词》借连昌宫边老翁之口，叙述从开元盛世到唐穆宗年间，中经祸乱，国力日渐衰微，宫殿颓圮无人护念，情节委婉动人。复借老翁之口，说出了五十年来国家饱经祸乱的根由，在于玄宗为政，不再倚仗贤士大夫，而偏宠杨妃，重用谄佞：“姚崇宋璟作相公，劝谏上皇言语切。燮理阴阳禾黍丰。调和中外无兵戎。长官清平太守好，拣选皆言由相公。开元之末姚宋死。朝廷渐渐由妃子。禄山宫里养作儿，虢国门前闹如市。弄权宰相不记名，依稀忆得杨与李。庙谟颠倒四海摇，五十年来作疮痏。”虽其诗亦类传奇小说，其感慨实较《长恨歌》为深。唐末韦庄身遭兵燹，为《秦妇吟》，流行天下，号“《秦妇吟》秀才”。其诗借一女子之口，叙写黄巢之祸，情节更加细腻曲折，如说秦妇初陷贼军，竟能铺排至此：

> 前年庚子腊月五。正闭金笼教鹦鹉。斜开鸾镜懒梳头，闲凭雕栏慵不语。忽看门外起红尘，已见街中擂金鼓。居人走出半仓惶，朝士归来尚疑误。是时西面官军入。拟向潼关为警急。皆言博野自相持，尽道贼军来未及。须臾主父乘奔至。下马入门痴似醉。适逢紫盖去蒙尘，已见白旗来匝地。扶羸携幼竞相呼，上屋缘墙不知次。南邻走入北邻藏，东邻走向西邻避。北邻诸妇咸相凑。户外崩腾如走兽。轰轰辊辊乾坤动。万马雷声从地涌。火迸金星上九天，十二官街烟烘烔。日轮西下寒光白。上帝无言空脉脉。阴云晕气若重围，宦者流星如血色。紫气潜随帝座移，妖光暗射台星拆。家家流血如泉沸。处处冤声声动地。舞伎歌姬尽暗捐，婴儿稚女皆生弃。东邻有女眉新画。倾国倾城不知价。长戈拥得上戎车，回首香闺泪盈把。旋抽金线学缝旗，才上雕鞍教走马。有时马上见良人，不敢回眸空泪下。西邻有女真仙子。一寸横波剪秋水。妆成只对镜中春，年幼不知门外

> 事。一夫跳跃上金阶，斜袒半肩欲相耻。牵衣不肯出朱门，红粉香脂刀下死。南邻有女不记姓。昨日良媒新纳聘。琉璃阶上不闻行，翡翠帘间空见影。忽看庭际刀刃鸣，身首支离在俄顷。仰天掩面哭一声，女弟女兄同入井。北邻少妇行相促。旋拆云鬟拭眉绿。已闻击托坏高门，不觉攀缘上重屋。须臾四面火光来。欲下回梯梯又摧。烟中大叫犹求救，梁上悬尸已作灰。妾身幸得全刀锯。不敢踟蹰久回顾。旋梳蝉鬓逐军行，强展蛾眉出门去。万里从兹不得归，六亲自此无寻处。

韦庄不止擅长故事情节的经营，更擅长以鲜明的画面表达故事，倘若以《秦妇吟》一诗为剧本，拍摄成电影，想来不需要太多的改编工作。事实上，长庆体诗以叙事为主，情节当中蕴含着深刻的矛盾冲突，已更近于后世的戏剧，甚或像是电影，皆与初唐四杰体脱胎于赋的歌行不同。

至清初吴梅村，更以写陈圆圆、吴三桂情事的《圆圆曲》名垂诗史。正如韦庄《秦妇吟》有“内府烧为锦绣灰，天街踏尽公卿骨”的名句传诵一时,《圆圆曲》也有“恸哭六军俱缟素，冲冠一怒为红颜”“妻子岂应关大计，英雄无奈是多情”等名隽传世。而其重心，则在“全家白骨成灰土，一代红妆照汗青”二句，将“鼎湖当日去人间”亦即崇祯皇帝宾天后至吴三桂封王时的历史，系在歌妓出身的陈圆圆之一身。宏巨之历史，与微贱的陈氏形成强烈的艺术对照，创作完成又正逢明清易代之际，人心怀思明室，故能倾动一时。晚清民国时期，又有杨云史圻的《檀青引》《天山曲》堪作此体的后劲。名伶蒋檀青，咸丰时号乐部第一，每邀帝宠，晚年流落广陵，云史“读少陵逢李龟年诗，于流离之况，寄家国之恨”，因悲檀青之与龟年同一流落，乃为传而作长歌。《白石道人诗说》云：“守法度曰诗，载始末曰引，体如行书曰行，放情曰歌，兼之曰歌行。悲如蛩螿曰吟，通乎俚俗曰谣，委曲尽情曰曲。”诗名《檀青引》，取“载纪始末”之意。此诗所载的“始末”，非仅蒋檀青一人之身世，而是咸丰、同治间清王朝的惨痛记忆。一是太平天国军兴带给清王朝的沉重打击：“建康杀气下江东。百二关河战火红。猿鹤山中啼夜月，渔樵江上哭秋风。”二是英法联军攻入京师，咸丰仓皇逃遁，死在承德，圆明园横遭火焚：“当时海内勤王事。慷慨誓师有曾李。未见江头捷骑来，忽闻海畔夷歌起。避暑温泉夜气清。宫花露冷月华明。惊心一曲《长生殿》，直是渔阳鼙鼓声。延秋门外黄昏路。城阙生尘妃嫔去。穆王从此不重来，马上天颜频回顾。来朝胡骑绕宫墙。凝碧池头踞御床。昨夜采莲新制曲，月明多处舞衣凉。太白睒睒欃枪吐。云房水殿都凄楚。咸阳不见阿房宫，可怜一炬成焦土。”檀青的身世之慨，用“独有开元伶人老。飘泊秦淮鬓霜早。夜梦帘间唱谢恩，玉阶叩首依宫草。糊口江淮四十年。清明寒食飞花天。春江酒店青山路，一曲《霓裳》卖一钱”数句带过，而兴亡之慨，都系在“乱后相逢问太平，咸丰旧恨今犹记。怜尔依稀事两朝。千秋万岁恨迢迢。至今烟月千门锁，天上人间两寂寥”六句中。

《天山曲》纪回部香妃故事。香妃为回王波罗尼多妃，巴达克山酋长杀其夫，以妃献乾隆。而香妃始终不屈，终于从容自经。此诗歌颂香妃的绝代容华、冰雪贞操，而归其旨曰：“夫高宗既不能忘情于妃，而能优容至数年而弗强。太后之能成妃仁，而绝帝祸。妃则富贵不能夺，恩礼弗能移，生乎蛮夷之邦，而明乎礼义之辨，以清白之躯，从容就义，皆盛德事也。”尤以写香妃入献一段，最称委曲尽情：

> 当年助顺辟蒿莱。别有降王壁垒开。一骑香尘烽火熄，明驼轻载美人来。沙场风压貂裘重。阵云满地衣香冻。祁连山月远相随，恸哭爷娘走相送。琵琶凄绝一声声。大雪纷纷上马行。一拍哀笳双泪落，可怜胡语不分明。王头饮器献天子。妾心古井从今始。何难一死报君恩，欲报君恩不能死。忽到阳关古戍楼。明眸皓齿一回头。失声长恸无家别，关下行人尽泪流。牛羊万里望乡井。龙沙日远长安近。呼天不语山茫茫，天已尽头山未尽。零乱惊魂起暮笳。关山落日暗平沙。凭栏掩面登车去，从此明妃不见家。

长庆体诗与一般的歌行之作不同，更通俗也更委曲尽情，故将长庆体诗整体视作“曲”，应无大谬。何以这类以叙事为主的诗能尽人情之委曲呢？原因在于，这类诗赖以存在的基础——故事，最为大众所喜闻乐见。文人雅士可以通过诗古文辞而通经博雅，从而形成“中和位育，与天地参”的人生信仰，大众却只能通过故事而抵抗现实生活的平庸乏味。凡为大众所欣赏的中国式故事，必有“悲、欢、离、合”的心理结构，大众也主要是通过聆听、阅读故事而接受“忠、孝、节、义”的教化。故事对大众的影响力，远过于经、史、子、集。很明显，长庆体的诗歌与作为戏剧的“曲”，本质上都是通过故事来打动人心。无论是长庆体的诗歌、宋元南戏、金元杂剧还是明传奇，在根本蕲向上都不存在分歧，它们都是通过委曲尽情的故事来打动受众的。明传奇明明是戏曲剧本，但它却沿用了作为小说的唐传奇的名称，就足以说明说故事才是戏曲的核心任务。但故事只是这类作品能通俗能流行的原因，并不是这类作品能成为文学的原因。文学与非文学的根本区别在于文字上是否精粹典雅。长庆体有着独特的文字风格，辞藻雅丽，对仗精严，至吴梅村复多用顶真的修辞手法，令全诗更能一气贯注。作为戏剧的“曲”，比之长庆体的“歌曲”，由于多了角色扮演，更易让受众有代入之感，又加上长庆体仅能诵念吟哦，戏曲却可以歌唱，也就更能传之久远。故戏曲之曲，自精神言之，是指委曲尽情以叙事，自物质言之，则是指其为一依附于曲子的音乐文学。当然，需要特别指出的是，戏曲是一门包罗文学、音乐、舞蹈、美术的综合艺术，但并非所有的戏曲剧本都是文学，只有那些具有精粹典雅的文辞的戏曲剧本，才属于文学。

元人散曲不足代表元人高致

曲表示乐曲，本指音宛曲而成章。在音乐文学中，凡乐府、词、曲皆可统称作曲，狭义的曲，则指南北曲的文辞。曲乐与词乐一样，都可以溯源到唐代宫廷乐舞的曲子，但词所依附的音乐是二十八宫调的燕乐，曲所依附的则是九宫十三调的南北曲。沈括《梦溪笔谈》云：“先王之乐为雅乐，前世新声为清乐，合胡部为燕乐。”燕乐兼得汉族俗乐与胡部俗乐之胜，复得文人雅士填词，故能擅唐、宋两代之胜场。自靖康之难后，燕乐随音乐人才而流散南北，遂渐形成南北曲。南曲由宋之词乐而益以民歌曲调，仍保留汉族的五声音阶，其声柔而缓；北曲则既有唐、宋之歌舞大曲，宋、金以来的说唱诸宫调、宋代的词调、鼓子词、转踏、唱赚等音乐，还杂有大量金人之乐。北曲用七声音阶，节奏紧促，是《礼记·乐记》所谓“噍以杀”之音。南曲的曲词仍保留了入声，北曲就只有平、上、去三声了，入声字被融入平上去三声而消失不见。

曲辞分作散曲与剧曲，散曲包括小令和套数，剧曲又有杂剧传奇之别。套数近于诗之组诗、词之联章。杂剧在宋初时仅用末泥、引戏（旦）、副净、副末、装孤五种角色，曲牌一套，仅有一折，相当于今世之独幕剧，号“官本杂剧”，金代承之，称院本杂剧。至元代乃形制大备，形成四折一楔子的杂剧定制，皆用北曲。而南宋时已产生了南曲的戏文，因起源于浙江温州，故又称温州杂剧。南戏形制较杂剧自由，可至数十齣，亦不同于杂剧由一人唱到底，各种角色皆可发声演唱，但因创作者尽是下层粗解文墨者，故成就不高。至元末高明著《琵琶记》，文人始致力于兹，这才逐渐提升了南戏的艺术成就。明代魏良辅、张野塘等人借鉴北曲的唱法，革新了元末即已形成的昆山腔，使得音乐表现力极细腻极丰富，时号水磨调，大行于世。梁辰鱼著成第一部以昆山腔为依托的剧本《浣纱记》，自后明、清两代最重要的戏曲剧本，多用昆腔，这就是所谓明清传奇了。曲之佳者，一见于元杂剧，一见于明清传奇，为中国雅文体之殿军。

一般人以为元曲主要指元散曲，实则明臧晋叔所辑《元曲选》，所选全是杂剧，散曲不与焉。王国维所谓“凡一代有一代之文学：楚之骚，汉之赋，六朝之骈语，唐之诗，宋之词，元之曲，皆所谓一代之文学，而后世莫能继焉者也”（《宋元戏曲考》序），本指元杂剧，后人以为元人小令代词而起，成为擅有元一代之胜的新兴诗体，任中敏先生且于1930年代辑《元曲三百首》一编，冀与孙洙《唐诗三百首》、朱祖谋《宋词三百首》并行，其实都表错了情，元曲之胜，固在彼而不在此也。

胡适曾说，中国文学从汉初就分出了两条路子：“一条是那模仿的，沿袭的，没有生气的古文文学；一条是那自然的，活泼泼的，表现人生的白话文学。”他不满于“向来的文学史只认得那前一条路，不承认那后一条路”，所以要讲“活文学史”，也就是白话的文学史。(《白话文学史》第二章）他因天分所限，又未受严格的诗古文辞训练，文学感悟力殊劣，故只能接受浅白易解的作品，稍典雅之作，就被他斥为死文学，而摒诸一旁。俗语云：“穷人解馋，不辣就咸。”吃惯了粗恶食物的人，怎么也接受不了清雅的饮馔。胡适的思想固然曾受王国维“一代有一代之文学”论之影响，但他显然缺乏王氏那样的思想天分，意识不到在历史的每一个时期，具有原创之伟力的天才都只是极少数，大多数人想要在文学上有所成就，都得站在巨人的肩膀上，学习、模仿第一流的作品，以古雅取胜。而即使是李白、杜甫这样伟大的天才，也曾对《诗》《骚》乃至六朝的文学下过苦功，老杜更明确说过“颇学阴何苦用心”“熟精文选理”“读书破万卷，下笔如有神”这样明白了当倡导“模仿沿袭”的话。一切艺术，如果想要登堂入室，都得经过模仿的阶段，非由模仿入手，全凭自悟，就永远只能是门外汉。

对中国文学来说，没有比雅更为重要的目标了。雅指的是时空之通行，亦即不但能在某一个朝代，通行于阃域之内，复能在裨海九州之中，通行于所有的时代。为达此目标，中国文学在文字上使用文言，在语音上遵循通行之韵书，而又多用典故以增其典则之致，因而形成自先秦以迄清末的雅言传统。元人散曲摒弃雅言，改用白话，遂致难于通行，不便记忆，非附丽于音乐不可。当音乐不再被人们所传唱之时，散曲也就失去了其存在的价值。特别值得注意的是，元人散曲丢掉了入声，其语汇也就与诗、词相隔胡越，难以从诗词中汲取语典，只能走向浅俗粗豪，泼辣叫啸的路子。宋词中本也有此一体，曰蒜酪，因蒜、酪皆刺激之味，是北方金、元人喜食之物，故在宋词中，绝不以蒜酪体为重。康与之从宋高宗扈驾，口占《望江南》词，有云："戏马台前泥拍肚，龙山会上水平脐。直浸到东篱。""落帽孟嘉寻箬笠，拂衣陶令觅蓑衣。两个一身泥。"令高宗失声大笑，即用蒜酪体。较其"冯夷剪碎澄溪练，飞下同云。着地无痕。柳絮梅花处处春。 山阴此夜明如昼，月满前村。莫掩溪门。恐有扁舟乘兴人"（《丑奴儿令·促养直赴雪夜溪堂之约》）、"阿房废址汉荒丘。狐兔又群游。豪华尽成春梦，留下古今愁。 君莫上，古原头。泪难收。夕阳西下，塞雁南飞，渭水东流"（《诉衷情令·长安怀古》），浅深俗雅为何如？大抵金、元人不识饮食之真味，故须蒜、酪佐味。元散曲家亦因不识风雅之正味，才形成了蒜酪味极浓的所谓曲之"本色"。明人何良俊评高明才藻富丽，如《琵琶记》"长空万里"，"是一篇好赋，岂词曲能尽之？然既谓之曲，须要有蒜酪，而此曲全无。正如王公大人之席，驼峰、熊掌，肥腯盈前，而无蔬、笋、蚬、蛤，所欠者风味耳。"（《四友斋丛说》卷三十七）按何氏当指《琵琶记》第二十七齣中生与贴旦对唱的《念奴娇序》而言：

〔贴唱〕【念奴娇序】长空万里，见婵娟可爱，全无一点纤凝。十二栏杆，光满处、凉浸珠箔银屏。偏称。身在瑶台，笑斟玉斝，人生几见此佳景。〔合〕惟愿取、年年此夜，人月双清。〔生唱〕【前腔换头】孤影。南枝乍冷。见乌鹊、缥缈惊飞，栖止不定。万点苍山，何处是、修竹吾庐三径。追省。丹桂曾扳，嫦娥相爱，故人千里谩同情。〔合前〕〔贴唱〕【前腔换头】光莹。我欲吹断玉箫，骖鸾归去，不知风露冷瑶京。环珮湿，似月下、归来飞琼。那更。香鬟云鬓，清辉玉臂，广寒仙子也堪并。〔合前〕〔生唱〕【前腔换头】愁听。吹笛关山，敲砧门巷，月中都是断肠声。人去远，几见明月亏盈。惟应。边塞征人，深闺思妇，怪他偏向别离明。〔合前〕

此折写蔡伯喈与牛小姐闺中赏月，剧中的蔡伯喈是状元，牛小姐是丞相之女，曲词极合二人身份。且二人不同的心理活动，历历如绘：牛小姐沉浸在幸福中，只羡鸳鸯不羡仙；蔡伯喈却思归怀远，伤情而不敢言。倘佐以蒜酪，便是市井匹夫匹妇相打诨了，如何能有这般精彩？

卢前序《元曲三百首》，以为“昔吴公子札观周乐，闻《大雅》，曰‘曲而有直体’；《颂》，则曰‘曲而不屈’。前尝假‘直’‘不屈’二义，论有元之曲。夫唐诗宋词元曲，自时代言之者，各有其所胜。然诗必雅，词善达要眇之情，曲则庄谐并陈，包涵恢广”。直与不屈，固然可涵盖元人散曲之大体，但直则易浅而乏深远之味，不屈非自由而是放纵，真正的自由必基于对道的信膺，则非卢氏所知矣。

元人散曲相对诗词，在语言上诚然是生新泼辣的，但也仅止于此，而未能带来新鲜思想，故数篇易厌。须知语言是思想的基础，语言愈典雅、愈精密，思想便愈易深刻，意境也就愈深婉；反之，则思想愈贫乏，意境愈浅俗。元人散曲既用直率的白话，故绝无可能于思想意境等处，与诗词相并肩。如乔吉《水仙子·游越福王府》：

> 笙歌梦断蒺藜沙。罗绮香馀野菜花。乱云老树夕阳下。燕休寻王谢家。恨兴亡怒煞些鸣蛙。铺锦池埋荒甃，流杯亭堆破瓦。何处也繁华。

不过是说繁华过眼，不可久恃而已，此在诗词中已被吟咏过无数遍，早就成了悲吊海语，乔吉只是用白话再讲了一遍，又何足贵呢？更不必说白话是随时而变的，很多词汇拘墟于时代，事过境迁，再不使用，今日之新，即明日之腐。明清以后，习诗词者多如过江之鲫，而习散曲者鲜有所闻，便是因元人散曲与雅言传统完全脱节，不能超越时空的缘故。

至言不屈，如关汉卿的著名套数《不伏老》，以“凭着我折柳攀花手。直熬得花残柳败休。半生来折柳攀花，一世里眠花卧柳”“占排场风月功名首。更玲珑又剔透。我是个锦阵花营都帅头。曾玩府游州”等语自矜，更宣称“你便是落了我牙歪了我嘴瘸了我腿折了我手。天赐与我这几般儿歹症候。尚兀自不肯休。则除是阎王亲自唤，神鬼自来勾。三魂归地府，七魄丧冥幽。天那，那其间才不向烟花路儿上走”。此曲意思显豁，大意是说有一浪子，拚却性命也要往烟花丛中走，他说自己是个“蒸不烂煮不熟捶不匾炒不爆响珰珰一粒铜豌豆”，铜豌豆亦非普通比喻，而是宋元时对老于门槛、饱经风月者的称谓。其曲品绝不高明，谓为因厌世而放浪形骸则可，而有些文学史竟称其“愤世嫉俗，不畏强权”，就令人哭笑不得了。总之，新文化运动以来，以放纵为自由，谥礼教曰杀人，遂至将此种作品奉为高隽，而将雅文学一概抹杀，并传统价值、道德文化一齐否定，冲决人心堤防，泯灭人禽之辨，人欲横流，互害不已，思之可堪恸哭！

在诗词中俯拾可见的身处极忧患之境而不降其志的精神，在元人散曲中几乎见不到了。在元人散曲中，充斥着大量的鄙视功名、心慕隐逸的作品。然而这类作品决不能与陶渊明的《归园田居》之作相提并论，渊明始终坚持晋室正统，不肯在刘宋治下为官，故其隐也，与伯夷、叔齐同志；而元人之言归隐，与口不言阿堵一样，其实正是因为在乎。

元人散曲的基本文化精神可以四字括之：玩世不恭。此与诗词之温文尔雅正异。因玩世不恭，故否定一切传统价值。张养浩《山坡羊·潼关怀古》已是散曲中第一流作品，而曰“兴，百姓苦。亡，百姓苦”则是彻底的历史虚无主义。试问唐代的贞观之治、宋代的仁宗盛治，亦专苦百姓耶？元人散曲写爱情尤其恶滥，皆逢场作兴之辞，绝无真挚的情感，沉郁的气息。如周文质《双调落梅风》：“鸾凤配，莺燕约。感萧娘肯怜才貌。除琴剑又别无珍共宝。只一片至诚心要也不要。”“楼台小，风味佳。动新愁雨初风乍。知不知对春思念他。倚栏杆海棠花下。”滑头气息，令人作恶。

元散曲中少了典雅高贵的人文精神，而多了烟火气、蒜酪味，然又不能像杜甫那样扫俗为雅，故其文学价值甚低。反雅而从俗，本质是缺乏超越庸常的追求，拒绝向上。由此而解构了高古雅正的美，遂多卑琐之作。总体而言，元散曲言志猥，缘情滑，最多只得一谐趣之致，迹类打油。咏物无寄托，尤浅俗无聊。如乔吉《双调水仙子·咏雪》：

> 冷无香柳絮扑将来。冻成片梨花拂不开。大灰泥漫不了三千界。银棱了东大海。探梅的心禁难挨。面瓮儿里袁安舍。盐罐儿里党尉宅。粉缸儿里舞榭歌台。

意思是要齐尧跖、等彭殇，造语虽甚新奇，而思想境界不高，浅俗无深远味。这让我想起太老师朱庸斋先生在《分春馆词话》中的名言：

> 今日初学者未识历代诗词体格，便思躐等，以求创格，或故作奇形怪状，以求面目新异。须知面目有美丑之分，有真伪之别，狰狞攒怒亦面目也，但不可与秀美清华同日而语；涂抹标奇者乃舞台之面谱，亦非本来面目。

说的是词，但其实一切文学都适用。元人散曲正因存在着反古雅、反审美的倾向，故往往纤巧浮滑，与词学所倡导的重拙大深，旨趣迥异。亦正因此，注定元人散曲必为一短命的文体，后乏其嗣。

直与不屈，皆金元北人习染汉文化不深所致。金代刘祁《归潜志》载：宇文虚中、吴激都是使金羁留不归的宋臣，宇文在金国主盟文坛，称吴激为“小吴”。一日会饮，陪酒歌妓竟是宋宗室女，众人相与嗟叹，填词为纪。宇文作《念奴娇》云：

> 疏眉秀目。看来依旧是，宣和妆束。飞步盈盈姿媚巧，举世知非凡俗。宋室宗姬，秦王幼女，曾嫁钦慈族。

干戈浩荡，事随天地翻覆。　一笑邂逅相逢，劝人满饮，旋旋吹横竹。流落天涯俱是客，何必平生相熟。旧日黄花，如今憔悴，付与杯中醁。兴亡休问，为伊且尽船玉。

次及吴激，作《人月圆》词云：

南朝千古伤心事，犹唱后庭花。旧时王谢、堂前燕子，飞向谁家。　恍然一梦，仙肌胜雪，宫髻堆鸦。江州司马，青衫泪湿，同是天涯。

宇文览之大惊，自是再有人向他乞词，便说："当诣彦高（吴激字）也。"宇文虚中的词，过于质实，不如吴激词之清空骚雅，故为下乘，但他居然能在当时的北方主盟坛坫，则当时北人的文学感悟力之差劣可见一斑。北人以异族而入据中原，雅言对他们而言是一门外语，故对诗词佳处难得理会，今人学诗词而不肯读书、不愿摹习前贤者，稍深婉典雅之作，即不易入，正与之同。元人散曲用白话而不用雅言，形成直与不屈的风格，亦正坐此。

元人杂剧才是元朝"一代之文学"

然而同用白话，元人杂剧成就则远高于散曲。

元曲四大家关汉卿、白朴、马致远、郑光祖各有胜会，年辈最长者为白朴，他也是唯一一位出生书香门第的杂剧大家。他的伯父白贲、父白华均在金朝中进士，金亡后，白朴年纪尚幼，与其父失散，金代大文豪元好问抚之数年，直至白华到真定定居，才把白朴送还，然始终视白朴如己出，也时时指点其诗文。故白朴杂剧颇雅正，尤以《唐明皇秋夜梧桐雨》最称名隽。如第三折马嵬惊变,《新水令带驻马听》云：

五方旗招飐日边霞。冷清清半张銮驾。鞭倦袅，镫慵踏。回首京华。一步步放不下。

隐隐天涯。剩水残山五六搭。萧萧林下。坏垣破屋两三家。秦川远树雾昏花。灞桥衰柳风潇洒。煞不如碧窗纱。晨光闪烁鸳鸯瓦。

写天子奔亡之仓皇急遽，及对绛都魏阙的无限依恋，历历如绘。而写杨妃赐死后玄宗的心理活动，直是活灵活现：

【三煞】不想你马嵬坡下今朝化。没指望长生殿里当时话。

【太清歌】恨无情卷地狂风刮。可怎生偏吹落我御苑名花。想他魂断天涯。作几缕儿彩霞。天那。一个汉明妃远把单于嫁。止不过泣西风泪湿胡笳。几曾见六军厮践踏，将一个尸首卧黄沙。

【二煞】谁收了锦缠联窄面吴绫袜。空感叹这泪斑斓拥项鲛绡帕。

【川拨棹】痛怜他。不能勾水银灌玉匣。又没甚彩嬿宫娃。拽布拖麻。奠酒浇茶。只索浅土儿权时葬下。又不及选山陵将墓打。

【鸳鸯煞】黄埃散漫悲风飒。碧云黯淡斜阳下。一程程水绿山青，一步步剑岭巴峡。唱道感叹情多，凄惶泪洒。早得升遐。休休却是今生罢。这个不得已的官家。哭上逍遥玉骢马。

上数支曲子皆如真自明皇口中唱出。“黄埃散漫悲风飒。碧云黯淡斜阳下。一程程水绿山青，一步步剑岭巴峡”，几句烘托气氛的句子，画龙点睛，遂令全折皆活。煞尾“唱道感叹情多，凄惶泪洒。早得升遐。休休却是今生罢。这个不得已的官家。哭上逍遥玉骢马”等句，为中国戏曲特有之风格，剧中人有时跳出剧外，以局外旁观者的口吻唱念，代表了作者直接的评论。戏曲最早受说唱艺术影响，如董解元《西厢记》诸宫调，写崔夫人与莺莺小亭送别张生，歌者唱：

【大石调·玉翼蝉】蟾宫客。赴帝阙。相送临郊野。恰俺与莺莺，鸳帏暂相守，被功名使人离缺。好缘业。空悒快，频嗟叹，不忍轻离别。早是恁凄凄凉凉，受烦恼，那堪值暮秋时节。　雨儿乍歇。向晚风如漂冽。那闻得、衰柳蝉鸣凄切。未知今日别后，何时重见也。衫袖上盈盈，揾泪不绝。幽恨眉峰暗结。好难割舍。纵有千种风情，何处说。

此系为张生代言，显从柳永《雨霖铃》词变化出。而下唱：

【尾】莫道男儿心如铁。君不见满川红叶。尽是离人

> 眼中血。

则是作者评说之语。中国戏曲演员以声腔表演动人，而其心则如铁石，绝不投入感情，亦因溯源推始，可落到说唱人的身份上。

马致远《破幽梦孤雁汉宫秋》为《元曲选》一书压卷之作，故置于卷首。此剧借昭君出塞故事，影射汉人在元代所遭受的屈辱。主人公是汉元帝，贵为九五至尊，尚且不能保心爱之人，而况呻吟在元人的蹂躏之下的普通汉族人呢？其旨在此。第三折写灞桥送别昭君，曲词最精彩：

> 【七弟兄】说甚么大王。不当。恋王嫱。兀良。怎禁他临去也回头望。那堪这散风雪旌节影悠扬。动关山鼓角声悲壮。【梅花酒】呀，俺向着这迥野悲凉。草已添黄。色早迎霜。犬褪得毛苍。人搠起缨枪。马负着行装。车运着糇粮。打猎起围场。他他他伤心辞汉主，我我我携手上河梁。他部从入穷荒。我銮舆返咸阳。返咸阳。过宫墙。过宫墙。绕回廊。绕回廊。近椒房。近椒房。月昏黄。月昏黄。夜生凉。夜生凉。泣寒螀。泣寒螀。绿纱窗。绿纱窗。不思量。【收江南】呀，不思量。除是铁心肠。铁心肠也愁泪滴千行。美人图今夜挂昭阳。我那里供养。便是我高烧银烛照红妆。

这几支曲子化用或直接引用了杜诗的“五更鼓角声悲壮，三峡星河影动摇”、传为李陵别苏武的“携手上河梁”、苏轼的“不思量，自难忘。……小轩窗，正梳妆”，以及苏轼的海棠诗“只恐夜深花睡去，故烧高烛照红妆”，是所谓檃栝前人成语，而自然浑成，皆如己出，最足再三玩味。

关汉卿的《关大王独赴单刀会》，叙三国时蜀将关羽携单刀过江，赴东吴鲁肃之约，捍卫蜀汉对荆州的主权。其第四折是至今仍以元代的剧本在昆剧舞台上演的一齣戏。关羽在宋元时，被加封为义勇武安王，广受崇拜，此剧歌颂其智勇。且关羽又是梨园行最崇拜敬畏的对象，在台上绝不许呼其名，敌将亦称关公，演员饰演，脸谱须“破相”，在脸上点痣，以示非其真身，自称则曰关某，故此剧能传承数百年而不替。关汉卿撰此剧，一是为了在元人统治下，借机弘扬儒家正名之说，剧中关公驳东吴对荆州主权的声索，唱道：“汉高皇图王霸业。汉光武秉正除邪。汉王帝把董卓下，汉皇叔把温侯灭。俺王亲合情受汉朝家业。则您那吴天子是俺刘家甚枝叶。请你个不克己的先生自说。”借古以讽今，通过戏剧激发人民心眷故国；二来也有旌扬先祖之意。此剧第四折中江上一段，文辞之佳，卓有千古：

〔正末云〕看了这大江，是一派好水呵。〔唱〕【双调新水令】大江东去浪千叠。引着这数十人驾着这小舟一叶。又不比九重龙凤阙。可正是千丈虎狼穴。大夫心别。我觑这单刀会似赛村社。〔云〕好一派江景也呵。〔唱〕【驻马听】水涌山叠。年少周郎何处也。不觉的灰飞烟灭。可怜黄盖转伤嗟。破曹的樯橹一时绝。鏖兵的江水犹然热。好教我情惨切。〔云〕这也不是江水。〔唱〕二十年流不尽的英雄血。

自东坡赤壁词后，居然能有以“大江东去”起头，而与之并伦的作品，极是难得。因前贤影响，最难摆脱，这段《新水令带驻马听》，文辞上虽显受《念奴娇·赤壁怀古》的沾溉，而其壮美高夐，足可与坡公方驾齐驱。结云：“这也不是江水，（这是）二十年流不尽的英雄血。”我每次听到这两句唱念，都忍不住热泪盈眶，因为这两句体现了面对历史的残酷，时光的无情，亲历者深刻的悲悯与人类中的极少数，敢于直面命运的勇气。

何以杂剧与散曲一样，都采用白话的语言系统，而其文学价值则远越其上？一方面的原因是杂剧比散曲的白话更加接近雅言，不如散曲那么“白”。它要兼顾各个阶层的欣赏水平和审美心理，不能一味从俗。诚如周德清所言：“凡经史语、乐府语、天下通语，可入杂剧。”杂剧毕竟要高台教化，不能像散曲那样玩世不恭，故“如俗语、蛮语、谑语、嗑语、市语、讥诮语、各处乡语、书生语、构肆语、张打油语，皆不可入”。周德清还说：“如双声叠韵语，不可专意作之，然亦不可无此体。总之造语必俊，用字必熟。太文则迂，不文则俗。文而不文，俗而不俗。要耸观又耸听。格调高，音律好，衬字无，平仄稳。”他明确提出撰写杂剧，在文字上的根本原则是“造语必俊，用字必熟”，又精当地指出，杂剧不能太文，亦不能不文，太文则迂阔无用，听者寥寥，不文则流于庸俗矣。另一方面的原因则是，散曲直抒胸臆，作家思想境界不高，故俗滥；而杂剧是代言体，剧作家写每一个脚色时，必须站在剧中人的立场发声，曲辞须切合人物的身份，故婉而雅。在唐宋词中，代言之作远不及为己之作，但在元曲里恰好相反，代言的杂剧，文学价值远高于为己的散曲。何以故呢？这是因为，元人在思想上偏于放纵，这是儒家所谓“失其本心”，撰散曲时，是以“失其本心”的精神状态去作，故所谓为己，己既不高明，曲作也便趋于下流；而撰写杂剧时，元人须全情投入到剧中人的心灵世界中去，这时候他就不再是卑琐的自己，而是换作剧中人的身份，来创作出为己的文学。

明清传奇：中国雅文学的最后辉煌

《辍耕录》云："稗官废而传奇作，传奇作而戏曲继。"在古代戏曲中最有文学价值、最能动摇人心的，是历史正剧，它们是中国诗史传统的自然延续。明清流行的传奇，篇制继承南戏，相对四折一楔的元杂剧，叙事情节更见曲折，但往往失之繁冗。明清传奇多纪悲欢离合，如关汉卿《感天动地窦娥冤》，本为一极具反抗精神之悲剧，明人改作《金锁记》，令窦娥父天章任两淮廉访史，为女平冤，其夫蔡昌宗得中状元，阖家团聚。至于才子佳人之遇合，如《西楼记》《牡丹亭》《燕子笺》等，虽在舞台盛演不衰，而其精神境界实未见高明。传奇之佳者，仍当数那些托于人物情事，而寄寓家国之悲、兴亡之慨的作品。

梁辰鱼《浣纱记》写吴越春秋故事，英雄美人，相映千秋。第二十六齣《寄子》，至今仍在上演。这齣戏是伍员父子对唱，载歌载舞，夹念夹白，令人坐忘其身，沉浸在对忠臣孝子命运的同情中。伍员唱《胜如花》前阕："清秋路，黄叶飞。为甚登山涉水。只因他义属君臣，反教人分开父子。又未知何日欢会。"后阕与其子合唱："料团圆今生已稀。要重逢他生怎期。浪打东西。似浮萍无蒂。禁不住数行珠泪。羡双双旅雁南归。羡双双旅雁南归。"苍凉凄怨，别饶远韵。

汤显祖有《临川四梦》，分别是《还魂》《紫钗》《邯郸》《南柯》四记，《还魂记》即《牡丹亭》，今天昆剧舞台最为人所熟知者，唯称此剧，但汤氏创作时，本用宜黄腔。儒学到明代，心学蔚起，士大夫重视情尤甚于礼乐，但对情的推崇过甚，则不免质胜于文。《牡丹亭》所依托的是心学，即儒学之异端，合于今人之欣赏口味，然去古之道则甚辽远。

四剧中《邯郸记》《南柯记》意在破天下人功名利禄之梦。邯郸梦是文人卢生做，由回道人亦即吕洞宾醒迷；南柯梦是武士淳于棼所做，由甘露禅师觉悟。此是衰世之哀鸣，终不及乾坤板荡之时的深悲巨恸。清诗人赵翼云："国家不幸诗家幸，赋到沧桑句便工。"清初孔尚任《桃花扇》、洪升《长生殿》，皆在风艳感怨之中，寓南明覆亡之痛史。或以《窦娥冤》《西厢记》《牡丹亭》《长生殿》为中国古典四大名剧，其实《长生殿》境界远在前三者之上，当与《浣纱记》《桃花扇》《千钟戮》相比并，为四大历史正剧。

《桃花扇》写侯朝宗与李香君情事，作者自识："传奇虽小道，凡诗赋、词曲、四六、小说家，无体不备。至于摹写须眉，点染景物，乃兼画苑矣。其旨趣实本于三百篇，而义则《春秋》，用笔行文，又左、《国》、太史公也。于以警世易俗，赞圣道而辅王化，最近且切。今之乐，犹古之乐，岂不信哉？"传奇至明代，已尽脱曲体之桎梏，而成一淹有所有雅文学之美，义兼诗、史的综合文体。孔氏有此渊源诗史之自觉，境界当然不同。特别是该剧所述，"皆南朝新事，父老犹有存者。场上歌舞，局外指点，知三百年之基业，隳于何人、败于何事、消于何年、歇于何地。"全剧最精彩处，在续四十齣《馀韵》，借副末扮的老赞礼与丑扮柳敬亭、净扮苏昆生二位说书人之口，感慨清兴明亡。据梁启超考证，老赞礼，即孔尚任本人，剧中以巫腔所唱神弦歌《问苍天》，净称其逼真《离骚》《九歌》；丑唱《秣陵秋》，副末称为“虽是几句弹词，竟似吴梅村一首长歌”；而尤以净唱北曲套数《哀江南》最隽永动人。全套堪比庾信《哀江南赋》，末尾《离亭宴带歇指煞》：

> 俺曾见金陵玉殿莺啼晓。秦淮水榭花开早。谁知道容易冰消。眼看他起朱楼，眼看他宴宾客，眼看他楼塌了。这青苔碧瓦堆，俺曾睡风流觉。将五十年兴亡看饱。那乌衣巷不姓王，莫愁湖鬼夜哭，凤凰台栖枭鸟。残山梦最真，旧境丢难掉。不信这舆图换稿。诌一套《哀江南》，放悲声唱到老。

无限黍离之悲，托于兴象，发诸唱叹，诚如孔尚任所云：“不独令观者感慨涕零，亦可惩创人心，为末世之一救矣。”

清道光末，昆剧中“收拾起大地山河一担装”“不提防馀年值乱离”两齣，盛行吴中，无良贱皆歌之，号曰“家家收拾起，户户不提防”。“收拾起”指李玉《千钟戮·惨睹》一齣，写建文帝失位后隐居为僧，一路见朱棣政治迫害之严酷，实借以抨击清人屠戮之惨。其《倾杯玉芙蓉》词曰：“收拾起大地山河一担装。四大皆空相。历尽了渺渺程途、漠漠平林、垒垒高山、滚滚长江。但见那寒云惨雾和愁织，受不尽苦雨凄风带怨长。雄城壮。看江山无恙。谁识我一瓢一笠到襄阳。”连用叠字，不嫌其巧，反觉其情感如龙门叠浪，至为宏巨悲壮。此曲以失位帝君的纤微生命，与无恙的亘古江山相比照，充满了对命运、国运的慨叹，与唐诗怀古高隽之作相比，毫不逊色。

“不提防”则指《长生殿·弹词》。此句为李龟年所唱《南吕一枝花》首句。全齣由唐诗《江南逢李龟年》生出灵感，谓安史乱起，李龟年流落江南，沿门鼓板行乞。一日青溪鹫峰寺大会，龟年因去卖唱，向游人细说天宝遗事，所唱《梁州第七》：

> 想当日奏清歌趋承金殿，度新声供应瑶阶。说不尽九重天上恩如海。幸温泉骊山雪霁，泛仙舟兴庆莲开。玩婵娟华清宫殿，赏芳菲花萼楼台。正担承雨露深泽。蓦遭逢天地奇灾。剑门关尘蒙了凤辇鸾舆，马嵬坡血污了天姿国色。江南路哭杀了瘦骨穷骸。可哀落魄。只得把霓裳御谱沿门卖。有谁人喝声采。空对着六代园陵草树埋。满目兴衰。

满篇商声，喑呜如泣，作者乃借以悼大明江山，以及“霓裳御谱”所代表的高雅文化。作者将满腔的兴亡吊古之慨，借李龟年的《九转货郎儿》唱出，蕴藉之中，偏饶拗怒。这一套数的音乐亦极沉郁动人。据我师张卫东先生云，咸丰年间英法联军火焚圆明园，人民每听此套，至最悲抑的《梁州第七》及《八转》，都呜咽不已，自后梨园演出，这两支曲子都略过不唱。而《八转》实为《九转货郎儿》套数精华所在：

> 自銮舆西巡蜀道。长安内兵戈肆扰。千官无复紫宸朝。把繁华顿消。顿消。六宫中朱户挂蟏蛸。御榻傍白日狐狸啸。叫鸱鸮也么哥。长蓬蒿也么哥。野鹿儿乱跑。苑柳宫花一半儿凋。有谁人去扫。去扫。玳瑁空梁燕泥儿抛。只留得缺月黄昏照。叹萧条也么哥。染腥臊也么哥。

染腥臊。玉砌空堆马粪高。

感慨今昔，深哀巨恸，语拙而情深。尤须注意者，传奇的文辞尽管还保留了像“也么哥”这样的衬字，甚至会有“不催他车儿马儿，一谜家延延挨挨的望。硬执着言儿语儿，一会里喧喧腾腾的谤。更排些戈儿戟儿，不哄中重重叠叠的上。生逼个身儿命儿，一霎时惊惊惶惶的丧。(〔哭科〕兀的不痛杀人也么哥，兀的不痛杀人也么哥！) 闪的我形儿影儿，这一个孤孤凄凄的样”(《长生殿·哭像》) 这样非常“白”的语言，但其主体，早已是文言的语法，只是不像古文诗词用字讲究，避熟就生罢了。明清传奇至今仍在昆剧舞台搬演，而元人散曲早就无人歌唱，这一现象足可说明，一切可传的中国文学，其文字都必须是雅的或近于雅的，因为孔子早就说过：“言之无文，行而不远。”

九转之首转，是开宗明义的一段咏叹：

唱不尽兴亡梦幻。弹不尽悲伤感叹。抵多少凄凉满眼对江山。俺只待拨繁弦传幽怨。翻别调写愁烦。慢慢的把天宝当年遗事弹。

《长生殿》所感至大，所托至重，而文辞复精警动人，诚无愧于历代戏曲之冠冕。从长庆体诗歌到明清传奇，从《长恨歌》到《长生殿》，借人事而究极人情之微，而系念兴亡之恸，实是借故事、文辞，营造了一个完全不同于现实世界的梦境，让人忘记现实世界的平庸无聊，让人心的伤痕得以熨平。能曲尽人情之微的元杂剧、明清传奇，也成就了中国雅文学的最后辉煌。

附录：

中文系何为?

大学中文系到底要培养什么样的人才，这不是一个今天才有的问题。从近代引入西方大学制度开始，中文系该怎样办，如何设置其科目，培养什么样的人才，学生毕业后出路怎样，都曾引起过热烈的讨论。最有名的意见，来自闻一多。1946年暑假前，他口头向清华大学提出《调整大学文学院中国文学外国语文学二系机构刍议》[①]，建议“将现行制度下的中国文学系（文学组、语言文字组）与外国语文学系改为文学系（中国文学组、外国文学组）与语言学系（东方语言组、印欧语言组）”。认为“旧制的特点，是中西对立，语文不分。”中西对立，指的是当时大学的文、法两学院绝大多数的学系，所设立课程都兼讲本国与外国的学问，唯独文学和语言，仍依国别分作中国文学与外国语文学两系，这是十分畸型的现象。他猛烈抨击说，许多大学的中国文学系是以保存国粹为己任的小型国学专修馆，集合着一群遗老式的先生和遗少式的学生，说他们“抱着发散霉味的经史子集，梦想五千年的古国的光荣”。而外

① 闻一多:《调整大学文学院中国文学外国语文学二系机构刍议》，见《闻一多全集·三·杂文》，三联书店，1982年版，第489—492页。

国语文学系，则被他斥为文化买办，是“高等华人养成所，唯一的任务是替帝国主义（尤其是大英帝国主义）承包文化倾销”。闻一多曾留学美国，但他是一位有着极为强烈的民族主义情怀的学者，故对“帝国主义”本能憎恶。而他又是一位深受五四新文化传统影响的学者，郭沫若说：“（闻先生）虽然在古代文献里游泳，但他不是作为鱼而游泳，而是作为鱼雷而游泳的。他是为了要批判历史而研究历史，为了要扬弃古代而钻进古代里去刳它的肠肚的。”[①]我们只要看他的《诗经》的研究，“不仅从文学、语言学、史学的角度，而且要以社会学、文化人类学、文艺发生学、民族心理学等科学方法和态度，即从最新的角度研究《诗经》，使《诗经》既可当作文学作品读，又可当作社会史料和文化史料读”。[②]就可知闻一多是站在科学的立场上，把中国传统文学仅看成是历史文本，而与传统的依本儒家诗教之旨的诗学胡越相隔。五四新文化运动从感情上激发大众，使大众不再相信“数千年来的传统思想——兴观群怨之旨，温柔敦厚之教”[③]，而闻一多则在学术领域延续了新文化运动，“从本质上推翻了孔孟之道论《诗》的‘价值观’和传统的‘诗教论’”[④]。他著有一本唐诗选本《唐诗大系》，王瑶指出，其在“讲授时也并不过分注重技巧以及意境的欣赏；更重要的，他把选本中的诗当作

① 郭沫若：《闻一多全集·一·郭序》，第5页。

② 李思乐：《诗经通义》序言。见闻一多著，闻䎘校补：《诗经通义》，时代文艺出版社，1996年版，序言第2页。

③ 蔡正华：《中国文艺思潮·八·新文学运动》，世界书局，1936年版，第44页。

④ 李思乐：《诗经通义》序言。见闻一多著，闻䎘校补：《诗经通义》，序言第2页。

文学史的例证来阐明文学史的发展；考订作者所遭遇的史实，和在历史中的关系及地位”。[1]新文化运动以来的一百年，闻一多研究及授课的模式逐渐成为大学中文系的主流。

闻一多又敏感地发现，语言学与文学存在着本质上的区别。他指出，“语言学发展的趋势，就是语言学的科学化。语言学已经成为科学，中国语言文字的研究，是这门科学的一个分支；而文学是属于艺术的范畴。文学的批评与研究虽也采取科学方法，但文学终非严格的科学，也不需要、不可能、不应该是严格的科学。”他下面说的话，大概当代大学中文系的语言学专业的学者没有不同意的：“语言学与文学并不相近，倒是与历史考古学，尤其社会人类学相近些。所以让语言学独立成系，可以促进它本身的发展，也可以促进历史考古学与社会人类学的发展。”尽管闻一多的古代文学研究，大多采用科学方法，但他毕竟是著名的新诗人，他知道文学属于艺术，不可能像语言学那样，彻底地成为科学。将语言学与文学捆绑在一起，既妨碍语言学的独立发展，也过多占用文学教学的时间。众所周知，文学的学习需要大量的阅读，而对语言文字感兴趣的同学，一般都是感情淡薄而理性丰裕思维缜密的，很难喜欢文学作品，如将语言文字之学独立成系，有志于文学的学生就会有更多时间阅读，想从事语言文字研究的同学，也不必为学习他们兴趣不大的文学作品而徒耗青春。程俊英就认为，“语言学另成一系后，中国文学组学生馀下的时间较多”，可以用来扩充中国文学史的课时，并将文学批评、文学概论等课增设为必修。[2]而反对者吕叔湘则以

---

① 王瑶：《谈古文辞的研读》，《国文月刊》第68期，第5页。

② 程俊英：《我对于中国文学系课程改革意见》，《国文月刊》第65期，第21页。

为，“一种语言是一种文学的medium，正如水之于鱼。不识水性不知鱼之乐，不精一种语言不能欣赏那种语言里的文学。”[①]故他希望能“稍微看重点儿”一种文学和一种语言之间的依存性，不赞成语言学单独成系。但他忘了，在《马氏文通》之前，中国人根本没有语言学，照样吟诗作文，填词度曲，谱传奇而撰小说。学语言和语言学是两个根本不同的概念。

闻一多最后谈到了他理想中改组后的文学系的目标：“建设本国文学的研究与批评，及创造新中国的文学。”而手段则是“采用旧的，介绍新的”。为了实现这个目标，就必须“要批判的接受，有计划的介绍，要中西兼通”。

尽管闻一多对中国传统文学不无偏见，但他认为要中西兼通，要将语言学与文学分离开来，却有非常之见地。他的同事朱自清[②]，及上海学者陈望道、徐中玉、陈子展、朱维之、程俊英等，莫不赞襄他的意见，然而从1948年1月此议在《国文月刊》第63期公开发表至今，没有哪一所高校采用他的主张。原因既在于朱维之、陈子展所指出的师资问题，即“国文教授不懂外文，外文教授不懂国文”[③]，也在于徐中玉所指出的成见：“唯其彼此都属无知，所以冬烘才能以为中国文学系只可以并只需要限在‘中国’的范围之内，稍一越出范围便认是‘驳杂’‘附会’；亦所以假洋鬼子才能以为外国

① 吕叔湘：《关于中外语文的分系和中文系课程的分组》，《国文月刊》第67期，第1页。

② 朱自清：《关于大学中国文学系的两个意见》，《国文月刊》第63期。

③ 朱维之：《中外文合系是必然的趋势》，《国文月刊》第65期，第6页。

文学系本与中国文学无涉。”[①]或许还在于吕叔湘所指出的。“成问题的是合式的学生。修习这两个新的学系的学生，必须在入学的时候在中文和至少一种外国语的认识和运用上，同样的都已经有相当的造诣，然后这个新的方案方才能发挥它的最大的作用”。[②]但更重要的，还是近世人文学术的发展既然循着科学道路，则不能不益加专门、精密，“分”的力量远较“合”的力量为强大。

《国文月刊》对大学中文系或曰国文系的讨论，从1941年就开始了。其背景是1939年当时的教育部颁布了大学文学院中国文学系必修及选修科目表。先是1941年第1卷第10期，《国文月刊》刊发了程会昌（程千帆）的《部颁中国文学系科目表平议》，编者认为“有不少好意见”“这种商榷极有意义”[③]，显有引发争鸣之意，然而此文迟迟未有反响，大约因为文中指出1939年部颁科目表给学生的习作时间不足，仅列各体文习作一科，四学分，且包括古代现代各体，文言训练严重不足，而其他学者并不认为这是一个值得讨论的问题。1942年16期，程千帆又发表《论今日大学中文系教学之蔽》，以为蔽在“不知研究与教学之非一事”，“不知考据与词章之非一途”[④]。此文一直到1944年和1948年，才有陶光、徐中玉著文商榷，反倒是1945年39期丁易的《论大学国文系》，很快引发了热烈的讨论。

---

① 徐中玉：《读闻朱二先生文后》，《国文月刊》第65期，第2页。

② 吕叔湘：《关于中外语文的分系和中文系课程的分组》，《国文月刊》第67期，第1页。

③《国文月刊》第10期编辑后记，第28页。

④ 程会昌：《论今日大学中文系教学之蔽》，《国文月刊》第16期，第2页。

丁易此文，首先明确了“大学为什么要设立国文系，它的目标究竟在哪里”的答案:“对中国旧文学的整理结算，对中国新文学的创造建设。”[①]围绕这一目标，他认为应将国文系分为语言文字组、文学组和文学史组。文学组的课程内容“主要的是文艺理论，著名作家的研究，著名作品的欣赏，以及创作实习等”,“至于创作实习则是本组的主要精神所在，它的比重应占本组课程二分之一”。[②]丁易所说的创作实习特指新文学，他反对部定文学组仍然保留传统各体文学的习作，认定“旧文学已到了末路，不值得再去创作，那么它就仅仅剩下了历史的价值了”[③]，故设立文学史组“一为史的系统研究，可别为分期的文学史、分类的文学史两种。二是史料的整理，或是一个作家的生平考证，或是一部作品的校勘训诂。目标十分鲜明，只限于整理研究”。[④]

今天我们可以知道，现行大学中文系文学专业完全是依本丁易文学史组的设想而运作，中文系可以说是与文学创作漠不相干的一个系所，中文系的学者，并非如一般社会人士所想象的那样，都是才子才女，而几乎全都是严肃的科学家。但在丁易本人，其实是想让设想中的中文系文学组承担起培养新文艺作家的任务的。

尽管丁易的观点已经十分折中了，还是不能为持科学立场的学者所容。语言学家王力很快就著文反驳。王力认为大学里只能造就学者，不能造成文学家。他的理由如下:

① 丁易:《论大学国文系》,《国文月刊》第39期，第2页。
② 丁易:《论大学国文系》,《国文月刊》第39期，第4—5页。
③ 丁易:《论大学国文系》,《国文月刊》第39期，第5页。
④ 丁易:《论大学国文系》,《国文月刊》第39期，第5页。

一、有价值的纯文学作品不是由传授得来的。

二、西洋大学里很少著名的小说家或戏剧家或诗人充当教授。文学家如果充当教授，他是用学者的资格，不是用文艺作家的资格。

三、大学教授在教室里讲授的应该是不容否认的考证或其他研究的结果，不应该是那些不可或很难捉摸的技巧。若教学生们写作，如果学生是没有天才的，将是一辈子都教不好，如果学生是有天才的，他的文学作品可能远胜于他们的老师，老师将凭什么去教他们呢?

四、学生的一篇文艺作品的好坏，是很难定出一个客观的标准的。况且还有文学的宗派的问题。[①]

王文的观点，直至今天仍占中文学界的主流。但其实他的理由每一条都站不住脚。王力本人著有《汉语诗律学》《诗词格律》等，但他自己所作的《龙虫并雕斋诗集》，没有一首出彩之作，故他对文学创作乃至文艺的创作完全懵然。任何艺术，包括文学，在成为艺术之前，首先是技术。没有技术，不经过对经典作品的模仿，任何人的天才都无法充分发挥。此不但中国传统文学为然，我们只要看Robert McKee的《故事》一书，自1997年初版以来，一直是全世界编剧的第一必读经典，至今仍属于美国亚马逊最畅销图书之一，指导无数人从事小说创作、广告策划、文案撰写，就可知普遍以为不需要学习的文学创作，实则是多么需要专业的指导。曹文轩先生在北京大学首创小说创作学硕士点，学生毕业不需要写论文，只

① 王了一:《大学中文系和新文艺的创造》,《国文月刊》第43/44期合刊，第7页。

要其创作的小说能得到著名作家的认可，即可毕业。这一实践也说明，新文学创作完全可以通过课堂传授。

任何一门艺术的技巧都有规律可寻，并非如王力所云“不可或很难捉摸”，成为大作家、大艺术家的天才，主要不是在技巧上，而是在心灵上、思想上。我们很难要求所有的中文系语言学专业的毕业生，都取得王力这样的成就，然而又如何能要求接受了新文学创作的专门训练的学生，个个成为鲁郭茅巴老曹呢？况且，又如何证明鲁郭茅巴老曹要是受了中文系的专门训练，不会取得比他们本来成就更大的成就呢？诚如徐中玉所驳：“王（力）先生既然承认‘大学的课程对于文学的修养不是没有帮助’，为什么又要说‘有价值的纯文学作品不是由传授得来的’？作品本身当然不能传授出来，而是自己修养出来的，既然课程对修养有助，为何便不能对‘造成文学家’有助？”[①]

且不说人文学科与科学不同，有其鲜明的民族性，不该以西方大学的做法，作为衡量中国大学的标准，单是近年来英、美等国，很多高校开设创意写作（Creative Writing）的硕士专业（一般分诗歌与小说两组），就可知即使是在高度科学化的西方学界，也日渐意识到，写作能力可以而且完全可能由大学课堂进行训练。

至于说一篇文艺作品很难有客观的标准，这同样是具有科学家头脑的人对文艺的偏见。杜甫的地位是在他去世后，才渐渐建立起来的，但一直到清初，还有王士禛这样的诗人，引用宋初杨亿之语

---

① 徐中玉：《国文教学五论》，《国文月刊》第66期，第3页。

反对他[①]。然而我们能因为杨亿、王士禛的反对，就否认文学史上对杜甫的评价，事实上是有一个比较客观标准的吗？杜甫与王维诗风是那样地不同，而如果将杜王并列，绝对得不到多数人的认同。文学评价的标准固然有风会、宗尚、正变等因素，但每一种文体，都有一种文体的合格标准，这是人所共见而易于把握的。低于此标准，即为不合格，此完全无关于风会、宗尚、正变等作品以外的因素。人们对文学创作的大家和名家的看法，也绝少存在分歧。诗赋是科举时代最重要的考察科目之一，如果文学作品没有标准，又如何能进入考试达千年之久呢？

王力和很多没有文艺的操觚之能的学者一样，把文艺想象成纯粹天才的产物。而不但著有《人间词话》，更著有《人间词》的王国维，就非常明白，只有极少数的文艺作品，是由天才创制，而绝大多数的文艺作品，其实都不是天才所制作：

> “美术者天才之制作也。”此自汗德以来百馀年间学者之定论也。然天下之物，有决非真正之美术品，而又决非利用品者。又其制作之人，决非必为天才，而吾人之视之也，若与天才所制作之美术无异者。无以名之，名之曰“古雅”。[②]

---

① 赵执信《谈龙录》云：“阮翁酷不喜少陵，特不敢显攻之，每举杨大年‘村夫子’之目以语客。”见陈迩冬校点：《谈龙录·石洲诗话》，人民文学出版社，1981年版，第10—11页。

② 王国维：《古雅之在美学上之位置》，《王国维遗书·静庵文集续编》，上海古籍书店，1983年，第22—23页。

王国维以为，“艺术中古雅之部分，不必尽俟天才，而亦得以人力致之”。只要其人“格诚高，学问诚博”，纵无艺术之天才，其制作亦不失为古雅。若宋之山谷（黄庭坚）、明之青丘（高启）、历下（李攀龙）、清之新城（王士禛）等，“其去文学上之天才盖远，徒以有文学上之修养，故其所作遂带一种典雅之性质。而后之无艺术上之天才者，亦以其典雅故，遂与第一流之文学家等类而观之。”①

而即使是文艺的天才，专业的训练对其发展也至关重要。王羲之从卫夫人学书，杜甫说“转益多师是汝师”，要其子“熟精文选理”，梅兰芳从吴菱仙开蒙，又曾在富连成科班搭班演出，还向王瑶卿学习花衫行当的表演，向乔蕙兰学习昆曲……没有专业的训练，文艺创作不能成其大，作品不可能流行得既广且久。傅庚生赞同丁易、李广田的观点，认为大学中文系应当主动倡导新文学的创作，“中文系固然不该——也不可能——完全以造就作家为目的，却该希望有部分的天才在这里接受一种薰陶，投得一条门径，遇到一番启发，学习一些技巧”，他反驳王力的话“如果说新文学的人才可以养成的话，适宜于养成这类人才的应该是外国语文系，而不是中国文学系”，说：“这是铁一般的事实；同时也是铁一般的铸成了大错。我们应该因错误而检讨，想一个补救的办法；不该因为看到‘票友下海’的人把戏唱得差不多，便一口咬定说‘科班’里反而不会造就出本行的人才来。‘新文学的修养不能由旧文学中取得’，是不是一种脱节失败的现象？‘中文系的学生多数视外国语文为畏

① 王国维：《古雅之在美学上之位置》，《王国维遗书·静庵文集续编》，第26页。

途'，难道说是先天性的，不能付纠正的吗?"[①]王力举茅盾、曹禺、冯至、卞之琳、朱光潜、梁宗岱等人为例，认为这些人正因西文根底深，才成为新文学的人才[②]，这样的例证法实在不够科学。如果我们说因为当代作家余华、毕淑敏、冯唐都是学医出身，就认为医学院是适合造就文艺人才的渊薮，岂非荒谬?

傅庚生精当地指出:"在古今中外一纵一横的交叉点上，才是新文学创作者的起脚点。中文系里应该给部分的天才者指出这么一个路标，而且供给他们以所需要的知识，自然便会培育起继往开来的芽甲。"[③]如果当代作家都能在一个重视创作的中文系接受中西古今文学的专业训练，他们将会取得更大更辉煌的成就。

王力反对中文系教创作的四点理由，是中文系能不能提倡创作的问题，而他认为大学只该讲授科学知识的观点，却是中文系该不该提倡创作的问题。王力的基本立足点是:"大学应该是知识传授的最高学府，它所传授的应该是科学，或科学性的东西。就广义的科学而言，语言文字学是科学，文学史是科学，校勘是科学，唯有纯文学的创作不是科学。"[④]如果王力的这个观点是正确的，那么全世界所有的艺术院校都可以关张大吉了，一切的艺术的天才，美术的、音乐的、戏剧的……都自动失去了入大学进修的资格。至于西方大学还有神学专业，可授予神学博士学位，更加没有存在理

① 傅庚生:《中文系教学意见商兑》,《国文月刊》第49期，第15页。

② 王了一:《大学中文系和新文艺的创造》,《国文月刊》第43/44期合刊，第8页。

③ 傅庚生:《中文系教学意见商兑》,《国文月刊》第49期，第15页。

④ 王了一:《大学中文系和新文艺的创造》,《国文月刊》第43/44期合刊，第8页。

由了。

在中文系该培养什么样的人才的问题上，徐中玉的意见最公允："中文系不必要也不可能专以造就作家为目的，但亦不能说造就作家不是它的主要目的之一，中文系应该造就学者，也应该造就作家，学生愿意成为那一种人决定于他们的兴趣和才能，但学校可不能不为他们设备种种可以使他们成为作家的条件。"①可惜，多年以来，我们很多的中文系主政者视热爱创作的学生为不务正业，对于抱着热爱文学的兴趣而投考中文系的学生，先是当头一盆冷水："中文系不培养作家！"再用科学的训练去消耗掉学生对文学的全部热情。于是，本来很可能产生出来的优秀作家，就这样被成批量地扼杀掉了。王力回忆说，1934年时，有清华中文系的一个学生，在《清华周刊》上著文说，清华中文系的教授如朱自清俞平伯闻一多诸先生都是新文学家，然而他们在课堂上只谈考据，不谈新文学，言下之意很是失望。针对这个观点，在当年的秋季开学时，闻一多坦白对新生们说："这里中文系是谈考据的，不是谈新文学的，你们如果不喜欢，请不要进中文系来。"②然而，从来如此，便对么？如果只谈考据，不讲创作，又如何实现闻一多后来所主张的目标——"建设本国文学的研究与批评，及创造新中国的文学"？

他们如此地重视考据，而轻视词章，是因为他们认为科学比文学更实用。而之所以认为实用之物更有价值，又是受西方现代思想的影响。程千帆说："案满清学术，一由于明学之反动，二由于建夷

① 徐中玉：《国文教学五论》，《国文月刊》第66期，第3页。

② 王了一：《大学中文系和新文艺的创造》，《国文月刊》第43/44期合刊，第7页。

之箝制，考据遂独擅胜场。……及西洋学术输入，新文化运动勃兴，全盘西化之论，格于政治社会之阻碍，未克实行；考据之学乃反得于所谓科学方法一名词下，延续其生命。”[①]中国学术本有义理词章考据三途，为什么从前是辅翼义理词章的考据之学，乃成今日学术之惟一大宗呢？因为西方启蒙运动以来的现代思潮反对上帝，认为人各有其知，故必要先推翻基督教的义理，因为崇尚平民化，故亦不重视修辞，所以人文学科也就只能走向科学化的道路。而中国受西方影响，全盘否定儒家义理，在文学上反对贵族化，也就必然要鄙弃词章，只重考据了。正如程千帆所云："义理期于力行，词章即是习作，自近人眼光视之，皆不足语于研究之列。则考据一项，自是研究之殊称。”[②]

一九四〇年代的关于大学中文系的讨论，大都基于现代的立场。无论是闻一多提出的“建设本国文学的研究与批评，及创造新中国的文学”，还是丁易的“对中国旧文学的整理结算，对中国新文学的创造建设”，或是李广田的“批判地接受旧的文化，创造并发展新的进步的文化”[③]，本质都一样，都认为中文系要传授的，是实用的、为人的学问，其基本立场，与中国传统的非实用的、为己的学问泾渭分明。而程千帆的两篇文章明显不同，是从传统学问的立场出发而立论。但程千帆对自己的立场并无清晰的认知，也没有执着坚守。比如他指出持考据之方法以治词章之蔽，是缘于“考

① 程会昌：《论今日大学中文系教学之蔽》，《国文月刊》第16期，第2页。

② 同上。

③ 李广田：《文学与文化——论新文学和大学中文系》，《国文月刊》第43/44期合刊，第4页。

据重知，词章重能，其事各异。就词章而论，且能者必知，知者不必能。今但以不能之知而言词章，故于紧要处全无理会。虽大放厥词，亦复何益。”又谓“考据重实证，而词章重领悟”，“领悟前文，要当从习作入手”，“盖能作，则于古人经心用意处能得较分明之瞭解；亦于历代源流同异能得较了澈之领会”。[①]而一为陶光、徐中玉所驳，他就像乞降似的，用白话文发表了一篇《关于〈论今日大学中文系教学之蔽〉》，说自己没有重词章而轻考据之意，自己对考据本有浓厚兴趣，也一贯将批评建筑在考据的基础上；又承认自己“关于从习作旧文学去欣赏旧文体，及从习作旧文体去创造新文体这个意思”，是“个人不合潮流的偏见”[②]。他之所以会如此，便因他没有意识到，他先前的中文系要加强词章的习作的观点，与新文化派的歧见是根本上的、不可调和的。这涉及中文系到底要培养什么样的人才，中文系存在的目的到底是什么的问题，而他只看到习作词章对文学欣赏的作用，当然易为敌方所折。陶光说，要讲清楚文学作品何以能动人，“只有研究作者的身世、环境、性格、遭遇，和作品底时代之背景，因为我们知道作品是作者性格和感觉的映现，而性格是由环境陶铸，感觉是由生活接触而来的；除非明白这些，我们不能知道，更不能说出!”又举《容斋四笔》中著名的例子，有人把陶诗“刑天舞干戚”误作“形夭無千歲”，以说明考据对文

① 程会昌:《论今日大学中文系教学之蔽》。

② 程会昌:《关于〈论今日大学中文系教学之蔽〉》,《国文月刊》第68期，第6页。

学欣赏之必不可少[①]，又说“知者不必能，能者也不必知”[②]。徐中玉文兼驳程千帆与王力，他驳王力是逐条反驳，而对于程文，他赞同不该“持研究之方法以事教学”，却不同意对“持考据之方法以治词章”的指摘，尤其认为习作词章在中文系行不通：“中文系词章课程不少，都要习作，是否来得及，是一件事；稍为习作一下，是否就能获得真知，又是一件事。”又说：“从前读书人谁都能哼哼唧唧诌上几首律、绝，可是他们有的简直不知道李、杜的诗真正好在那里；相反的，现代学者从不做旧诗，对李、杜作品的认识却远比前代能做旧诗者为高明。”[③]今天也有不少兼为高校或社科院学者的诗词界的朋友，指责大学中文系不重视诗词创作的教学，其立论与程千帆几无二致，可以想见，反对者也仍然会拿陶光、徐中玉的观点来回复他们。

当然，陶光、徐中玉用以反驳程千帆的理由十分牵强。要正确理解诗词，必须掌握大量的典故，懂得诗词的特殊句法，更需要一颗幽渺的诗心，这些都是不懂创作只懂研究的学者所缺乏的。现代学者对李、杜作品的认识真能比王世贞《艺苑卮言》、胡应麟《诗薮》、李黼平《读杜韩笔记》、俞陛云《诗境浅说》高明吗？吾不之信也！钱仲联说过：“眼下有些人号称鉴赏诗、注释诗、研究诗而不通音律，不能为诗，甚至不辨平仄，致使其对诗歌的理解和阐说往往是雾里看花，隔靴搔痒，有时还会闹出常识性的笑话来。这样的

① 陶光：《义理·词章·考据》，《国文月刊》第28—30期合刊，第17页。

② 同上，第18页。

③ 徐中玉：《国文教学五论》，《国文月刊》第66期，第2页。

教训是应该记取的。”[①]恐怕才是当代的常态吧？张志岳《与青年朋友谈怎样欣赏旧体诗词》一文，开头就明确道：“要学习旧体诗词，也就必须会写作旧体诗词，而且还必须写得比较好。只有这样，自己对创作的甘苦有了一些体会，才能对古人的杰作体会得更深刻一些。”[②]而程千帆在他晚年的名文《学诗愚得》中也指出：“要对古典诗歌进行阅读、欣赏和批评，就必须不断地提高自己对具体作品的感受力，而提高这种能力的主要方法之一，便是学习创作。……从事文学批评的人，不能自己没有一点创作经验。创作实践愈丰富，愈知道其中的酸甜苦辣，理解他人作品也就愈加深刻。……如果说我的那些诗论还有一二可取的话，那是和我会作几句诗分不开的。”[③]然而这些观点是无法说服对立的一方的，因为后者既然从未有过创作实践，自然也就不会明白创作实践对于理解古人的作品何以重要。

值得思考的问题是：以闻一多为代表的新文化派，对中文系的办学目的的认识到底有没有偏颇？1944年8月，当时的教育部重新修订了中国文学系科目表，修订为必修科目文选及习作六学分、诗选及习作六学分、词选及习作三学分，曲选及习作三学分[④]，比程千帆建议的将各体文习作增至六学分，并设语体文习作为选修[⑤]更愈，这样的课程设置，到底是一种反动、倒退，还是有着邃密的考虑的

---

① 钱仲联著，周秦整理：《钱仲联学述》，浙江人民出版社，1999年，第59页。

② 见《文史知识》，1984年第4期。

③ 程千帆著：《唐诗课》，人民文学出版社，2018年，12—13页。

④ 李广田：《文学与文化——论新文学和大学中文系》转引，《国文月刊》第43/44期合刊，第2页。

⑤ 程会昌：《部颁中国文学系科目表平议》，《国文月刊》第10期，第16页。

返本之举？

新文化派认为大学里讲授的应当是科学知识，但人类的知识，绝不只有科学一途。事实上，人类知识可分为宗教、科学、人文三方面，分别对应于中国传统的天地人之学。宗教是因信得义，是关于信仰的学问，对于信仰一种宗教的人来说，决不允许自己有怀疑。你可以说宗教不科学，但决不能否认宗教在维系世道人心上所起到的巨大作用，更不能否认其为一内在自足的知识体系；科学是一种客观的存在，可以证真亦可以证伪；人文（包括艺术）是关于我们的生命如何成长，如何与他人与社会更好相处的学问，很难像科学那样有一个明晰的标准、分别的界限。人文学科正如潘光旦先生所云，“是一个人生经验的总纪录……人文学科所能给我们就是这生活上的一些条理规律，一些真知灼见，约言之，就是生活上已经证明为比较有效的一些常经”。[①]人文学科的宗旨在于《大学》的三纲：明明德、新民、止于至善，却不应该像科学那样，以发现、解决问题为旨归。明乎此，就当明白，大学中文系，应该是人文的中文系，而不该是科学的中文系。故大学中文系的根本目的，应当是通过文学而修德润身，以期造就君子文士。大学中文系的毕业生，无论将来做学者，做作家，还是做语文教师、政府秘书、新闻记者，都该以明德新民为其毕生之志业。而要实现这样的目标，途径就是孔子所说的：“志于道，据于德，依于仁，游于艺。”通过义理的笃行、词章的习作、考据的讲求，而日新又日新。

在这样的目标之下，古典的词章的习作，就决不是不合时宜

① 潘光旦：《人文学科必须东山再起——再论解蔽》，见潘乃谷、潘乃和编：《潘光旦教育文存》，人民教育出版社，2002年版，第356页。

的，而是通向古典人文世界的必备津筏。学习诗古文辞的创作，不是要让学生成为李杜韩柳，而是要让学生接受古雅的训练，从而获得美育的成效。正如王国维所云：

> 以古雅之能力，能由修养得之，故可为美育普及之津梁。虽中智以下之人，不能创造优美及宏壮之物者，亦得由修养而有古雅之创造力。又虽不能喻优美及宏壮之价值者，亦得于优美宏壮中之古雅之原质，或于古雅之制作物中，得其直接之慰藉。故古雅之价值，自美学上观之，诚不能及优美及宏壮，然自其教育众庶之效言之，则虽谓其范围较大，成效较著可也。[①]

循此审视民国教育部1944版的中文系科目表，可知其依准的是中国传统学问的学习方法——学修合一。中国传统学问的本质是人格养成之学，无论是《大学》所说的“如切如磋者，道学也；如琢如磨者，自修也”，还是《学记》所云的“不学操缦，不能安弦；不学博依，不能安诗；不学杂服，不能安礼。不兴其艺，不能乐学”，都强调了只有实修体悟，学问才能内化为生命，才能有助于君子人格的养成。中文系可以不以培养作家为目的，但中文系不能不以传承中国文化为目的，而要想很好地传承中国固有的文化，就必须重视古雅的教育，也就必然要把古典文体的习作设为必修的基础科目。

---

① 王国维：《古雅之在美学上之位置》，《王国维遗书·静庵文集续编》，第27页。

又不止此也。程大璋《与邬伯健书》第五首云：

伯乾同学：日前得诗四绝，皆见进步，次绝格尤高。近时科学精神与昔年治朴学者相似，于诗词一道，日皆睽隔。自兹而后，治此者益鲜，而人伦上无高尚之快乐矣。能葆守斯道，以存温柔敦厚之教，亦不可以已也。①

传统的词章之学，不止是一种教育，更是一种人伦上的快乐，对塑造健康的心智其用至大，故不可以已。如果中文系的目的是王力和当代很多中文系教授希望的那样，是在造就学者的话，就正如李广田所质疑的那样，"像中文系之不一定能造就多少新旧文学作家一样，恐怕也同样造就不出多少国学家或学者"。②

文学的最终目的不是益智，而是塑心；不是要人去理解文学的来龙去脉，而是要人能欣赏文学，为文学而感动，从而拥有更加美好的心灵。亦唯有真心热爱中国传统文学，才能养成对中国的传统文化的挚爱。诚如戴建业所云："文学史与古代文学属于两种不同的知识形态：前者属于历史，后者属于文学；前者是一种外在化的知识，它的获得和占有无须个体的心灵体验；后者是一种内在化的知识，它兼有'情''意''味'。外在化的知识只须记忆和理解，内

① 程大璋：《无终始斋诗文集》卷三，番禺邬庆时印，1928年。

② 李广田：《文学与文化——论新文学和大学中文系》，《国文月刊》第43/44期合刊，第2页。

在化的知识还须感受和体验。”[①]我们必须得承认，文学研究、文学史研究都不是文学本身。文学在本质上是艺术，它主要依赖于从事者的性情，最终也主要对受众的性情产生影响。《诗大序》云：“正得失，动天地，感鬼神，莫近于诗。先王以是经夫妇，成孝敬，厚人伦，美教化，移风俗。”正因看到诗对感发性情的巨大功用，孔子才说：“兴于诗，立于礼，成于乐。”以诗教为教育教化之始。今天我们可以把诗扩展到文学，大学中文系应当承担起培养中国文化的传承人、培养文学的教化之士的任务。固然，新文化运动以来的科学新传统尚有着强大而顽固的势力，但有志于开拓的大学主政者，却不宜就此懈惰，而不作推动之努力。笔者赞同闻一多将语言学单独分系的意见，而认为将语言学分出去后的大学中文系亦可再析为文学创作专业与国学艺术专业，而这两个专业，均应将古诗文的习作设为必修课程。至于目前全国高校通行的中文系的培养方案，是以培养文学研究的学者为目标的，这完全可以放在研究生阶段再进行。因为人所共知的两个事实是：一、大学中文系本科乃至硕士毕业进入社会，学了一肚子文学理论完全无用，只有博士毕业才有可能从事学术研究；二、大学中文系本科乃至硕士毕业生，整天学的是文学史、文学理论，能读过基本的文学经典的都很少，如何指望他们能成就学术的大事业？文学研究固然需要史的眼光和理论的辅助，但文学研究的基础是对作品有深刻的赏会，这必须要经过长期的沉潜涵泳，舍夫辞章习作，又安可致之呢？

故文学创作专业宜酌参丁易的设想，开设白话文学的文艺理

---

① 戴建业：《大学中文系古代文学教学现状与反思》，《华中师范大学学报》2013年第4期，第87页。

论、著名作家的研究、著名作品的欣赏课程，通过具体而微的剖析，让学生熟知中外文学创作的结构技巧与文字技法，并辅以大量的创作实习。但也应保证一定课时的本国的传统文体写作训练。当代作家偶一操觚传统诗赋，几乎必闹笑话，虽名家不免，中文系有责任不能让这样的状况再延续下去了。

而国学艺术专业之“艺”，更多是儒门六艺之“艺”的意思，专为培养中国文化传承人而设。民国时期的大学中文系教育，普遍注重国学经典专书的研读，以至于厦门大学提出将国文系更名为国学系，以为国文系所设科目，内容关涉语言文字、文学，其他国故若经学、礼乐、历数等，暨目录学、校勘学等关于治学方法的学问，“其性质既不一致，统称之曰国文系，似嫌太泛，若改名为中国文学系，又觉含义不周，失之过狭，因念近代泰西日本谓中国固有一切学术为支那学（Sinology），国人自称则可直名为国学，盖国学系所以教授关于国学之基础学识，国学研究院所以资精深之研究，今改斯称，庶几本末一贯，名实相符矣”。[①]又如中山大学中文系，在古直主政时期（1932年8月—1935年6月），其《课目表》就纯粹是国学的内容。该系必修课程分讲授与自修二类，讲授类之“基本国文”实即读经，由《孝经》始，历《论》《孟》《毛诗》《礼记》《左传》而《周礼》《尚书》《周易》，另有《尔雅》郭注、小学大纲、《说文解字》等。《文选》一书，是词章之本，贯穿全部四年，而四库总目、前四史为自修。选修课程则有音韵学、文字学、训诂学、经学通论、文学史、目录学等通论性质的课程，又有各专书之

---

① 厦门大学编译处周刊部：《厦大周刊》第157期，《国文系改称国学系之理由草案》，1926年10月，2—3页。

研究及各家文选、诗选等。[①]可见，民国时期的中文系，凡偏于传统学问的，都不止是中国语言文学系，更是国学系。而这一传统在1949年后，因学习苏联教育模式而彻底中断。1950年，夏承焘先生记曰："午后开中文系总结会，石君主任报告年来课程变更，谓往事专书选读，有《诗》《易》、三《传》、三《礼》、《论》《孟》《老》《荀》等，今只开《诗经》、声越《放翁诗》、廉先及予之《楚辞》、《乐府诗集》、专家词，由国学转入文学矣。"[②]国学教育的传统，应该在今天大学中文系中得到恢复。故国学艺术专业可即以古直所定的中山大学中文系课目表为蓝本，再加上书画、昆曲两门必修，以增进美育，传承乐教。

学生经过本科阶段这两个专业的训练，进入研究院深造，必能恢复夏承焘、徐声越、钱仲联、程千帆、霍松林等老一代学人的荣光。倘若当代的中文系果能改弦更张，一面恢复国学教育的传统，一面重视各体文学的习作，未来的大师必能趁时而生，即使将来不从事学术研究，本科毕业后即工作，也会更得用人单位的欣赏，因为他们学的都不再是虚空的理论，而是实实在在的文字运用技能。

---

① 古直：《广东国立中山大学中国语言文学系课目表》，《国学论衡·国学近讯》，1933年第2期，第1—11页。

② 1950年3月16日夏承焘先生日记。

国文自修极简必读书目

一、〔宋〕朱熹编撰《四书章句集注》，浙江大学出版社“四部要籍选刊”本，传古楼影印，2012年版。

一、《阮刻毛诗注疏》，浙江大学出版社“四部要籍选刊”本，传古楼影印，2020年版。

一、〔宋〕洪兴祖补注《楚辞》，浙江大学出版社“四部要籍选刊”本，传古楼影印，2020年版。

一、〔梁〕萧统编《文选》，浙江大学出版社“四部要籍选刊”本，传古楼影印，2017年版。

一、〔南朝梁〕刘勰撰、〔清〕黄叔琳辑注《文心雕龙》，浙江大学出版社“四部要籍选刊”本，传古楼影印，2019年版。

一、〔宋〕郭茂倩《乐府诗集》，中华书局“中国古典文学基本丛书”本，1979年版。

一、〔清〕许梿评选，沈泓、汪政注《六朝文絜》（全二册），浙江古籍出版社，2017年版。

一、《陆贽集》，中华书局“中国历史文集丛刊”，2006年版。

一、〔清〕吴楚材、吴调侯选《古文观止》，中华书局，1959年版。

一、喻守真《唐诗三百首详析》，中华书局，1957年版。

一、〔明〕胡应麟《诗薮》，上海古籍出版社，1979年新1版。

一、〔清〕仇兆鳌《杜诗详注》，浙江大学出版社“四部要籍选刊”本，传古楼影印，2016年版。

一、〔清〕王琦注《李太白文集》，浙江大学出版社“四部要籍选刊”本，[illegible]年版。

一、[illegible]》，开明书店，1934年版；龙榆生《近三百年[illegible]出版社，1956年版。

一、[illegible]选》，中华书局，1958年版。

一[illegible]》，中华书局，1959年版。

一、〔清[illegible]扇》，人民文学出版社，1959年版。

一、〔清〕洪升《长生殿》，人民文学出版社，1959年版。